庫JA

ライトジーンの遺産

神林長平

早川書房

6375

目　次

ライトジーンの遺産

アルカの腕

ALCA's arm

大いなる波が砕けて飛沫《しぶき》になる
その飛沫はどこへいくか
天に向けて加速され
回転する球体は無数の星となる
決して静止せず打ち震えながら
落下のときを待っている
すべてを破壊しつくす
大いなる波になる日を
無数の星たちが待っている
われらを見下ろしながら

1

だから友よ／生《き》の酒を飲め……と続く、作者不詳のこの詩が好きだ。危なくなると無意識につぶやいている。

おれは冷たい壁によりかかり、尻ポケットにしっくりおさまっている錫《すず》合金製のヒップ・フラスクを取り出す。容量は八オンスで中味はもちろん生のウィスキーだ。薄めてはいない。その作者の言うように、薄めては酒が死んでしまう。

生きた酒を腹に入れよ／激しく動き回る分子を糧とせよ。

酒を愛した詩人だったに違いない。初めてその詩を聞いたのはいつだったろう。胎児のころだったかもしれない。酔っぱらった大波から生み出されたようなおれにとって、この詩人の気持ちはよくわかる。彼はある一瞬醒めて、この詩を記したに違いない。静止した瞬間、書かずにはいられなかったのだ。静止に耐えきれず言葉をドライブして飛沫のように吐き散らすと、自らは波に飲まれて消えていった。心地よく、たぶん酔ったまま。

畏《おそ》れよ／畏れるな／絶望せよ／絶望するな／友よ／逆らうな／とどまるな／打ち震えながら……生きよ。

「なにをぶつぶつ言っているんだ、アル中め。手が震えているぞ」

暗視ゴーグルをつけた刑事がおれに苛立ちをぶつけてくる。ライトジーン市警中央署第四課の刑事とはなじみの関係だが、こいつは新入りだ。

中央署第四課は、便利課とか掃除課とか呼ばれるのにふさわしい仕事をしている。そこに配属された刑事たちは一刻も早く課から抜け出すべく努力するに違いなく、出入りが激しい。だからいまその課で、おれがアル中なんぞではなくただ酒が好きなだけだという事実を知っているのは、課長の申大為《シンタイイ》だけだ。やつはその掃除課にどっぷり浸かって、この薄汚れたライトジーンの街を掃除するのが好きなのだ。正確には、掃除させるのが、だ。申大為は課長になってからというもの、その部屋から出ることはめったにない。むろん仕事上での話。掃除仕事は部下の刑事と、そして、あまりに汚れているときは掃除仕事を下請けに出す。おれのような自由人のスイーパーにさせるのだ。

自由人というのは、社会に属していない者たちのこと。一般人からはまともな人間とは思われていない。スイーパーというのは申大為が雇う下働きの人間を呼ぶ言葉。掃除屋、ということだ。おれと彼の付き合いは長い。腐れ縁というやつ。申大為がおれをスイーパーに使う理由はただ一つ。おれが自由人であり、かつ、サイファだからだ。

サイファ。広義には、普通の人間にはない超能力を持った人間のこと。自由人にはかぎらない。狭義でのサイファは、この世には二人しか存在しない。かつてライトジーン社に作られた二人の人造人間。おれと、おれの兄、の二人。

生きた分子が騒ぎながら胃におりてゆくと気分がよくなる。

「落ち着けよ、刑事さん。あんたの気持ちはわかる。敵はなにせ怪物だ」

「おまえはサイファだ。他人の気持ちがわかるのは当然だろう。え？　スイーパー」

おれが差し出すフラスクを払いのけて新入りが言う。こいつは本当に慣れていない。

「スイーパーか」とおれ。「気に入らんな」

「なんて言ってほしい。ハイパーヒューマンか。心ののぞき屋か、人工製造人間か――」

「おまえが申大為が雇った人間を、申大為と同じようにスイーパーと呼び捨てるには、十年早い。もっとも申大為もおれのことはスイーパーとは呼ばない。セプテンバー・コウと呼ぶ。やつはおれが九月生まれだってことを知っているんだ。おれの生まれをさ。おれは菊月虹《キクヅキコウ》。あんた、名は？」

「サイファなら読めるだろう」

「それは誤解だ。普通人の心というのは言葉の無数の断片が浮かんでは消えていて、本心が隠されてよく見えてこないんだ。言葉以外の本心なんてものはないのかもしれないと思うときもある。おそろしく不自然なんだ。だから本音を読まれる心配なんかしなくていいんだ」

「普通人を馬鹿にしているんだな」

「そうでもない。不自然なのが人間にとっては自然なんだ。正常なのさ」

「ぼくの気持ちがわかると言ったろう」

「サイファでなくてもだれでもわかる。この状況にいればな」

おれはフラスクから一口やり、言ってやる。

「ここは下水道の中で、暗い、汚い、臭い。冷たいし、敵がどこから来るかもわからない。これで陽気な気分だとしたら、あんたはまともな人間じゃない」

「おまえはいい気分のようじゃないか」

「まあな」

足下を新たな水と汚物の混じった塊がどっと流れてゆく。無数に開いた小さな横穴のあちこちから、冷気とともに廃ガスが白煙となって息をつくように間欠的に噴き出す。おれは暗視ゴーグルなどつけていないが、その様子が、わかる。視覚とはちがうが、見えるのだ。肉眼では固定焦点のカメラのような視野だが、サイファの能力を使うと、その焦点距離や視野の広さが固定されない。だからといって、眼よりすぐれているとはおれには思えない。分解能は肉眼とは比べものにならないほど低い。見えるのだが、見るというより、漠然と感じられるというほうが近い。視覚とは異なる感覚なのだ。ときどき煩わしくなる。眼球に入ったゴミのような感じだ。

「いい気分とはな。おまえはまともな人間じゃない、と自分で認めるわけだ」

「おれには敵の動きがわかる。あんたより余裕があるんだ。あんたと、そこが違う。違いはそれだけだ。おれもただの人間だよ」

「敵は、近いのか。近くにいるのか？」

「いや、まだだ」

やるか、とおれはもう一度フラスクを差し出した。新入り刑事はまた首を横に振ったが、少しは打ち解けたようだ。

「ぼくは怖いんだ」と彼は言った。

「わかるよ」とおれはうなずく。

「アルカ社が作りそこなった生体怪物が、じゃない」

「その怪物が、アルカ社が作ったものだと決まったわけじゃない。その細胞サンプルをとって調べてみるまでは」

「まあな。とにかく怖いのはそれじゃない。おまえさ」

「おれが？　どうして」

「おまえはサイファだ。本物のサイファだ。人の心も読めるし、ぼくの心臓も止められる。手を触れずに」

「簡単にそんなことができるというのは、誤解だよ。あんたのような普通人は、言ったようにとてつもなく不自然な言語思念の渦でガードされているんだ。あんたのそんな恐怖など、幻だ。人間が本能的に感じる真の恐怖は二つしかない。物理的に押しつぶされることと、エネルギーを絶たれること、だ。たとえば落下の恐怖とか、溺死への恐れだ。他の恐怖感覚は意識活動によって作り出された仮想にすぎない。幻なんだ」

「しかし……」

「フム。たとえばおれはこんなことができる」

おれたちが捜している怪物はこの下水本道に向かって降下中だ。おれにはわかる。しかしまだ時間がある。おれは暇つぶしと、新入り刑事を落ち着かせるために、ちょっとした手品を見せてやる。

フラスクの蓋を掌《てのひら》にのせて、精神を集中する。かなりの努力の結果、蓋は宙に浮き、フラスクの口に移動する。新入り刑事は自分の首を絞められているような表情をしている。

「たぶん、あんたにもやれる」とおれは言ってやる。「しかしこんなことを練習する必要がどこにある？　あんたには手がある。おれもさ。こうして」

とおれは蓋を手でつまんで、あらためてフラスクの口をそれで閉める。

「手でやればいいんだ。一生練習して手を使わずにこんなことができて、それがどうした、ということだよ。サイファの能力は超能力なんかじゃない。ヒトが進化するうえで、苦労して捨ててきた能力なんだ。それを恐れたり、うらやんだりするのは間違っている。おれは間違った望みが生んだ、その見本だよ」

「……恨んでいるのか」

「だれを？　おれを作ったライトジーン社をか？　あんたは自分の親を恨んでいるのか」

「いや……その、ときどきは」

「馬鹿げてるよ。ま、それが人間なんだろうな。おれもさ。あんたとたいした違いはない。

とにもかくにもおれたちはこの世に作り出されたんだ。死ぬまで生きているだろうさ。恨んでもはじまらない。そんなことは、わかってる。だれにでも。わかってはいても、恨みたいときもある。弱気になるときだ。この世は自分のために創られたのではなさそうだ、と感じるときだ」

「おまえはこの世がおまえのために――」

「どう思おうとおれの勝手だ。なにを考えようと時間は止められないし、元にはもどらん。変容しつづけるのが現実だ。恨んだり、喜んだりできるのが生きているということだ」

静止せず、とどまらず、逆らわず、友よ、打ち震えて生きよ、だ。

自分で自分にそう言い聞かせるときはなんのてらいもなく納得できるのだが、こうして若造の刑事に話していると、なんとも青くさい説教になってしまう。他人のことなど、どうでもいいのだが。こいつがおれを恐れようと馬鹿にしようと、それはこいつの問題であって、おれとは関係ない。だが、おれの足手まといになり、危険な状況を生むような真似をしてもらっては困る。彼は、いうなればおれがちゃんと申大為に命じられたとおりの仕事をやるかどうかという監視役でもあるのだが、監視役がおれに対してびくついているようでは話にならない。

だいたい、おれの身も危なくてしかたがない。心理的におれを恐れるあまり、いきなりおれを撃ち殺さないともかぎらない。仕事そのものも、得体の知れない敵を追って殺すという不安定なものだから、なにがあっても不思議ではないのだ。

「名前は」とおれは再び訊《き》いた。「おまえの名をまだ聞いてない」

「タイス。タイス・ヴィーだ。社会保障番号も教えてやろうか?」

「あんたが番号で呼んで欲しければな」

「フムン」

ただ名を聞き出すだけでなんとまあ多くの言葉を費やしたことか。だが、無駄話は嫌いではない。言葉を惜しんでいるようなやつはたいていケチだ。なにも出したくないのが高じて、トイレに行くのも我慢して便秘になるようなやつは、普通人よりもサイファにこそ多い気がする。なるほど、そういう連中はケチなのだ。

「なにがおかしい?」

「あんたはまともだと思ってさ。タイス・ヴィーか。いい名だな。ティーヴィーか。TV、テレヴィジョン、遠隔視ができそうな名だな。その名なら、きっとできる」

「なにを言ってる。名前にそんな意味などあるものか」

「そんなことはない。少なくとも番号よりは意味がある」

社会保障番号も教えてやろうか、とこの刑事、タイス・ヴィーが言ったのは、単なるおれへの皮肉ではない。心の動きは複雑だ。

自由人のおれは、そんな番号は持っていない。タイスは持っている。その違いを彼は意識している。おれにとってはその番号はなんの意味も持たないが、タイスのような社会人にとってはそれこそ名よりも重要なのだ。権利を主張するにはサインよりもまず番号が必要な社会だ。名前など記号や番号以下の扱いしか受けない。おれのような者を相手にするとき初めて、名前が価値を持つのであり、タイスはそれに無意識に気づいたわけだった。番号で呼ばれることへの不審な思いが心に浮かび、すぐに消えてしまうが、おれにはそのタイスの心の動きがわかった。その不審の対象は番号が名前以上の機能を持つ現在の制度なのだが、タイスの意識にのぼったときは、その感じは番号制度ではなくおれ自身になっていた。彼にはその不審な感覚がその制度に対するものだとはわからず、〈なんなんだ、このわけのわからないおかしな感じは？　そうだ、この男が信用できないからだ〉と、原因をおれにすり替えてしまっているわけだ。不審を感じさせた心の動きは、言語的な思考ではなく、より大量のデータがおそらく並列に処理されて、一瞬にパターン化されて、すぐにまた変容し消えてゆく情報の波だろうが、そいつが消えても不審感覚そのものはしばらくは消えない。消えないから、それを意識すれば、この感じの原因はなんだろうと考えることになる。もともと理屈をこねたうえで生じた感覚ではないから、考えてもわかるわけがない。それでは気がすまないので、とにかく不審を抱かせる原因を論理的に探し、ほとんど瞬間的に、おれの存在に突き当たる。おれからみれば、そんな結果は理不尽だが、状況としては間違ってはいない結論だ。

おれはタイスにけっこうな言葉を費やして、これを説明してやった。もともと非論理的な、情動というのは言葉では説明しにくいので苦労する。当人が意識していないのだから、なおさら。

表面的な心の動きはサイファにはわかる。しかしなぜそのように心が動くのか、それを発生させた原因はなにかとなると、それはその人間の生まれや育ちや環境や、つまり人生経験のすべてから生じたものに違いなく、そこまで読み取るとなるとサイファにも難しい。下手をするとサイファは読む相手と自己とを区別できなくなり、人格が崩壊する。分裂症そのものだが、普通人の分裂症状は、その者が潜在的に持っているサイファの名残《なごり》の能力のせいなのかもしれない。

「少しはおれの能力を尊敬する気になったか、ティーヴィー」

「ぼくをティーヴィーと呼ぶのはやめてくれ」

ティーヴィーという呼ばれ方をされるのは、おれが初めてではないらしい。

なるほど。中大為だ。タイス・ヴィーの上司。その命令は絶対だ。靴を磨けと言われれば、やるしかないに違いないのだ。でなければ第四課から放り出される。もっとましなセクションに行けるとはかぎらない。中大為の機嫌をそこねれば首も覚悟しなくてはならない。彼は第四課に君臨する。部下をなんと呼ぼうと勝手だ。当人も気に入っていた愛称だろうと、中に言われているうちにだんだん嫌になるのもわかる気がする。

だいたい中大為は、まともに正確な名を呼ぶことがない。親しみをこめてのことではない。やつは自分の力をわからせるために、そうするのだ。

「おまえの能力を尊敬するだって?」とタイスは嘲る。「おまえ、自分で自分の能力など劣ったものだと言ったじゃないか」

「尾のようなものだってことだ。あんたにはない。おれにはある。利用できるなら使うまでのこと。あんたにはできないことがやれる。感心してくれてもいいと思ってな。まあな、あんたの心臓を手を触れずに止めるのは大変だが」

「それを聞いて安心したよ」

タイスは本音を吐いた。自信を少しはとりもどしたわけだ。おれに対する恐れが薄まっている。しかし、つけ上がってもらっても困る。もともとおれの立場は弱い。

「おれには手があるからな。いつでもおまえを殴れる。サイファの力なぞ使わなくても、素手で殺せる。銃があれば、それでやるほうが簡単だ」

「脅しのつもりか」

「サイファを相手にするときは、気をつけろと言っているんだ、タイス。魔力を恐れて、現実の力を忘れては、それは逆だと、教えてやっているんだ」

「よけいな説教はたくさんだ」

「中大為から、新米刑事を鍛えてやってくれと頼まれている」

「課長から？」

「おまえはおれの監視役で、おれはおまえのトレーナーなんだ。中大為のやることは無駄がない。そういう男だ。いちばんの脅威はあいつさ。おまえにとってはな。わかるか、タイス・ヴィー。中大為とおれは、おまえがまだ自分もただの人間だとは気づかない幼稚な生き物、つまり鼻たれのガキだったころからの、付き合いだ。おまえを精神的にひねりつぶすのなど、わけのないことだ。一人前の刑事にするよりよほど簡単だ。社会保障番号などなんの役にも立たない。せいぜい、つぶされないよう、がんばることだ。ま、少しは見どころがある。サイファを恐れるのは正しい。中大為がおまえを育てる気になったのも、わかる」

「ごたくはたくさんだ。敵はどこだ。ぼくに伝えろ、スイーパー」

「おれはコウだ、タイス。コウさま、と呼べとは言わんが、スイーパーはよせ」

「どこなんだ、コウ。あんたには見えるんだろう。近くだと言った」

それでいいと、おれはうなずいてやる。タイスは自動拳銃をホルスターから抜き、神経質な目で周囲を見やる。

おれはフラスクの蓋を開けて一口やり、あらためて口をしっかりと閉じると尻ポケットにもどした。

そろそろ無駄口がきけない状況になりつつある。危険が迫っているのを感じる。その感覚は、頭で考えるものとはちがう。高度な理屈から生じるものではなかった。もっと原始的な、全身の無数の細胞そのものが、自分を変容させるものが近づいてくるのを感じておののいている。

この世はすべてが変容していて、とどまることがない。生物は、ある期間だけその自然に逆らい、自己を保存する奇跡的な存在だ。周囲の逆らいがたい自然の力を認めつつ、それと闘い、あるいは利用しながら、折り合いをつけて生きている。

生物にとっては、自己を保てなくなるほどに自分を変成させる力は敵だ。一個一個の細胞はそれを感じながら生きている。そのレベルでは理屈も思考も関係ない。一定期間自己を保ち続けることだけに集中するメカニズムだ。強力な変成化物質である活性酸素は猛毒だが、か弱い細胞は必死にその攻撃から自己を護るべく集まり、抗酸化システムを作るために多細胞生物へと進化し、その一つがヒトになったという説もある。

いずれにしても、細胞が考えてそうなったわけではないだろう。自己を保存するというのが考えであり目的であったというのならば別だが、おれはそうは思わない。意志や目的や思考などに関係なく、酸化物質のような〈変容すべし〉という作用があるのだから、単にそれとは反対の作用で、〈変容するな〉というベクトルを持つなにかが生じるのも自然の成り行きだろう。吹雪のなかに吹き溜まりができるようなものだ。その吹き溜まりが、やがて自分とはなにかと考え、死を恐れるまでになったにすぎない。そうなってしまえば、しかし、自分はただそれだけの存在だと達観するにも努力がいる。おれも、簡単にはくたばりたくはない。震えながらも生きていたい。

敵が、おれと同じように、死にたくない生きていたい相手を殺したいなどと考えている存在ならば、こちらも頭でそれに対抗する手段を考えることができる。だがいま近づいてくるそいつは、そんな相手ではなかった。言ってみれば、猛毒の活性酸素のようなものだ。なにも考えていない。単純に、接触した相手を変化させるだけだ。しかし毒ガスのようなものではない。そいつは自己を持っている。おれの一個の細胞が、なにも考えないながらも自己を有しているように。そのレベルでの敵だ。

おれの全身の毛が本能的に逆立ち、鳥肌が立つ。敵は人間ではない。一個の動物でも植物でもない。おれにはわかる。おれの全身が、感じている。頭では正体はわからない。肉眼で見ても、おそらくたいしたものではない。たぶん不定形のゼリー状だ。怪物というには迫力がないに違いない。しかしそいつは生きている。触れるものを自己に同化して増えつづける。それはウィルスのようだ。接触する相手の能力を利用しつつ自己を増殖させ、より高度な、しかし考えることをしない全体を作り上げている。だが、ウィルスでも癌《がん》でもない、なにか得体のしれない、やはりそいつは怪物だ。アメーバのように動くことができて、しかし単細胞でもない。こいつはやっかいな敵だ。

「どこだ。どこから来る」とタイスが訊いた。

「あの穴だ」

おれは下水道の上部に並ぶ横穴の一つを指した。穴は無数の分岐点を経て地上へと繋がっている。廃液と廃気を集めてここに降りてくるのだ。

その怪物はそこへ追いやられた。光を嫌う生き物が闇へと逃れるように、それは単純な自律行動に違いない。光に相当する力を発しているのは、一人のサイファ、おれ以外のサイファだった。

おれにはそのサイファの存在がわかる。

「敵は、サイファに追い立てられているんだ、タイス」

「アルカ社の雇ったサイファだろう。アルカ社が自社の失敗作を極秘で処理する部門を持っているのは間違いない」

「アルカ社は自らの非を認めるような動きはしないよ。直接自社の人間を使ったりはしない」

「じゃあ、だれだ、そのサイファは。あんたにはわかるのか」

「わかる」とおれ。「目標はそのサイファにトレーサーを射ち込まれている。トレーサーというのは、形はなんでもいいんだが、たとえば銃弾にそのサイファの敵意の思念をすり込んだようなものだ。なんでもいい。銃弾でも護符でもなんでも。それはそのサイファの自己の一部といってもいい。おれにはそれが感じられる。そのサイファは、ＭＪだ」

「ＭＪ？　だれなんだ」

「申大為から聞かされていないんだな」とおれ。「本物のサイファだ。この世に二人しかいない。おれと、ＭＪ」

「人造人間か――」

「そう。ライトジーン社に作られた、おれの兄弟、五月生まれの兄だよ。五月湧《サツキユウ》。いまは、メイ・ジャスティナと名乗っている、女だ。しかもおれより若い。ライトジーン社の自信作だったはずだ。成功作かどうかは、いまはなんとも言えんな。おれも同じだ」

「兄で、女だって？」

「そう」

「しかも、あんたより若い？」

「そう」

「なんだそれ」

「ＭＪは、作られたときの五月湧である自分を捨てた、ということだ。だが最強の、本物のサイファであることは変わらない」

「協力し合っているのか？」

「いや。ライトジーン社から離れてからは付き合いはない。ＭＪはおれとは違って、自由人ではない。社会保障番号も持っている。おれとは別の生き方を選択したんだ、五月湧からＭＪに変わったときに。いまのＭＪは、バトルウッド社のトラブルシューターだ。バトルウッド専属の探偵というところだ」

「アルカ社がバトルウッド社の探偵を使っているというのか」

「どちらも同じ組織から分裂した企業体だ。現在の人工臓器メーカーの多くは、元を質せば同じ社から分裂したものだ。おれを作った、ライトジーン社だ」

いまは、ライトジーン社はない。しかしこの巨大都市の名として残っている。

「一時期無数にあった各社は、互いにつぶし合って、いまの形に落ち着いたわけだよ。ライバル同士だが、共通の利益のためには裏で協力し合っているのは間違いない。いま世の中を支配しているのは、いまは形のないライトジーン社の、その遺志なんだ。降りてくるその怪物がアルカ社の不手際によるものかどうかは問題じゃない。そんなものが生じる原因を作ったのはライトジーンの遺産である技術力だ。ま、自然災害に近い。警察が動くような事件とはちがう。台風を逮捕したり裁こうとするようなものだ」

「だから放っておけというのか。放っておいて、みんなあの怪物に食われてもいいというのか」

「放っておけば大災害になるのは間違いない。企業もただではすまない。だからコントロールしようと必死だ」

「犯罪だぞ。現にアルカ社の仕事をしていた六人が行方不明だ。一人は危うくその怪物に食われそうになって、逃げた。それなのにアルカ社は、非を認めていない」

怪物が、ここに至る最後の分岐点を通過し、いま見えている穴に直接繋がるその下水管内を、ねっとりとした動きで降りてくるのが感じられる。もうじき、姿を現す。もうすぐだ。

2

その怪物は、おそらくアルカ社が作っていた生体部品の一つ、脚か腕だったろうと思われた。そいつがなにかの拍子に自己に目覚めてタンクから逃げ出したのだ。

原因は無限に近いほどあるに違いない。脚が脚でありつづけるほうが不思議といえば不思議なのだから、いつ脚がなにか別のものに変容したとしても驚くような現象ではないのだ。

現代の人間はまさにそれを自分の身体でもって実感している。自己の一部の変容がたやすく起きるのだ。それは、腕だったり、脚だったり、胃や肝臓だったり骨だったりする。臓器の一部が、勝手に自分の寿命を決めたかのように崩壊する。臓器崩壊という現象だった。いつ、だれの身にそれが起きるか、わからない。

そういうヒトという種にとって危機的な現象が起こり始めたのは、五十年ほど前だ。その当時、ライトジーン社は最も優秀な人工臓器メーカーだった。この人類の危機は、もしかしたらライトジーン社が企業利益を上げるために仕組んだことだったのではないか、という噂も当時は流れたという。おれが生まれる前のことだ。ありそうなことではあるが、ヒトはいまだにその危険から解放されてはいない。ライトジーン社が原因を作ったのだとしても、ライトジーン社は崩壊する臓器を人工の物に交換するという方法以外の、抜本的な解決策というものを持っていなかった。そんな解決策を持っていたのなら、そのほうが利益を上げられただろうから、臓器崩壊現象がライトジーン社のなんらかの行為に起因することであるにしても、それはライトジーン社が故意に意図したものではないだろう。

おそらく、ライトジーン社は関係ない。ヒトという生物はいずれこのように種としての寿命がつきるようにできていたのだ、とおれは思う。ライトジーン社が疑われたのは、この危機を人災だと思えば、なんらかの解決策を見つけられるだろう、ということからだ。つまり、自然には逆らえないが、人間がやることならなんとかなりそうだ、という希望的な見方なのだ。

ライトジーン社は、もとより優秀な人工臓器メーカーだったが、この臓器崩壊現象が全人類的な危機であることが表面化してからは、人工臓器の改良を重ねると同時に、解決策を研究した。その研究過程で生まれたのが、二人の人造人間、ＭＪと、おれだった。

おれとＭＪは人間ではなかった。だから、臓器崩壊は起こさないだろうと予想された。いまのところ、それは正しい。

普通の人間が、どこか臓器の一部が駄目になったとすると、それを切り取り、新しい部品を繋ぎ、はめ込む。いまでは、生まれたときから同じ手足で生きている人間のほうが珍しいくらいだ。人工臓器はよくできてはいるが、さほど長持ちはしない。

特定の一企業が人類全体の運命を握るのは危険だということで、ライトジーン社は解体された。実際にライトジーン社は、おれたち二人のサイファの能力を知って、この技術力を背景に世界支配を企んだのだ。まったく、ひどい混乱の時期を、おれは生き延びてきたものだ。

ライトジーン社は解体されたが、技術は遺産として残され、ヒトが変容して形を崩し、別のものになるか絶滅するかという危機から救うものとなった。それが救いかどうかは、おれにはわからない。だれにもわからないだろう。ともかく人類はライトジーンの遺産で延命をはかる道を選択したのだ。別の道が見つかるか、いまの道がいやになって自滅を選ぶまで、人工臓器に頼る状況は続く。

つまり、ライトジーン社のような一社独占体制ではないものの、それでも現在の各人工臓器の企業体は大きな力を持っているという、状況だ。

タイス・ヴィーのいう行方不明になった六人というのは、アルカ社の正社員ではなかった。

企業の下請け仕事をする、自由人だ。

　自由人は、定住、納税、教育、勤労の義務から逃れ、街から街へ自由に移動する。義務を果たさないのだから、一般人からは、まともな人間だとは思われていない。それを承知で自由人になったのならいいが、自由人の二世などになると、問題が生じたりする。一般の社会人になりたいと思っても、それはなかなか難しい。まともな人間だと思われていない者が、自分はまともな人間だと認めさせるのに費やさねばならない労力はかなりのものだ。やる気なら、やれるだろうが、諦める者も多いに違いない。おれは人造人間で、もとより人間ですらない。見方によっては惨めな存在だろうが、自由人よりも自由といえる。おれはこの自由を楽しんでいる。

　アルカ社の工場のタンクの並ぶ場所で仕事をしていた自由人たちがどういう種類の自由人だったかは、それは彼ら自身に訊いてみないとわからない。が、その立場の人間が、一般人扱いされないのは間違いない。一般人がいやがる仕事や危険な作業をそうした自由人は請け負う。あるいは、生活のためにそうした仕事を引き受けざるを得ない。だが、危険な作業にもいろいろある。今回のような危険に対処するには、専門知識が必要だろう。それをアルカ社が自由人に任すはずがない。つまり、この作業の危険性をアルカ社は認識していなかった、ということになる。

　アルカ社はライトジーン社の生体部品製造部門のうち四肢に関するそれを引きついだ企業だ。その人工脚かなにかの製造タンクから怪物が生じて、あっというまにその自由人の六名が犠牲になった。

その六名はいわゆるサイファではなかったろう。生き残った一人が、弱いレベルのサイファだった。おれのような強い能力を持つサイファは普通人にはいないが、近い能力を発揮できる者はいる。だが普通人には必要のない能力なのだ。もし必要なら、だれもが持ってるに違いない。おれとMJ、つまりサイファの能力を持つ人造人間を、ライトジーン社はパーフェクト・ヒューマン、などと呼んだが、そうした能力がまったくなく、しかも強く生きられるヒトがいるとすれば、それこそパーフェクト・ヒューマンかもしれない。いまではパーフェクトといえば、一度も生体部品を交換することなく生きている人間のことだ。完全体というわけだ。完全体のまま死ぬのが幸せかどうかは人による。金がなく、交換すれば生きられるのに、それができないで死ぬ者もいるし、信念から、交換せずに死を受け入れる者もいる。どちらも少数派だが、いるのだ。

その生き残った自由人のサイファは結局は死んだ。アルカ社近くの路上で、ちょうど巡回中の警官に発見されて、市警病院に運ばれた。

まだ息はあったが、全身が強酸を浴びたような奇妙な状態だった。作業衣はそのままで。急速に皮膚が癌化したようにも見えたが、人工皮膚に張り替える前に死んだ。窒息死だ。皮膚呼吸ができなくなったためだろう。しかし原因は警察にはわからなかった。

事故か殺人かとなれば、まず殺人、と警察は考える。そのような殺し方ができるとすればサイファしかいない。サイファがからんだ事件は立証が難しい。それで申大為の出番となったのだ。

そういえば聞こえはいいが、市警中央署の他の課では、身元もはっきりしない、もともといてもいなくてもかまわないような行き倒れの自由人の死因など、どうでもよかったのだろう。

好意的にいえば、忙しすぎて手が回らなかったのだ。ようするに殺人とは認識しなかった、したくなかった、明らかに殺人だとわかっても事故で片づけたかったに違いない。死んだ男本人か家族が異議をとなえないかぎり。その男は社会保障番号を身につけていなかったし、そんな男がもし殺されたのだとしても、殺す相手も同類か、同類でなければまともな人間というわけだが、それなら殺人というより事故なのだ。ひどい話だが市警はそのように対処したかったに違いない。しかし万一、まともな人間による殺しで、そいつが社会保障番号を持っている人間にも同様のことをしたら責任を問われるのは避けられない。ではどうするか。第四課にはそうした事件が回されてくる。だから、はきだめ課であり雑用課だ。すべての責任は申大為が負う。彼が市警全体にけっこうな力を振るい、いばっていられるのは、それだけの仕事をしているからだった。手を着けた事件は必ず解決し、後に問題などいっさい残さない。犯人などだれでもよく、とにかく疑わしい人間を捕まえて有罪にしてしまう男だ、という噂が市警の中でも立つほどだった。

その捜査法は手段を選ばない、というところがあった。申大為がおれをスイーパーとして雇うのもその一例だが、それだけではない。たとえば、今回のような、人工臓器メーカーが関係していると疑われる事件でも中大為は尻込みなどしない。人工臓器メーカーの不正は重大な問題だったから、市警だけではなく専門の監督機関があって、格としては市警は低い。その縄張りに、中大為は平然と踏み込んでいく。むろん、最初から人工臓器メーカーの不正が疑われる重大事件となれば、第四課に担当は回ってはこない。

中大為は自分の管轄以外の事件には決して口出しなどしなかった。が、いったん自分の事件となると、徹底的にやった。正義感からではない。機械的に捜査を実行しているだけなのだ。回ってきた仕事をこなして、それを自分の実績にする、というだけのことなのだ。そのやり方は、犯人以外にも、縄張りを荒らされる他機関の捜査官などにも恨まれる。

捜査過程で企業と公人との癒着《ゆちやく》などの事実が浮かぶこともあり、それは担当しているものよりずっと深刻な事件になるだろうというものもあったが、中大為はそれにはかまわず、その事実を自分の担当事件の解決のために利用した。ようするに、事実を知るための取引であり、それで駄目なら脅しをかける。

それでも中大為は首にはならない。捜査手段は荒っぽいが、捜査計画そのものは機械のように精密で、だれからも攻撃されないように行動したからだ。署長や、さらに本部長や市長などが捜査に干渉しそうな事態だと判断すれば、そうした権力者から圧力をかけられる前に、捜査の矛先を変えた。中大為が取引する相手は、つまり小物ばかりで、もし相手が市長や本部長を動かして自分を捜査担当から外すだけの力を持っているときは、その相手を攻撃したりはしなかった。捜査の行き過ぎを咎《とが》められたことは一度もない。

それで申大為は、巨悪を暴くなどという輝かしい実績とは無縁だった。もし担当している事件が実はそうした犯罪であることがわかれば、署長から担当を外された。手柄を他の課に横取りされるようなものだったが、申大為は不平は言わなかった。署長の立場の人間はおれが知っているだけで三人代わったが、彼らは申大為が、表面上の実績以上の犯罪事実をつかんでいることを知っていた。彼らは、第四課を事件捜査から外すとき、多少の後ろめたさと、文句を言わない申大為の態度に訝《いぶか》しさを覚えながらも、第四課の便利さを最大限に利用した。中央署という現場では、第四課という課は重宝なものだったので、もし現場より上の市警本部などからその課を廃止しろなどという働きかけがあったとしても、現場からの強い反発でそれはかなわないだろう。第四課は、だから潰されることはないのだ。

その課に配属される刑事たちこそいい災難ではある。労多くして実り少ない。その実績も上げられないとなれば、申大為から刑事失格の烙印《らくいん》を押されかねないから、どんな些細《ささい》な事件でも手を抜くことはできないのだ。

その第四課という課は、申大為が作ったに等しい。申大為がその課から異動すれば、後任の人間が申大為のように便利屋として振る舞うという保証は、だれにもできない。それで申大為は、第四課に君臨し続けることができた。彼は、自分がやりたいことをやりたいようにやれる場を自分の力で作ったのだ。

それでも申大為は、第四課の課長という地位には満足してはいない。それなら、表面には現れていない実績を元にして上を狙えばいいのに、中大為はそれはやらない。それが、おれにはよくわからない。現場から叩き上げた一警官が署長になるのは難しいことなのだろうが、中大為ならやれそうだ。もしかしたら彼が狙っているのは、権力を手に入れて権勢を振るいたい、という動機とは少し違うのかもしれない。権力者は、自分の利益と同時に他人の利益にも配慮しなければならない。そうしなければ、その座は危うい。中大為は、他人の利益のことなどにはかまわず、自分の好きな生き方をしたい、そのためには第四課の場では狭くなってきた、ということなのかもしれない。

中大為はそういう男だ。第四課の地位に甘んじているただの便利屋のように見えているが、その真意は、長い付き合いなのに、サイファのおれにもつかめない。警察上層部から捜査を打ち切れと命じられれば無表情にそれに従う男。それだけなら、自分の考えをなにも持っていない単なる馬鹿といえるだろうが、中大為がそうだとはおれには思えない。彼はいずれ、馬鹿に見える仮面をとり、マシンであることをやめ、本性を現して変身するのではないかという気がする。

あれも一匹の怪物だ。人間はみな程度の差こそあれ、そうなのだ。

3

今朝早く、そういう中大為に呼ばれたおれは、その死んだ男の心を読まされた。思念の残像のようなものだ。

死体安置室でまず最初に感じたのは、鋭い刃物で切りつけられるような恐怖だった。頭に刻印された、鮮やかな感覚だ。それはおれにとってはまさしく刃物のようだった。実際に切りつけられるような感覚に耐えながらそれをたどると、下にもっと原始的な、本能的な、細胞自体が逃げ出そうとしているかのような、いまおれが下水道で感じている底知れない恐れの感覚があった。

それがより集まって不定形の影がイメージされ、そいつが、死んだその男の親しい者たち、仕事仲間だろう、数人のイメージを飲み込んだ。そのまま、こちらに向かって影が広がる。原始的な恐怖がざわめき、おれの皮膚もおののいたに違いない。

その影が、おれの、いや男の皮膚から体内に侵入し変容させようとしている。男はそこで恐怖を実際の激しい痛みとして捉え、サイファの能力が自動的に抵抗力として目覚めて、その影の侵入にあらがった。

その影は思わぬ抵抗に、たぶんそうだったろう、男を自分に同化しようとするのをあきらめ、消える。男はそのとき、まだ歩くことができた。影から逃れ、路上に出て、そして息たえたのだ。

事故ではない、殺した者がいる。おそらく人間ではない。おれは中大為に感じたままを伝えた。

『人間ではない。ならば、なんだ』

　中大為は驚いたふうでもなく、おれに訊いた。

『アルカ社が製造中の人工臓器が変成したものだ』とおれは答えた。『この男の仲間の六人が、そいつに飲み込まれた。巨大なアメーバのようだ。なんだと思った？』

『頭のいかれたサイファなら、こうした殺し方ができる』

『あいにく、サイファではないな』

『犯人が人間でないのなら、簡単に処理できる。これは事故だ』

『放っておくのか』

『いや』と中大為はおれを見ながら、言った。『おまえの言うことが正しいかどうか、調べる。当然だ』

『犠牲になった七人は、自由人だ。身元を確認するのは難しいだろう』

『それはおまえには頼まない』

『この自由人たちを殺したのは、怪物だ。現場から逃げている。人間を飲み込んで、大きくなる。それが、この男が死ぬ前に見た悪夢でないとすれば、アルカ社は動いているだろう。怪物はかなり危険だ。アルカ社にはあたってみたのか』

『この死体とアルカ社の関係は、その工場近くの路上にそいつが倒れていたということだけだ。いまのところは』

『アルカ社は極秘で処理したいだろうな。欠陥品がタンクから逃げ出したなどということは公表したくない。自社製品の信頼性を疑われる』

『すでにこの死体が公になっている。この事実は隠せない。アルカ社が極秘で処理したいのなら、この男の死体を始末すべきだった』

『あくまでしらをきったら、どうする。あんたは、この男の死因を、不明として処理するしかない。それではあんたの経歴に傷が付く』

『わたしの心配など無用だ』

『どうするつもりか聞きたいと思ってな。おれはわざわざここに来てやった。用済みなら、帰る』

『おまえの言うことが事実だとわかるときは、裏付けがとれたときだ。どんな事故であれ、それを公表しないのは違法だ。アルカ社は、違法行為よりは、事故を認めることを選ぶ』

『そうさせるには証拠がいる。どうやるつもりだ』

『簡単なことだ。その怪物とやらが実在することがわかればいい。コウ、おまえがやれ』

『おれが?』

『そうだ』

死体安置室から自分のオフィスに戻り、申大為は、あらためて、おれにその怪物を捜せ、と言った。

『そいつを捕まえろ』

『危なすぎる。ごめんだな』

『死体のあの自由人はサイファだと言ったな』

『ああ。おれほどではないが』

『即死はしなかった。おまえはあの男とは違う。本物のサイファだ。怪物とやらを退治できるだろう。その組織サンプルを持ってこい』

『それでアルカ社の不正を暴けるというわけだな』

『不正かどうかは、わからん。アルカ社の出方しだいだ』

『それしだいでは、怪物の存在は公表しないというのか？』

『その判断は、上がやるだろう。わたしは、ただ捜査するだけだ。協力しろ』

『なるほど。いつものように、か』

『そうだ』

『フム』

いつものようにというのは、その仕事をすれば、申大為はおれに、中級程度のウィスキーが買えるほどの金をくれるということだ。すでに死体を見てやったから、これ以上の仕事となれば、それは別料金になる。もっと要求できるだろう。金がないときはそれだけでもおれにはその報酬は魅力的だが、むろん長く付き合ってきた理由はそれだけではない。

おれは自由人として気ままに生きていたい。だが、それはなかなかままならない。邪魔が入る。とくにおれのサイファの能力を自分の権力維持のために利用しようという相手はやっかいだ。おれはそんな犬にはなりたくはない。そういう相手から自分を護るための、盾として申大為は利用できた。申大為は、彼個人の道具としておれを利用するが、おれを他の組織に渡す気はまったくないのだ。そのようにおれを横取りされないために、申大為は骨をおり、それはおれには好都合だった。

おれはしかし申大為に飼われた犬ではない。この男がおれにとって不利益となれば、いつでも離れられる。そのときは、この男は謎の死をとげることになるだろう。サイファの力で、それがおれにはできる。申大為もそれは承知している。個人的におれという真のサイファを使いこなすというのは、生命を賭けることでもあるのだ。

そのため、申大為は、対抗手段をとるのを忘れなかった。彼は、おれの身体特徴が警察の犯罪関係者のデータバンクであるデルタファイルに入力されている事実を示して、これで対等だと言ったものだ。

おれは犯罪を犯したことはなかった。おれの情報がそのデルタファイルに収められたのは大昔のことで、おれ自身も忘れていたような古い記録だ。若いころ、自由人に混じって仕事をしていたとき、ちょっとした暴動騒ぎが起きた。そのきっかけはおれにもよくわからなかったが、自由人たちが稼ぎの分配かなにかでいざこざを起こしたのだろう。それだけで済めばよかったのだが、弾みで自由人たちに仕事を持ってくる手配師を巻き込んでしまったのだ。ああいう混乱状態ではサイファの力など役に立たない。それを思い知って、以後おれは慎重になったものだ。巻き込まれる前に逃げるべきだった。が、あっというまに騒ぎは大きくなり、暴動鎮圧に出てきた警察にみんなまとめて豚箱に放り込まれた。おれは首謀者でもないただの雑魚の一人として釈放されたが、身体記録は取られた。そのときのものだ。その内容は、血液型などについてのデータは詳しいが、サイファの能力のことは記載されず、ライトジーン社に作られた人造人間である、などというデータもない。自由人のデータとすれば、そんなものだ。だがおれがなんらかの犯罪を犯して、現場に髪の毛一本でも残せば、犯人がおれだということはそれで割り出せる。

おれが本気で犯罪を実行するとしたら、なんの証拠も残さずにやる自信はある。だが、証拠などなくても疑わしい者は捕まる。デルタファイルのリストからランダムに選び出した人間を、即座に逮捕するのは可能だろう。罪状はあとからいくらでもつく。権力というのはそういうものだ。おれがもっとも警戒するのが、そういう力だった。申大為もそれを知っているから、それをおれに示したのだ。――このファイルがあっても、わたしがいるかぎり、おまえが何らかの事件に巻き込まれても容疑者からは外してやろう。おまえが実際にかかわっていようとも。だがわたしになにかあれば――と彼は言ったものだ。

悪い取引ではないと、そのときおれは判断した。それでも危うい関係には違いない。それがきょうまで続いている。

『どうした。怪物を見つける自信がないのか』

『いや……感じられる。いま、感じる。敵はトレーサーを射ち込まれている。ＭＪだ。地下下水道に追い込んで処理するつもりだ』

『ＭＪ。なるほど』申大為は眉をかすかに動かして、うなずいた。あまり表情を動かさない男としては、それはけっこうな反応だった。『アルカ社は素早く動いたわけだ。ついでに例の死体も始末しておいてくれればいいものを。だが、いまさらこちらであの死体を現場にもどすわけにもいかない。おまえ、MJが出てくることを知っていたな?』

『まあな』とおれ。『予感はあったよ』

MJが出てくるとなれば、申大為はアルカ社に出し抜かれる恐れがある。事故も怪物も存在しなかった、ということになれば、申大為はこの事件の処理に困る。それが、おれには読めた。

『素直に事故を通報してくればいいものを。気に入らないやり方だ』

『極秘で生物兵器を開発していたのかもしれない』

『それはない。そんな場所に自由人を入れたりはしない』

『ま、自由人が犠牲になったことくらいでは通報はしないだろうな。そんな例はいくらでもありそうだ。問題は、あの怪物だ。あいつの処理は市警にはできない。アルカ社がやるしかない』

『わたしにはできる。おまえにやらせる。コウ、MJより先にそいつを掃除しろ。アルカ社が作った怪物である証拠のサンプルを持ってこい。MJには負けたくはないだろう』

『殺されないのなら、負けてもいい。勝負する気はないな。相手にしたくない。だいたい、MJは、勝つの負けるの、という相手じゃない』

『そうかな』と冷酷に申大為は言った。『おまえとMJは元は同じモデルだ。それが四十年経って、こうも違ってくる。ライトジーン社ならずとも、どちらが優秀なものに育っているか興味のあるところだ。MJはいまや若い女だ。おまえは中年のよれよれの飲んだくれだ。見た目はMJの勝ちだな。しかし見かけだけが性能のすべてではない』

『あんたの興味など、おれにはどうでもいい』

『怖《お》じ気づいたのか』

『そうさ』とおれはこたえた。『あんたにはわからないだろうが、敵は恐ろしい相手だ。人を食ってどんどん大きくなる』

『人を食った相手は、放ってはおけない』

『敵というのが、おれとあんたでは意味が違っているようだ——』

『企業にもMJにも、第四課とわたしの存在を知らしめておく必要がある』

『あんたは、いったいなにが楽しみで、そのデスクの前で毎日過ごしているんだ？』とおれは言ってやった。『手柄を立てたところで、その手柄は署長のものだろう。不始末は、あんたのもの。よくやっていられるといつも感心している』

『わたしの楽しみか』中大為は無表情のまま、言った。『最強のサイファが、わたしの心を読めないとは、たいした力ではないな』

『認めるよ。教えてくれ』

『わたしの楽しみは、なにもかも自分の思い通りにいくと信じ切ってほくそ笑んでいる、そういうやつらの、その笑みを顔から剥いでやることだ。わかったか？』

『いつもそう、うまくいくとはかぎらない』

『当たり前だ』

『おれが知りたいのは――』

『おまえの興味など、どうでもいい。おまえも先ほど同じことを言った。わたしは仕事をする、それだけだ。わたしの依頼を断るというのなら、それでもいい。市警をあげて、ＭＪを捜し、拘束する』

『本気か』

『むろんだ』

どうも、そのようだ。中大為は、ＭＪから事の真相を訊き出そう、などと考えたのではなかった。怪物を処理する仕事を請け負ったＭＪの行動を妨害し、その間に怪物を公のもとにさらけ出すつもりだ。その怪物が、それを捜索する警官などの人間を飲み込んで何人犠牲者が出ようとかまわない、一人二人の犠牲者が一般人の中から出ればかえって好都合だとさえ思っている。

『あんたは、怪物の脅威を過小評価している』とおれは言った。『あれは、言ってみれば、病原体が集まった巨大な群生体のようなものだ。一個の細胞でも残っていれば、いずれ人間に取り付いて、増殖する。触ることはおろか、下手に焼いたり切ったりしたら、大災害になる。ＭＪはトレーサーを射ち込んだ。ＭＪには、その怪物のすべての構成細胞が見える。そのようにしたんだ。一個の細胞をも見逃さず、怪物を処理できるのは、ＭＪだけだ。ＭＪに干渉するな。あんたの判断の誤りで、人間すべてが危険にさらされる。危険から逃れられるのは、サイファだけだろう。生き延びられるかどうかはわからないが。人間は、アルカ社が作り出した、その、生物兵器か単なる人工臓器の出来損ないか知らないが、怪物と一体になって、影も形もなくなるんだ』

『わたしはサイファのおまえの言うことを信じてはいない。利用するだけだ。おまえもそれは承知していよう。わたしの考えは変わらない。おまえが協力しないのなら、ＭＪを指名手配する。それがわたしの判断の誤りであると非難できる人間はだれもいない。おまえが勝手にそう言っているだけのことだ。おまえが、自分のそのサイファの力で得た情報が正しいと信じ、自分もその怪物に飲み込まれたくないと思うのなら、選択の道は二つだ。わたしに従うか、ＭＪを捜索する市警を相手に全面戦争を仕掛けるかだ』

『この場であんたを消すこともできる』

『それが、この事件の目的だとも疑える』

『なんだ?』

『おまえはＭＪに妄想を吹き込まれただけで、怪物など存在しない、という可能性だ。サイファなら、適当な人間の頭に妄想を刷り込んで殺すことくらいはできる。それを、おまえに読みとらせる。ＭＪはおまえがわたしの仕事をしていることは先刻知っているからな』

『それこそあんたの妄想だ』

『おかげで退屈しない』と中大為は言い、それから唐突にこう続けた。『新入りの刑事に、おまえを監視させる。鍛えてやってくれ。どこへ行こうとおまえの自由だ。もしわたしの気に入ったものを手に入れたら、報酬はいつもの倍出そう』

『ウィスキーのボトル一本分の金で、人類の危機を救えると思っているのか』

『気に入らないのなら自分で雇い主を捜せ。街頭で募金活動でも、なんでも。なんなら、監視役の新入りに、手伝うように命じてやろう』

『わかったよ。目を付けてある、ウィスキーの逸品がある。そいつでどうだ』

『よかろう。いくらだ』

『わからんな』

『わからない？』

『オークションに出る。自由人のおれには入れない。刑事は駆け引きは得意だろう。部下にやらせてみるのも面白いだろうな』

『分不相応なものを持つのは、不幸の元だぞ、コウ』

『持ち続けはしない。飲み干してやる』

『おおきく出たな』

『どこが。ささやかな要求じゃないか。人生には楽しみが必要だ。おれも、あんたも。互いにそれを得る』

申大為は無言でうなずいた。

4

その怪物の脅威というものが実際にはどれほどのものか、申大為と例の取引をしているときには、実はおれにもよくわからなかった。ＭＪが出てくるのだから、それなりの脅威はあるだろうとは予想できて、それをちょっと誇張して申大為に伝え、それでおれは、一般人でも滅多に手に入れられない保存状態最高の年代物のウィスキーを要求することができたわけだ。

しかし、いま下水道で、その怪物の存在を身近に感じると、もっとふっかけてもよかったかと後悔したい気分だった。まあ、あのウィスキーを味わってみること以外にいまのところ欲しい物はなかったが、それもしかし、生きていられればの話で、前払いを要求すればよかったな、だが、オークションは来週だし、などと思う。とにかく、ここで殺されたら、来週という時間はおれのもとには永久にこないし、もはや、来週のことを気にする余裕はなかった。

怪物が近づいてくるにつれて、その怪物に殺された男の恐怖の残像が、おれの心のなかで本物の恐怖としてたしかな力となり、立ち上がった。それ自体が怪物であるかのように。タイスの持っている拳銃弾など、なんの役にも立たないだろう。勝負は、おれのサイファの能力で決まるだろう。

その力は脳だけが発するものではなかった。おれという人間を作り上げている一個一個の細胞のすべてが、協調して生み出すものだ。高級な思念を生む脳みそはこの闘いにはかえって邪魔なくらいだった。頭が感じる恐怖に惑わされては勝ち目はない。

変容から自己を護るためにおののいている全身の力を、怪物に向かって解放しなくてはならない。胃が縮まり、心臓は胸のなかで跳ねまわるように高鳴っている。それはおれから、この場から、一刻も早く逃げようとしている別の生き物であるかのようだ。だが、それでは困る。不随意なそれらもおれ自身の一部として支配しなければ、敵には通用しない。敵はおれの弱い部分から攻撃してくるに決まっている。おれの胃が、おれから逃げ出そうとしていれば、まずそれからやられる。

おれは奥歯を嚙みしめ、全身を硬直させた。たとえ鉄棒でぶん殴られても痛みは感じないだろう。タイスに無駄口をきく余裕はもうない。タイスも暗視ゴーグルごしにおれを見て、危険がもうそこまで迫っているのがわかったのだろう、銃をその穴に向けて構えた。

タイスが不安なのは当然だろうが、おれの感じている脅威に対する圧倒的な恐怖は、理解もできず感じ取ることもできない。

おれからするとタイスはまるで、向かってくる火の玉の前に裸で立っているかのように、無謀で無防備だった。張りつめているおれからは、タイスは悠然と構えているかのように感じられた。

それでおれはふと、その怪物には実体などないのではないかと思った。向かってくるのは

MJのトレーサーを射ち込まれた怪物などではなく、実体のない、MJ自身が放った、サイファだけに感じられる邪悪な力、おれを騙《だま》す悪意そのものであり、普通人にはなんの痛みも効果も感じさせないのではないか、せいぜい風くらいにしか、と。

似たようなことをおれは申大為に言われたのを思い出す。そんなのは妄想だ、と。そうだ、これは妄想だ。おれの頭がなんとか恐怖から逃れようとしてこねた理屈だ。もっとウィスキーを飲んでおくべきだったか——おれは、見た。

ぱっと白煙がその穴から噴き出した。妄想などではない。タイスもそれを見た。思わずのけぞる。白煙に続いて圧力波を感じた。まるで穴に仕掛けられた爆弾が爆発したかのようだった。汚水まじりの泥が噴出した。

穴の口径いっぱいに広がって降りてきた怪物が、管内の汚物をきれいに押し出した結果だ。おれにはそれがわかったが、タイスはそうではなかった。悲鳴を上げて銃を乱射した。その直後、汚泥とともにそいつが勢いよく穴から吐き出された。それが、本体だ。

おそろしく重量感のある、牛ほどの大きさのそれは、穴の対面の下水道の壁にぶち当たり、押しつぶされ、ねじれながら、形を崩して下へと落ちる。下水の本流へと。

派手な水しぶきが上がり、おれたちは津波のようなそれをもろに浴びた。キャットウォークから落ちそうになる。落ちれば胸ほどの深さだ。周囲はぬるぬるしている。キャットウォークには手すりなどというものはなかった。かろうじて足をふんばり、身を支えられたのは幸運だった。怪物は汚水に洗われ、表面が現れた。激しい流れではなかったが、その下水の流れにそいつはあらがい、支えを探しているようにのたうった。牛というよりも海生動物のウミウシの巨大版のように見える。予想していたゼリー状というよりは、体表には外部から身を護るための皮膚層があって、想像していたものより複雑な生き物だ。六人の人間を飲み込んで巨大化したのは間違いない。

その大きさが水流に対する抵抗となり、そいつの周囲に渦ができた。もう少し小さかったならばとっくに押し流されていたか、逆に水流から逃れてキャットウォークにはい上がることができたかもしれない。そいつが押し流されまいとしているのは明らかだった。溺死への恐れを感じる能力があるのだ。怒りに近い、激しく憤っている様子を感じ取ることができた。

そいつは身体の一部を伸ばしてキャットウォークを探り、必死に生き延びようと動いている。その動きが、怒り、焦燥、憤りに、感じられるのだ。このままでは危ない、水に流されないためにはもっと巨大化すればいい、そう思いついたかのように、そいつは一瞬動きを止めた。おれたちの存在に気づいて、距離を測った。おれにはそう感じられた。

そいつに直接触れたならば最悪の事態になりかねない。いや、それでなくても、そいつには胞子を飛ばす能力があるかもしれない。一個のそれがこちらに取り付けば、そこからあっというまにそいつ自身が増殖をはじめるのではないか。死んだ男が感じた影というのは、そうした無数の胞子の雲かもしれない。そう思ったのは、その怪物の、水流から現れ出た体表部分が盛り上がり、まるでキノコのようにその上部が開きはじめたからだ。

おぞましくも、しかしどこか妖しく、誘い込まれるような、出来のいいメカニズムの動きを感じさせる美しさがあった。美しいなどと感じるのは脳がやることに違いない。本能は危ないと警告しているにもかかわらず、その恐怖のなかでも好奇心というものがまだ生きているのだ。その好奇心が、ここは手出ししないほうがいいと気づかせてくれた。この怪物はもはや死にかけているのだ、と。

おれはサイファの能力でそいつを見ていた。その感覚では、その怪物は皮膚で覆われているように見えたのだが、しかしそれはこの怪物自身の、本来のものではないのだ。それはMJがそいつに被せた、ネットのような、MJ自身の思念、肉眼では見えないMJの分身のようなものだった。怪物の体表はすでにそいつ自身のものではなく、MJの意志によって変容させられたMJの皮膚のようなものなのだ。肉眼ではわからないが、それがトレーサーの役目も同時にはたしているのだった。

その証拠に、怪物自身の機能であるキノコ状のそれは、MJのネットを破ることができず、完全には開くことができなくて、のたうちまわっていた。ネットの罠に落ちた野獣のように。

水しぶきを浴びてからそれに気づくまで、三秒とたっていなかったろう。まだ髪から汚水がしたたり、肉眼をよく見開くことができなかったから。

「やめろ、タイス」

おれは叫んだ。怪物の体表から盛り上がったキノコ状の突起に赤い輝点が浮かび上がる。落ち着きを取り戻したタイスが、拳銃のレーザー照準で狙っているのだ。それが、やらずもがなの勝負へとおれを引きずり込んだ。

タイスがそんなことをしなければ、おれたちはただそいつが押し流されていく後をついていき、死んだことを確認して、その細胞サンプルを採取するだけでよかったのだ。その怪物はすでにＭＪに弱らされていた。

だが、遅かった。タイスは発砲する。彼の射撃の腕のよさが災いとなった。その弾丸はキノコ状の突起の根元に命中し、そのキノコ体を吹き飛ばした。少し先のキャットウォークに落ちる。ＭＪの仕掛けた思念のネットが破れた。

怪物は生き返ったかのように活発になり、流れに逆らって、こちらに来る。

ＭＪは怪物全体を殺すことをせず、最小限の労力で怪物の力を封じ込めていたのだ。タイスが撃たなければ、怪物がいずれ死んだのは間違いない。そう長い時間はかからずに。ＭＪは、その手段で十分だと判断したのだろう。下水道に思念ネットを破るような真似をする者がいるなどというのは、計算外だったに違いない。

それでもＭＪの思念のネットは、破れた箇所をすぐに塞ぐように作用しはじめていた。ＭＪのサイファの能力はたいしたものだったが、感心している暇はなかった。

怪物本体に開いたその傷口から、怪物の内部の自己細胞が盛り上がりはじめていた。

おれは連射しようとするタイスの右手首をつかんでやめさせ、再び現実となった恐怖と闘いながら、サイファ感覚での攻撃意識を高める。ＭＪのように思念のネットを被せることもできたが、余裕がない。おれがそうするには怪物と同時にＭＪの思念ネットという二つの存在を包み込む必要があって、ＭＪがやったようなわけにはいかない。

おれは、時間の止まるイメージをその怪物の盛り上がろうとする傷口と、切断されたキノコ体に向けて投射した。

切断されてキャットウォークに落ちたキノコ体と、怪物本体の傷口から盛り上がろうとしていた細胞塊が動きを止める。

冷気を感じた。おれが放ったイメージは、対象の熱を奪うという現象として実現していた。キノコ体は凍結し、死んだのがわかった。本体の傷口から出ようとしていた細胞塊も凍死していた。おれのその攻撃で、ＭＪの思念ネットも影響を受けたが、怪物のまだ生きている部分のネットが広がり、再び怪物全体を包み込んだ。

ＭＪはいまもリアルタイムでサイファの能力を使っているのだ。地上から。汚れることなく。

〈余計なことを、コウ。いつもあなたはわたしの邪魔をする〉

ＭＪの存在を思い浮かべると、兄の、彼女と言うべきか、女の声の感覚が心に飛び込んでくる。ＭＪもいまおれの存在に気づいたのだ。いままでは怪物の監視に力のすべてを使っていたに違いない。

おれは返答しなかった。なにも考えたくなかった。ＭＪとおれは、異なる価値観で生きている。ＭＪの生き方に干渉するつもりはない。ＭＪもそうだろう。しかし不思議とこうしてぶつかり合う。同じレベルのサイファの能力を持っているせいだろう。血は争えないということか。

おれは壁によりかかり、MJとおれにやられて再び力を失い、水流に負けて流されはじめた怪物の本体を、タイスと並んで見送った。

流されはじめると速い。怪物はのたうちながら、自らがせき止めていた大量の水の圧力を受けて下流へと押し流されていった。

あれは、MJが始末するだろう。それがMJが請け負った仕事だ。こちらがその怪物の細胞サンプルを手に入れることを阻止するつもりはMJにはないようだった。

タイスは息をつき、ちぎれたキノコ体に近づいて、見下ろす。

「証拠品が手に入った」とタイス。「思ったより簡単だった」

「そうかな」とおれ。「危険だ。生物災害処理の専門家に任せたほうがいい」

「生きているのか、まだ」

「凍死しているはずだが……」これで終わった、という気がしない。「どうもいやな予感がする。それには触れずに、上に出て、応援を呼べ」

下水道坑内には、無線を中継する設備は備わっていない。

「課長から、あんたの言うことを真に受けるな、と言われている。あんたの言うとおりにして戻ってきたら、あんたも証拠のこれも消えていた、なんていうのはごめんだな」

「サイファが危険だと言っていることは、信じたほうがいい。おれはおまえのためを思って忠告してやっているんだ」

「こいつがまだ生きているなら、とどめを刺せ。採取容器を持ってきているから、持って帰る」

「離れろよ、タイス。そのキノコから。どうも完全には死んでいないようだ」

「早いところやってくれ」

「黙れ。気が散る」

おれは目を閉じて、敵の気配を探る。押し流されていった怪物本体がまだ生きているのが感じられた。だがかなり弱っている。ＭＪが追跡しているそれは、やがて粗大ゴミになるだろう。そちらは心配ない。もっと身近に、いるはずだ。

予感は当たった。いる。まだ一部が生きている。ごく小さな存在だ。見落としてしまいそうなほど、小さい。近くだ。しかし、どこだ？

目を開くと、タイスが身をかがめて、採取の用意をしているのが見て取れた。採取容器とマニピュレーターを足下に置き、ゴム手袋をはめている。その手首を掻きながら、タイスはおれを見た。

「どうした。とどめを刺したか？」

おれはキノコ体に視線を移す。ちがう、そこではない。

「……いや、まだだ」

「痒《かゆ》いな。蚊に刺されたかな」

蚊ではない。もっとたちの悪い相手。敵はそこにいた。タイスの左手首。怪物の胞子の一つ。

キノコ体が銃弾で吹き飛ばされたときに、その衝撃で飛び散ったそうした細片は無数にあったはずだが、いま生きて感じられるのはそれだけだ。タイスの手首に付いたそれは、そこから皮膚の内部にもぐり込むことで生き延びられたに違いない。

「まさか――」

タイスはおれが注視するその手首を、ぞっとしたように目の前にかざした。敵の存在が大きくなる。増殖を始めているのだ。

増殖し始めると、あっというまにタイスの手はもはや彼の手ではなくなった。泡立つ肉塊、怪物になった。タイスは声も上げなかった。激痛のためか、おぞましさからか。タイスはかがめていた身体を起こし、立ち上がると、その手を振った。火がついているとでもいうように。足下の容器とキノコ体が汚水中へと蹴り落とされた。

「コウ、助けてくれ」

タイスは叫んだ。すでに肘の下まで、怪物化している。驚くべき早さで怪物はタイスの身体を自分のものへと組み替えているのだ。

それが自分の身に起きたのなら、サイファの力で反射的な防御もできたろう。しかし他人の身体に向けてとっさにそれを発揮させることができなかった。のんびりと精神を集中していては、タイスの死は確実だ。そう焦ればなおのこと、サイファの力が有効に発揮できない。

「間に合わない。銃を出せ、タイス」一撃でけりをつけなければならない。「拳銃だ。早く」

タイスにおれの意図をサイファの力で伝える。彼はほとんど無意識に右手で拳銃をホルスターから抜き出した。が、力を込めることができず、取り落とす。おれはそれを拾い上げる。タイスはしりもちをつき、左腕を横に水平に伸ばした。その腕の怪物化が肩を越えて全身に広がりはじめれば、もうおしまいだ。躊躇せず、おれは引き金を絞る。

切断せよというおれの意志を込めた弾が発射される。斧を振り下ろす感覚。タイスの左腕が、肩のすぐ下から離断されて、飛んだ。下水の流れに落ちる。それにはかまわず、おれは倒れたタイスの身体に、まだ怪物の痕跡があるかどうかに意識を集中した。

危険は感じられなかった。おれはベルトを引き抜き、タイスの傷口の止血をした。

それから、流れていくタイスの左腕に意識を移した。タイスの肩からそれを分断したのは拳銃弾の威力だけではなかった。発砲をきっかけにした、サイファの爆発的な集中力が加わって、それを吹き飛ばした。

そいつはまだ生きていて、存在が感じられた。そこにはもうタイスの部分は存在していなかったが、まあ、タイスの一部がまだ生き残っていたにせよ、もう取り戻すことはできない。怪物ごと殺してもかまわない。

おれはそうした。そいつにMJと同じように思念のネットを被せる。タイスの存在に気を遣う必要はなかったし、それは、そいつを凍結させるという方法よりもずっとたやすかった。時間に余裕があるというのはいいことだ。血圧を上げずにすむ。

そうしておいて、おれは、MJ以上のことをやった。そのネットを引き絞る。思念のネットというのは、おれという存在をその怪物に被せることであり、それを引き絞れば、そのおれの存在が怪物内部に侵入していく。そうされる怪物は、自己の一部をおれという存在に置き換えられていくに等しい。置き換えられるとはいえ、実際におれの実体がそこにあるわけではない。それで、その部分は自己を保証している確固たるものを奪われて、死滅する。現実に起きていることといえば、怪物を生かしている生体メカニズムの変成と崩壊だ。ゆっくりと、しかし確実に、おれの力で死んでいく。

怪物の生体活動が感じられなくなるまで、おれはそうした。二度と出てくるな、と念じながら。

残り火のような怪物の最後の存在が消滅する。実体はまだ流れているだろう。だが、もはやおれには、その死骸がどこにいるのか追跡することができない。要するに、危険は去ったのだ。

5

怪物化したタイスの左腕は死んだが、タイス自身は助かった。

怪物本体が、あの後どうなったのかは知らない。下水道がつまったという話は聞かないから、他の汚物とともに分解処理されたのだろう。

「自分が証拠物件になりそこなった気分はどうだ」

市警病院に入院したタイス・ヴィー刑事を見舞いに行ったおれは、そう尋ねた。

タイスは無言だった。

「なあ、タイス。あのときは、ああするしかなかったんだ。のんびりと凍結を試みていたら、おまえ全体が怪物になっていたんだ」

「生きていることには、感謝してるよ」

タイス・ヴィーはぼそりとつぶやき、毛布の下から、左手を出した。アルカ社製の、左腕セットだった。よく出来ていた。当然だろう。それは欠陥品ではないのだから。怪物ではない。

「気がついたら、この腕がついていたんだ」

「アルカ社製のな。いいじゃないか。無償提供だそうだ。利用できるものはすればいい」

「でも、アルカ社は、罪を認めたわけじゃない」

「事件の届け出はしてきた。遅れて申し訳ない、と謝った」

「だけど、あの怪物のことは認めなかった」

「認めたんだよ。だから、その腕を提供したんだ」

「公表はされなかったじゃないか。あの怪物は、ぼくの腕を食ったんだぞ。あの怪物化した腕を持って帰っていれば、アルカ社に突きつけられた」

「それで、どうなる」

「どうなるって、あんな危険なものを作ったことを認めない企業は、怪物自体より危険だよ。七人と腕一本が犠牲になっているんだ」

アルカ社は、ＭＪから市警が動き始めたことを聞かされたのだろう、それにも素早く対応した。雇った自由人七人が工場内の廃棄物処理タンク内の清掃中にいざこざを起こしたようだ、と届け出た。自由人の間でそんな争いが起きるのは珍しくはないが、金を受け取らずに出て行くはずがなく、時間をかけて調査した結果、行方不明の六人はどうやら廃棄物処理タンクを作動させた一人のために跡形もなく処理されてしまったようだ、生き残ったのが他の六人を処理タンクに閉じ込めた犯人で、その男も、タンク内にいたサイファの能力をもった喧嘩相手の断末魔の力を受けて逃げ出したが、皮膚をサイファによって変成され、表に出たところで死亡したとみられる。

「事件は公表されたんだ。現場を監督していなかった責任もアルカ社は認めた」

「ばかばかしい。あんな内容をだれが信じるんだ。真相は違うだろう」

「そうだな。現実はもっと非現実的だ。実際に怪物が表に出てきて被害が広がったら、アルカ社もただではすまなかったろうな。だが怪物の脅威は、現実には消えてしまったし、証明もできない――」

「だからさ、だから、あの腕を持ってくるか、でなくても捜すべきだったんだ。本体も。どうして捜索しないんだ」

「中大為にはそうする必要が、もうなかった。だから、やらなかった」

「なぜ？　それが、ぼくにはわからない。訊いても教えてはくれない」

「それは、申大為が、アルカ社がほくそ笑んでいるその笑みを、剝ぎ取ることに成功したからだろう」

「なんだ、それ？」

「アルカ社は、市警中央署第四課と申大為をなめてはかかれない相手だと認めたんだ。具体的に申大為がどうやったのかは、知らない。会いたくもないしな」

申大為は、約束の報酬はちゃんと部下に持ってこさせた。彼は、この結果に満足しているのだ。

「真相は知っているし、捜査を続ければ証拠もつかめるが、事件をこのように決着させれば双方にとって余計な労力を費やさなくてすむ、と申大為は持ちかけたのかもしれない。とにかく、アルカ社は申大為には逆らわなかった。真相を非公式にだが、認めた。おまえの、その左腕セットが、その証拠だよ。おまえが腕を犠牲にしたのは無駄ではなかったんだ。ま、申大為にとっては、だが」

飲むか、と言って、おれはフラスクを差し出した。中味は例のオークションで競り落とした逸品だ。長年樽で眠らされたのは当然として、そこから出された後も長期間ボトル詰めされていたのに、まったくぼけたところのないウィスキーだ。

タイス・ヴィーは右の手でそれを受け取って、あおり飲み、そしてむせた。

前途多難。この若い刑事との付き合いは長くなりそうな予感がした。

バトルウッドの心臓

BATTLEWOOD's heart

1

おれに賭けろ、とその若者は言った。自信たっぷりの口調だった。格闘技の試合前にファイター自身がそのように観客にアピールし、また対戦相手を牽制《けんせい》するのは珍しくもない。しかしそれにしても、たしかにその若者は、いい身体をしていた。ジーンズの太股ははちきれそうだったし、タンクトップをつけた上半身の筋肉も素晴らしかった。

おそらく筋肉増強剤を使っている、とおれは若者の筋肉を見ながら思った。まあ、薬を使うのは、この商売をしているのなら当然だろう。だが、薬だけに頼らず、その若者が身体を鍛えているのもまた、間違いないとおれは思う。

このような、場末の、路上賭け試合に出てくる者にはふさわしくない、本物の筋肉だ。思わず見とれてしまうような、健康的な身体なのだ。その肉体には、少なくとも見える部分には、傷や痣《あざ》などのくたびれたところが、ない。

まったく、このような場には似つかわしくない肉体だ。日も射し込まないビルの谷間の、本当に街の最下層の、上で暮らす文明人にとっては存在しないかのような、それゆえ自由人にとっては気ままに生きられるのだが、しかし健康なイメージとはほど遠いこの場所では、その若者の身体はまぶしいものに見える。

それでも、この試合を単に時間つぶしで楽しもうという暇人でもなければ、それはどうでもいいことではあった。ようするに、貴重な金を増やそうと思っている観客は、闘う人間の身体が彫刻のように美しいかどうかなどには関心がない。むしろ傷や痣がないというのはそのファイターの経験が浅いと見るし、むろん、「おれに賭けろ」などという言葉には惑わされはしない。

ここに集まった観客は、闘う者と同じように、もしかしたらそれ以上に、真剣だ。若者の肉体美を楽しむ余裕のある者はほとんどいない。楽しむのではなく、値踏みのためにしか見ない。金がかかっているのだ。賭けに参加せずに、懐を痛めずただで見学しようなどという者は、この場を仕切るラズレンから痛い目に遭わされる。みんなそれは承知だ。

ラズレンという男は、路上ファイターの出身で、いまは試合を仕切るボスに出世していた。成功者と言ってもいいだろう。もとよりの恵まれた体力に加えて、狡猾な知恵のまわる頭脳で、ここまでのし上がってきた。

弱い者は徹底的に痛めつけ、強い者にはへつらう嫌なやつだとラズレンを嫌う者は多いが、おれから見た彼は、フェアな男だった。友人になりたいと思うような相手ではないのはたしかだが、むやみに不当な金を巻き上げるような、彼を嫌う者が言うような男ではない。自分の立場をわきまえ、仕事に忠実で熱心なだけだ。

それがわかるのは、おれがサイファだからだ。他人の心の動きをある程度読める。ラズレンの性格は、彼を毛嫌いする者が主張するほどにはねじれてはいない。ラズレンもおれがサイファなのを知っていて、おれを嫌う代わりに、利用した。つまり、観客の中にサイファがいて、そいつが試合に干渉したりすればフェアな闘いにならないので、それをおれに監視させるという利用の仕方だ。

おれ自身は、ラズレンが主催するような賭け事には興味がない。格闘技にもさほど関心がなかった。それでも、人だかりがしていて、その群衆の輪の中で男たちが真剣に闘っているのを見るのは、嫌いではなかった。真剣な、闘いは。自らの能力の限りを尽くすその肉体の動きは、見ていて飽きない。敗者の悔しさや挫折感、また勝者の誇りや驕《おご》りを、サイファの能力で味わうのも悪くない。それは、ちょっぴり哀しい。哀感もまた人生の楽しみの一つだ。

おれにとっては、つまり勝ち負けなどどうでもいいのだ。フェアな闘いは楽しめるものだ。たとえそいつが相手の目に指を突っ込むというような反則技を使ったにせよ、おれの感覚では汚いとは感じない。やられた相手もそれをやれないわけではないからだ。

だが、もうかなり前のことになるが、あるファイターが、汚い手を使ったことがあった。正確にはそのマネージャーだったが。そいつはサイファで、負けそうになった自分の相棒を勝たせるために、相手のファイターの心臓をサイファの能力で止めてしまった。おれにはそれがわかった。それはもはや格闘技の試合ではなかった。おれと、その当事者以外にはそれに気づいた者はいなかったが、しかしラズレンは、わからないながらも、疑いを持った。その心も、サイファであるおれにはわかった。

それからだ。ラズレンとの付き合いは。思えば、ずいぶん長い。ま、年に数度の付き合いではあったが。

ラズレンという男は、この野蛮なファイトが根っから好きなのだった。だから、一発操作して大金を稼いで、この世界から身を引いて悠悠自適に余生を送ろう、などとは考えていなかった。それで、その仕事を続けていくにはフェアな試合をプロモートしていかなければならないと信じていた。

むろん、その世界も彼が独りですべてを仕切れるほど甘くはない。組織があり、そこから八百長試合の操作を命じられればラズレンも従い、それはおれにもわかったが、おれが見た例の試合はラズレン自身が企画したものだった。

サイファだと、と怒りをおれにぶつけたラズレンを昨日のことのように思い出す。彼は本気で怒っていた。

おれは、自分自身、格闘技をやる気はまったくない。闘うなら、それが本当にシリアスなものなら、闘いではなく戦いであって、例のサイファがやったように、おれも相手の心臓を手を触れずに止めるだろう。いつもそんなことができるわけではないが、追いつめられればサイファの能力は亢進《こうしん》する。そうなれば、手加減をするなどという制御は効かない。それは美しくもなく、もちろん楽しいものでもない。例の試合もそうだ。まったく面白くなかった。あれは、言ってみれば、負けそうになったから相手を銃で撃ち殺したに等しい。ラズレンも、その試合がどうも普通ではないと感づいていた。彼はしかしサイファではなかったから、証明のしようがなかったのだが、おれの苦情で真実を知ると、おれがやったのではないことがわかってもおれをののしった。

サイファが試合に関係するなどというのはラズレンの信念に反する出来事だった。サイファの超能力で相手を倒すなどというのは、フェアでない。八百長は許せても、それは許せない、というのだ。八百長試合はいいというそれは、わかる気がする。フェアかどうかは、彼自身が決めることなのだ。ようするにフェアの基準が、ラズレンと観客とではずれているのだ。もっとも、賭けに負けてばかりいる客が思うほどには、そのずれは大きくないのは、おれにはわかる。それで、付き合っていられる。

その後しばらくして、自分の開く試合でどうも勘にひっかかるような出場者や、常連の客の中に実はサイファではないかと疑われる者が出てきたときなど、ラズレンはおれを呼び出すようになった。

でかい八百長を仕組んだときに、それを察するようなサイファが近づかないように、ということもある。ラズレンはおれを完全には信じてはいない。だが、サイファを近づけないようにするには、サイファに頼るしかないのだ。そういう仕事のときは、おれも緊張する。なにかあったら疑われるのはおれだからだ。まったく真剣勝負だ。へたをすれば、疑いを消すという名目でおれが消される。そんな仕事は滅多に引き受けないが、割のいい仕事なのは間違いなく、そういうときに限って、ウィスキーを買う金がないときている。

きょうは、ウィスキーはあった。仕事ではなかった。尻のポケットに突っ込んだフラスクにはいいウィスキーがいっぱいに入っていて、気分がいい。こんなときは、薄汚れた街も活気にあふれ、面白いことに満ちているのがわかる。慣れきった日常も新鮮なものに感じられる。ちょっと散歩に出ただけでも、そうだ。疲れているときには、こんな路上ファイトをのぞこうという気にはなれない。ま、金があってもなくても、気ままに生きていることには変わりないのだが。

こんなおれを評して、ライトジーン市警中央署の第四課の課長、中大為《シンタイイ》は「野良猫のようなやつ」と言う。中大為は食えないやつだが、おれに対する接し方を心得ているから、付き合いが続いている。彼はおれを「野良犬」とは言わない。群れからはぐれた犬は惨めだが、猫はそうではない。おれは自分を惨めだと感じたことは一度もない。中大為もそれを理解しているのだ。サイファのからんだ犯罪の捜査に中大為はときどきおれを利用する。スイーパーの仕事だ。正式に雇うわけではないから正式な報酬が出るわけでもない。日ごろのおれの犯罪行為に目をつぶってやろう、と言う。おれのそんな行為に本気で目くじらを立てているわけではないのだが、捕まえる気になればいつでもできるという警告で、おれを使う。うまく仕事をこなせば、中大為は必要経費と称して、金をくれる。むろん公金ではない、彼のポケットマネーだ。彼には小遣い銭でも、こちらには小遣い以上の金額だった。自由人世界で猫のように生きていくには、金などさほどかからない。好みのウィスキーだけは例外だったが。

「おい、おまえ」

と、例の若者が、おれを指して言った。

「見てばかりいないで、賭けろ。おれに」

おれは三、四十人が輪になっている群衆の最前列にいたわけではなかったが、若者には、おれがその肉体に見ほれているのがわかったのだろう。見つめる視線というのは普通の人間にも特別に感じられるものだ。

賭け金を集めていたラズレンが、おれに近づいてきた。

「コウさんよ、やつの言うとおりだ」とラズレンは言った。「ただ見はいけない。早く決めろよ。もう締め切りだ」

「あんたが自分で金集めか」

そうだ、とラズレンはうなずいた。

「ま、臨時の試合でね。やつが、稼がせてくれと言ってきたんだ」

「あの若いやつがか」

「そう」

「マネージャーは」

「いないよ。流れ者だろう。初めてのやつだ。どうする、コウ」

「オッズは」

「二対一というところだ」

「あの若いのが勝てば、出した金が倍になって戻ってくるわけか」

「いいかげんに覚えてくれよ、コウ。負けた者が出した金を、勝った者が、出した金額に応じて分配するんだ。二対一なら、自分が出した金を合わせて三倍になる。本命が勝てば一・五倍。だが、まあ、おれが手数料を取るからそれよりは低くなる。それでも配当率は、二対一だ。もし本命が負ければ、本命が勝つときの倍の率を受け取れる。二対一という数字はそういうことで――」

「わかってるよ、ようするに、あの若いのが勝つと思う人間が少ないわけだ」

「ま、そういうこと」

これはラズレンが企画したというより、手っ取り早く稼ぎたいというその若者にラズレンが手を貸した、ラズレンにとっては本当に臨時の、小遣い稼ぎの試合らしかった。

それは若者の対戦相手の男を見てもわかる。その男にもマネージャーなどいそうにない。喧嘩好きで腕に自信のある者をラズレンがそのへんから連れてきたのだろう。その身体は若者ほどに引き締まってはいないが、ずっと大きく、打たれ強そうだ。集まっている連中の多くは、その男をよく知っているのだ。

そちらの本命が勝てば、賭け金は一・五倍になって戻ってくるわけだが、場に出た金の二割はラズレンが取るだろう。すると賭け金は二割減で計算される。一・二倍か。それでは本命が勝ってもあまり儲けたという感じはしない。その男に賭けたやつは、ようするにあの見知らぬ若者がぶちのめされるのを見られるならそれでいいということか。しかし負けたら、どう納得するのだろうと、おれは思う。おれには理解できないが、負けた男への同情の寄付、とでも思うのか。

一方、若者が勝てば、三倍の二割減としても二・四倍になって戻ってくる。本命の場合は一・二倍だから、なるほど両者の率を比べれば二対一だ。本命が勝つ場合の倍。儲けは大きい。負けたら負けたと納得できる倍率だとおれは思う。

「あの若いのに賭けるよ」

「いいぞ。賭け率が開きすぎるのはよくない。どんと賭けてくれ。その前に、参加料の一〇だ」

そう、ラズレンは抜け目ない。定額の料金も取るのだ。それでも、闘う二人にも払うのだから、こんな小さな試合ではたいした儲けにはならないだろう。

「で、いくら賭ける」

「そうさな」

おれはポケットからしわになった札を出しながら、若者をなにげなく見やった。彼は満足そうな笑顔で上腕に力瘤《ちからこぶ》をつくってみせた。おれがやつに賭けようとしているのがわかったのだろう。

そのとき、おれはふと、その若者の身体が、ぎしりときしむような感覚を覚えた。その身体の内部で、なにかが大きな負荷に耐えられずに発した悲鳴のような感じだ。身体に異常があるのか。見た目にはまったくわからないし、若者自身もそんなことは意識していない。おれの気のせいかもしれない。

「どうした、コウ」

ラズレンはさっさとおれの手から参加料分を取っている。

「いや、ちょっとな」

おれは目を細めて、若者の身体に意識を集中していた。そんなことはすべきではなかったのだ。しかし、あの見事な肉体になにか欠陥がありそうだ、などというのは思い違いであって欲しいという思いがあって、無意識にそうしたのだ。

若者の身体は本当に完璧に見えた。サイファの能力でざっと感じただけでも、彼は、人工の臓器や筋肉を使っていないのがわかる。生まれたときのままの身体だ。

いまどきそんな人間は珍しい。生きていればいずれだれでも、身体の一部が自己崩壊していく世の中だ。おれの身体はそうではないが。いまはなきライトジーン社が遺伝子レベルで設計した身体だ。普通の人間とは違う。サイファの能力があるのもそのためだが、超能力者を作るのがライトジーン社の目的ではなく、生きているうちに身体の一部が死んでしまうような人間ばかりになってヒトという種が滅びるのを恐れ、生き延びられるヒトを人工的に再設計したのだ。サイファの能力はいわばおまけだが、それが戦略的に利用できると判断したライトジーン社は、当初の目的から外れた活動をするようになり、ま、いろいろあって、潰された。その遺産なのだ、おれは。おれは生まれながら人造肉体で生きていると言ってもいい。

だが、あの若者は、普通に生まれた人間だろう。だからこそ、見事な肉体だとほれぼれするのだ。腕や脚や胃や腸を、人工臓器メーカーのものと交換移植している人間なら、おれは感動などしなかった。

若者はおれの視線に気づいた。つかつかと近づいてきた。

「なにを見ているんだ、おっさん」

おれは我に返り、ラズレンに言った。

「やめておくよ」

「やめるだ？　コウ、どうしてだ。一〇〇を出しておいて、それはないだろう」

「なにを見た」若者がいきなりおれの胸ぐらをつかんで、言った。「おまえ、サイファだな。おれのなにを見た」

「サイファだって」と隣の客が言った。「予知能力があるのか」

「違う――」

若者の絞めてくる力は強くて、そう言うのが精いっぱいだ。

「やめろ」とラズレンが若者を制した。「コウには予知能力はない」

「だが、こいつはサイファだ。間違いない。気に入らんな。人の心ばかりか、おれの身体をのぞき見しやがった。ただでだ。サイファに見せる身体じゃない」

「ラズレン、こいつに一〇〇だ。一〇〇〇クラン」

「だまれ」

ラズレンではなく、若者が叫んだ。

「おまえのようなやつがいては試合になるもんか。失せろ」

おれは投げ飛ばされた。その直前に、ラズレンはおれが出した一〇〇〇クラン紙幣を素早くかっさらっている。

若者は手加減はしたのだろうが、おれの身体は輪の外へと放り出された。とっさに受け身をとって転がったが、息ができない。

ラズレンは「よしよし」と言い、若者をなだめる。むろんおれを助け起こそうとはしなかった。立てなかった。気が遠くなりそうだが、気を失う前に息をつく。

「失せろ」

若者が唾を吐くのがわかる。地面に倒れたままふらつく視線をそちらに向けると、ラズレンがかすかにうなずく。仕事の邪魔をするな、ここから消えろ、というわけだ。

「ようし、賭けは締め切りだ。始めるぞ」

ラズレンの声を聞きながら、おれは腕をさすり、痛む腰をなだめて、その場を離れる。

まったく馬鹿な真似をしたものだ。普通人のサイファに対する警戒心を忘れていた。そう反省するが、後悔はしない。試合結果はどうでもいい。賭けにも格闘技にもおれは興味はない。

ウィスキーは無事だった。それが重要だ。場違いなところで飲もうとしたのがいけない。そんな飲み方ではせっかくのウィスキーがもったいない。そうせずにすんだのだ。もっとも、この身体の痛みを忘れるためには飲まずにいられないだろう。そう思えば、やはり悔しい。肉体にダメージを受けると、やせ我慢もできない。

2

いい気分で散歩に出たというのに、ひどい日になったものだ。アパートの半地下のねぐらに戻ったおれは、痛む身体をベッドに横にして、ウィスキーをやった。腰をさすりながら。なんだかひどく老け込んだことをしていると思うと、情けなくなる。

痛いと思うから痛いのだと自分に言い聞かせながら飲んでいるうちに、うとうとしたらしい。ドアがたたかれる音で目を覚ました。家賃は待ってくれ、といつもの台詞《せりふ》が口から出かかったが、溜めていたそれは今月は綺麗にしたのだったと思い出す。

ドアには鍵を掛けてある。高級なロックではない。二箇所に掛け金があるだけだ。安物の薄いドアだ。ぶち破る気があればドアごとやれるが、それでもいきなり開けられないために鍵は必要だ。家賃の遅れの言い訳を考えたりするためにだ。先ほどのようなひどい目に遭ったときも用心深くなる。しかし、ベッドから起きるのがおっくうで、おれはサイファの能力を使っていた。念を込め、掛け金を外す。

ドアが開くと、顔をのぞかせたのはラズレンだった。

「ウーム」

ラズレンはベッドのおれを見、ドアを見て、うなるような声を出した。

「どうした、ラズレン」

「コウ、念力を使ったな。寝たまま鍵を開けたろう」

「それがどうした」とおれ。「後悔しているよ。ベッドを降りて開けたほうがずっとらくだった」

「そんなものか」

「そんなものだ」

本当だ。ついベッドを降りるのが面倒でやってしまったのだが、サイファの能力で鍵を外すなどというのは、ひどく疲れる。たとえてみれば、しなる細い棒をベッドから操って掛け金を外そうとする、そんな肉体と精神を集中する作業に似ている。そんな馬鹿げた努力をするよりは、さっさとベッドを降りて歩いていって手で外すほうがよほど簡単だ。しかし、まあ、離れたところから外せれば、ドアの前でいきなり殴られる、というような危険からは逃れられる。自分は無意識にそうしていたのだろうと、おれは自分自身に言い訳をする。なにしろ投げ飛ばされて痛い目に遭った後だった。

「なんの用だ」

「あんたの勝ち分を持ってきた」

「勝ち分だ？」

「デルに賭けたろう。デルが勝った」

「ああ、あの若いやつか。そうか」

「デル・シャンティ。すごかった。相手の攻撃はことごとくブロックし、一瞬出した左のストレートで決まりだ。あんな綺麗な勝負はめったにない。見られなかったおまえさんは気の毒だ」

「そうかい」

「そうさ」

ラズレンはベッドによってきて、財布から金を出して差し出した。おれは身を起こし、ベッドに腰掛ける。ラズレンは金をベッドに投げ出したりせず、差し出したまま待っていた。おれはありがたく受け取る。一〇〇〇クラン紙幣が四枚だった。

「多いんじゃないか。釣りは出さないぜ」

「いいんだ。名勝負を見られなかった分と、それから――」

「それから、なんだ」

「そう警戒するなよ、コウ。友達だろう」

「友達ね」

「入れよ」

ラズレンは入口を振り向いて、言った。ずいと入ってきたのは、あの若者だった。デルという男。デル・シャンティ。部屋が明るくなったような気がする。

「彼の、詫び賃も入ってる」

「詫び賃か」

「すまなかった」とデル・シャンティは軽く頭を下げて、言った。「試合前は、その、神経が高ぶっているから。あんたが、この人の友達だというところにまで頭が回らなかったんだ」

「気にしちゃいない。きみも気にすることはない。おれはラズレンとそう親しいわけでもない」

「コウさんよ、そうすねることはないだろう。デルは謝っている」

「だから、気にしてはいない。大丈夫だ。詫びはありがたく受け取っておくよ、シャンティくん」

「デル、と呼んでくれ。あんたは――本物のサイファだそうだな」

「本物、か」

普通に生まれた人間の中にも、いわゆる超能力を持った者が、わずかだがいるのだ。おれが思うに、それは先祖帰りというか、一種の退化だ。おそらく人間という高等な生物は、そんな馬鹿のように疲れる効率の良くない能力を、苦労して押さえつけ、進化してきたに違いないのだ。それが、このところおかしくなってきている。内臓が長持ちしなくなってきているのと関係があるのだろう。

普通人があこがれたり恐れたりするほどには、サイファの能力は生存に有利なものだとはおれには思えない。むしろ自滅させるような力だ。それが、普通人にはわからない。その能力がない人間には、その能力の負の面を実感できないためだ。ドアの掛け金を手で外すほうがよほどらくなように、空中浮遊なども、身体を使ってジャンプするほうがずっと簡単だ。苦労して念力で身体を浮かすことに成功したからといって、それがなんだというのだ。馬鹿げている。短い人生だ。他に役に立つ、やるべきことがいくらでもある。

「きみは、サイファになりたいのか」

「いや」とデルは首を横に振った。「ない能力を望むのは無駄だ」

「賢明だな。筋肉を鍛えるほうが理にかなっている。おれは、菊月虹《キクヅキコウ》。コウだ。コウ、でいい。いまはなきライトジーン社に作られた、サイファだ。それを本物というなら、そのとおりだ」

「あんたは……おれを見ていた。おれの身体を」

「ああ」

おれはうなずいた。デルはそれを気にしているのだ。あのとき、おれがなにを見たのか、知りたがっている。

「きみの身体に見とれていたんだ」とおれは言った。「鍛えられた見事な肉体だ」

「それだけじゃないだろう。あんたは、サイファの目で、なにか感じたんだ。なんなんだ?」

「きみはおれの心が読めるとでもいうのかい」

「はぐらかさないでくれ。あんたは、いったんおれに賭けるのをやめたろう」

「フム」

「なにを見た。おれの身体のどこか、崩れ始めているのか」

「自覚はあるのか」

「いや」とデルは頭を横に振った。「ない。いまのところは」

「不安なら、医者に診てもらえばいい。おれは確かにサイファだが、医者じゃないんだ。きみがあまり自信満満なんで、ふと、うさんくさく感じた。その程度だ」

「おれは、この身体で稼げるうちに稼ぎたい。あとどのくらいもつか、それが問題だ。自分の身体のどこが弱いのか、知っておきたい」

「人生計画か。若いのに感心なことだ」

「そうだろう、いまどき感心な若者だ」とラズレンが横から口を挟んだ。「コウ、協力してやってくれよ。デルは最高のファイターだ。売り出し方では、メジャーリングにも立てる。おれが一肌脱いでもいい」

「もう半分脱いで尻が見えているぞ、ラズレン。——デル、マネージャーとトレーナー選びは慎重にしたほうがいい」とおれは言ってやった。「長くやれるかどうかは、それにかかっている。身体のことより、そのほうがずっと重要だろう。身体は心配ない。悪いところは交換すればいいだけの話だ。人工臓器ではメジャーリングには立てない、という決まりはない。そんな決まりがあったら、参加資格のある人間はほとんどいないんだからな。心臓が弱いなら、人工でいいものがいくらでもある。バトルウッド製とか」

「心臓か……そうなんだな？」とデル。

「確信はない。言ったように、おれはサイファだが、医者じゃない。確かなことが知りたければ専門家に相談するのがいいだろう」

「いまのところは心配はないんだな」

そう言ったのはラズレンだ。人工臓器は金がかかる。メジャーのファイターとして売り出そうとするなら、その経費が少ないほうがいい。下手をすれば大損害だ。デルをサポートして割に合うかどうか、ラズレンはおれに相談に来た、とそういうわけだった。

デルの不安も、わかる。いくら性能のいい人工臓器が発達した世の中だといっても、生まれながらの自分の身体でいるほうがいいに決まっている。デルは、恵まれた身体にいっそう磨きをかけて鍛えてきたのだ。その一部が失われるかもしれない事態に無関心でいられるわけがない。

自分の内臓の一部が他の臓器よりも早く老化して機能を停止してしまう、その恐れはだれにでもある。その不安は現在の人間には共通のものだった。いざそうなったなら、それを運命として受け入れるのでなければ、高価な人工臓器の世話になるしかない。普通に生きている人間は、それに備えている。保険もあるし、社会保障もあった。しかしデルは、保険料も税金も、たぶん納めていない。おれもそうだが、自由人だ。

しかし同じ自由人の立場でも、おれのように自ら望んでなった者と、そうでない者がいる。たとえば、自由人が子供を生んだ場合などは、その子が自由人として生きることに満足するとは限らない。そうなると悲劇だが、生きていればそこから抜け出す機会がないわけではない。もっと悲劇的な例はいくらでもある。子供の臓器が闇で取引されたりする。それがアウトローの世界だけで行われるならば、警察はほとんど関心をよせない。だがそれで済むことはめったにない。市警中央署の第四課は、そうした犯罪を処理する課でもある。中大為は長年そうした仕事を担当してきて、自由人世界に詳しいからだった。

「きみは、自由人——」

と言いかけるおれをデルは制して、「あんたの本物のサイファの力で」と言った。「もう一度見てくれないか」

ラズレンの「心配ないって」という言葉は無視される。当然だろう、デルには自分自身の問題だ。

おれはうなずいて、デルの身体に意識を集中する。あのとき感じたようなデルの身体の異常をもう一度ここで捉えられるとは思わなかったが、おれはやってみた。

予想通りだ。なにも感じられない。おれ自身は納得できる結果だが、デルにとってはそうではないだろうと、深呼吸して、続ける。だが、駄目だ。デルに信じてもらえるかどうかわからないが、おれは真実を言う。

「わからない」

「酔っているからか」

「いや。素面《しらふ》よりやりやすいくらいだが、それでも、だ。異常な状態は感じられない」

あのときのおれは、賭けで損をするかもしれないと思った。動機は情けないが、一種の危機状態だった。サイファの能力がそれで発揮されたのだろう。ま、無意識に感じとっていた。高度な医療検査機械にも捉えられないような身体の異常を共感能力で察知したのかもしれないし、あるいは、予知能力が発揮されたのかもしれない。おれはそう説明した。

「予知能力だって？　あんたには、それはない、と聞いた」

「サイファの能力の限界は、おれ自身にもよくわからないんだ」

「なにを予知したというんだ」

「きみの、敗北だよ。いずれ、負ける。そのときのきみの身体の状態を、共感した。そうかもしれないということだ。自分でもよくわからないんだ。サイファの力というのは、この程度だ」

デルにそれを信じさせる必要などない。義理も恩もないのだ。しかし、おれは親切にそう説明してやった。

「フム」

「大丈夫だ」とラズレン。「デル、おまえさんは負けやしないよ。どこも悪くない。コウは気が小さいからな。勘違いしたんだ」

おれは肩をすくめて、しかし口では反論はしなかった。デルはすべて納得した、という表情ではなかったが、おれが隠し事をしているのでないことはわかったのだろう、それ以上は追及しなかった。

「きみは自由人だろう。どこの生まれだ。この街、ライトジーンではないだろう。親は」

「あんたには関係ない」

「そうだな」おれはうなずく。「関係ない。きみがどこから来て、この先どうなろうと、おれには関係ない。ま、二度と会うこともないだろう。出て行け」

「怒ったのか」

「いや」

「デル、満足したろう。行こう。忙しくなるぞ」

ラズレンがデルをうながした。が、デルはおれに、すまない、と言った。

「親はいない。だれだかわからない。マリンシティの孤児院で育った。院長はいい人だった。おれは、この身体で、おれを捨てたすべての連中を見返してやりたいんだ。路上ファイターで終わるつもりはない。メジャーになってやる」

「その気なら、なれるだろう。だが、覚悟しておいたほうがいい。上の世界は金がかかるし——」

上の世界とは、納税義務と社会保障のある、ようするにごく普通の世界のことだ。清潔で安全だが、それなりのコストがかかるのは当然だ。ラズレンのような、きみの身体を利用しようと企む者も多い」

「おい、コウさんよ――」

「ラズレンはましなほうだ」とおれ。「身体を大事にするんだな。いつまでもその身体ではいられない。それだけは確かだ」

そのときが問題だろう、とおれは思った。デルの身体の一部が変調をきたすとき。たぶん酷使している心臓だろう。いたわれば、つまりファイターをやめれば、人工心臓に交換しなくても生きていけるかもしれないし、あるいはそうではないかもしれない。デルは選択をせまられるだろう。それは彼自身の問題だ。おれがとやかく言うことではなかった。だから、おれはそれ以上は言わなかった。

「わかっている」とデルはうなずいた。「うまくやるさ。邪魔をしてすまなかった」

「ああ」

デル・シャンティは出ていった。あわてて後を追おうとするラズレンを、おれは呼び止めた。

「なんだよ、コウ」

「デルは、まったくトウシロだ。下手をすると、手痛いしっぺ返しを食らうぞ」

「わかってるって。おれが鍛えてやる。じゃあな。また仕事を頼むぜ、コウ」

ラズレンは踊るような足どりで部屋から出ていった。ドアを開けたまま。おれは自分の身体を使って、それを閉めた。

3

デル・シャンティのことはそれきり忘れていた。

ラズレンが律儀に賭けの勝ち金を持ってきてくれたおかげで、おれはしばらくは仕事探しをせずに、のんびりと暮らすことができた。肴《さかな》をこしらえてウィスキーをやりながら、表紙の取れた詩集を読んだりする。

ビルとビルを繋ぐ空中回廊を利用してどこにでも行ける上の連中から見れば、自由人の暮らすこの地上世界は巨大な不要物の堆積場だろう。一種のゴミ集積場だ。しかしここに集まるのは、彼らにとっての不要の物なのであって、生ゴミのようなものは別にすれば、おれにはそうでない物も多い。傷んだ古い本なんかがそうだ。頁《ページ》がごっそり脱落していたりするので、確かに一冊の本としては価値がないとして捨てられるのはわかる。しかし、それでも、楽しむことはできる。完全な形でなければ価値がない、というのが上の世界だが、この世に完全なものなどあるものか、とおれは思う。ま、きちんと体裁の整った古書は、高くておれには手が出せないので悔しい、その言い訳かもしれないが。

本には著者の考えとは別に、その書いた人間の生きた時代が反映されるものだ。おれは、自分がどのようにして生まれたのか、作られたと言ってもいいだろう、それが知りたくて読むことを始めたのだが、いまでは趣味になっている。実にさまざまな世界の見方があるものだと、読む度に思う。それが面白くてやめられない。

だれにも、何事にも、邪魔されずにそれを楽しめれば言うことはないが、そんなことはめったにない。まず、食べなくてはいけない。生活するために働く、という意味でも、文字どおりに、食べるという意味でもだ。邪魔されたくないと思うときは、食べること自体が面倒でしかたがない。ライトジーン社は、アルコールを摂取するだけで生きていける身体を設計すればよかったのに、と真剣に思ったことがあるくらいだ。ほとんどウィスキーだけで生きているようなものだ。本当は飲むだけにしたいのだが、それでは身体がもたないので、ちょっとしたつまみを取る。気の向いたときは、作るのだが。

こんなにのんびりと、二ヵ月以上も邪魔が入らないのは奇跡的だと思っていると、やはりそうはいかなかった。そいつは人間でも、やっかいな仕事の依頼でもなかった。蟻だ。蟻の大群。

読書机などないから食卓で、ウィスキーをちびちびやりつつ好みの詩集を感動しながら読んでいたときだった。足がむずむずするので視線を落とすと、裸足《はだし》でいたそこに、蟻がいた。こいつは飲み過ぎによる幻覚かと思ったが、そうではなかった。蟻が列をつくっている。どうやら、ケーキの甘い匂いにつられて入ってきたらしい。

アパートの大家が、なんの気を出してか、たぶん家賃の払いっぷりの良さに感動したのだろう、ケーキをくれた。滞っていた分を清算しただけでなく、これまでの迷惑料に一ヵ月分を払ってやり、さらに二ヵ月分を前払いしてやった。感激して当然だと思うが、ケーキをくれるというのは、ただ感激したのではないだろうな、と思いながら食べたのだった。安くても酒のほうがいいのに、それを承知でケーキとは、食えない大家だ、と。その箱についたクリームだ。蟻という生き物には、立ち昇る甘い匂いが霧のように見えるのかもしれない。

蟻は、懲りない。掃除機で吸い取っても、翌日にはまたもとにもどっている。こいつらには危険信号を発する能力がないのか、と思う。入ってくる窓枠の隙間を見つけて、ふさぐ。半地下なので窓は天井近くにあって、上を向いてやる作業は結構きつい。やれやれと思う。するとまた翌日は、別の隙間から入ってくるのだ。気になりだすと、これはもう、アルコールの幻覚症状と似たようなものだ。とてものんびりと優雅に飲んだり読んだりしてはいられない。まったく、寝ていても、気になりだす始末だ。

蟻の好みそうな匂いを消すために大掃除をし、ちょっとした穴を見つけては、大家から借りたテープで目張りし、接着剤を詰め、これはもう、やりたくはないが蟻の来る巣そのものを狙って、そこにいるのを全滅させるしかない、蟻用の殺虫剤を買うしかないと決心する。

一つ邪魔が入ると、立て続けに入るものだ。今回もそうだった。

殺蟻剤を探しに行こうと決め、ドアを開くと、そのすぐ外に男が立っていた。予想もしていなかったのでぎくりと身を強ばらすが、相手はおれより驚いたらしい。わっと声を上げた。

「コウさん。脅かさないでくれ」

「ティーヴィー。なんでこんなところにいるんだ」

ティーヴィー、TV。タイス・ヴィー、だった。ライトジーン市警中央署第四課の刑事だ。

「知っているくせに」

「知るか」

「だって、ぼくがドアをノックしようとしていたのがわかったんだろう？　サイファだものな」

「違う。蟻だ。蟻には頭にきた」

「なんだ、アリって。新種の超能力者のこと？」

「おまえの想像力には敬服するよ」

おれは説明してやった。タイスは笑った。おれには笑い事ではなかったのだが。

「暇そうだな、コウさん」

「コウ、なら、さんはやめてくれ。さんをつけるなら、菊月さんと言え」

「コウ、手伝ってもらいたいことがある」

「なんだ。面倒はごめんだ。おれはいま蟻退治に忙しい」

「蟻退治はぼくがやってやるから。サイファの力を借りたいんだ」

「申大為の仕事か」

「まあね。タレコミがあった。バトルウッドが違法行為をしていると」

「バトルウッド社か。心臓メーカーだ――」

「あなたの姉が、警備責任者でがんばっている」

「兄だ。五月湧《サツキユウ》。五月生まれの、兄だ」

「いい女だよな。ホロ写真を見た。メイ・ジャスティナ、MJ。最強のサイファだ。中課長の言うには、あなたにしか対処できないそうだ」

「MJがまたなにかしでかしたのか」

「彼女は、雇われているだけだ。しでかすのは、バトルウッドだよ。でもMJがいるから、なかなか尻尾がつかめない」

「いやだ。MJとはかかわりたくない。勝手にやってくれ」

それを無視してタイスは言った。

「ジェネラルレスリング、Gレスラーの期待の新人に、シャンティというのがいるんだが――」

「シャンティ。デル・シャンティか」

「意外だな。あなたが知っているとは思わなかった。観てないだろう、Gレス中継なんて。興味ないと思っていた」

「デルなら知っている」

「どういう関係だ」

タイスは刑事の口調になって、訊いた。面倒だが、話してやる。

「それで」とおれ。「デルがどうした」

「彼の心臓は、あなたの言うように、長くはもたなかったようだ。そこでバトルウッドの世話になったんだ。知らなかったのか」

「……そうか。ま、それはやつ自身の問題だろう。他人がとやかく――」

「これはタレコミだから事実ははっきりしないんだが、バトルウッドはシャンティに違法なやり方で人工心臓を移植している疑いがある。あるいは、違法な人工心臓を使っているのではないかと――」

「違法な人工心臓とは、どういうのをいうんだ。欠陥品か」

「詳しいことはここでは――。課長に訊いてくれ。あなたなら事実を突き止められるだろうと、課長はそう思っているらしい」

「中大為の呼び出しか」

「そういうこと」

「使い走りは新米刑事の仕事だ。文句を言うな」

「ぼくはもう新米じゃない」

「おれが断ったらどうする」

「頼むよ、コウ。ぼくは、あなたを公務執行妨害で緊急逮捕もできる」

「中大為に教わったとおりに、だ」

「まあね。でも、あなたはシャンティのことを知っているわけだし、そうとなれば参考人として出頭要請もできる」

「少しは刑事らしくなったわけだ」

「人工臓器メーカーの違法行為は重大だ。見逃すわけにはいかない。協力してくれ」

「おまえの左腕も、アルカ社製なんだぞ。アルカを怒らせたら、メンテナンスが受けられなくなるかもしれん」

タイスは、自分の左手を上げ、手を開いて、掌を見ながらうなずいた。

「だからさ」とタイスは言った。「だからこそ、見逃してはおけない。人工臓器メーカーは、このような人質を持っているようなものなんだ。支配力は大きい。監視する者がその仕事を放棄すれば、彼らがなにをしでかしても一般市民は対抗手段を持たないことになる。正義のために力を貸してくれ」

「正義、ときたか。申大為は正義の人だと思うか？」

「少なくとも第四課は、人工臓器メーカーの圧力には屈しない。申課長がいるかぎりは」

「ナイーブだな、タイス」

「どこが？　ぼくが——」

「いや、悪かった。申大為は、なにを考えているのか、おれにはよくわからん。得体の知れない男だ。ま、おまえもそうだ。手柄を立てれば出世できる。それが正義なら、おまえも世間も文句はない」

「なにが言いたいんだ、コウ」

「人はみな、たいした違いはないってことだ。自分の都合で生きている。だから他人を動かそうとするのは大変だってことだ」

「協力しないと？」

「デルはどうなったんだ。そいつが知りたいな。蟻退治をしてくれるなら、行ってもいい」

「理屈っぽいんだからな」タイスはため息をついて、「蟻はいつでも退治できる。約束するよ。課長に会ってくれ」

「わかった」

「蟻退治か。自分が情けなくなる」

「新米にしてはいい出来だ。おれに協力させるために格闘しなくて済んだんだ。ま、蟻と格闘してくれ」

「そうなのか？」

「そうって？」

「あなたと格闘した刑事がいるのか」

「いるさ。昔のことだ。おれにサイファの力で心臓を潰されかかった刑事がいる」

「冗談だろ？」

「本当だ」

おれはそう言って、廊下に出る。タイスがついてこないので振り返ると、そのまだ若い刑事は胸のあたりを押さえて、怪物を見るような目つきでおれを見ていた。

「どうした、ティーヴィー。そんなガラスのような心臓でよく刑事をやっていられるな。正義はどうした。バトルウッド製の心臓と交換するか」

「ぼくも知っている刑事か」

「ああ」とおれ。「そいつに訊いてみるがいい」

「だれ」

「申大為」

表に出て、タイスが乗ってきた飛行車、フライカに乗り込むまで、タイスはおれの前には出なかった。

4

申大為はいつもの仏頂面でおれを迎えた。タイス・ヴィーが、おれとデル・シャンティの関係を簡潔に報告した。手短で、脚色もなく、良い報告だ。

「フム」と申大為。「おまえが関係していたとはな」

「関係はない。あんたの疑惑とは」とおれ。

「ラズレンともか」

「ラズレンがデル・シャンティのマネージャーをやっているんだな」

「そうだ」

「締め上げたか」

「いや」

「バトルウッドはなにをしているというんだ」

「ラズレンに協力して、デル・シャンティをメジャーリングにデビューさせた。持ちかけたのはラズレンだろう」

「バトルウッドは自社に利益があると判断すればこそ、それに乗ったわけだ」

「むろん、そうだろう。デル・シャンティという男はシンデレラボーイだ。いまやつは本業以上にCMキャラクタなどで大金を稼いでいる」

人工臓器メーカーの数は多い。それぞれ得意の臓器分野があって、各社がみなすべての臓器や身体部品を製造しているわけではないが、それでも人工心臓を作っているのはバトルウッド社だけではない。競争原理が成立する。それはタイスが心配するような、限られた臓器メーカーがこの世を支配する危険を少しでも分散させる人間の知恵でもあるだろう。

「バトルウッドの後押しがなければ」とタイスが言った。「実力がいくらあっても自由人がメジャーリングに立つのは難しいよ。デル・シャンティは名誉も金も手に入れた。自分の心臓を手放してだ。バトルウッドにそそのかされたんだ。そそのかしたのはラズレンかもしれないが」

「デルの、まだ十分に健康な心臓を、無理矢理、あるいは騙して、自社製の人工心臓に交換したというのか」

う」

「それだけでも犯罪だ」とタイス。「バトルウッドは、だけどそんな証拠は残さないだろう」

たしかに、虚偽の検査結果を示して人工臓器に交換するよう勧めるのは違法だ。しかし自ら望んで、不安のある自分の臓器に見切りをつけて、それを人工のものに替えるのは違法ではない。仮に、だれかがもし騙そうとするなら、証拠となるような虚偽の検査結果など、タイスの言うように残すわけがない。不安にさせるだけで十分だ。そのため、明らかに騙されたのかどうかは、解釈が難しくなる。そそのかしたのがラズレンだとしても、デルをその気にさせたのは、おれかもしれないのだ。おれはサイファの予知などあてにならないとデルに断ったが、それでも、デルを不安にさせたのは事実だろう。が、しかしそれが違法行為かどうかの判断は難しいだろう。

申大為はそんな不確実な疑惑だけで動くような男ではない。

「タレコミがあったそうだな。デルの成功を妬むやつがいるわけだ。だが妬みは違法行為ではない。あんたはなにを捜査しようとしているんだ?」

「殺人が疑われる事件だ」

「殺人だ?」

「そう」とタイスが言った。「映話でタレコミがあった——」

「正確には、バトルウッドの違法行為に関する情報を買ってくれるか、と言ってきただけだ」申大為がタイスを制して、説明した。「ピントという男だ。プロのタレコミ屋ではない。

もとバトルウッドの社員だ。ティーヴィーが会いに出向いたときは、すでに死んでいた」

「指定された場所はマーブ中央空中公園だった」とタイス。「ピントはそこにはいなかった。いたのは、下だ。百メートル下の路上。死体で見つけた。頭の形がなかったよ。ひどいものだった。公園でピントの悲鳴を聞いた者がいるんだ。自殺じゃない。事故でもない。証拠はないが、サイファに身体を操られて、自殺させられたんだ」

「そうなのか？」

「ティーヴィーの捜査ではそうなる」と中大為。「事故でも自殺でもなければ、殺人だ。サイファが関わっているとすれば、事は面倒だ。普通人にはピント殺しを実証することは困難だからな」

「で、第四課の、あんたの出番か」

「あなたの、です」とタイス。「協力して欲しい」

「バトルウッドが、殺したというのか」

「わたしはそんなことは言っていない」と中大為。「ティーヴィーは優秀だが、思い込みが激しいのが玉に瑕《きず》だ」

「それは、課長——」

中大為はタイスがこの場にいないかのように続けた。

「バトルウッドは大企業だ。もと不良社員の中傷にびくつくようなやわな組織ではない」

「あんたは、犯人はサイファだと思っているんだろう。実行犯はＭＪだというのか」

「あれが事故でも自殺でもないとすれば、ピントを殺した者は、バトルウッドの巨大な力がわかっていないやつだ。ＭＪはバトルウッドに雇われながらもそれがわかっていないのかもしれない。バトルウッドを護るために単独で判断してのことかもしれないし、そうではないかもしれない。あるいは、われわれがＭＪの仕業だと決めつけるに違いないと知っている第三者が、バトルウッドとわれわれとの関係を険悪にしようと企んでいるのかもしれない。ピントはそれを狙って、最後の切り札である自分の生命を犠牲にしたのかもしれない。ようするに『かもしれない』の連発では話にならんから、捜査している。ＭＪには事情聴取が必要だ。コウ、それが今回の仕事だ。ついでにラズレンとシャンティの心をのぞき見してこい」

「報酬は」

「おまえを被疑者扱いせずに、もてなしてやる」

「おれが犯人だとすると、事は面倒だぞ」

「どのみち、サイファが犯人だと世間に知られれば、おまえの立場は危うくなる」と表情を変えずに申大為。「そうならないうちにわたしの言うとおりに動くことだ。自分の立場を忘れんようにティーヴィーをつけてやる。ティーヴィー、一緒に行け」

「……はい、課長」

タイスはおれを横目で見た。その視線を感じつつ、おれは申大為に言った。

「本気で、おれがＭＪからなにか情報を引き出せると、あんたは思っているのか」

「おまえがやれないのなら、だれにもやれない。そう思っている」

「おれは警官ではないから、おれがやることは市警とは無関係、そういうことだな」

「そのとおりだ。銃を持っているなら、置いていけ」

「そんなものを持っているわけがない。おれには必要ない」

「良い心がけだ。おまえが市警に捕まったら元も子もない」

「まったく、あんたは、おれという良い道具を持っているよ」

「お互い様だろう、コウ」

「長生きをするわけだぜ、申」

「以上だ」

捜査にかかれと命じられたタイスはオフィスを出ていく。おれも行こうとすると、申大為に呼び止められた。

「コウ」

「なんだ」

「ＭＪがピントをやったのなら、それをＭＪに認めさせろ。手段は選ばない。おまえに任す」

「生死は問わず、か。そいつは難しい。こちらも危ないからな。あんたに認めさせることはできる。それで我慢するんだな」

申大為は目をそらした。もう話は終わりだというわけだ。

オフィスを出ると、タイスは刑事部屋の外の廊下にある自販機にコインを入れていた。出てきたのはアイスティだ。それを飲んで一息つきながらタイスは言った。

「コウ、あなたはどうして課長の仕事をするんだ。いいことがあるのか」

「なぜそんなことを訊く」

「あなたは課長に脅されているみたいだ」

「おまえこそ、脅されているんじゃないのか」

「課長に？」

「正義とやらにだよ」

「わからないな。あなただって、割に合わないと思っているんじゃないのか」

「MJは苦手だ。できればやりたくない」

「じゃあ、どうして」

「デルと関わってしまったからだ。放ってはおけない。おれのせいかもしれないんだ。おまえがデルとの関係を喋ったせいで、申大為はああいう態度に出たんだ」

「ぼくが黙っていたらどうなったというんだ」

「申大為から金を出させることができたろうな。今回は、それはなしだ」

「最初から、あなたはやる気だったというのか」

「だから、おとなしくおまえについてきたんだろうが。デルはもっとましなマネージャーを雇うべきだった。こんな疑惑に巻き込まれなくても、あの身体でメジャーになれたはずだ。まったく、惜しい。それが悔しいんだ。デルのためでも申大為のためでもない、おれの気持ちの問題だ」

「課長に利用されているわけではないというのか。負け惜しみのように聞こえるけどな」

「取引の確認だ。いつもと同じだ。おれのやりたいようにやっていいかと訊き、いいと中大為は答えたのさ」

「そうかな」

「そうさ」とおれは言ってやる。「お互い、同じ立場だ。やるならいつでもやれる」

「やる？　殺せるというのか」

「そこまでやるなら、墓穴が二つ必要だろう。以前そうなりかけて、互いに懲りた。その手前の話だ。おれは中大為の地位と名誉を葬れるし、中大為はおれの自由を奪うことがいつでも出来るということだ。殺されるより悪い。ただ殺すなら、銃の引き金を引くだけでいい。簡単だ。子供にもやれる。だが、わけのわかった人間はそんなことはしない。失うものの大きさを知っているからだ」

「フムン」

「ティーヴィー、おれの心配より――」

「ティーヴィーと呼ぶのはやめてくれ」

「そいつは悪かったな」

「ぼくは……課長がときどきわからなくなる」

「ときどき、か。おまえは幸せだよ。子供の殻を引きずっている。おれはサイファだからな。

卵の殻のようなそいつが見える」

「あんたは」とタイスは口調を変え、カップを投げ捨てて言った。「中大為の私的な道具だ。手下ですらない。自分勝手な、野良犬だってことにさえ気づいていない、負け犬だ」

「なんとでも言うさ。しかし蟻はおまえが掃除しろ。取引だからな、おまえとの」

「あんたの指図は受けない。これは捜査だ。ぼくの指示に従ってもらう。あんたは、ぼくに言われたように嗅《か》ぎ回ればいいんだ」

おれが野良犬なら、引き綱はない。うまくやれるならやってみろ、と言いたいところだったが、タイスは自尊心を傷つけられて意固地になっている。おれのせいばかりではない、タイス自身のせいでもある。それをこの若い刑事は自覚していない。若いというのはやっかいだ。

「よかろう」とおれは言った。「中央署第四課の捜査という名目があれば、おれもやりやすい。中大為がおまえをつけたのは、そのためだ」

「犬は黙っていろ」

「ワン」

とおれは吠えて、黙ってやった。

タイスはおれの返事が気に入らなかったらしい。憤りの感情を発散させながら無言で駐車場階に上がり、フライカに乗る。おれが乗ると急発進させ、市警中央署ビルの屋上に近い駐車階の、空中出入口である開放デッキから空中に出た。乱暴な運転だった。

「どこへ行くんだ、タイス」

「読めばいいだろう。サイファなんだから」

「だれがそんな疲れることをやるか」おれは腰を浮かせて尻ポケットからフラスクを出し、ウィスキーを一口やる。「お互い、口がある。喋ればいい」

「いつも読めるわけじゃないのか」

「だから、普通人はサイファの力を誤解していると言っているだろう。いつも他人の思考が聞こえていたらうるさくて発狂してしまう」

「耳鳴りのように聞こえているんじゃないのか。ノイズのように。意識を集中したときに他人の心のつぶやきが聞こえるんだろう」

「違う。聴覚というより、視覚的だ。ふと見える、というほうが近い。あるパターンとして、一瞬に感じられる、という感覚だ。意味はわからないことのほうが多い。思考というのは、聴覚的な、時系列にそったものだけで成立しているわけではない、ということだろう。言葉だけで考えているのではない、ということだ。言葉は聴覚的だ。時系列にそっていなければ意味にならない。音の並びが時間にそっていなければ、意味にならん。思考というのはそうじゃない。自分でもなにを考えているのか、言葉にしようとするとわけがわからんというのは珍しいことじゃない。そのほうが普通だろう。サイファは、その全体を、見るんだ。見て意味がわかるほうが珍しい。考えている本人にもわからないことが、他人のおれにわかるもんか」

「他人の心が見えることと、それを見て意味をとらえる能力とは別だ、ということか」

「そう、おまえは頭がいい。そのとおりだ。視力のいい人間が視力の劣る者よりも芸術作品をよりよく理解できるとはかぎらない。そういうことだ」

「ヒトの心は芸術作品か」

「近いだろうな。同じものは二つとない。それすら刻刻と変化するんだ。一人の人間自体が」

「フムン……人生は芸術か」

タイスは、サイファの能力への興味から、さきほどの憤りは忘れたようだ。少し安心したのかもしれない。

あらためて、「どこへ行く」と訊く。

素直にタイスは答えた。

「きょう、これからデル・シャンティの試合がある。ジーンガーデン・スタジアムだ」

「MJより先にデルの身体の状態を観察しろ、というわけだ」

「そうだ」タイスはちらりとおれを見て、言った。「やはり、読んでるな」

「心を読まなくても、喋ればわかる。おれがそんなに間抜けに見えるか、ティーヴィー」

タイスは、怒るべきか、納得すべきか、迷っていた。それがわかり、おかしい。

タイスにはああ言ったが、生まれながらのサイファのおれは、子供のときから他人の心の状態を見て育ったのだ。思考パターンのすべてを解釈するのはいまだに難しいが、単純な心の状態などは、サイファの力を使っているなどとは意識せずに感じ取っているのだ。

それは感受性の強い人間なら、普通人のだれでもやっていることだろう。サイファの能力はそういう意味では、さほど特殊とは言えない。しかしそれでも普通人にはできないこともやれる。〈感受〉するだけでなく、他人に向けて、自分の感覚を〈発感〉することができる。しかもその相手は、ヒトにはかぎらない。そこが普通人とは異なる。おれはヒトではない物に、自分の感覚を吹き込むことができる。賭け金を動かそうという意思をその物に伝えるというようなことだ。すると、賭け金は動く。思い通りにならないのが世の常だからおそろしく力を消耗するが。しかし普通人には、それが奇跡か魔法のように見えるのだ。おれを警戒するタイスの気持ちはわかる。

「デルの心臓が正規のバトルウッド製ではないという確証はあるのか」

おれはタイスの宙ぶらりんな心の状態を、仕事を思い出させることで解消してやった。

「バトルウッドが違法行為をやっているというピントの言葉が事実なら、そうとしか思えない。バトルウッドがデルを騙して、まったく健康なデルの心臓を自社製の心臓に交換したというようなことだけでは、ピントが殺される理由にはならない。もちろん確証はない。それを調べるのが仕事だ。現実にピントは死んでいる。殺されたのだとしたらバトルウッドの仕業と考えるのは当然だろう」

「おまえは優秀だが、思い込みが激しいのが玉に瑕だ。中大為はそう言った。どうなんだ。バトルウッドが怪しいと、勝手に思い込んでいるだけではないのか」

「課長もバトルウッドが疑わしいと思っている」

「バトルウッドではなく、MJだ。だからおれを呼んだんだ」

「同じことだ」

「同じなものか。おまえも申大為がときどきわからなくなると言ったろう。なにがわからないのか、教えてやろう」

「どうだというんだ」

「申大為は、仮にバトルウッドが関係しているとしても、その犯罪はMJの単独行為であり、バトルウッドは無関係だとしたいんだ。バトルウッドを公的に擁護するということだ。それが、おまえには納得できないんだ」

「それはそうだが……課長の立場では、そうせざるを得ないのかもしれない。影響はおそろしく大きい。本部長や市長やもっと上から横槍が入るか、あるいはもう入っているのかもしれない。バトルウッドにはそうさせる力があるだろう」

「おまえの正義感に反することだ」

「仕方がないだろう。ぼくに、首になれ、と言うのか。捜査自体をやめさせられないために、課長は苦労しているんだ。ぼくよりずっとだ」

「申大為に同情は無用だ」とおれは言ってやった。「やつは、自分の考えで動いている。横槍が入るのを恐れているんじゃない。バトルウッドや、ライトジーン市という街そのものに恩を売るつもりだ。裏でなにをやっているか、わかったものじゃない」

「課長はそんな人じゃない」

「かもしれん。おれにもわからん。謎だよ、あの男は」

タイスはなにも言わなかった。黙ってフライカを下降させる。

眼下にジーンガーデンの森が広がる。空中からしか入れない森林公園だ。周囲には柵が巡らされていて、フライカを持たない自由人は入れない。もっとも、柵を破ってまで入ろうとする人間はいない。森には、かつてライトジーン社がこの世に甦らせた野生動物が生きている。ピューマのような動物もそこにいる。弱肉強食の世界だ。うっかり入れば人間は餌食になる。襲われる確率は低いだろうが、ゼロではない。

中央部は開けていて、スタジアムはそこにあった。デル・シャンティが闘う場だ。人間と。

5

タイスは入場するのに刑事のバッヂを使ったりはしなかった。正規の料金をカードで払う。おれの分も。捜査していることを知られたくないのだ。

デルの試合はメインイベントだが、まだそれには間があり、リングでは前座試合が行われている。

ほぼ七割の入りだ。メインイベントが始まる直前には立ち見が出るだろうとタイスは言い、席に着いた。すり鉢状の観客席のかなり上のほうだ。周囲の席はまだ空席が目立つ。

「デル・シャンティの試合は人気があるのか」とおれ。

「そうだよ」とタイス。「リングサイド席は一般にはなかなか手に入らないだろう」

「バトルウッドの招待席か」

「ま、そんなところだな。コウ、ここからでわかるかな。デル・シャンティの心臓の具合だよ」

「距離はさほど関係ない」

「……そうなのか。通常の人工心臓かどうか、よく見てくれ」

「そこまでわかるかな。ま、やってみるが」

おれはさっそくフラスクを出して、雰囲気を楽しみながら、ウィスキーをちびちびやる。

「早くデルが出てこないかな」

「タイス、おまえは賭けないのか」

「仕事で来たんだし、結果は教えてくれるよな、コウさん。ぼくは、もう大金を賭けている気分だよ」

「ラズレンが仕切る裏の賭博もやられているだろう」

「だろうな」

「違法行為だ。税金を納めないんだから」

「ぼくの仕事はその摘発じゃない」

「なにが正義だ」

「なにがって？」

「脱税は悪じゃないのか」

「コウ――」

「わかっている。ちょっとからかってみただけだ。脱税では人は死なないからな」

「そんなことはないよ。ぼくがその担当になったら、そんなことは言わない。社会的義務を無視する者が増えれば、社会が崩壊する。死人も出る」

「社会的正義が、おまえの正義なわけだ」

「そうさ。当たり前じゃないか」

「わかっている、というのは取り消す。おまえは、自由人の死体が転がっていたら、どうする。殺されても当然と思うか。義務を果たさない人間なんだから。おまえの正義は、なんだ」

「捜査はするさ。殺された人間がだれだろうと、同情する」

「おれはサイファだ、ティーヴィー。嘘はわかる」

「都合のいいときだけ、そうなんだからな」

「話をそらすなよ」

「話などしたくない。言いたくない。自分でもわからないよ、コウ。その場になってみなければ。でも、正直、殺されてもしかたがない、同情なんかするか、という人間がいるのは確かだ」

「そういう人間がいるのではない。おまえがそう感じるだけのことだ。それが、おまえの正義なんだ」

「あなたにぼくを批判する資格があるのか、コウ」

「批判なんかしてないさ。感想を言っただけだ。おまえは自由人にはなれないってことだ」

「なるつもりはない」

「おまえは正直だ。自由人になる資格はある」

「なりたくないってば」

「もう片足を突っ込んでいるぜ」

「嫌なことを言わないでくれ」

「デル・シャンティは逆なんだ。自由を放棄しまいとしつつ、そいつを奪われ、しかもそれに気づいていないようだ。気づいていないのなら、同情に値する。そうだろ?」

「ああ、なんとなく、わかるよ。わかりたくないけど。あなたに感化されていくのは嫌だ」

「申大為に十分感化されているだろう。かわいがられているうちに、抜けられなくなる。利口な部下は、一刻も早く第四課から出ていけるように努力する。心配するなって。自由な暮らしにもいいところはある」

「その話はやめよう」

「ビールにポップコーンを買ってこい」

「ウィスキーがあるじゃないか」

「これはおれのだ。だれがやると言った」

「なに？」

「おまえのビールだ。飲みたいと顔に描いてある」

「かなわないな。我慢するよ。サイファは嫌いだ」

「おれ以外のサイファを知っているのか」

「あなたほど完全なサイファはいないさ。でも普通人として生まれた人間にも、近い能力を持つ者はけっこういるんだ。そういう人間も含めてサイファという――」

「だから、だれか知っているのか」

「実は、知らない。そんな能力は隠したがるんだろう。隠したほうが利用価値が高いからだろうな。疑わしい人間なら何人か知っているが。ピントもそうだったかもしれない」

「それはあり得る。ピントはＭＪといざこざを起こし、バトルウッドに不利なガセネタを吹聴しようとして、ＭＪに始末されたのかもしれない」

「デル・シャンティとは無関係に殺されたというのか」

「デルの人工心臓に不審な点が発見できなければ、その可能性が高まるだろう。おれの興味はその心臓だけだ。不審なところがないなら、あとのことはどうでもいい」

「無責任な」

「自由人だからな」

「それでは困る」

「だろうな。だが、どうにもできないだろう。MJがピントを殺しているとしても、そんなことはだれにも立証できない」

「あなたなら――」

「できないんだよ、タイス」

「どうしてだ」

「サイファがだれかを殺すときどうやるか、わかるか」

「知るもんか」

「殺意を集中する」

「それなら、わかるよ。イメージとして」

「イメージか。まさに、そう、イメージだ。死んでしまえ、とイメージする感じだ。普通人にも、そんなことはよくあるだろう。普通人がそれを行動に移すときは身体運動が必要だが、サイファは、イメージするだけだ。すると、実現することもある」

「こともある？」

「そうだ。実際に相手が死ぬということと、イメージだけで終わることとの間には、ほとんど境界がない。殺意を抱いただけで相手は死ぬかもしれないんだ。それが殺人を実行したと言えるか？」

「サイファはそれをコントロールできるはずだ」

「いや、イメージの世界と現実との境界はあいまいで、そうなるとその両者を分離することはできなくなる。だからこそ、意識の力でもって現実を変化させ得るんだ。それがサイファの力だ。コントロールするなら、殺意をこらえるという時点ですべきで、それなら可能だ。しかし殺意を抱いたからといって、その者を即殺人罪に問えるわけではない。だからＭＪを捕まえることはできない。ＭＪがやったことがおれにわかったとしてもだ」

「そんなのは、馬鹿げている。立派な殺人行為じゃないか――」

「いまのはＭＪの単独行為の場合だ。これが、バトルウッドがＭＪにピントに対して殺意を抱くように仕向けた、つまり殺せと命じた、というのなら、話は別だ。それなら犯罪だ。しかし仮定では話にならん。中大為が言っていたろう」

「くそう。だからサイファは嫌いだ。やりたい放題じゃないか。ＭＪを締め上げてやる」

「優しくやることだな。おれは関わりたくない」

「課長は、ＭＪの心をあなたに読むように命じたんだぞ」

「中大為の考えはわかる。もしＭＪが関わっているのなら、ＭＪをおれに始末させたいんだ。そのように仕向けているんだよ。おれにＭＪへの殺意を抱かせたいんだ。だが、そんなのはごめんだ。ＭＪも馬鹿ではないから、あちらから戦いを仕掛けてくることはない。自分が危うくならない限りは、おれに真実を知られようが、なんだろうが、放っておくよ。おれが中大為に真実を伝えたところで、サイファの証言は裁判では効力を持たない。もちろん中大為はそれを知っているから、彼は、裁判には期待していない。ＭＪがサイファなら、同じサイファの力を使って、たたく。それが中大為のやり方だ。おれが、その中大為の道具となって、MJをやる、という構図だ」

「……違法だ」

「おまえなら、どうする、ティーヴィー。なにが正義だ？」

「あなたの正義は、どうなんだ」

「おれが訊いているんだ」

「それはないだろう。ぼくの立場はわかっているじゃないか」

「その場になってみないとわからん、そう言ったじゃないか。おれはおまえに逮捕されたくはない」

「MJを始末することで？」

「あるいは、しないことで、だ。中大為または警察に協力しない罪でだよ。おれとMJとの間に、もしなにかあっても、おまえにはなにがあったのか証明などできやしない。おれは、おれの道を行くだけだ。それが正義といえば正義だ、おれの。知り得た情報をおまえに伝えるかどうかは、おまえの立場によって変わるんだ。だから、何度も訊いているんだ」

「頼むよ、コウ。ぼくに、すべてを伝えてくれ」

「おまえは、中大為の考え方に反発する思いが生じて悩んでいるわけだ。おれは、結果を中大為には伝える。おまえは、それが知らないほうが悩まなくてすむ情報内容だったとしても、知りたいと言うのか」

「もちろん」

「おれは、おまえに逮捕されたりはしない。意味はわかるよな、ティーヴィー。おまえの正義は、おれのとは異なるかもしれない。そのときは覚悟しろ。おまえに殺意を抱いたとたん、おまえは死ぬかもしれない。そういうことだ。中大為はそのへんは、うまくおれと折り合いを付けているわけだ」

「……なんてことだ」

おれはフラスクから一口飲み、それを差し出した。タイスはおとなしく受け取り、それをあおって、むせた。

「タイス、おれほど親切な教育係はいないぜ。蟻退治はちゃんとするんだぞ。安い授業料だ」

タイスは無言で、今度は注意深くウィスキーをやった。そのまま持たせておくとタイスは考えながら飲み続けそうな気配だったので、フラスクを取り上げる。タイスは文句は言わなかった。

タイス・ヴィーが言ったように、前座の試合が終わると空席が埋まり始めた。おれたちの周りの席も。内輪の話ができなくなる。おれたちは観客にならい、リングに注目する。

ショータイムが始まった。

リングが地下に下がり、代わりに一回り大きな舞台がせり上がってきた。これにはロープはない。

二人の人間が舞台に乗っていた。男と女。肉体の線がはっきりとわかる白いフィットスーツを着けている。白い絵の具でボディペイントされているようにも見える。

向かい合い、上に伸ばして挙げた両手を触れあわせて静止のポーズを取っていた。彫像のようだ。静かになった場内にいきなり打楽器の音が鳴り響く。メロディの抑揚のあまりない、しかし複雑なリズム曲が始まると、二人は踊りだす。コンテンポラリィ・バレーだ。

華麗なステップで、旋回し、絡み合い、リフトし、ジャンプ。計算された動きは美しい。あいまいなノイズのような無駄な動きがまったくない。一流のダンサーだ。

フム、とおれは思った。下手な殴り合いを見るよりも、これはおれの趣味に合っている。セクシーだ。

と、男のほうが、前後に開脚してジャンプした、その空中で、胸を押さえる。肘を張り、足をそろえて身体を真っ直ぐにして、床に落下する。バン、という音と同時に音楽もやむ。その動きからイレギュラーな事態ではなく構成されたものだとわかる。意味は明白だ。心臓が壊れたという表現なのだ。男は仰向けに大の字になった。

女は攻撃を受けた蜂のようなステップでパートナーの周りを踊り、それから絶望したように静止し、天を仰ぐ。両手を開いて差し上げる。沈黙。しばらくすると、女の顔がぴくりと動く。天の一角になにかを見つけたように。微かな音量で音楽が流れ始める。女の差し上げた両手がゆっくりと合わさり始める。空からなにか下りてくる表現。両手を合わせると両手首をつけたまま手を開く。なにかを受け取った。見えないそれを、倒れた男の胸に入れる。なるほど、とおれは少ししらける。こいつはバトルウッドのコマーシャルだ。中継されているのだ、場内だけでなく、おおぜいがこれを観ているだろう。

人工心臓を得たという設定の男はロボットの動きで起きあがり、ぎくしゃくと踊りだす。やがてその動きがスムーズになり、女は歓喜の踊り。男が同調して、最高潮に。ジャン、と終わると、拍手喝采。ダンサーは優雅に礼をして、舞台ごと下へ消えていった。

余韻を味わう余裕をとって照明が落とされる。その間がじれったいと感じられるほどになって、それを見計らった時間を経てから、メインイベントのリングがまばゆい照明を受けて上がってきた。

レスラーは乗ってはいない。彼らは、控え室からリングに向かって歩いてくる。大歓声を浴び、観客の間を抜けながら、大衆のエネルギーを吸収してそれを闘いに生かすのだ。

デル・シャンティ。メジャーになった。

6

強力なスポットライトを浴びてリングに向かうデルを注視する。派手なガウンをまとっているが、その身体が相変わらず見事なことは感じられる。とくに異常な感覚はない。ラズレンが自慢そうに付き添っている。トレーナーと助手が数名。

ライトから外れた後ろに、だれかもう一人ついているのがわかった。薄暗くても女だとわかる。かっちりとしたスーツ姿。原始的な男の本能を刺激するような突き出した胸に引き絞られたような腰、ふくよかな尻、長い脚。ラズレンより長身だ。

MJ。いまは女の、おれの兄、五月湧。同じ遺伝子を持った双子と言ってもいい。本物のサイファ、ライトジーン社の傑作。サイファの力で自分の身体を女に、しかも若い肉体に、変えてしまった。

「MJがいる」

歓声に負けずにタイスが言った。

「わかっている。黙ってろ」

おれは叫び返す。観客の熱気から、デル・シャンティの人気のほどが知れる。

デル・シャンティと挑戦者のレスラーの紹介。おれはGレスリングなどという格闘技のことはほとんど知らないのに加えて、歓声が大きくて詳しい内容が聞き取れないのだが、デルはチャンピオンなのだとわかる。ガウンを脱ぎ捨てる仕草も様になっている。裸の上半身は相変わらず見事だ。タイツにブーツはチャンピオンにふさわしい新品だと遠目にも見て取れる。

ほんの数カ月前、デルの財産はその輝くような肉体だけだった。いまは、違う。金で買えるものはなんでも手に入れられるだろう。地位も名誉も、友人も恋人も。

金で得たそのようなものは本物ではないと言いたいところだが、本物かどうかを決めるのは当人であって、おれではない。人工の心臓ですら金で買える世の中だ。この世界で重要なのは、友人や心臓が本物かどうかで悩むことよりも、その機能がちゃんとしているかどうかだろう。身体のほとんどを人工の臓器に置き換える人間が、その部品は本物ではないなどと悩み始めたら、精神が危うくなるに違いない。

デルは、いま胸に収めている人工心臓をどう思っているのだろう。おれは大歓声に惑わされまいと意識をそれに集中しようとした。

が、邪魔が入った。

リング上の二人のレスラーの紹介と同時に観客席がサーチライトで照らされる。発光点はリングサイドの一点からだ。いや、ライトではなかった。光ではない。

ＭＪのサイファの力による感覚サーチだ。観客にサイファがいるかどうかを調べているのだ。それはＭＪを中心として放たれるレーダー波のような感じだ。サイファならそれがわかる。ＭＪは視線を巡らせて、その視線と同期させてサイ・サーチをしていた。ＭＪに見られたサイファは、なんらかの反応を示す。まさにレーダー波を受けてそれを反射させるようなものだった。反射でも吸収でも同じことだ。サーチを感じてそれに対抗手段をとれば、ＭＪには輝いて感じられるか異常に暗く感じられるか、いずれにしてもサイファの存在がわかるのだ。

おれはとっさにフラスクを傾けて、ウィスキーに意識を集中した。熱い命の液体が胃に向かって下りていく感覚を楽しむと、MJの視線はおれを通り越している。MJのことを意識から外しただけでサイファの能力はなにも使わなかった。それがうまくいったようだ。やり過ごすことができた。しかし、いつでもうまくいくとは限らない。デルの心臓をおれがサーチするのは難しそうだった。

ま、知られてもいい。妨害されずにこちらが先にデルの心臓の働き具合を捉えた後ならば。それには、ずっとデルのそこに意識を集中していてはならない。おそらくチャンスはそうない。一瞬だろう。その一瞬さえ逃さなければいい。試合が始まれば観客のすべてが二人のファイターの身体の動きに注目するのだから、その普通人の意識に紛れて試みればチャンスはある。デルをこちらが操ろうなどと能動手段をとるならそのとたんにばれるだろうが、おれの目的は受動的なものだ。デルの心臓が発している個性を感受するだけだ。もしその心臓が正規のバトルウッド製ではない、なにかより手の加えられたものなら、おそらくおれにはそれが感じとれる。

おれはリラックスして、ゴングが鳴るのを待った。タイスから、Gレスリングの簡単なルールを聞きながら。タイスは無知なおれにあきれながらも説明してくれた。

一ラウンドは三分、一分のインターバルを挟んで、十一ラウンドだ。殴っても蹴ってもいい。眼と睾丸《こうがん》への攻撃だけは禁止で、関節をへし折ろうが、頭から投げ飛ばそうが、かまわない。路上ファイトと同じようなものだ。デルが路地裏でやってきたことだから、デルに不利なルールではない。路上では判定による勝敗決定はなく、ダウンするかさせるかだし、より厳しい。それに勝ってきたデルだ。なるほど、こんなルールならデルがチャンピオンでも不思議はない。デルの実力だ。バトルウッド製の心臓でなくても、チャンピオンベルトを手にできたことだろう。

そんなことをタイスに言っているうちに、試合が始まった。

デル・シャンティはゴングと同時に、いきなり攻撃に出た。相手の出方をうかがったり、観客の受けを狙って威嚇のポーズを取ったりということをしなかった。

これは路上ファイトとは違う、とおれは思った。デルの試合は見たことはなかったが、路上の闘いでは、たいていは相手の様子や出方を見るものだ。デルもそうだったことだろう。路上ではたいがい対戦相手というのは初めての相手だから、そうなる。いまは、デルの相手は初めてだったにしても、そのデータはよく知られているためだろうとは考えられたが、それにしても、そのデルの態度には違和感を覚えた。デルはもっと慎重な感性を持っていたのではなかったか。

いきなりパワー全開、という闘いだった。挑戦者もそんなデルの闘い方はデータとして持っているに違いなく、受けて立った。

「いつもこうなのか」

「なにが」

「Gレスというのは、しょっぱなからこんなにエキサイトするのか」

「違うよ。デル・シャンティの試合ならではだ」

タイスが叫ぶように答える。

タイスも興奮していた。デルの人気の高いのが、わかる気がした。様子を見ながら休んでいるのではないのか、というしらけた動きがまったくない。それは見ているほうが疲れるような感じで、片時も目が離せない。動きを止めているときも、つぎにどう出るのかという緊迫感があって、飽きさせないのだ。

デルの闘いぶりは攻撃的だが、しかし体力にものを言わせてそれで押し切るというのとは違っていた。肉体に自信があるのは当然だろうが、なにか相手の出方を心理状態を含めて読んでいるようなところがあった。それはデルの若さに似合わない、少し体力の衰えた者がそれを技術で補うという感じで、だがデルの身体は衰えてなどいないから、相手が焦って攻撃してくるとみれば、それをかわしながら休むということをせずにカウンターを決める、という展開だ。

路上のファイトでもこうだったのか。そうは思えなかった。技術的に高度なものを持っていたにしても、このように洗練されているものだったとは、おれには思えない。サイファの感覚で、おれはそう感じた。デルには、なにか、デルではない、別の能力を持ったなにかが、憑いている。

MJに操られているのか。いや、MJではない。そのようなサイファの力は感じない。MJは試合ではなく、いまも場内の人間の意識状態に関心を持っているのがわかる。おれはMJを無視してデルの闘いぶりを見続ける。

デル・シャンティはチャンピオンになってから六ラウンド以上を闘ったことがない、とタイスが、五ラウンド終えたところで言った。すべて、六ラウンド以内でノックアウト勝ちしていると。純粋に試合内容に酔っているようなタイスだったが、おれに仕事をさせるために来たのだということを思い出したのだ。デルが勝って引っ込む前におれに仕事をしろ、と。デルの裸の上半身は相手の打撃を受けて紅潮していたが、その相手の挑戦者はとみれば、まぶたは切れ、顔は腫《は》れ上がり、ボディにはもう紫の痣が浮き出し、ゴングが鳴って出てくるときは右足を引きずっていた。

確かに時間はもうないだろう。デルにいったいなにが憑いているというのだ。心臓か。おそらく、そこに原因がある。

デルは心から闘いを楽しんでいた。相手を痛めつけ、さらに止められなければ殺してしまうことを、望んでいるかのようだ。スポーツなどではない、復讐のようだった。相手が自由人ではない、自分を捨てた、仲間に入れてくれなかった上の世界の人間だからか。いいや、デルは、そのような恨みのような感覚で闘いの場に臨む感性の持ち主ではない。デルの身体に埋め込まれた、バトルウッド製のその心臓がそうさせているのだ。

いったい、どういう人工心臓なのだ。デル・シャンティをそのように操ることを可能にする心臓とは。

おれはサイファの能力を解放する。ＭＪの存在など、どうでもよかった。デルは、殺人マシンになっている。そのわけが知りたい。

おれはそのコントローラというべきデルの心臓に意識を集中する。その鼓動に感覚を同調させる。その動き。その存在。

「なんだ……これは」

「どうした、コウ」

だれかが、デルの胸の中にいた。それは心臓の形をしていた。心臓だ。しかし、人工の物ではない。だれか、だ。

「こいつはバトルウッド製の人工心臓じゃない」

「——なんだって？」

「人間だ。人間の心臓だぞ。タイス、そいつがデルを——」

デルは挑戦者を肩に載せ、背骨をへし折ろうとしていた。おれはその痛みを感じてうめいた。すさまじい力と苦痛。フラスクを落とす。

「コウ、どうした。コウさん」

〈あなたがいることはわかっていた〉

〈ＭＪ……やめろ〉

〈あなたは、なにがわかった？　その老いた身体とアルコールでふやけた脳みそで〉

ＭＪは嘲笑っていた。同じ遺伝子のはずの、このおれの身体が老いているだ？　年相応ではないか。

〈わたしは酒はやらない。あなたの老化がわたしよりも速いのは当然だわ〉

たたきつけられる感覚。デルが対戦相手をマットにたたきつけた。そのやられる者と、おれの苦痛が同期しているのだ。ＭＪの力だった。幻覚に似ているが、実際に痛みがある。これは幻覚なのだと意識して、跳ね返すしかない。

〈ＭＪ、デルの心臓はだれから引き抜いたものだ〉

〈バトルウッド製の人工培養心臓よ〉

〈違う……あれは人間のものだ〉

〈だったらどうするというの〉

ＭＪはなまめかしい感覚を吹き込んでくる。嘲笑の態度は変わらない。なんてことだ、デルも承知なのだ。ＭＪはそう言っているのだ。デルはその心臓が、だれかから取り出されたものだということを知っている。

〈だれのなんだ。あの心臓は〉

〈ほら、右肘が粉砕されるわ〉

激痛。だが気を失うわけにはいかなかった。デルがだれの心臓を自分のものにしたのか知りたい。おれはＭＪの心と向かい合う。

デルが納得する心臓といえば、そうはないだろう。おれは闘うデルの姿を見る。苦痛で視界が揺らぐ。むき出しになった赤い心臓が見えた。ＭＪの心の世界と現実が重なっている。その心臓から太い血管が生え、無数の血管が延びて、組織が付き、骨が囲み、皮膚が覆い、そして身体となる。顔はデルではない。おれと同じくらいの年の男だ。体格はいいが頬はこけ、冷徹な感じの顔。だれだ？

おそらくＧレスラーだ。デルも知っている、有名なレスラー、尊敬する男なのだ。

〈おまえが殺したのか、ＭＪ。この男を〉

〈寿命だったのよ。レスラーとしては〉

だがそいつは死んではいない。ファイターとして生きてきた感覚が心臓に凝縮されて、いまデルの中で息づいている。

こんなことがあるのか。ＭＪの力でそれが実現しているのか。

いや、サイファの力など必ずしもいらないのかもしれない。人間は頭だけで生きているわけではないのだ。人生の記録は、脳だけでなく全身に刻まれるのは当然だ。心臓はただの肉の塊などでは決してない。その人間がどのように生きてきたかを反映して、現在の形になっている。過去の経験を言葉や思考とは異なる別の感覚で記憶していても不思議ではない。デル・シャンティはその記憶感覚を感じ取っている。他人が頭ではなく身体で覚えた高度な技を、自分が学習したもののように使いこなせるのだ。

おれはうめいたまま身体を曲げて、動くことができなかった。この闘いの勝負は押さえ込みで決まるのではない。かつてのボクシングのように、リングから立ち上がれなくなるかギブアップするまで続く。挑戦者はしかしギブアップすることもできなかった。マットをたたくこともできない。半ば気を失っていた。激烈な痛みのために。

ふと右腕が解放されて、自由になるのを感じる。おれはリングに目をやった。挑戦者が立とうとしている。思わず、立つな、と願う。デルはとどめの一撃。左のストレートだ。それが来ることを挑戦者は知っていたようだ。待っていたようにも思えた。右のクロスカウンターを繰り出す。が、痛めつけられた肘が、計算したようには伸びなかった。デルの思惑どおりだ。挑戦者のクロスパンチをすり抜けて、まさしくデルのパンチのほうがクロスカウンターとなった。相手の前に出ていくエネルギーを加えた衝撃が挑戦者の顎に決まった。重い頭が振り子のようにねじ曲がり、腰を抜かすようにしてマットにくずおれる。

瞬間、視界が白くなった。ダウンした挑戦者は完全に気を失った。おれはその瞬間を逃さない。これは、幻覚だと意識する。サイファの能力を使ってＭＪの支配から逃れる。

大歓声が聞こえる。大丈夫か、とタイスがおれの身体を支えている感覚が甦る。おれは手を伸ばして、落ちたフラスクを取る。肘と首、背骨が痛い。完全にはＭＪの操作を非現実のものにはできなかった。全身に痣が浮かび上がるだろう。

「帰ろう」

おれはタイスに言った。

「なんだって？」

「戻ろうと言っているんだ」

「だって、コウ——」

「知りたいことは、すべてわかった。ここを出よう」

おれは席から立つ。観客は興奮して総立ちだ。リングではデル・シャンティが歓声に応えていた。

デルはすべてを承知で、バトルウッドと取引をしたのだ。デルと話をしてみたかった。しかし、話すべき、どんなことがあるというのだ。デルが手に入れたのは、一流のレスラーの心臓だ。Gレスリングに関心のある人間なら当然だれでも知っている者。その心臓がさほど長くはもたないこともデルは知っている。高性能な人工心臓には納得できなくても、それなら欲しいと思わせた心臓。それがだれの胸から摘出されたのかは、後でタイスに訊けばわかるだろう。有名なレスラーだ。

〈MJ、デルの、取り外した彼の心臓はどうした。デルが老いてバトルウッドのイメージの向上に役に立たなくなったら、その心臓を第二のデル・シャンティの若者の心臓と交換するのか。これはかつて偉大なファイターだった、シャンティの心臓だ、と〉

〈それはいい使い道だわ、コウ。教えてくれてありがとう〉

〈有名なレスラーの心臓だな。そいつもバトルウッドと契約していたんだ〉

〈知らないとは、あなたらしいこと。アイアン・テイルは強かったけど、地味にすぎた。玄《くろ》人《うと》には受けたけど、ショーマンとしてはねえ。レスラーとしても峠を過ぎていたわ〉

〈投資した分を無駄にはしたくなかったわけだな、バトルウッドとしては。心臓を引っこ抜くことで再利用したんだ。アイアンというその本人にも気づかせずに〉

〈さすがに本物のサイファね。でもすべてを読み取ったわけではないわよ、コウ〉

そうMJは伝えてきて、それから、続けた。

〈あなたは、中大為を利用して稼いではいても、その手先ではない。わたしのバトルウッドでの立場も同じよ〉

〈そうだな〉

〈感じていいわよ。わたしの中を。感じ取ったら、さようなら。邪魔をする気になったら、あなたをここから出すわけにはいかない。戦いになったら、あなたはわたしには勝てない〉

〈それはやってみなければわからないさ〉

〈そうなったら、わたしたちの戦いのとばっちりを受けて、ここの人間はサイファの力で全員死ぬかもしれないわね〉

それはあり得る。サイファは現実空間を変え得るのだ。観客たちが全員骨となって崩壊する事態も実現できるかもしれない。現実がそうなるのか、サイファがそういう幻想空間に入り込んで出られなくなるのか、どちらでも同じことと言えた。

サイファは人は殺せるが死体を甦らせることはできないからだ。つまり他人の死後の世界は感じられない。殺したのが実はサイファの幻想であってもその幻想空間から出られないとなれば、その人間は死んだに等しい。どこか別の次元で生きているかもしれないなどというのはサイファにも確かめることはできない。ならばその死は現実であり、幻想でもあり、そのような区別は意味がないのだ。

ＭＪはおれが死体の折り重なる世界など望んでいないことを読み取っている。だから、その心をおれに向けて開放した。

意外なイメージが瞬間的に見て取れた。それを理解するには、しかし時間がかかる。おれはまだ熱狂している観客たちに背を向ける。MJから得たイメージを理解してMJと戦う気分にならないうちに、MJから離れたかった。

〈さよなら、コウ。わたしは忙しい。サイファもどきが偶然に真実を知るかもしれないので、監視しているの〉

〈おれを痛めつけておいて、忙しいもないだろう〉

〈あなたがここに現れたのは意外だったから、動機を知りたかった。デルと知り合いだったとはね〉

おれは出口で、もう一度、デル・シャンティを見やった。成功した若者の笑顔。素晴らしい肉体。彼は、勝った。だがいつまでも勝ち続けることはできない。それを承知しながら今を誇るデルには、おめでとう、としか言えない。

「デル・シャンティ……きみはチャンピオンだ」

そう言って、おれはスタジアムを出た。MJはおれにはもう無関心だった。おれもだ。

7

タイス・ヴィーには、それが理解できない。MJと戦わずに中大為のオフィスに戻ってきたことが。

帰り道おれはずっと無言で、ＭＪが伝えたイメージを反芻《はんすう》した。本当だろうかそのイメージの内容は、と検討しながら。

「どうしてだ、コウ」とタイスはまだまくしたてている。「ＭＪにやられそうだったじゃないか。ＭＪだろう、あなたをそうしたのは」

おれの顎はやはり腫れ上がっていて、口を開くのがおっくうだ。

「なにがあった」

中大為はいつもの口調で訊いてきた。おれは話してやる。

「デルの交換した心臓は、人工心臓じゃない。人間のものだ。アイアン・テイルというやつのだった」

「アイアン・テイルだって？」とタイス。「あの、テイルが。有名なレスラーの？」

中大為が手を振って、タイスを制する。

「おれは、ＭＪがそのテイルを殺して、デルに与えたのかと思った」

「違うよ」タイスが中大為を無視して口を挟んだ。「アイアン・テイルはぴんぴんしている。レスラーとしては引退したけど」

「そうだな」とおれ。「アイアン・テイル。本名はジュリアン・テーラー。金髪だが、ずっと黒く染めていた。ＭＪが教えてくれたよ」

「そうなのか。金髪だったなんて——」

「それで、どうした」

「黙っていろ、ティーヴィー」と中大為。「あれは、だが、アイアン・ティルの心臓でもなかったんだ」

とおれは言った。

「どういうことだ。人間の心臓ではやはりなかったというのか」

「人間の心臓なのは間違いない。それがアイアン・ティルの胸に収まっていた心臓だというのも、確かだ。つまり、ティルはかつて、自分の心臓とそれを交換していたんだ」

それが、ＭＪが心を開いたときにおれが感じ取ったイメージだった。アイアン・ティルと呼ばれた天才的なレスラーも、かつてはデルと同じような危機感に襲われたことがあったのだ。だめになっていく自分の心臓の代わりに、強い心臓を欲した。だがティルは、人工心臓にそれを求めなかった。

「当時はまだ人工心臓は闘う者にとって十分な性能ではなかったということもあるだろうが、それよりも、精神的な満足のために、人工のものではだめだったんだ。それで活きのいい若い男の心臓を手に入れたんだよ。個人的にではなく、ラズレンのような取り巻きとの共謀だろうが、首謀者はティルだった。殺しがそこで行われたんだ」

「信じられないな……あの英雄的なレスラーがそんなことをするとは思えない」とタイスはこらえきれない。「まさか、あの人格者が」

「英雄は作られるものだ」と中大為。

「移植とその後の管理のためには、普通の医療機関ではだめだった。だめだと言ったのが、当時のピントだ。彼は医者だったが、テイルらにバトルウッドを紹介した。ピントはその心臓が犯罪行為でテイルらが手に入れたことを証言できるただ一人の生き残りだ。最初からピントが関わっていたのかどうかまではわからない。バトルウッドはそこまでは調べなかった。バトルウッドにとっては、その心臓の管理の仕事を引き受けるのは賭けだったろう。当時はまだ企業としてメジャーな存在ではなかった。バトルウッドはテイルのスポンサーとなって、テイルとともにのし上がってきたんだ。テイルの秘密を護ってやる代わりに、利用できることはなんでもやった。デル・シャンティは第二のアイアン・テイルだ。まさしく同じ心臓を胸に秘めたファイターなんだ。デル自身は、それはアイアン・テイルの心臓と信じている。それは半分は本当なんだ。テイルはレスラーとしてメジャーな期間をずっとそれで生きてきたんだから。そういうことだ」

「ピントは、この時期になって、それをばらす気になって、バトルウッドに殺されたわけか」

タイスの口出しをもう中大為は咎めなかった。おれが今回のことではMJにはもはや関心がないように、中大為も興味を失っている。時効が成立しているような昔のテイルの行為など、調べる気は中大為にはないのだ。ピントの件にしても、それが殺しだという証拠はまず見つけられないだろう。おれの証言などなんの効力もない。

「バトルウッドが恐れるのはイメージダウンだ。テイルの犯罪行為には直接関わってはいない」

「十分な犯罪行為だ」とタイス。

「ピントは、その心臓が再びデルに使われているのを知って、忘れたい過去を忘れられないのなら、いっそ表舞台にさらけ出したいと思ったようだ。自分も糾弾される行為だ。MJがその心を読んでいる。ピントはMJに殺されたいと感じたようだ。自殺とも言えるんだよ。自分で過去の行為を裁こうとし、裁ききれずにMJの力を利用して自分を追い込んだんだ」

「アイアン・テイルに訊いてくる」

「ま、勝手にやるんだな」とおれ。「だが、おれの部屋の蟻退治をしてからにしてくれ。バトルウッドはテイルの口封じをするか、おまえを消す。簡単なほうを選ぶだろうな。いや、なにもしないだろう。表だっては。MJに監視させているだけだ。デルの心臓がバトルウッド製ではないというのがばれないことだけが重要だ。その心臓がまだ生きているというのは、しかし、バトルウッドあってこそなんだ。いざとなればそれも宣伝に使える」

「行け、ティーヴィー」

中大為がタイスに言った。

「はい、課長」

顔を輝かせてタイスが部屋を出ていこうとする。それを止めようともせず、中大為がタイスの背に向けて言った。

「ティーヴィー、行き先はわかっているな」

「もちろんです、課長。アイアン・テイルの住居は名を告げるだけでフライカの自動誘導で

——」

「自動では行けない」と中大為。「わからんやつだな」

「……課長？」

「コウを送っていけ。おまえにできるのはそれだけだ。立件できる犯罪行為はなにもない。ピントは自殺だ。血税を無駄にする行為は私が許さん」

足を止めたタイス・ヴィーは中大為とおれを交互に見た。

「そんな……あなたたちは、どうかしている」

「おまえが個人的にやることは中課長も止めはしないさ。おれもそうしたんだ」

おれは中大為のデスクを離れ、立ち尽くすタイスの肩をたたいた。

「どうした。顔色が悪いぞ、ティーヴィー。バトルウッドの心臓は良さそうだ。交換してみたらどうだ」

おれの手をタイスは左腕で払った。アルカ社の腕で。タイスは意識してそうしたのだ。怒りと憤りにまかせて。どうそれを発散していいかタイスにはわかっていない。おれの部屋の蟻退治はいい方法だとおれは思うが、そんなおれの好意は伝わりそうになかった。

蟻退治は自分でやらなければなるまいとおれは思い、一人で中大為の部屋を後にした。

帰ったねぐらに蟻は一匹もいない。いると思っていたそれが本当は幻覚だったにしても、いまいないのはいいことだったが、寂しい気もする。その気分を味わいつつ、ベッドに寝そべり、フラスクを傾ける。蟻よ出てこいと思いつつ。

少したってから、蟻ならぬ、タイスがやってきた。蟻はもういないと言うと、その若い刑事は無言で食卓の椅子に腰を下ろし、紙袋から蟻殺しではなくビールを出して飲み始めた。

肴を作れ、とおれは言った。

セシルの眼

CECIL's eyes

1

綺麗なグリーンの虹彩が印象的な眼だった。眼の持ち主はヴィクトリア。ヴィクトリア・ドーン。

「ヴィクトリアさん？」

おれは配達票を見るふりをして訊いた。心では、その綺麗な眼をもっとよく見たいと感じながら。こんな眼をした、しかも若い娘だとは思わなかった。

「ええ」とヴィクトリアはうなずいた。「ご苦労さま。連絡してもらえれば、こちらから取りに行ったのに」

おれが手にしている本に視線を落としてヴィクトリアは言った。

ドアが開かれる前に、おれはクライン古書店から来たと伝えたのだが、顔をのぞかせたヴィクトリアに、おれはその店員ではないと言った。

「どういうことですか？」

「一言、お礼をと思いまして。良い本を読ませてもらった」

おれはその本〈フォマルハウトの三つの燭台〉を差し出した。長年探していた散文詩集だ。まあ、本気で探していたわけではないが、クライン古書店でそれを見つけたときは嬉しかった。

その古書店の親父のジョン・クラインとは長い付き合いだ。だが、その本は駄目だと言われた。それは客の注文で手に入れたのだ、だから『コウ、あんたには売れない』とジョンは言った。

高価な本はガラスのショーケースに入っているのだが、その本はそうではなかった。レジのカウンターの奥の書棚に無造作に置かれていた。その棚は客の注文で取り寄せた本などを並べておくところだ。ジョンはときどき、なにせおれの好みを知っているから、おれが買いそうな本が手に入るとその棚に取っておいてくれる。

その本〈フォマルハウトの三つの燭台〉は、まるで自分のためにそこにあるような気がした。

だが、違うのだった。ジョンが客の注文を受けて、その本を競売会で競り落として手に入れたのだという。

『すまないな、コウ。ひとこと言っておいてもらえれば、あんたのために骨を折ったんだが』

ジョンは慰めてくれた。ひとこと言っておく、なんておれにはできない。競売の場に出るような本をおれの財力で買えるわけがないのだ。それらの値段は、いま現在そうした本がこの世にいくらもないということから当然なのだろうが、電子テキスト版でもいいから内容を読んでみたいというおれのような者には面白くない時代だ。興味のない本などは、それが一冊しか現存しなくて、内容が電子テキストとしても残っていないというような稀覯《きこう》本だとしても、いくら高くてもおれには関係ないのだが。しかし、その〈フォマルハウトの三つの燭台〉は、買えないのならせめてちらりとでもいいから見てみたいという種類の本だった。電子テキスト版などもちろん出ていない。いわば幻の本なのだ。

『これが本当にあるとはな』とおれは言った。『実在しない架空の本だと思っていた』

〈フォマルハウトの三つの燭台〉という題名の詩集のことが出てくる本を何冊か読んだことがある。引用という形でその散文詩集の内容の一部が紹介されていたりもした。が、どうも実在の詩集というより、架空の本を設定して、複数の人間がその内容にそって楽しんでいるのではないかと思える節があって、おれは興味はあったものの、本気で探すというところまではいかなかった。

『そうなんだ』とジョンもうなずいた。『この本はメイヤー・カタログやほかの主要古書カタログにも載っていない。こいつは、先日ある個人が手放す蔵書の、競売リストに出ていた。メジャーなものじゃない。〈フォマルハウトの三つの燭台〉などという詩集は架空の本ではないにしても、これがそうだ、とはかぎらん。偽物かもしれん。真贋《しんがん》はわからん。詳しく研究したやつがいないんだ。まあ、架空の本というのが妥当な線だろう。だから、これはさほ

いかもしれん』

ど高くはなかった。しかし、よくできているよ。それが贋作だとしても、本物よりできがい

『注文したのは、だれだ』

『ドーンという女性だ。ヴィクトリア・ドーン。お得意さんだ』

『おれが配達してやるよ』

その本はもちろん読んでみたかったが、それを読む人間にも興味があった。

『フム。ま、いいだろう。今日中だ、コウ。それ以上は駄目だ。ここで読んでいけ』

『わかった』

おれはクラインの店でそれをじっくりと立ち読みした。ジョンは迷惑がらなかったし、その詩の世界に没頭するおれの邪魔もしなかった。尻ポケットに突っ込んだ、愛しのウィスキーを入れたフラスクのことも忘れて、読みふけった。で、一通り目を通して、おれはそれを配達するためにここに来たというわけだった。

「クラインさんとは仲がおよろしいのね」

〈フォマルハウトの三つの燭台〉を受け取りながらヴィクトリアが言った。

店員でもないおれが、どうして他人の注文した高価な本を勝手に読むのか、というのだろう。が、皮肉や非難めいた感情はその口調からは感じられなかった。

「ときどき、アルバイトをしているんです。配達やら、その他、いろいろと」

サイファの能力を使ったアルバイトもしたことがある。

「この本はジョンに無理を言って、読ませてもらった。あなたの許可を取らなくて申し訳ありませんでした。ジョンには責任はない」

「いいんです」

と、それだけ。待ち望んだ本が届いたので、早く読んでみたい、という感じではなかった。邪魔者は追い返したいという態度はみえるのだが、それはその本が届いたこととは関係ないようなのだ。

おれはそんなに怪しげな男だろうか。怪しいと思われるのは残念で、相手の警戒心を解くにはどうしたらいいかと、おれはサイファの能力を無意識に使っていた。自分でも珍しいことだと意識する。他人から嫌われたくない、などと気を遣う生き方はしてこなかったというのに、この娘に対してはそうではないというのが自分でも意外だった。

その本のせいだろう。こんな本を知っている人間がいる、というだけでも嬉しい。同じ趣味を持つ同好の士ならば、近づきになりたいと思う。それを裏切られそうで残念な気がしたのだ。ま、おれと趣味が同じなら、軽薄にだれとでも付き合うような人間ではないだろうとは予想できたのだが。

「この本はあなたがご注文されたのですか」

おれはそう訊かずにはいられなかった。

「ええ」

ヴィクトリアは肯定したものの、うなずきもしなければ、どうしてそんなことを訊くのかと怪訝《けげん》な顔をするでもない。これでは取り付く島がなかった。この娘は、この本にもおれにも関心が無く、なにかもっと別の気がかりがあるのだ。それはしかしおれには関係ない。

がっかりしたが、ジョンに受け取りのサインをもらってくるようにと言われたのを思い出し、これもジョンから渡されたサインペンを配達票と一緒に差し出した。

ヴィクトリアはうなずき、本の表紙を台にしてサインをする。香水のいい香りがした。サインをしたその紙切れを返してくる。それが微かに空気を揺るがせて、また香りが立つ。これはなんという香水だろう。いい香りだが少し多めに付けすぎているのではなかろうか。この娘の清純そうな雰囲気にはそぐわないが、しかし悪くはないと思い、それを楽しんだ。

配達票をもらい、引き下がろうとしたときだった。大きく香りを吸い込んだその空気の中に、なにか、ごく微かだったが、異臭を感じた。おれは動きを止める。

「……なにか？」

おれの表情は歪んだのだろう、ヴィクトリアが初めておれの態度に反応して、そう尋ねた。

「人が——死んでいる」

「なんですって？」

間違いない。これは死臭だ。

2

サイファの能力が無意識に働いている。その臭いに喚起されたのか、それが死臭だとわかったのがサイファの力のせいなのか、そのどちらが先か、というのはどうでもよかった。いったんサイファの能力が発揮されると、この家の内部のイメージが頭に渦巻き、流れ、その死臭の元である死体の様子が、まるで映像のように展開される。嫌悪感。それは生理的なもので、たとえば、腹が減ってかぶりついた魚が実は腐っていた、というような感じだ。

死体のイメージは老婆だった。ベッドの中だ。仰向けで、口を開いてミイラと化している。布団をはぐれば腐っているかもしれない。

サイファの能力で捉えたその嫌悪を催すイメージを、吐き出すというか、拒否するというか、頭から締め出す、ということができなかった。そのイメージは幻想で現実ではないかもしれないと思うことはできたが、いったん意識したこの臭いを脳裏から消すということができない。一度経験したら忘れられない臭い。死臭というのは微かでも強烈に感じられるものだ。

「どういうことなの」

それはこちらが訊くべきことだろうが、おれは関わりになりたくないという思いで、一歩下がる。下がりながら、言っていた。

「人が死んでいる。老婆だ」

「老婆？　どうして──」

ヴィクトリアは本を投げ出して、ドアの隙間から廊下へと出て、おれに詰め寄る。

「あなた、なぜ、なんなの、行方不明の母のことかしら、死んでいる？　どこで？」

貴重な本が床に落とされて表紙の角が傷ついたな、などとおれはそれを見て思っている。思おうとした、と言うべきか。だがその本について意識を集中することができない。あまりに予想もしなかったイメージだ。ドーン家の内部に取り付いた死神と暗黒と冷気がドアから染み出してきて、まとわりつく感覚。逃げ出したい。

ヴィクトリアの気がかりはそれだったのか、と思いつく。しかし、それ、とはなんだろう。老婆は、この娘の母親なのか。行方不明だって？　中で死んでいるのに？

「わからないのか」とおれは言った。「なぜ、わからないんだ。中だ。寝室だろう。とぼけているのか」

「待って」

いいや、とぼけているのではない、本当にわかっていないようだ。

ヴィクトリアはおれを引き留める。すがりつくように。実際、おれの袖をつかんでいる。

「だれにも言わないよ。放してくれ」

「待ってください。あなたは、なんなの？」

「なんなのって……その本を配達に来ただけだ」

できれば、同じ趣味の人間と近づきになりたかったわけだが、こうなると事情が違う。その娘の手を振り払おうとしたが、しかしヴィクトリアはおれの袖をつかんだまま、放さなかった。

「お願い、わたしを独りにしないで」

ああ、なんて綺麗な眼をしているのだろう。まさしく引き込まれていきそうな、異次元への入口のような瞳だ。

「わかったよ」

とおれはうなずいている。もう逃れられない気がする。その深い泉のようなグリーンの瞳から ヴィクトリアの心の世界に入り込んでしまっていた。サイファの能力で。無意識のうちに。おれが望んだのではない、ヴィクトリアの意志力だろう。ヴィクトリアは助けを必要としているのだ。

「行方不明のきみの愛する母親は、中にいるんだ。きみが愛していた、同時に憎んでいた、その人は、中にいる。死体になって」

「あなたは……サイファなのね？」

「そうだ」

「予言をする？」

「いいや」とおれ。「おれが見るのは、事実だ」

「中にママはいないわ。どこにも。中で死んでいてわたしにわからないわけがないでしょう。事実であるわけがないわ。なぜそんなことを言うの」

「感じたままを言っただけだ。でも、きみもこの臭いを感じるだろう？　これは幻想でも予言でもない、現実だ。きみは思い至らなかったようだが、これは死臭だよ。確かにだれかが死んでいるんだ」

「まさか。だって、わたしも臭いには悩まされたけれど……違うわ」

ヴィクトリアのその言葉は偽りではなかった。心にあるがままを言っているというのがおれにはわかる。しかし、老婆の死体があるというのも、おれにとっては事実だった。いまも、集中すれば感じとれた。ヴィクトリアでなくても、これは困惑する状況ではある。

「調べてください」とヴィクトリアは言った。「この臭いの元がなんなのか。わたしにはどうしても見つけられないの」

おれが躊躇していると、さあ、とヴィクトリアがうながす。

「なぜ、迷うの。お名前は？」

「コウ。菊月虹《キクヅキコウ》」

「菊月さん、わたしに嫌がらせするのが目的なのかしら。でたらめを言って――」

「そうじゃない」おれは頭を振った。「調べれば、面倒なことに巻き込まれる。おれが、じゃない、きみがだ。きみは母親殺しで捕まる」

「……なんですって？　なんなの、それ」

「予感だ」

「サイファの？」

「たぶん」

「あなたが感じるのは、予言ではなく事実だと言ったわね？　ばかげているわ。なぜわたしが捕まるのよ。――ほんとに、あなたの目的はなんなの？」

ヴィクトリアは苛立ってくる。

予感は、予言とは違う。未来のことはサイファにもわからない。確定した未来を感じるわけではなく、起こりうる選択肢の、可能性の一つを感じるのだ。それは必ずしもサイファの能力とは関係ない。普通の人間も経験することだろう。だがサイファのその感受性は普通人よりも強いとは言えるようだ。それはときには煩わしくて、おれを悩ませる。いまもそうだ。このまま立ち去れば、面倒なことにはならないだろう。少なくともここしばらくは。それなら、この先ヴィクトリアというこの娘になにが起きようとも、おれとは無関係だ。だが、おれはこの娘に、嫌がらせにきた男と思われ、苛立ちと腹立ちの感情を投げつけられたままこの場を去りたくはなかった。

ヴィクトリアの怒りに対して、おれの正当性を見せつけてやりたいという気持ちもあったが、それよりもこの娘を助けてやりたいと思う。まったく、おれには珍しいことだ。きっとこの瞳のせいに違いない。

おれは無言でヴィクトリアの脇をすり抜け、床に落ちた〈フォマルハウトの三つの燭台〉を拾い上げて、彼女に渡した。それから息を詰めて部屋を見渡す。

ひんやりとしていて、薄暗く、古い。何世代も受け継がれてきたとみえる家具。いま買えばおそろしく高価だろうと思えるが、使っている人間にすればアンティークなどという意識はないだろう。よく使い込まれている実用品だ。絨毯《じゆうたん》も、壁も灯具も、みなそうだ。すべてに手入れが行き届き、落ち着いている。

例の臭いさえなければ、こんなところに住んでみたいと思わせる家だった。〈フォマルハウトの三つの燭台〉の持ち主にふさわしい環境だ。没落した貴族、というものを感じさせる。貴族はともかく、ドーン家は労働とは無縁の暮らしをしてきたに違いない。本来なら城で暮らしているはずだった、というような。

派手さはないが豪華なこの家は、しかし一戸建てではない。ライトジーンというこの街の、高層構造体にある住居区の一角にある部屋だ。だが、そこにこのような過去の遺物のように感じさせる、おれにすれば趣味の良い家があるとは、同じ街にいるというのに世の中は広いと思う。もっともおれが住んでいるのは地下だが。あまりこんな上の階の暮らしぶりをのぞき見る機会はない。それでもこのような環境は珍しいに違いない。こういう家には、ウィスキーの芳醇《ほうじゆん》な香りがふさわしい。死臭なんぞではなく。ここでフラスクの蓋を開けたら、ウィスキーが死臭を吸って駄目になりそうな気がする。

おれはウィスキーをやりたいのをこらえて、死臭がどこから流れてくるのか探ることにした。

臭い自体には方向性はないが、密度の変化はあるだろう。発生源に近いほど濃いに違いない。それには、立ち止まっていてはだめだ。しかし漠然としか感じられない。犬のような嗅覚の鋭い生き物は、臭いの密度が光の強弱のようにはっきりと、まるで見るように捉えられるのかもしれないが、おれは犬ではなかった。だがサイファの能力がある。それを頼りに進む。なんだか自分が犬になったような気がした。犬が人間より劣った生物だとは思わないが、人間のくせに異常に嗅覚が鋭いとしたら、やはりそれはまともではない。人間はそのような能力なしで生きられるように進化した生物だ。サイファの能力もそうなのだとおれは思う。自分が他の普通の人間より優位にあるなどとはどうしても思えない。いまのように、余計なことをする羽目になる。

廊下に出ると、両側に部屋が並ぶ。奥に進む。それで、もう臭いに頼らなくても、死体のありかは見当がついた。突き当たりの部屋だ。

ドアのノブは簡単に回った。薄く開くと、どっと死臭が流れ出してきて、思わず息を止める。ここまで来て逃げ帰ることはできない。一瞬ひるみかける心を抑え、大きくドアを開いて、おれは中に入った。

室内は暗かった。窓のない部屋だ。夜のように暗い。その暗さには重みがあって、ドアが開かれたために流れ出したかのようだ。強烈な腐臭。それに襲われ、一瞬にして自分の身体も腐って溶け落ちるのではないかと思った。くらりとくる。無防備なまま水中に落ちたような感覚で、反射的に出口に戻ろうと身体が動きかけたが、ここで出てしまったら二度と入る気にはなれないだろう。気力を奮い立たせて息を詰め、流れに逆らって泳ぐように、その臭いの発生源であろう黒い塊、大きなベッドに近づく。

背後からの照明があるので完全な闇ではないものの、そこに横たわる者の顔はよく見えなかった。が、枕に長い髪が広がっていて、その中心に小さな頭があるのがわかる。ほんとに小さな顔だ。縮まってしまったかのように。完全な死体だ。老婆の。布団をはいでみる気にはなれなかった。死者を冒瀆《ぼうとく》するのをためらうとか、予想できる悲惨なその状態に恐れを抱くとか、そんな理由からではない。ただただ生理的に、長く留まっていることができなかった。強い風を受けているときのようにうまく呼吸ができない。この臭いをまともに吸ったら吐いてしまいそうだ。おれは新鮮な空気を求めて入口に身体の向きを変える。

そこでおれは奇妙な光景を見た。ヴィクトリアがドアの前で両手を挙げ、その掌をこちらに向けて、なにもない空間を探っていた。

「どこなの」

そうヴィクトリアは言った。

「どこなの、菊月さん？」

なにを言っているのだ、おれはここにいるではないか。おれは素早くドアに戻り、そのヴィクトリアの左の手首をつかんだ。と、ヴィクトリアは悲鳴を上げておれの手をふりほどき、飛びすさった。

なんなのだ、この驚きようは。

おれは少しはましな廊下の空気で息をつき、よろけるように歩み寄ると、ヴィクトリアは壁に寄り掛かり、口を両手でふさいで目を大きく見開き、身を震わせた。まるで死体なのはおれで、死体が近づいてくる、とでも言うように。壁が支えになっていなかったら後ろに倒れていたかもしれない。腰を抜かしているのだ。ヴィクトリアはずるずると背を壁にすりながら床に尻を落とした。

「どうしたんだ、なにを怖がっているんだ」

おれはそんなにひどい形相なのか。

「だって、だって――」

それとも、死体を発見されたから？

「死んでいるぞ。きみのママだ。あの部屋だ」

「あの部屋って、あなた、どこへ行っていたの」

いいや、隠してあった死体を発見されたことへの恐れ、などという様子ではなかった。

「どこへ？　なにを言っている。おれが地獄にでも行っていたとでも言うのか」

おれは部屋の外でヴィクトリアが『どこなの、菊月さん』と言っていたのを思い出した。

「見えなかったのか、おれが？　あの部屋が？」

ヴィクトリアはがくがくとうなずいた。

「部屋なんかないわ。あなたは壁から出てきた」

「入ったところから出ただけだ。入るところを見ていただろう」

「突き当たりは壁だもの。その前でなにをしているのかと思ったわ。わたしの寝室に入られるのはちょっとと、そちらを気にしていたすきに、あなたは見えなくなった」

「どこへ行ったと思ったんだ」

「客間。ドアを開ける音はしたし……でも、あなたは、そこにはいなかった。いきなり、あの壁から手が出てきて——つかまれたわ。どうして、なんなの、これ」

これはヒステリー症状のようだとおれは思った。ヴィクトリアは、自分の母親の死んだ姿を見たくなかったのだ、だからその死体のある部屋が見えなくなったのではないか、と。だが、そんな単純なものではなさそうな気がした。いや、ヒステリー症状にしたところで、それがどういうものなのかおれは具体的には知らない。わかるのは人の心は複雑怪奇にできているということだけだ。

とにかく、ヴィクトリアは、純粋に、本当に、その部屋の入口が見えていないらしい。でなければ、もしこれがヒステリー症状だというのなら、死体を発見したおれ自身の存在もその意識から消してしまって、見えなくなってもよさそうなものだが、そうではないのだ。

サイファの能力で、おれにはそれがわかった。ヴィクトリアの意識の中には、その部屋についての記憶や知覚がまったくない。彼女にとっては、その部屋は存在していなかった。

こんなことが現実にあるのか。これは事実なのかと、おれは、彼女の心と、サイファの自分自身の能力を、疑った。

ヴィクトリアがサイファのおれを欺くような演技をしているというのなら、彼女はおれ以上のサイファだろう。だがそうとは思えない。欺かねばならない秘密を持っていたとすれば、偶然ここに来たおれをこの家に入れるはずがない。それとも、彼女はサイファで、おれがここに来ることを予知して、おれが死体を発見するように仕組んだのか。おれが本好きで、

〈フォマルハウトの三つの燭台〉に興味を持つことは少し調べればサイファでなくてもわかるだろうし、それを餌にしておれをここに誘うことはできる。

しかし、なぜ――などと疑い出せばきりがない。おれは探偵でもないというのに、こんなひねた考え方をするのは、市警中央署第四課の中大為《シンタイイ》との付き合いが長いせいだろう。いやな性格になったものだと思いつつも、知らないうちにサイファの能力を一方的に利用されるのはごめんだ。

だが、いずれにしても、ここから逃げ出すことはもはやできない。すでに関わってしまった。ヴィクトリアはおれに助けを求め、それをおれは受けてしまっていた。

まだ立てないでいるヴィクトリアに手を差し出したが、首を横に振るだけだった。おれは小さくため息をつき、彼女を残して居間へ戻ろうとすると、背後からヴィクトリアが、だめ、と悲鳴のような声を上げた。

「どこへ行くの」

「警察に映話する。映話機はどこだ」

「わたしは捕まるの？」

「事情は訊かれるだろうな」

「なぜ」

そう、なぜ、だ。なぜ、ヴィクトリアは、母親の死体を放っておいたのか。

見えなかったからだ。あの部屋が。見たくなかったのではない、見えないから、気がつきようがなかったのだ。

警察は、それを信じるだろうか。警官はサイファではない。彼女の心の中は見えない。おれにもすべてが見えるわけではない。だからおれにも信じがたいことではあったが、サイファの能力を信じるなら、それは事実だ。

ヴィクトリアは力を込めて立った。例のドアのほうは見ずに、よろけるように近づき、おれの脇をすり抜けると、あとはほとんど駆け出すようにして居間へ行く。そこの書棚の扉を開ける。映話機がある。それをかけようとする。おれが、それを制止する。

「なにをするの」

「それはおれの台詞だ。どこにかけるつもりだ」

「警察よ」

「どうして」

「ママが死んでいるって、あなた――」

「認めるんだな」

「わけがわからないけど、この家のどこかにいるんだわ」

「それを見ないで、確かめもせずに警察を呼ぶのか」

廊下の先をヴィクトリアは見やり、そしておれの顔を見て、いきなり泣き出した。笑ったようでもある。錯乱していた。廊下の突き当たりには、壁しか見えないのだ。

おれは、落ち着かなければいけないと自分に言い聞かせつつ、映話機を見おろす。警察はだめだ。通常の警察では。おれも疑われる。

『この女には、母親の死体が見えなかったんだ』

『なにを寝言を言っているんだ。おまえも共犯だろう』

この件がもし犯罪ならば、そう言われてもしかたがない。いったんそういう立場に陥ると、なかなか抜け出せないものだ。このままいくと、そうなるのは目に見えていた。ヴィクトリアを弁護しなくてはならない。それは自分を助けることでもあるのだ。

ライトジーン市警、中央署第四課をおれはコールする。管轄外だが、警察には違いない。

3

映話が通じると、顔は知っているがあまりなじみのない刑事が出た。

中大為を頼むと言うと、なんの用かと訊かれる。面倒なので、仕事の話だと言ってやる。だが、いまおれが中大為の仕事などしていないことを知っているそいつは、情報があるなら自分から伝えてやろう、などと言い出す。この野郎、とおれは苛立つ。こいつめ、サイファの情報ならなにか手柄を立てられるものかもしれないと思っている。いつもは、おれが第四課に行くと、心を読まれるのを恐れて離れているくせに、映話だからと安心して、でかい面をしているのだ。

中大為だ、とおれは精神を集中して、言う。すると、そいつは反射的に映話の内線接続キーをたたき、中課長の映話を呼び出している。ほとんど無意識にやっている。そして、おれにやられたと思うのだ。

くそったれ、とその刑事は吐き捨てるように言うが、分割画面に中大為が出て、おまえはもういいと言うと、中大為の出ている画面がメイン画像として拡大され、受けた刑事は画面から消える。

「コウ、おまえから仕事の話とは、どういう風の吹き回しだ」

中大為は、そのデスクの上の映話機で、第四課にある複数の映話機にかかってくる送受内容をすべてモニタすることができる。だが、いまはモニタしてなくても、あの刑事が受けた映話の相手がおれだということがわかったのだろう。おれが、心で中大為を呼び出したからだ。

「おかしなものを見つけてしまった」とおれは言った。「力を貸してくれ」

「フム」

中大為とは長い付き合いだ。おれのサイファの力をうまく利用してきた。これからもそうしたいだろう。おかしな事態におれが巻き込まれて、それができなくなっては困る。

おれが見つけたのはなにか、などとは中大為は訊かなかった。おれが言わないのだから、映話では言えない、やばいものに違いなく、訊いても無駄だと理解しているのだ。しかしまったくわからないでは、おれの要求を受けるかどうかの判断ができないだろうから、中大為にも見当がつくように、おれは死体とその強烈な腐臭から受けた生理的な嫌悪感を思い浮かべてやる。するとそれを感じ取ったに違いない。中大為は画面でかろうじてわかるくらいにかすかに眉をひそめた。死体だ、それも活きのいいものではない、と直感したことだろう。

「タイス・ヴィーをよこしてくれないか。カートナム街区のドーンという家だ」

「ティーヴィーは非番だが、いいだろう。連絡する。そこを動くな」

「新米刑事のタイスには少しきついかもしれん。覚悟してくるように言ってくれ」

「伝えておく。他には」

「美人に嫌われない身だしなみで来るように。困っている彼女を助ける仕事だ」

「なるほど、おまえには向いていない。あとでティーヴィーとここに来い」

「ああ、そのつもりだ」

映話は向こうから切れた。

中大為という男は、サイファのおれが発信するイメージを実にうまく受け取る。ときにはおれのほうが心を読まれていると思うほどで、いまもそうだった。中大為は、おれが直面しているこの事態が、所轄の警察分署では真相が明らかにできない種類のものだと直感したかのようだった。たしかに、彼がそう感じたとしたら、それはおれがそのように無意識に思っていたからだろう。おれは、普通の警察ではだめだと思ったのだ。だからといって、なぜ第四課を頼るのかとなると、よくわからない。おれは無意識に、なにを捉えたのだろう。ヴィクトリアという女の母親が死んでいるというだけではないか……いや、その事実の背後に、なにかがある。もちろん、あるだろう。ヴィクトリアが母親の死に気がつかなかった理由、例の部屋が見えていない原因をおれは無意識のうちに探っていて、それに思い当たった気がする。なんだろう。あまりに単純なことで意識できないのか。

おれが映話機から顔を上げると、ヴィクトリアはおれを見つめていた。もう錯乱してはいなかった。両手を交差させて反対側の肩をつかんでかすかに震えているというか、震えを押さえつけている。強い女だ。

「……あなたは刑事なの？」

「いや」

「いまの映話先は第四課と言ったわね」

「中央署の刑事第四課だ。自由人が関わる犯罪捜査などをやる。この街区で暮らすきみのような人間には無縁の警察だ」

「どうして、そこに映話を」

「おれはその便利屋のような仕事をときどきやっているんだ。好きな本を読むだけの暮らしをしたいんだが、ま、そうも言っていられなくてね。こういうときは、知り合いのほうが都合がいい。タイス・ヴィーという刑事が来る。きみを悪いようにはしない。悪いことをしていなければ、だが」

「あなたを信じるわ」

「信じていなかったのか。死体を見つけたことを」

「この臭い……だれかが死んでいるのかもしれない。この臭いの原因を探したけれど、どうしてもわからなかった。でも……母ではないかもしれない」

「それはそうだが、他にだれがいると言うんだ」

「たぶん、ママ——母だと思う。でもこの眼で確かめるまではそれは信じられない」

ああ、それだ、とおれは思い当たる。

眼だ。ヴィクトリアの澄んだグリーンの眼。これだ。見つめていると、その中心の瞳に吸い込まれていきそうになる、綺麗な眼。

「きみの眼は——交換したものだな？」

「ええ。子供のときから、何度か」

あたりまえすぎて意識に上らなかった。珍しいことではない。いまの人間は、臓器のどこかしらを交換しながら生きている。生まれてすぐに心臓が死んでいき、人工の物に替えないと生きていけない子供もいる。ヴィクトリアの場合は眼だったのだ。

「このせいだというの？」

「あの部屋が見えないというのが嘘でないなら、そうとしか思えない」

「まさか——でも、どうして」

「そこまでは、わからないな。他人に証明できる事実が必要だろう」

おれは廊下の先を見やった。ヴィクトリアは、見えない、と言った。

「部屋なんか見えない……あなたはサイファなんでしょう。わたしが嘘を言っているかどうか、わかるはずだわ」

それからヴィクトリアは、そちらに向かった。おれは後を追う。とにかく母親を見えないところに置いておくわけにはいかない、という覚悟がおれに伝わってきた。その心は読める。が、サイファといっても、当人が意識していない嘘などは読み取れない。そんな場合は、サイファの能力などは忘れて客観的に判断するほうが正確だ。ようするにサイファの能力というのは読心術などではなく、共感能力というものだろう。だれでも持っているそんな能力が少し強いだけだとおれは思うのだが、普通人は万能の力のように思うからいけない。かえって不便なことが多いということを理解しない。こんな力などないほうがよほど気楽だ。ただでさえ他に煩わしいしがらみが多い世の中なのだから。おれは、我ながらうまく生きていると思う。それも年の功というものだろう。このように生まれてきたのなら、それなりに生きていく。単純なことだ。それに気づくまで結構かかったのだが。

おれは、ヴィクトリアが例のドアの前で立ち止まり、手をそちらに向けるのを、黙って見ていた。ヴィクトリアの感覚を共有できるように神経を集中する。鋭い観察力があれば普通人にも可能だろう。おれはそれよりももう少し詳しく感じられるかも知れない。

ドアは内側に開くもので、いまは半開きになっていた。その内側は暗い。

そのドアが閉まる位置にヴィクトリアは掌を差し出す。実に驚いたことに、壁の感触があった。ヴィクトリアの手の感覚が伝わったのだが、なにもないはずの空間に、ヴィクトリアはまさしく壁を感じているのだ。うまいパントマイムを演じているように、仮想の壁のその平面にそって掌を動かし、さらにピタピタとたたいている。

ヴィクトリアの視覚を感じたいと望むと、おぼろげながらおれにも見えてくる。壁だ。ドアの周囲の壁と同じ、模様は花柄。ローズの絵柄の壁紙が張ってある壁なのだ。どぎつい模様ではない。いくつかのパターンの薔薇が、彩度の異なる数種類のクリーム色の縦のストライプの地に描かれている。それをヴィクトリアは見ている。だがドアが閉まるその位置には、もちろんそんな模様があろうはずがない。

「錯覚だ」とおれは言う。「目をつぶってごらん」

ヴィクトリアは言われたとおりにする。壁の感触はふと消える。目を閉じたヴィクトリアは壁を探す。ない。不安を感じて目を開くと、一瞬闇があり、しかしすぐに本来の壁の図柄がヴィクトリアの視界に広がる。壁の中に突っ込んでいた位置にあった手が、その仮想の壁の表面にもどっている。無意識にそうしているのだ。

「……へんだわ」

「壁の感触は、騙された視覚に合わせて引き起こされる、強力な錯覚なんだ。実際には、ない」

「まさか」

「そうなんだよ。おれは電子楽器のキーボードを遊びでたたいたことがあるが――」

おれはその話をしてやった。そのキーボードのタッチ感覚は一定で変化しないものだった。が、音色をピアノにするかチェンバロにするかで変化しないはずのそのタッチが劇的に変化して感じられるのだ。ピアノモードでは、いかにもハンマーでたたいている感じだし、チェンバロだと爪で弦をひっかいているという感触があって、そのようなタッチ感をも再現した楽器なのかと疑ったのだが、そんな高級なものではなかった。タッチ感は音色で引き起こされる錯覚なのだ。

ヴィクトリアはおれの話を最後まで聞いてはいなかった。いきなり、頭を仮想の壁に向けて突っ込んだ。目を開いたまま。

悲鳴。のけぞる。突っ込んだ先にはなにもなかった。なにもだ。闇も光もない。灰色というのでもない。眼そのものがなくなったように、視覚情報がまったくないのだ。それをおれも感じて、我がことのように、ぞっとした。

いきなりやったから、そうなったのだろう。そろそろとやれば、頭が壁に当たる感覚が生じたかもしれない。恐ろしい感覚だった。だが、ヴィクトリアにも、壁がそこにないことが身体で納得がいったのだろう。心臓がどきどきしているのがおれにも伝わってきたが、ヴィクトリアはもう錯乱したりはしなかった。

「入ってみる」

ヴィクトリアはそう言った。きっぱりと。

「本気か」

見えない部屋に入っていくというのは、勇気のいることだ。おれのほうがたじろいだくらいだ。

「目をつぶれば大丈夫よ」

仮想の壁を向いてヴィクトリアは目を閉じた。すっと手を伸ばして、おれが手を貸す間もなく、部屋に足を踏み入れていた。床を踏む感覚がある。

「いいぞ、その調子だ」

一歩、二歩。ふとヴィクトリアがためらうのを感じとり、手を取ってやる。そうしないと彼女は奈落の底へ落下していくような気がした。それは彼女自身の不安であり、おれのものでもあった。たしかな現実感を与えてやらないと、本当にこの世から消えてしまうのではないかと感じた。

ベッドの近くに誘導すると、ヴィクトリアは足を止めて、息を詰めた。そして、目を開く。

「……ママ」

おれの手を振りほどき、母親と認めたその死体に取りすがろうとしたように見えた、その直後、ヴィクトリアの視覚がまた消失する。その心理的な衝撃のためだろう、床には障害物はなかったが、つんのめるように転ぶ。ベッドカバーの端をつかんだヴィクトリアは、それを頼りに起きあがり、周囲を見やるが、なにも見えていない。

「目を閉じるんだ、ヴィクトリア」

心理恐慌に陥る前におれは声をかけ、肩を引き寄せる。ヴィクトリアは逆らわなかった。目を閉じると闇が感じられる。闇というのは見えるものなのだとおれは実感した。見えないから闇なのではないのだ、と。

「もう、いい。出よう。ここにいても、なにかできるというものでもない。この臭いでわかるだろう」

肩をかすかに震わせてヴィクトリアはうなずいた。抱きかかえるようにしておれは彼女をつれて出た。そして、ドアをしっかりと閉めた。

「振り向かないほうがいい。あとは刑事の仕事だ」

なにも言わず、ヴィクトリアはそのとおりにした。居間に戻り、そのソファにおれは腰を下ろす。ヴィクトリアもいまのショックでそうするものと思ったが、彼女は廊下の見通せるところに立ち、そちらを見ていた。どうやらショックでへたり込んだのはおれのほうだ。ヴィクトリアは、苛立ち、腹を立てていた。

「なぜ。なぜ、この眼で、見えないの」

まったく、気丈な女というのか、なんと言うべきか。おれには人の心がわからない。

4

タイス・ヴィーはめかし込んだ恰好でやってきた。普段の刑事の服装とは違う。こういう高級な街区に来るからといってなにもそこまですることはないのにと思ったのだが、タイスもそんな理由できめてきたのではなかった。

「コウ、なんなんですか。ぼくの身にもなって欲しいな」

タイスはデートに出かける直前に申大為に、おれに、呼び出されたのだった。

ま、デートの最中でなくてよかったじゃないかとも思うが、気の毒なことにはかわりなく、
タイスを迎え入れたおれは、すまないと謝る。

「力を貸して欲しいんだ」

「申課長の命令でもあるし、今夜の予定はあきらめましたよ。すぐに片がつくとも思えない
し……なんなんですか、面白いものって」

「おれは面白いなどとは言わなかったんだがな。申大為はそう言ったのか」

「面白いとは言わなかったかな……あなたを引っ張ってこいと言われた」

「いずれ行くさ。すぐには行けないだろうが」

「どうして。もったいをつけていないで、早くなんなのか教えてもらいたいな」

タイスは渋い造りの部屋を見回しながら、言った。

「この家の主はどこです」

「亡くなっている」

「そうなんですか。で、どうしてあなたがいるんですか、ここに」

ヴィクトリアはコーヒーをいれると言って、まだ台所から戻ってこない。

「二人暮らしなんだ」

「あなたが、ここで？　いつから」

「違う。ドーンという、母と娘の二人家族なんだ。その母親が死んでいる。見つけたのはその死体だよ。腐乱している」

ヴィクトリアがいないうちに、おれはそう言った。

「腐乱死体？　どこ」

「奥の部屋だ。気がつかないか。この臭いだ」

「臭い……甘い臭いがするけど——そう言われてみれば」

ヴィクトリアが多めにつけた香水の香り。それに混じって、あの臭い。タイスは頭を振って、眉間《みけん》にしわを寄せた。

良い香りと嫌なそれとは、ほんのわずかな違いでしかない。それでも、この臭いは特別だろう。本能的にだれもが忌避せずにはいられない臭いだ。タイスは育ちがいい。はじめて訪問した家の臭いにあからさまに顔をしかめたりはしなかったのだ。が、おれに言われて、無意識に感じてはいたろうが、しかしこらえていた、嫌悪感をあらわにした。

「どういうことだ。殺されたのか？　なんであんたが発見するんだ。その娘というのは、どこにいるんだ」

ヴィクトリアが銀の盆にコーヒーポットとカップを載せて現れると、タイスはぎくりと身を強ばらせた。仕事中の刑事の防衛反射だ。

「わたしにはわからなかったのです。ヴィクトリアです。ヴィクトリア・ドーン。母はアマンダ。でも、亡くなっているのをこの眼ではっきり確かめたわけではありません」

「そうだな」とおれはうなずいた。「あの死体がだれなのかは、おれにはわからん」

「ここにいろ」

タイスは刑事の命令口調でおれとヴィクトリアに言った。

「案内するよ」

「いい。コウ、この人とここにいろ。見てくる」

「そちらの突き当たりの部屋だ」

おれたちがこの場から逃げるとでも思っているのか。いや、思っているのだ。少なくとも、事情を聴取すべき人間がいなくなるのをタイスは懸念して、ヴィクトリアから目を離すなと無言でおれに伝えている。後ずさり、それからタイスは例の廊下の突き当たりへと姿を消した。

おれはヴィクトリアがいれたコーヒーでのどの渇きをいやした。ヴィクトリアもそうした。無言だったが、あの部屋の存在など幻想であって欲しいとか、いいや、タイスにも確かめてきてもらいたい、幻などではかえってこまる、などと互いに同じようなことを思っていて、なんだか長年連れ添った仲のいい夫婦のようだ、などと感じる平和な気分が自分でも意外だった。

長い時間はかからない。半分も飲まないうちに、タイスが引き返してきた。血相が変わっている。見えたのだ。タイスにも。

「ひどい状態だ。どうして、放っておいたんだ。旅にでも出ていたのか」

「いいえ」とヴィクトリア。「ずっといました」

ヴィクトリアの冷えた落ち着きようがタイスの癇《かん》に触ったのだろう、詰問口調になる。

「では、故意に放置していたんだな。これは所轄の警察の仕事だ。コウ、ぼくになにをしろと言うんだ？　死体遺棄を隠してくれと言うんじゃないよな」

「遺棄じゃない。捨てられているわけじゃない。死んでいることに気がつかなかったんだ」

「冗談だろう。なんでわからないんだ？　コウ、あんたと、その人の関係は」

タイスはデートのことはすっかり忘れ、刑事になっている。おれは、クライン古書店から〈フォマルハウトの三つの燭台〉を配達にきた経緯を話した。タイスは映話で、クライン古書店を呼び出す。

画面にジョン・クラインの顔が出ると、タイスは、市警中央署第四課のヴィー刑事だが菊月虹のことで訊きたいことがある、と鋭く言う。

「古本をドーンという家に配達したというのは本当か」

「なにかまずいことでもあったのか」とジョン。「第四課だ？　なにを嗅ぎ回っているんだ。あの本の価値は第四課の刑事などにはわからんだろうが、コウは、あれを持ち逃げをするような男ではない。文句があるなら、文句を言っている本人を出してくれ」

おれが映話に近づこうとすると、タイスが掌をおれに向けて制した。

「わかった。またあとで訊くかもしれない」

「直接来い。映話はお得意さん専用だ」

映話は向こうから切れる。ジョンでなくても、第四課の刑事といえば、まあ、だれでも似たような態度をとるだろう。タイスは気にもしなかった。もうこいつは新米刑事ではない。

「コウ、あんたの話はいちおう信じるよ。長居することはない。これは所轄警察の仕事——」

警察に映話しようとするのを、おれは近づき、映話のコールを中断、切る。

「なにをする」

「死体は逃げない。あわてることはない」

「どうしてこれが落ち着いていられるんだ。とくに、あんた——ドーンさん、母親なんだろう、死んでいるぞ。どうしてだ」

焦燥感に苛立つ感覚をかみ殺しているような、悔やみに似た凄みのあるヴィクトリアの心の状態をタイスは理解しない。

「見えなかったの。あの部屋そのものが。あんな部屋がこの家にあるなんて、この年になるまで知らなかった」

「そんな理屈が通るとでも思っているのか」

「理屈なんか知らない。事実よ」

「開き直るのか——」

「ティーヴィー、ティーヴィー、彼女の言っていることは、どうも本当らしいんだ」

「ぼくをティーヴィーと呼ぶな」

「タイス、眼だよ。彼女の眼だ。人工眼だ。そのせいだ」

「眼だ？　どこのメーカーのだ」とタイス。

「セシル社」とヴィクトリア。「ずっと。子供のときから」

「それに原因があると思う」とおれ。「なにか特殊な機能設定がなされているに違いない。単なる欠陥ではないだろう。警察に繰り返し説明することになるだろうが、人工臓器のメーカーの不正となると、普通の警察では突っ込んだ捜査はやれない。中大為くらいだろう。第四課の仕事だ。そう思ったんだ」

「なんてこった」タイスは天井を仰いでため息をつく。「セシル社が不正を働いているって？」

「不正と決まったわけじゃない。だが、その眼は特別仕様になっている可能性がある。人工眼の個人向け仕様の詳細は、仕様書、カルテに記載されているはずだが――」

「それはわたしも見たことがあります。でも、別段、そんな特別な機能は記されていなかった」

「では、裏カルテがある。それを見つけるには、強制捜査が必要だ」

「そんなこと言っても」とタイス。「はっきりしたものがなければ、強制捜査なんかできない」

「だから力を貸してほしいんだよ。事実が知りたい」

タイスはおれとヴィクトリアの関係を探るように視線を動かしたが、なにも言わなかった。

おれはヴィクトリアが、その部屋に入ったときの様子をタイスに話してやった。

「フムン」とタイス。「とにかく、あれがだれなのか、確かめないことには話にならない。部屋から出せばわかるというのなら、出そう」

「おまえさんがか」

「いや、現場検証が先だ。所轄の警察を呼ぶ。それからだ」

「わたしが映話します」

ヴィクトリアが言って、コーヒーを飲み干し、席を立った。

5

この街区所轄の警察は市警カートナム分署で、めったに凶悪犯罪など起きない地区なのだろう、やってきた一団は礼儀正しい連中だった。三人の男と一人の女だ。責任者はその女で、男の二人はその部下、もう一人が検視官だった。

刑事たちはヴィクトリアには同情的だったが、やはりこの状況で腐乱死体が見つかるなどというのは奇妙な事件に違いなく、サグアと名乗ったその女性刑事の言葉遣いは丁寧だったが、質問は厳しかった。

だれが発見したのか、なぜ腐乱するまで気がつかなかったのか、どうしてここに中央署第四課の刑事がいるのか。

　ヴィクトリアとおれが交互に答え、タイスは友人としておれが呼んだのだと言い、タイス自身は余計なことは言わなかった。その間に男たちが現場の検証をすませて、用意してきたストレッチャーに遺体を移し、部屋から運び出してきた。黒い密閉遺体袋に収めて。

「確認してください」

　サグア刑事が言った。検視官が密閉されたその袋のファスナーを開き、遺体の頭が見えるようにした。

「……母です」

　うなずきながら、ヴィクトリアは涙を浮かべた。遺体に取りすがったりはしなかった。臭いがひどかった。ファスナーはすぐに閉じられる。

「ドクター、どうですか、死因は」

「見たかぎりでは、不自然な点はありません。むろん、詳しいことは調べてみなければなんとも言えませんが」

「ありがとう、ドクター。ディロン、遺体の搬送と検視を手伝って。シャイナー、あなたは残って」

　遺体は外に運ばれる。外は空中テラスだ。警察の飛行車、フライカが二台、それにタイスの個人用フライカが停めてある。おれは歩きだった。テラスは空中街路に繋がっていて、近くにエレベータがある。帰りはタイスに送ってもらおうと思いながら、遺体を乗せた警察のフライカが出ていくのを見送った。

夜だ。来たときは高層のライトジーンの街並みが夕日の残照に浮かび上がっていたが、いまは、厚みをなくした無数の光点で描かれた点描画のような夜景が眼下に広がっている。夜風が快い。気がつくと家にいた全員がみなテラスに出ていて、新鮮な空気を吸っていた。

「あなたのフライカはどこですか」サグア刑事が訊いた。

「ありません。必要ないので」とヴィクトリア。

「そうですか。あまり出歩くことはしないわけですね」

「ええ。外出するのはあまり好きではないのです。どうしても必要ならタクシーがありますし」

「母上も外出は好まれなかった？」

「はい」

「行方不明になって捜索願も出されたそうですが、外出の嫌いな母上が家のどこかで倒れているとは思わなかったのかしら」

「もちろん探しました。あの部屋以外は。何度も言ったとおりです」

「捜索願が出されたからといって、警察はその家の家宅捜査などしないわけですが、それをしていたら、母上はああはならなかったと思いますか？」

「……どういうことでしょう？」

「あなたは、捜索願を出したところで、家の中まで調べられることはないと思っていたのかしら、ということです」

「わたしがわざと母を放っておいたというの？　ひどいわ」

「サグア刑事は」とおれは言った。「きみの母親が放っておけばこうなるのを警察の怠慢で阻止できなかったと、きみに訴えられるのを恐れて、そうではないときみに確認させているんだよ」

「……なんですって？」とサグア刑事。「なんなの、それは。どういうつもりなの。あなた――」

「サイファなんだ」とタイス。「本物のサイファだよ、コウは。いまはなきライトジーン社に作られた二人のうちの一人だ。あんたは心を読まれたのさ」

「あなたが……サイファなの。噂には聞いたことがあるけど。でも、わたしはそんなことは思っていない」

「無意識には思っているんだ。おれにはわかる。ヴィクトリアが、あの部屋がわからなかったと言っているのも、本当なんだ。嘘だとしても、ヴィクトリアはその自分の嘘に気づいていない。あんたが、おれに指摘されたことを意識していないのと同じく、だよ」

「サイファか」シャイナーという刑事がさげすむ感情を隠さずに言った。「サイファに本物も偽物もあるか。みんなペテン師だ」

「それを言うなら、人みなすべて、そうだろうよ」とおれは言ってやる。「人間に本物も偽物もない。それとも、あんたは自分だけは本物だとでもいうのか」

「コウ、あなたが口を出すとややこしくなる」とタイスが言った。「あなただけがわかる事実ではだめなんだ。サイファの証言は採用されないし」

「それであなたが口を挟むの？」とサグア刑事はタイスに言う。「中央署第四課が？　なぜ」

「あなたたちの捜査をコゥが妨害しないように、第四課につれてこいとの課長命令だ」

「第四課には渡せないわ」

「おれは物じゃないぞ」

「参考人としてカートナム分署に来てもらえるわね」

「行ってもいいが、あまり役には立てないと思う」

「それはこちらで判断します」

「おれの意見を参考にするつもりがあるなら、現場に戻って、あの壁が見えないというヴィクトリアの感覚がどういうものなのかをきみたちに伝えられるよ。ヴィクトリアが同意すればだが。おれはサイファだ。彼女の感覚を感じ取れる。本当にドアが見えなかった。たぶん、いまも見えないだろう。壁しかないんだ。その様子を実況中継してやろう。おれも、もう一度、もっと詳しく感じてみたい。たぶん、おれたちの眼の機能にはない、なにかがヴィクトリアの人工眼には備わっているんだ」

「セシル社製の人工眼」とタイスはぼそりと言った。「調べてみないとな。参考人としてセシル社の人間を呼ぶか。まあ、サイファを引っ張るよりは、そのほうが役に立ちそうではあるな――いや、こちらの話。独り言。

「当たり前だ」とシャイナー刑事。「第四課に出しゃばられてたまるか」

有能で頭の切れる男のようだが、あまり豊かな感性の持ち主とは言えない。

だが、サグア刑事のほうは、そうではなかった。開いた玄関ドアを見つめて、おれの言ったことを心で検討しながら、あるイメージを思い浮かべていた。


三つの燭台の、第一のそこに灯る火は、すべてを闇にする。闇の火が、さらに濃い闇を浮かび上がらせる。見るがいい。光を食う者たちの、うごめく様を。彼らはオパール色の影を落としておまえを狙うのだ。なにがあっても燭台を手放してはならぬ。その火はおまえの影を闇にしておまえを護るのだから。やつらの輝く影に惑わされるな。彼らは闇よりも濃くなるために、おまえの影を光らせようとする……


例の本、〈フォマルハウトの三つの燭台〉からの引用だ。いや、正確には、その本自体からの引用ではない。幻のその本の内容に触発されて書かれた多くの作品群からの一節だった。それをサグア刑事は思い浮かべたのだ。多くの作家の想像力をインスパイアした、その元になったであろうそれは、家の中にある。本物かどうかは定かではなかったが。

「三つの燭台を灯すと無敵になれる」

とおれは言った。サグア刑事はぎくりとおれに視線を移す。無言だ。

「だが、やってはいけないんだ。怪物になってしまうから。無敵の存在などというのはもはや人間とは言えない。ま、ヴィクトリアが手に入れた〈フォマルハウトの三つの燭台〉というあの本には、そんなことは書かれていないが——」

「サイファはどうなの」とサグア。

「なにが」とおれ。

「怪物じゃないの？」

「さあな。無敵ではないことは確かだ。人間だと思っているよ。おれが怪物なら、あんたはもっと進化した怪物だろうさ」

「わたしのほうが進化しているというのは、わからないわ。人工的に進化させて作られた人造人間なんでしょう、あなたは」

「サイファは弱い生き物だ。どんなによくできた人工物も、自然が長期間試行錯誤を重ねて作り上げてきたものにはかなわない。ライトジーン社は、それを知っていたんだと思う。それで、弱いサイファが生き残れるために、自然の人間が進化の途上で切り捨て、忘れてきた、余計な機能を活性化させたんだ。それが、サイファの能力なんだ。超能力などではない、原始的な能力なんだ」

「野生の勘というようなものだな」とタイスが言った。「ぼくにもなんとなくそれがわかってきたよ。野生の勘は、馬鹿にはできない」

「……署に来てもらうより、現場で事情を訊くほうがよさそうね。あなたも、いいですね？」

サグア刑事がヴィクトリアに同意を求める。だれも反対はしなかった。シャイナー刑事も。彼にはサグアがおれと交わした会話の内容はわからず、当然、どうしてサグア刑事がおれの提案を受け入れる気になったのかなどというのは理解できなかった。しかし上司の判断には逆らえない。自分のわからないところで物事が進んでいることに焦りを感じ、それをおれへの敵意として意識していた。ま、普通人にはよくあることだ。

テラスから家に戻り、サグア刑事が先頭にたって、例の廊下の突き当たりに行く。遺体のあった部屋のドアは閉まっていた。

あいかわらずヴィクトリアの眼にはそのドアは見えず、そこにはドアの左右にある壁の模様が連続して繋がった平面があるだけだ。

おれはその壁紙に手を触れて、それから、廊下の壁の模様と見比べてみた。同じ模様だった。クリーム色の縦の縞《しま》模様に小さな薔薇の花が散っている。白磁に薔薇模様ならティーセットの柄にありそうだな、などと思う。まあ、壁の地が真っ白というのは圧迫感があるから、この縞模様のおかげで落ち着いた感じになるのだろう。コントラストの強い縞ではない。クリーム色の濃淡だ。

「なにか、こちらの壁の模様に特徴があるんだと思う。ちょっと見ではわからないが、違いがあるはずだ」

全員が、おれに言われて頭を巡らし、壁の模様を交互に注視する。

「花柄は同じに見えるよ」とタイス。「縞の間隔かな」

「それが怪しいな」とおれ。「バーコードのようでもある」

縞の太さはいく種類かあり、それが規則正しく縦に並んだパターンになっている。

「ヴィクトリア、きみはどう」

「どうって……べつに」

と言いながら、ヴィクトリアの心に笑いの感覚がこみ上げてくるのをおれは感じて、意外に思う。おれのしていることを笑っているのか。滑稽なことをしている、と。嘲笑感覚ではなかった。いや、笑いではなく、問題が解決されそうな、その予感で、わくわくした気分と言うべきか。詳しくはわからない。おれに助けられていることを嬉しく思っている、というのは間違いない。だが、それが、この場で、というのが、いかにも場違いな気がする。おれのやっていることは滑稽だ、というのは、おれ自身が感じていることなのだろうか？　おれは、サイファの能力をこの女に利用されているのかと無意識に疑った、それがいま意識されたものなのか。

幻覚かもしれない。ヴィクトリアの顔は笑ってはいなかった。いずれにしてもここでやめるわけにはいかない。

「この壁を見るんだ」とおれ。「視線を動かさないで。おれにも感じられるように」

「……ええ」

おれが指し示した壁紙をヴィクトリアは言われたように見つめた。おれはそのヴィクトリアの視覚をサイファの集中力で捉えて、その感覚で見てみる。

廊下側の壁の模様と同じに見えた。しかし、おれは自分の視覚、つまり肉眼で見ているそれと、ヴィクトリアのそれをだぶって感じることができて、そこになにか違いがないかと注意して観察してみる。

わずかな違いがある。ほんのわずかな、縞模様の間隔のパターンだ。肉眼では見えない、別のパターンがある。

おれは壁から離れて、そう言った。確かに、肉眼では見えない。近くでも、離れてみても。しかし、違う縞模様があるのだ。

「どういうことだ」とシャイナー刑事。

「人工眼だからな」とタイス。「肉眼の可視域を超えた波長の光も見えることは考えられる。普通は、肉眼の特性に合わせた設定にするだろう。たぶん、それこそ難しい技術なんだ。肉眼の特性と変わらない感受性を人工眼で実現するのはさ。逆に言えば、肉眼と違う世界が人工眼で見えるというのは、そのほうが自然だろう」

「どんな世界に見えてもいい、というのならな」とおれ。「しかし、これはコントロールされたものだろう」

「それは、たとえば、紫外線が見える、というようなことかしら」とサグア刑事。「紫外線を発するような特殊な塗料で描かれた模様があるの？」

「そうかもしれないが……しかしべつだん特殊な塗料である必要はない。天然の花にしても、昆虫と人間には違う柄に見えているだろうが、だからといって、昆虫向けに特殊な塗料が塗ってあるわけじゃない。材質がどう見えているかの問題だ。この壁には、廊下の壁の模様には使われていない別の材質の塗料で、あるパターンが重ね塗りされているんだ。肉眼では同じクリーム色に見えるが、感受性の異なる視覚では違う色に見える、という塗料の材質の使い分けがされているんだ。その違いはヴィクトリアの眼でも、蛍光のようにはっきりと浮かび上がるというようなものではない。しかし、その違いは意識すればわかるはずだ」

「ドーンさん、そうなの？」

「そう言われてみれば、そうですね……ほとんど同じ模様に見えますが、絶対に同じかと言われれば、そう、縞の間隔や太さが微妙に違っているのは確かです」

「おれたちが肉眼で見て定規で線の太さや間隔を測っても、両方の壁のそれは同じだろう。でも」とおれ。「きみの眼でやれば、違う結果になるだろう。こちらの壁には、おれたちには見えない線も見えているんだ」

「異なる塗料やインクが使われているかどうかは、鑑識に調べてもらえば客観的にわかるわけだ」とタイス。「問題は、だれがそんなことをしたか、だ。セシル社がかんでいるのは間違いなさそうだな。悪意がなくても、特別注文品なのかもな」

「タイス、それは、おまえには関係ない」

「どうしてだ、コウさん。調べて欲しいんじゃないのか。調べたかったんだろう」

「おれは、これで十分だ。これ以上関わりたくない」

ヴィクトリアがおれを見つめていた。さきほどの、笑ったような感覚はその心にはなかった。寂しそうな、悲しむような、沈んだ気分。失った人への想いだ。ヴィクトリアは自分と母親の関係を意識していた。絶対に切ることのできない血縁関係と、そこから生じる愛情と憎悪、日日の暮らし、幼いころの出来事……

でも、どうして、そんな模様でこの部屋のことがわからなくできるんだ、とシャイナー刑事が言っていた。タイスが答えていた。おれはタイスに任せて、その会話を遠くに聞く。おれはヴィクトリアのグリーンの眼の中の闇を意識している。

なんと綺麗な眼だろう、そしてその中心の瞳の黒さはどうだ。闇の世界への入口のようではないか。

三つの燭台の火を同時に灯してはならぬ。おまえや世界の闇を消してはならぬ。そう、闇は闇ゆえに力を持つのだから。

眼さえあればなんでも見えるわけではない、とタイスが言っていた。

「物を見ているのは、脳みそだろう。人工眼を使うときは、入力された光の情報を脳が理解できる信号配列に変換してやる必要がある」

それがうまくいかないとまったくなにも見えなかったり、視野の片側が抜けたり、円が円でなかったり、ありとあらゆる不自然な見え方が生じるだろう。人工眼と脳を繋ぐインターフェイスの設計には高度な技術が必要なのは間違いない。とくに、脳に人工眼が捉えた映像を認識させるための、いわばドライバとなる部分の設計は重要だろう。人工眼の性能の善し悪しはそれの出来に大きく左右されるだろう。脳は柔軟だから、多少おかしなところがあってもすぐに慣れるだろうが。

「そのドライバの機能の中に、この特有の縞模様のパターンが入力されたときには、それが視野上で連続するような出力信号を出すようにという命令セットを組み入れることはできるだろう。錯視や錯覚を生じる以前の段階で、脳にはそのパターンの連続模様としてしか認識されないような、それに囲まれているドアの像はマスキングされるような、そういうドライバを設計するのは可能だと思うな」

そう、部屋の中の壁にもそんな仕掛けがあって、もし部屋に入ることができても、その模様を見たとたん、こんどは視覚情報そのものがキャンセルされるようになっているのだろう。

「しかしだ」とシャイナー。「子供のときからずっとこの部屋のことがわからないなんて、不自然だ。そんなことが信じられるか」

「それは、だから、だれかが――」

「タイス」とおれは遮っている。

「なんですか」とタイス。「コウさん、あなたもそう思ったんでしょう？　だから調べる必要がある、と」

「……タイス」おれはヴィクトリアの眼から意識をそらして、言った。「帰ろう。送ってくれ」

「なにを言っているんですか、コウさん。これからじゃないですか」

これから、なにがあるというのだ。調べてわかることは、すべてわかったではないか。そして、この世にはどんなに調べようとわからないこともあるのだ。それを知ろうとするのは、闇の中に飛び込むようなものだ。闇の力に捕まり、抜け出せなくなるかもしれない。あるいはサイファの力で闇を照らすことはできるかもしれないが、闇は、闇として残しておくのがいいのだ。

三つの燭台を一度に使ってはならない、同時に火を灯してはいけない……サイファの力は、それに似ている、とおれは思った。おれは怪物にはなりたくなかった。この世のすべての闇を殺してしまうような怪物には。

「おれは、帰る。おれの役目は終わったと思うが、帰ってもいいな？」

「そうね」とサグア刑事はうなずいた。「部外者はいないほうがいいわ。やりにくいし、ドーンさんのプライバシーに関わる質問をすることになるでしょうから」

そしてサグア刑事は、心でおれに問いかけた。

〈あなたは、彼女の心を読んだのね？　彼女も意識していない、真実を。彼女は母親の死を望んでいたんじゃないの？〉

「それは、わからない」とおれは言った。「それを調べるのはきみの仕事だろう。どのみち、おれがどう言ったところで、サイファの証言は事実として扱われないんだからな」

「だから余計なことは言わないというのは、利口なやり方だわね」

おれが利口なら、最初から関わらなかったろう。おれは首を左右に振って、おれの気持ちを共感してくれと、念じた。サグア刑事は思わず後ずさり、かすかに身震いした。

「タイス、行こう。いまなら面倒なことにはならない」

中大為もそう願っている。

「呼び出しには応じてもらうからな」とシャイナー刑事が言った。「応じなければ、第四課の責任だ、ヴィー刑事」

タイスは肩をすくめてなにか言おうとしたが、言うべきことを思いつかないようで、ふうと息を吐いただけだった。

おれはヴィクトリアにもう一度目をやり、さようなら、と言った。ヴィクトリアは目を伏せた。おれは玄関から出て、深呼吸をする。家の中より暗くて寒いのに、夜は柔らかい色をしていて、風は優しかった。

タイスが自分のフライカのドアを開けて、おれに乗るようにうながしながら、訊いた。

「コウさん、あの刑事になにをしたんですか。ぞっとした顔をしていた。なにかしたでしょう」

「おれの気持ちをわかって欲しかったのさ。それだけだ」

「気持ちって、早く帰りたいという？」

「まあな」

「どうしてなんですか。あそこまでしていて、急に」

「暗いのが怖くなったんだ。闇に対する恐怖だ。もう怖くない」

「ここのほうが暗いのに」

「あの刑事に押しつけたからだろうな。彼女がこちらを引き留める気にならないうちに、帰ろう」

「コウさん」

「なんだ」

「あなたが怖くなったのは、サイファの自分自身じゃないんですか？」

「若いくせにそんなことをしたり顔で言っていると、また女に振られるぞ」

「また、はないでしょう。でも、ま、いいか」

笑顔になって、タイスはフライカに乗り込んだ。おれも助手席に乗る。タイスがモータを起動すると、フライカの窓がコツコツと音を立てた。外に、ヴィクトリアが立っていた。窓を開けると、ヴィクトリアがなにかを差し出した。

「これを」

本だった。おれが配達した本。

「どうして」

「わたしには、読めない。読む気がしなくなったので、差し上げます。あなたにふさわしいでしょう」

「しかし……高価な本だ。ただでもらうわけには――」

「ただではありません。母をみつけていただいて、感謝しています」

「ではこれは、ジョンに返すよ。キャンセルということで」

「代金は支払ってありますので、お好きなように」

おれはあいまいにうなずき、それを受け取った。幻の本はまた行方知れずになる。それがいいとおれは思った。

窓を閉める。閉まるそのガラスの向こうで、ヴィクトリアの口が開きかけた。おれは窓が半分ほど閉まったところでガラスの動きを止めた。ヴィクトリアはなにも言わなかった。ただ見つめていた。グリーンの眼で。

〈わたしには母が見えなかった。あの部屋の入口も見えなかった。でも、どこかにいるとは思っていた。この家のどこかに。それを知っていたのに、なにもしなかった。どうしてなのか、あなたは読んだかしら？　わたしの心を？〉

おれはサグア刑事と同じ問いを発するヴィクトリアに、いいや、と答えた。

「きみにもわからないことが、おれにわかるはずがない」

「……ありがとう、菊月さん。さようなら。たぶん、もう二度とお会いすることはないでしょうね」

「どこでも生きられる」

「ええ。落ち着いたら、ここを出ようと思います」

てフライカを発進させた。ありがたかった。

「よかった。じゃあ」

ヴィクトリアはフライカから離れて背を向けると、もう振り返らなかった。

「出せ、ティーヴィー」

窓を完全に閉めて、おれは言った。タイスはティーヴィーと言われても反発はせず、黙ってフライカを発進させた。ありがたかった。

6

フライカを飛ばすタイスは中大為に連絡を取った。中大為はまだオフィスにいた。タイスは手短に状況を説明した。

「おそらく、第四課に協力要請はないと思います」

中大為は、そうか、と言った。なんの感情も感じられない声だった。待たされたことに苛立つでもなく、ほっとするでもない、ただ確認した、という返事だった。それで、今夜はもういい、という一言で、無線は切れた。

「課長らしいや。呼び出しておいて、これだものな」

おれは黙ってシートに寄り掛かり、目を閉じる。

「コウ、どうしてですか」

「なにが」

「彼女とは初めて会ったという感じじゃなかった。あなたらしくもない思い入れが感じられましたよ」

「おれがそうしてはおかしいか」

「いいえ。でも――」

「恋して、振られたんだ」

「あなたから振ったんだ。怖くなって、逃げた」

「おまえなら、逃げなかったか」

「わかりませんよ、そんなことは」

「なら、そんなことは言うなよ」

「すみません……でも、あなたが逃げ出すのは、わからないな。あそこまでしておいて。本当のところ、ヴィクトリアという女は、なにをしたんですか。未必の故意による殺人？」

「かもしれん」

「サイファなのに、わからないんですか」

「おれにわかるのは、彼女が、例の壁が見えない理由をおれが探り当てようとしたとき、実に嬉しそうだった、ということだけだ。もう悩まずにすむ、ということだろうな」

「それがどうして怖いんです。あれからでしょう、あなたの気が変わったのは」

「彼女は、家のどこかに自分には認識できない部屋があることを知っていたんだ」

「でも探さなかった。母親は自分であの部屋に入ったんですね。見つからないように。セシル社に特別の眼を作らせたのは、母親でしょう。なぜそんなことをしたんだろう。夫婦の寝室をのぞかれないためというにしては、念が入りすぎている。そういえば、父親はどうしたんでしょうね」

「ヴィクトリアには父親の記憶がない。母親は結婚しなかった」

「……でも、男はたくさんいた、か。なるほどな。そういう仕事をしていたわけですね。そうなんですね？」

「幼いヴィクトリアは寂しかったろうな。ときどき母親がどこかに消えてしまう。独りで本を読むことだけが楽しみだった。アマンダという母親は、別の場所で仕事はしたくなかったんだ。幼い愛娘《まなむすめ》を放り出したくはなかった。ヴィクトリアも母親を愛していた」

「……なんだか、やりきれないな」

あの家で、なにがあったろう。いろんなことだ。いまは？　いまは、サグア刑事が、ヴィクトリアに質問している。

『あなたにはわからない部屋があることを母上は知っていたわけでしょう。そこに入れば、あなたが他人をこの家に入れて、探してくれと言わない限り、母上はだれにも邪魔されずにあの部屋にいられたことになりますね』

『そう、そうです』

『そういうことが、これまでもあったでしょう。あなたが気がつかなかったというだけで』

『……そうかもしれません。ええ、そうです』

『いつから？』

『ものごころついたときからです……母は高級娼婦でした。わたしは軽蔑すると同時に尊敬もしていました。わたしが経済的になんの不自由もなく暮らしていられるのも、母親のおかげですし。もともと、家柄は良かったのです』

『そのようですね。そのへんの事情は、この際おいておきましょう。母上があの部屋に入ったいきさつは？』

『ささいなことで、口喧嘩になりました。本ばかり読んでいて、そんなことでは、ちゃんと生きていけないとか、じゃあ、あなたの生き方はちゃんとしたものなのか、とか。激しいものではありませんでした。でも、わたしはイライラして、自分の部屋に閉じこもって……その翌日、母の姿はなくて』

『母上も閉じこもったのね』

『そうだと思います』

『よくあったの、そういうこと』

『頻繁ではありませんが……年に一度くらいは。母はもうずっと以前から、仕事はしていませんでした。だから、その部屋のことは、どこかにあるとは思ってはいましたが、意識することはあまりなくて。探すつもりもありませんでしたし』

『でしょうね。助けを呼ぶ声がしたとかということは？　亡くなる前に』

『ありませんでした。元気だったのです。だから、本当に家出したのかと思ったのも、本当なのです。それに、秘密の部屋があることには気づいていましたが、まさか、あんな形で、眼に見えない仕掛けで隠されていたなんて、予想もしていませんでした。母は言いませんでした。きっと、死ぬまで明かす気はなかったのだと思います』

『だから、あなたもその秘密をあばこうとはしなかった？』

『ええ』

『衰弱して、放っておいたら死んでしまうことが予想された事態になっても？』

『それは……せいいっぱい、探しました』

『そうかしら。あのサイファ、菊月という得体の知れない男が来なかったら、あなたはずっと遺体と一緒に暮らし続けることになったでしょう。どこにそれがあるかはわからないというのは事実だとしても、探すつもりはなかったというのだから』

『だからどうだというの』ヴィクトリアの心は乱れる。『わたしは母を愛していた。だれより、愛していたわ』

『そして憎んでいた』

『ええ、そうよ。でも、放っておいたわけじゃないわ。わたしに見つかりたくないなら、見つけないでいてあげようと思ったのよ、そのどこがいけないの。返してよ。母を返して。あなたたち他人には関係ないことよ。どうして、他人のあなたにそんなことが言えるの。だれにわたしの落ち度を贖《あがな》えと言うのよ』

『あなたの母上と、あなた自身に』

それなら、もう十分に贖っている、とおれは思った。おれは目を開く。夜景が飛ぶ。めまいがしそうな夜の流れだ。おれはタイスの横顔に視線を移して、言った。

「ヴィクトリアは、放っておいたら母親は衰弱死すると思っていたんだ。たぶんそれを望んでいた」

「読んだんですか。彼女の心を。確かに怖いことだな」

「いや、彼女自身にもわからないんだ。真相はもっと深い。おれたち他人には絶対にわからん。裁くことなどできるものか」

「第三者が関係していたという可能性は」

「それはない。あくまで彼女と母親の関係だ」

「それなら、単純だ。わかります。愛憎関係は他人にはわからないでしょうね」

「おれは、感じたんだ」

「なにを」

「闇の世界さ」

「どんな」

「ここに書かれてあるような世界だ」

おれはそう言い、〈フォマルハウトの三つの燭台〉の表紙をなでた。そして、尻ポケットに、好きなウィスキーを入れたフラスクがあるのを思い出した。そいつを忘れているなんて、なんだか自分が自分でなくなっていたような気がした。

ヴィクトリアはあのとき、確かに笑った。ずっと秘密にしていた重荷を解放してもらえる安堵感と歓喜。あの想い。あれは、ヴィクトリアのものでも、おれの錯覚でもない。だとすれば、考えられるのは一人しかいない。アマンダ・ドーンの意識だ。

「母親がおれに、コンタクトしてきた」

おれはフラスクを出し、ウィスキーを一口やって、言った。

「……なんですか、それ。幽霊？」

「他人にこの愛憎がわかってたまるかと死んでなお思い続けていた」

「ありそうなことだな」

「そうかな。おまえは体験したことがないだろう」

「まあ、そうですけど」

「おれは、あれは幻だと思いたいよ。おれは、その死者に感謝されたらしい」

「じゃあ、いいじゃないですか。夢でもいい夢だ」

「娘に手を出すな、という感じがしなければな」

「自分で自分を抑えたんでしょう、あなたらしく。振られるより、振ったほうがましだとか」

「かもしれん」

「まったく、課長といい、あなたといい、中年の考えていることはぼくには理解できないな」

タイスはほっとしたようだ。だが、おれが感じたあれは、事実だった。ヴィクトリアに関わってはならないという感覚は。

おれは、見たのだ。彼女の瞳の奥に、このおれが映っているのを。まぎれもなく、おれの顔だった。もちろん、瞳にこちらの姿が映るのを見るのは自然なことだ。その姿が、腐乱死体でなければ。

ま、タイスの言うように、それはおれが生じさせた自己像なのかもしれない、とおれは思うことにした。フラスクをしまう。飲む前から酔っている気がして、飲み続ける気がしない。きっと、おれは〈フォマルハウトの三つの燭台〉を集中して読んだために、その世界に囚《とら》われてしまったのだろう。もしかしたら、いまの出来事も本に書かれていた一編の物語ではないのか。これを捨て、二度と読まなければそれで片がつく、そんな気がした。読まないのはいい。だが、窓から捨てる勇気はなかった。捨てたとたん、落下していくのは自分で、本がこのシートに残る、そんな想像をしてしまう。

フライカが地表をめざして降下していく加速感、その吸い込まれるような落下感覚に、声を上げそうになる。タイスにわからないように本をしっかりとつかんで、おれは恐怖をこらえた。ヴィクトリアが耐えてきた感覚は、まさしくこのようなものだったのだと思いながら。

ダーマキスの皮膚

DERMAKISS's skin

1

起きると全身汗まみれだった。なにか嫌な夢を見た。内容はよく思い出せないのだが、このところそんな夢続きで、しかもだんだんひどくなる。

なにかに追われている夢だ。追いかけてくるのがなんなのかよくわからない。逃げなければならないという焦燥感と恐怖は鮮烈なのだが。

シャワーを浴びながら、こんな悪夢を生じさせる原因を考えてみるが、わからない。いま身体がぞくりと震えるのはシャワーの温水が出ないからで、それはきょうに始まったことではない。おれはなにかに追われるような生活はしていない。それでも今朝のその夢はひどくて、自分の叫び声で目が覚めた。たぶん叫んだのは現実だろうが、おれにそうさせた夢の内容自体はよく思い出せない。

こんな経験はこれまでになかった。老けた気分になるのは嫌だが、それでも年をとるにつれて、若い身体のころにはなかった不具合を感じるようになるもので、たとえば、ちょっと走ると息が切れるとか、筋肉痛が三日経っても残るとか、それはその時点では初めての経験であり、それまでになかったこと、というわけなのだが、これもそうなのかと思ってみる。年をとると、こんなこともあるのか、と。

詳しい夢の内容は覚えてはいないのだが、感じからいくと、自分自身がなにかに消されようとしている感覚だった。人工的に作られたおれとしては、作られたときのように消されるときも何者かの操作を受けるだろう、という恐怖を覚えるのも当然な気がした。他人に殺されるというより、なにかわけのわからない力の作用で自分の存在が消される、というような恐怖だ。

しかし、そんなことはそれこそ若いころにさんざん悩んで、いまはもう卒業したと思っている。おれのように人工的に操作されて生まれようと、普通に生まれてこようと、生まれ出ること自体を制御することは自分自身にはできないわけだし、死ぬのも同様だ。自然消滅するように作られているのだから、その作用にあらがうのは無駄なことだ。

あらがうべきはそんな自然力ではなく、他人という人間の攻撃であって、そんな攻撃性もしかし生物的にそのように作られているのだと思えば、肉体的に危なくない限りは、そんな他人も放っておくにかぎる。放っておいても生きられると気づいたときからおれは自由になり、年を食ったようなものだった。

実際、おれは一般社会に属さない自由人だ。ライトジーン社から独立した後、ずっと。

それができたのは、たぶん幸運もあったろう。サイファのおれは、その能力を時の権力の道具として使われる可能性はあったが、ヒトという種自体が危機にみまわれていたのだから、おれのことなどどうでもよかったのだ。いや、おれの身体を研究のために切り刻んだり、生かしておいて種馬のように使う、ということはできたはずだが、そうしなかったというのは、人間はそんなに間抜けではなかったという証だろうとおれは思う。

ヒトの内臓と器官がみな勝手に各自の寿命を定めたかのように、身体全体の調和を保つことなくてんでに機能を停止し始めたころ、おれを作り出したライトジーン社は当時最大の人工臓器メーカーで、人工生命に関する高い技術力を持っていた。その技術力を駆使し、ヒトがなぜそのような進化の袋小路に入ってしまったのかを探るため、遺伝子レベルからの人造人間の設計製造を試みた。いくたの失敗作、つまりすぐに壊れて死んでしまう不完全なもの、を調べては再設計するという試行錯誤を繰り返した結果、おれとMJというサイファが生まれた。さらに研究を続けて、普通人の進化方向を修正するような遺伝子操作理論と手法を確立できれば、その技術をもとに人類全体を支配することもできたろう。実際にライトジーン社はそれを企んだため、様様な権力介入と闘争があって、その結果、潰された。しかし遺産は残した。おれと、MJ、それから人工臓器製造技術。ライトジーン社が握っていたその技術は各臓器部門に分割され、新しい企業組織として独立した。

ヒトが種としての存続の危機に対処する方法は二つあった。一つは、自然のなすがままに我が身をゆだねること。もう一つは、原因を探り、人工的に進化の方向を制御することだ。もちろん、ヒトは知性を駆使する動物ゆえ、後者の手段を試みたわけだが、生命の神秘を完全に解き明かすことはできなかった。原因がわからないでは対処のしようがない。

ライトジーン社はしかし、その一端はつかんでいたのかもしれない。生まれてくる人間がごく普通に生きられるような遺伝子治療をほどこすということを、いずれ可能にしていたかもしれない。おれとMJという見本があったからだ。

それは実際にはさほどうまくはいかなかった。その理由は様様だろうが、単純に理解するとすれば、治療というのは改造のようなもので、一から設計するのとはわけが違うということだろう。仮にそれが成功したとしても、何億もの人間を等しく治療することは不可能だ。飲んで効く安価な薬が大量生産されるというのでもなければ、高度な治療技術の恩恵を受けられるのはほんの一部の人間に限られるだろう。また、生命というものを完全に理解した手法ではないだろうから、治療が成功したかどうかは、時間が経たなければわからない。数世代が経ってからいきなり全員の生殖能力がなくなる、ということもあり得る。

事実、おれは当時の研究員からこんな話を聞いたことがある。

『きみは、ようするに、退化した人間なんだ』

『ぼくが？』

『そう』

軽蔑した言葉ではないのが、子供当時のおれにもわかった。

『荒っぽい方法だが、遺伝子操作で普通人を治療できるかもしれない。どうやるかというと、人間まで進化しないところで成長を止めてやるんだ。そうすれば、内臓が各自で勝手に寿命を決めてしまう、ということは阻止できるかもしれない』

『成長を止めるって？』

『人間の胎児は、動物の進化をたどって成長する。鰓《えら》があったり、尾があったりするだろう。最後にヒトにたどりつく。その手前でやめればいいということだよ。きみはそれに近い。いまの人間よりちょっと過去よりというか、旧式の人間なんだ』

『それじゃあ……サルじゃないか』

『まあ、いまのはわかりやすいようにというたとえだが、さほどかけはなれたたとえじゃない』

『ぼくはサルなの？』

『いや。でも、ヒトより進化した未来人でないことだけはたしかだ』

『未来人を作ればいいじゃないか』

『できれば、やっているさ。そう、手法や考え方自体は単純なものだ』

『どうするの』

『新しい人間というのは、現在よりもより多くの可能性を持っている生き物、と考えるんだ。ごく単純に言えば、現代人より多くの遺伝子を持っている生き物というわけだ。そうするのは、さほど難しくはない。でも、そうしたからといって、それがちゃんとした生き物になるかどうかは、わからない。そこまではコントロールできないんだ。だから、そんな生き物は作ることができない。コウ、それができるのは、自然の力だけなんだと思うよ。現代人を放っておけば、たぶん、いずれ、そうなる。犠牲は多いだろうが、きみのように過去に見捨てられていた機能が発現するかもしれないし、突然変異が大規模に起きて、まったく新しい機能を作り出すかもしれないし、遺伝子の数自体が増えた未来人が生まれるかもしれない。あるいは、別の種からまた人間のような生物が出てくるかもしれない。確率の問題だ。生命というのは、確率なんだよ、コウ。勝ち続けるように操作していったにしても、いずれポカをやる。未来永劫ミスをしない、なんてことはないだろうから。すると、負けていた者が息を吹き返すというわけだ』

『放っておけばいいというの?』

『私見だ。だれにも言うなよ、コウ』

『うん、言わない』

『きみには生殖能力がある。きみを基に、臓器崩壊の心配のない子供を作ることは可能かもしれない。人造人間の子孫、ということになる。でも、それはやってはいけないことだ』

『どうして。それも、私見というやつ?』

『そうだよ、コウ。理由は二つある。一つは、生物的な危うさからだ。きみの子供は、一見異常はないかもしれないが、世代を経てサルになるかもしれない。まあ、それはいいだろう、生きていければいいんだ。でも、まったく生殖能力が消えてしまうとも限らない。予想はできないんだ』

『どうしてさ。そうならないように人工的に作ればいい』

『作るのは簡単だ。いや、難しいけれど。言うのは簡単だ、と言うべきだな。いいかい、コウ、これをこうすればこうなる、というルールは単純なものだったとしよう。将棋のルールを考えてごらん。駒の動かし方は複雑なものではない。すべてわかっている。でも、その盤面がある時間の後にどうなっているかということは、だれにも言い当てることはできない。生命も、そうなんだ。ルールはすべて解析可能かもしれない。でも、それが先行きどうなるかなど、だれにも予想などできないんだ』

『そうなのか……じゃあ、もう一つは？』

『もう一つ？』

『ぼくの子供を作ってはいけないって理由。二つあるって』

『ああ、そうだった。もう一つは、きみの子供が幸福に生きられるという保証がないことだ。他の人間たちが、きみの子らになんの関心も払わないならいいが、そういうわけにはいかないだろう。関わることで互いにプラスになればいいが、残念ながらそうはいかないだろう。迫害を受けることは予想できる。人造人間を基にした子孫が増えては危険だとか、健康なその身体に嫉妬するとか。きみの子ではなく、治療で臓器崩壊から救われた人間にしても、たぶん同じだ。嫉妬される。きみ自身も、いまは同じような立場にいるんだ。でも、きみは人造人間だ。人間じゃない』

『ぼくは――』

『いいかい、コウ、きみがうまく生きていくには、人造人間だということで他人から無視されるのがいいんだ。きみを利用しても自分たちにはなんの役にも立たないと納得させることだ。それには、きみ自身がそう思うことだ。自分は、なんの役にも立たない生き物だと』

『……ひどいな』

『そうだな。わたしはきみの製造には反対だったが、責任はあるだろう。どうもライトジーン社自体がいま、危ういが、無理心中されないように気をつけることだ。殺されなければ、なに、生きていくのは簡単なことだ。なんの役にも立たないことほど気楽なことはないんだから』

いまでは、その研究員の言ったことがよくわかる。おれは彼の忠告のとおりに生きようとは思わなかったが、その言葉を忘れたことはなかった。いまでも、あの日の、あの研究室の様子や、彼の着ていた白衣に付いた小さな染みが兎《うさぎ》のように見えたことなどを、はっきりと思い出すことができる。そのくせ彼の名も顔も思い出せないのは不思議だが。ともあれ結果としては、おれは彼に言われたとおりに生きることになった。

ほかの人間たちはどうだったかというと、それもその研究員が言ったように、特定の人間だけが助かるよりも自然に任せてしまったほうがましだ、という道を選んだ。

遺伝子レベルでの抜本的な治療というのは結局成功しなかった。ようするに危機の原因がわからなかったのだが、その方面での研究はいまでも、どこかでやられているだろう。だいたいそのようなミクロ的な対処法だけではだめで、もっとマクロな視点が必要だとおれは思うが、もしウィルスが関与している癌と同じようなものだなどということがわかり、それへの対処や治療が可能になったとしても、種としてのヒトの未来にその治療がどのような影響を及ぼすのかはだれにも予想できないに違いない。それもまた、例の研究員が言っていたことだ。ルールは簡単、でも、それがわかったからといって望むとおりの局面に導く操作が可能とはいえないし、そもそもどのような局面がヒトにとって最善なのかを判断するのは難しい。現在の状況は、まったく新しい種への移行過程で、危機でもなんでもないという見方もできるのだ。

とにかく、いまのところどんなに調べても、だれの臓器がいつ反乱を起こすか、ということを事前に知る理論も手法も見つかっていない。それでも、臓器が死にかけたなら人工臓器で補っていけば、個としての寿命は全うできる。全員がそうならば不公平なことにはならない。個人的にも、自然界に対するヒトという種の立場でも。

かくして、ライトジーン社の野望は摘み取られ、ほかにも戦争やら争乱が続いた後、だれもが等しく生き延びられるような社会に一応なったわけだが、そのごたごたの間に、おれはその舞台から逃げ出した。

ライトジーン社や権力の庇護を受けられないかわりに、それに操られることもなく、自由になれたのだ。だれかの指図を受けるのは、うんざりだった。ライトジーン社が本格的に崩壊し始めたときは心底嬉しかった。自分の生命に関わる危機だったというのに、当時はまだおれも子供だった。他人事のように混乱を楽しんだ。

権力というものにおれは興味がなかったし、その闘争もおれには猿か犬の縄張り争いのように見えて、そうするように作られたヒトという種はなんて馬鹿なんだと、嘲笑気分で眺めていた。当時のおれは普通人たちが馬鹿に見えたし、あの研究員がなんと言おうと、自分のほうが優れた生き物だと思っていた。その後、一人で生きる苦労を経て、あの研究員があの日に言ったことの意味を思い知ることになるのだが。無人島ならいざ知らず、他人とともに生きるなら、ヒトの権力志向と闘争を自分とは無関係だなどと嘲笑してはいられなかった。

権力闘争というのはようするに縄張り争いであり、他人の縄張りを荒らさない限り、気ままに生きられる。しかしそれがけっこう難しくて、人生の困難さというのはみんなそれから生じているようなものだ。おれのように、なにものからも自由となると、頼りにするものがなにもない。ちょっと動けばすべて他人の縄張りだ。他人の縄張り意識や思惑には常に注意していなければ自由を維持できない。サイファであるおれは、他の自由人たちよりもそれにうまく対処できた。だから他の自由人たちよりも、より深く、一般社会という縄張りに立ち入ることができた。

それならもっとサイファの能力を積極的に使って、一般社会という縄張りの一員になるほうが気楽だろう——中大為《シンタイイ》にそう言われたことがある。それはどうかな、と思う。どちらがいいかは、気楽さの基準をどこにおくか、その選択をするということで、それにより苦労の質も違ってくる。おれはいまのほうがいいから、そうしている。だが、兄の五月湧《サツキユウ》、いまは女性のＭＪは、もう一つの道を選択した。おれにすれば、ある縄張りグループの一員になってサイファの能力を使うなどというのは縄張り争いに利用されているにすぎなくて、そんなのは苦労するばかりだと思うが、ＭＪにすればそれが楽しいのだろう。

他人の苦労や楽しみに干渉するのは精神的に未熟な者のやることで、でなければこちらを支配したい者だ。中大為は後者の立場でそう言ったのだが、深入りはしてこなかった。もしそうしていれば、闘争になったろう。小さいとはいえ、おれにも縄張りはある。中大為はおれの使い方をよく心得ていた。おれは中大為の子分になる気はなかったし、彼のほうも、おれが彼に敵対行動をとらない限りは、必ずしも味方である必要はないと割り切っていた。

おれの縄張りが小さいというのは、個人レベルのそれしかない、ということだ。普通の人間は個人レベルのその上に家族という組織があり、地域の集団の一員であり、というようにいくつもの階層化された縄張りに属している。縄張り社会にはそれぞれ固有のルールがあり、それを守らない者や、知らずに破った者は、攻撃される。おれはサイファだ。まったく経験のないどこかのそんな場に入っても、そのルールを嗅ぎ取ることができた。他人の思惑自体は、それがおれに対する嫌悪であれ反感であれ、そんなものは無害だった。物理的に攻撃されそうなら、その場を去るだけだ。おれは、こちらが望みもしない闘争に巻き込まれるというような過ちを犯すことはなかった。

そんな暮らしを続けてきて、自分を本気で護らなければいけない事態などほとんどないことがわかってきた。漠然とした不安や他人の思惑などというのは、現実の脅威ではない。そんなものは放っておいてもかまわないのだ、と。自分の身の上が危うくならない限りは、だれがこの世を支配し牛耳ろうと、おれにはどうでもいいことだった。

こんな、おれのような自由人は反社会的な存在だろう。権力者は手下がいてこそ権力を持つ。手下の数は多いほどいいし、従わない者がいれば抹殺するのは当然だ。無視することも抹殺に等しい。相手が脅威でなければ、そのほうがコストがかからない。それで、おれもこんな暮らしができる。いまの社会は自由人を脅威とは思っていない。無視するか、逆に利用する者もいるから、要するに自由人も社会を構成する一員であって、だれの手下でもないというおれでも、そうなのだ。

もしも社会が自由人狩りを始めたら、おれは自由人の立場を放棄して別の生き方を探さなければならなくなる。が、いずれにせよ、どの立場でいようと、攻撃されたら自分を護るだけのことだ。人間のやることには理不尽なものも多いが、サイファのおれは、事前に察知することができる。だからおれが殺されるときは、だれにやられたか、わかっててそうなるだろう。巨大な権力を相手にしたときは逃げ切れないだろうが、そのときは、おれを抹殺するのにかかったコストを後悔させる死に方をしてやる。窮鼠《きゅうそ》、猫を咬む、というではないか。おれは鼠というよりは猫、相手はむしろ、犬だろう。犬はその傷がもとで死ぬかもしれないし、猫は生き延びるかもしれない。それは、そういう事態になってみないとわからない。

だが、いまのところは、そんな切迫した危険はなかった。そういう面での不安はない。自分が消えてしまうということにも、恐怖など感じない。苦しいのは嫌だと思うくらいだ。それよりも気分良く生きることを考えていたい。その邪魔をする他人の攻撃性には敏感なのだが、いま焦りや不安があるとすれば、家賃を払えるだろうかとか、払っているうちはシャワーの不調をなんとかして欲しいものだとか、そんな身近な、しかしおれにとっては些細なことではない、現実的な問題ばかりだった。

つまり、いまのおれには、あんな、うなされるような夢を見る原因というものに、まったく思い当たるふしがないのだ。

となると、とおれは思う、この夢はおれのものではないのかもしれない。

そう思いつくと、身体が冷え切っているのが意識される。熱い湯の出ないシャワーのせいばかりではなさそうだ。

おれはシャワーの栓をひねって水を止め、タオルで身体をふきながら、どうもやっかいなことに巻き込まれているようだと思う。もしそうだとすると、いったいだれの夢を見ているというのだ。どうして？

2

朝食の用意をする。寝不足の感じは抜けない。だが、もう一度ベッドにもぐり込む気にはなれなかった。

パンには少しカビが生えていた。昨日はなかったというのに、このところカビがよく育つのは、気候のせいというより、あの夢が影響しているのではないかという気がした。カビの心配をしているときは生えない。忘れているときにかぎって、これだ。

カビの生えた面を切り落とし、厚めに二枚スライスして、トースターに放り込み、蜂蜜の瓶の蓋を開けてのぞき込む。さすが蜂蜜は防腐剤にもなるというだけあって、いたんではいない。豆と肉のシチューの缶詰を開けて皿に移し、温める。枕元のフラスクを取って、振ってみる。中味のウィスキーはまだ三分の一ほど残っている感触だ。これではきょうの分には足りないなと思うが、フラスクの中味と同じ銘柄のウィスキーが手元にない。違う銘柄のそれを注ぎ足すなどというのはおれの主義に反するので、きょうはこれで一日を楽しむことにして、まず一口やる。蓋を閉め、尻のポケットに入れる。

簡単な朝食だがきちんと食卓に着いて食べる。食事をとりながらも、あの夢のことが頭から離れなかった。

食事と排泄というのは生きていることを実感させてくれる強力な現実感覚だが、それが夢というあやふやな感覚で阻害されることに、おれは苛立った。夢のことが気になってなにを食っているのかふと忘れてしまうなんて、完全には目が覚めていないようなものだ。

自分の夢ならいい。それなら、夢の感覚もおれの現実を反映したものだろうから、夢の内容を反芻するのも食べることと同じく重要な営みだろう。だが、おれには、あの夢が、おれのものだとはどうしても思えなかった。

それは、おれの縄張りに断りなしに侵入してきたかのようだった。たぶん、そうだろう。あれは、だれか他人の夢が、夢でなければ現実的な悩みだろうが、おれの頭に侵入してきているのだ。おれはサイファで、他人のそんな感覚を感じることができるから、そういう面では不思議なことではなかった。問題は、侵入してくるそれを、おれが排除できず、否応なく見せられてしまう、ということだ。

こうして覚醒しているときは、おれは他人の意識を感じないようにしていられる。通常は寝ているときも、そうだ。他人の心の動きをいつもこちらが意識していては、自分というものがなくなってしまい、自分が何者かわからなくなる。そうならないような防衛機構が、たぶんサイファでない普通人にも備わっているのだろう。朝起きたら自分がだれなのかわからなくなったりすることはないのだ。

その防衛線を突破してくる、こいつはなんなのだ。今朝は叫び声で目を覚まさせられた。明日は自分で自分の首を絞めて目を覚ますかもしれず、エスカレートすれば永遠に目が覚めないかもしれない。

なんとか手を打つ必要があったが、相手がだれなのか、見当がつかない。だいたい、その相手がその夢を意識しておれに見せているのかどうかも、はっきりしない。こんな経験はほんとに初めてだ。

相手がサイファならこんなことがやれそうだが、おそらく違うだろう。サイファがおれにこのような手段で心理的な攻撃を仕掛けるとすれば、これは自分の夢ではないとおれにわかるようなやり方はしない。おれ自身の弱みや不安をつかみ、それを誇張し、恐怖の感覚で自滅するように仕向けることができる。しかしこれは攻撃などではなく、悪戯《いたずら》だとすれば、サイファが面白がってやる可能性はある。こんなことができるサイファはとなると、MJしか思い浮かばないが、彼は、いまは彼女だ、そんな悪戯好きではなかった。結局だれなのか、なぜこんなことが起きているのか、まるでわからない。

考えてもわからないことは放っておけ、というのがおれの生き方になってはいたものの、それがおれにとって危険なものとなれば話は別だった。他人の思考自体がこちらに直接危害を加えることなどあり得ない、というのは、考え直さないといけないようだった。相手が肉体を動かしてくるなら、防ぎようがある。だが、いまはそうではなかった。相手がおれを狙っているのかどうか、あるいは偶然こうなっているのかもしれないが、とにかく夢の中に侵入してくる脅威だ。逃げることができない。いかにおれがサイファであろうとも、眠らないわけにはいかないのだ。

そしてサイファでも、食べなければ生きていけない。食うためには稼がなくてはならず、おれはきょうの仕事のことを考えた。

このところ連続した仕事というのにはありつけなかった。きょうの稼ぎ口もこれから見つけに行かなくてはならない。不景気だからな、と口入れ屋のベルミも言っていた。

　ベルミは口入れ屋としては善良な部類に入る男だ。自由人を集めて裏の仕事現場に放り込むこともやるが、ギャング系の組織とは無縁で、そうした手配師とは違う。いうなればまともなアルバイト斡旋《あっせん》業者であり人材派遣業者で、事務所も持っている。自由人の人材が必要なときには、自由人の集まるダウンタウンに出向いて一人一人に声を掛ける。組織に属さない一匹狼のため、おおっぴらに人集めをすることはできないからだ。ときには正当な業者に見つかって袋叩きにあうこともあったろう。それでもベルミはその商売をやめなかったし、裏の組織にも入らなかった。自由人を集めるには危ないやり方だったが、続けているのには理由がある。もちろん実入りがいいからだろうが、依頼者の信用を得ているからそれができるのだと、ベルミは自慢そうに言ったものだ。

　そこでおれが『どんな商売も基本は信用されることじゃないか。裏も表もそれは同じだろう。他の手配師とあんたと、どう違うというんだ』と訊くと、ベルミはうなずきながら説明してくれた。

『たとえば、そうだな、アルカ社が、下手をすれば殺してしまうかもしれない危ない人体実験用の人材が欲しいとする。手配師に頼めば簡単だが、企業はギャングとは関係したくない。まあ、手配師のすべてがギャングとは限らないんだが、なんらかのその方面のコネがないとやりにくいのはたしかだ。でも、おれは裏の組織とは無縁だ。身辺は綺麗なものだよ』

『実験される人間はどうなるんだ』

『どうなるかまでは知らないよ。危険は承知の上だろう。実験でもいいから治療を受けたいという人間はいるんだ。それを集めるんだから、おれは人助けをしているんだ。自由人など人間だと思っていないギャングどもとは違うさ。自由人にも治療を受ける権利はある。違うか？　道義的にも問題はない。だから企業も信頼して、おれに頼むんだ。新しい研究成果を人間に応用することは違法じゃないし、おれも違法な手段で人集めをしているわけじゃない。なにかあっても、だれにも不利益なことにはならない』

『自由人には訴える権利はないからな。ものは言いようだよ。おれはそんな実験台の仕事はしたくない。他になにかないか』

『いまのは例えばの話だが……仕事の選り好みができるなんて、コウ、あんたは幸せな身分だよな』

『あんたも不幸ではなさそうだな』

『おれは不幸だなんて言ってないだろ。この信用と実績をつかむまで苦労したんだ。幸せなのは当然だ』

『生きていられるのは一種、奇跡的なことに思えるな』

そう言ってその事務所を出ようとすると、ベルミはおれを引き留めて、言った。

『おい、コウ、どういう意味だよ』

『どうって、言葉どおりだ』

『いや、引っかかるな。なんてったって、あんたはサイファだ。わかるだろ、おれの考え』

『フムン』

『あんた向きの仕事があったら、真っ先に紹介してやるよ。だからさ、きょう、一緒に自由人募集活動についてきてくれ』

『ボディガード役はできないぜ』

『そこまでは期待しないよ。わかるだろう、他の手配師たちともめ事は起こしたくない』

『そんな安い料金では、だめだ』

『まったく、サイファは……いや、それだけ読めればこそ、役に立つんだよな。頼むよ』

『わかった』

ようするに、ベルミと一緒にダウンタウンの自由人の溜まり場に行き、サイファの能力で周囲の人間たちの心を読む仕事だ。ベルミの望む条件に合った人材を選びつつ、その辺に他の手配師がいないかどうか、難癖をつけそうな人間がいたらベルミに伝えるという仕事。それが、四日前だった。

その前からおかしな夢を見始めていたから、たぶんその仕事とあの夢とは関係ない。で、この三日は仕事をしたくても適当なのが見つからなくて、それで夢を見る暇ができたのだと言えなくもないが、この分だとあの悪夢に加えて、ウィスキーがこの世からすべて消えてしまう夢を見かねない。ま、いざとなれば、なんでも手に入れることはできる。人の心を操って、おれのところに欲しいものを持ってこさせることはサイファならできる。だがそれでは、満足感がない。そんなことをするくらいなら、強盗を働くほうがましだ。どちらもまだやったことはないが。

きょうの予定はカビの生えていないパンを手に入れることだ。まともな仕事の稼ぎで。

食事を終えて、仕事探しに出る用意をする。まだベルミ以外の手配師に頼るまでは切羽詰まってはいないが、映話代金が気になる経済状態ではある。それに、映話で仕事探しをするより、表に出るほうが実りが多い。

社会保障番号を持っている人間が歩く街に出ても胡散臭《うさんくさ》い目で見られない恰好を整える。髪をとかし、ツイードのジャケットを着ただけだが。で、ベルミのところへ出向こうとしたとき、映話が鳴った。こんな朝早くにと思ったが、世間では午前中の仕事タイムだ。手配師に頼るなら、こんなことでは仕事にあぶれる。おれは生来の怠け者なのかもしれないと思いながら映話を受ける。

ベルミだろうと予想したが、違った。映話では珍しい相手だった。

「コウ、いい知らせがある」

画面の向こうで申大為が言った。

「あんたか。なにがいいんだか」

「稼ぎ口の件だ」

「間に合ってるよ」

「私とは関係ない仕事だ」

「関係ない仕事？　なら、どうして――」

「ライトジーン博物館の改装工事が予定されているのは知っているか」

「ああ、そうだな。何度か見学したことがある。汚いが、あれはあれで風情がある。どうせ改装なんかできやしないさ。資金がないだろう。計画は潰れそうだと報道されていた」

「決まったんだ。おまえが働くのにうってつけだ」

「改装工事の仕事か。力仕事は苦手だ」

申大為がただそんな仕事の紹介をするという動機で映話してくるはずがない。だいたい、自分に関係のない仕事をおれに紹介するような男ではない。なんだろうと思いつつ、つぎの言葉を待つ。

「ま、行ってみることだ、コウ。おまえが興味を持つことは間違いない」

「なんなんだ」

「改装プロジェクトチームには頭のいいやつがいる。行けばわかる。それだけだ」

それで切れた。どこへ行けばいいというのだ。申大為はそんなことでその工事に関心を持ったのではないだろう。改装工事に自由人を使うことを考えた者がいるというのか。申大為はそんなことでその工事に関心を持ったのではないだろう。おれの興味をも引くという、それはいったいなんだろう。

ベルミに映話する。すぐにでも知りたい。さすがベルミは稼ぎになりそうな件にはよく通じていて、映話代を使ったかいがあった。

それなら知っているとベルミは言った。

「どうしておれに紹介しなかったんだ、ベルノ」

「ベルミ。機嫌が悪いとわざと名前を間違って言うんだから、まったく――」

「どうしてだよ、ベルミ」

「あんた向きの仕事じゃないと思った。自由人の仕事はきついからな。でもしたいというなら、もちろん紹介するよ」

「雇い主はだれだ」

「いろいろ」

「いろいろだって？」

「そう。下請けの下請けだけどな。元請けは人工臓器メーカー各社だ」

「どういうことだ。博物館の改装工事をどうしてそんな企業が受け持つことになったんだ」

「詳しくは知らないよ。でも、改装工事を終えたら、特別テーマ展をやるそうだ。人工臓器の歴史、とかなんとか。各社協賛でだろうな」

「人工臓器の歴史だって？」

「そう聞いた。博物館では大大的にやりたいらしいよ。そういえば、コウ、あんたはライトジーン社に作られた人造人間じゃなかったか」

「そうだ」

「あんたのことも出るかもな。いまのメーカーの基礎を作ったのは、ライトジーン社だ。人工臓器の歴史といえば、そこから始まる。面白いと思うよ。あんたは時の人になれるかもな。いまは忘れられているけど。そうしたら、いまのその日暮らしから――」

「なんてこった」

「なにが？」

「いや、こちらの話」

「な、知れば、やりたくないだろ。時の人がその展示会の監督ならともかく、改装工事の下働きなんかできないよな」

「やるよ」

「本気か、コウ」

「ああ」

なるほど、中大為の言ったとおりだ。余計なことを計画したものだ、博物館は。時の人、だって？　冗談じゃない。

「ベルミ、おれはその日暮らしの生き方を愛している。わかるか、愛している、だ。おまえが、いまの商売を愛している、ということと同じだ。邪魔をしたら放ってはおかない。おれはやばい仕事をしている。おまえを消すくらいはなんでもない」

やばい仕事云云《うんぬん》は口からでまかせだが、ベルミを脅すには効果があった。ベルミはサイファの能力を恐れていた。おれを優秀な殺し屋だとでも思ったかもしれない。よくよく考えてみると、そうでたらめでもないことにおれは気づいた。中大為の仕事は、けっこうやばい。

中大為が映話してきた理由がそれで納得できた。やつも、おれのことが公になっては困るのだ。気軽におれを利用できなくなる。

おれはもちろん、世間の注目を浴びることなど、望んではいない。そうならないように苦労してきたのだ。しかしそのテーマ展とやらで、ライトジーン社の業績としておれとＭＪのことが詳しく公開されたら、その人造人間はいまどうしているのかという方向に関心が向くのは当然の成り行きだ。申大為は、だからおれにどうしろとは言わなかった。やつは、おれが時の人になどなりたくないこと、そうなりそうなら、阻止するように動くことを、知っているのだ。それで、余計なことは言わなかった。用件は簡潔に、だ。やつらしい。

「いろいろな雇い主がいる、と言ったな」

「言った」ベルミの答えも簡潔になっている。「どれにする」

「バトルウッドが関連している仕事はあるか」

「ある」

「それにする。要領を教えてくれ」

バトルウッドはＭＪが世話になっている心臓メーカーだ。きっとＭＪも、この件には無関心ではいられまい。工事現場に必ず出てくる。

映話を切って、おれは食卓につき、ウィスキーをフラスクからではなく、ボトルから注いだグラスでやる。

あの悪夢はこのことを予知したものなのか、と思う。ありそうなことだ。

3

ライトジーン公立博物館は年に何回かテーマを決めて特別展示会をやる。今回は、人工臓器の歴史、というわけだった。

高層ビルを乱雑に積み重ねたようなライトジーンの街だが、その博物館は独立した敷地内の石造りの古い建物だった。かなりがたがきているので、今回の特別展の前に、その準備もかねて、改装工事が行われることになった。

改装に合わせて特別展が企画されたのは、そのテーマ展に参加する企業に改装費用を分担させたかったからだろう。改装するのが第一目的で、テーマ展開催はその手段なのだ。

そんなことはライトジーン社から分離した企業各社にはわかっていたろう。現代人にとっての命の綱、いや生命そのものといってもいいかもしれない、人工臓器を提供して利益を稼ぐ彼らは、快く、少なくとも表面上は、応じた。強制ではなくお願いです、という博物館側の出方では、断れない。そのようなボランティアの要請があれば、応じないわけにはいかないのだ。人工臓器メーカー各社は、非人道的と言われるのをいちばんに恐れる。もし強制されるのなら、数字と理屈を駆使して合理的な反論や拒否もできる。だがボランティアで、と頼まれれば、その拒否は救いを求めている者を見殺しにする行為に等しい。実にうまいやり方だが、要請を受けた企業は、弱みにつけ込まれた、などとは思っていない。法を犯さない限り、売れ行きが落ちない限り、彼らには弱みなどなに一つない。なにせヒトの生命を握っているのだ。それに、むろんボランティア活動やテーマ展での展示は宣伝にもなる。損はない。

それでも、対応の仕方は各社各様だった。提供するのは基本的に人と金だが、ある人工骨メーカーは資材も提供していた。人造の大理石も作っているメーカーで、それは新しい床材になる。金だけ出して人員を提供しないという社はなかったが、派遣する人間を自社の社員ではなく、金で雇うことで対応するところもあった。人工心臓メーカーのバトルウッド社もそうだった。

ベルミに斡旋してもらったおれの働き口はバトルウッドが募集した、それだった。それも下請けの下請けという仕事だ。ベルミも言ったように、自由人を集めてきつい作業をさせるというお馴染みのものだ。おれがその博物館の改装現場に近づくには、それ以外の方法はなかった。

改装の進行計画は特別展開催プロジェクトに組み込まれて、すでに実行に移されていた。人工臓器展というその特別展の開催は半年後だが、改装はその前に終了させるという強引ともいえる計画だった。もっとも博物館側ではかなり前から準備していた。単に部屋の模様替えに留まらず、空調や照明、給排水といった設備から館内情報システムまで一新するという大がかりな改装内容だ。それを実行に移すことができたというのは、プロジェクトチームにはいい人材がそろっているということだろう。

申大為から連絡があった翌日から、さっそく自由人を使う仕事が開始された。改装工事の第一段階というところだ。

下請け業者に連れていかれたその現場、ライトジーン博物館は大きい。増築を重ねていて、構造は複雑だ。何度か入場料を払って見学したことはあったものの、内部がこれほど入り組んでいるとは思わなかった。配管や配線、地下排水溝となると迷路のようで、そういう穴にもぐり込むと、下手をすると二度と出られないような気がする。

バトルウッド社が受け持った仕事というのは、つまりおれがやることというのは、老朽化したデータ回線の取り替えやら、地下排水溝内の清掃などだ。回線ケーブルは重く、取り回しに不便な上に、作業空間は、暗く、狭く、息苦しいときている。しかも汚い。作業服の支給などなく、安全のためのヘルメットもない。もっとも慣れた自由人は自前でそういう七つ道具を用意しているし、防塵マスクが欲しいと思うような作業では、息苦しいそんなものは支給されても使わなかったりする。おれは早死にしたくないのでマスクは使った。自前のやつを。

こんな穴にもぐり込んでの作業だから、特別展示の内容を探るのは難しかった。それでもおれはそこから博物館全体にサイファの感覚を広げて探った。自分の身体の大きさが博物館そのものになるような感覚だ。

館内のどこに人がいるかというのは、もぞもぞする感覚でわかった。意識を集中すればその心の動きを読み取ることができる。自分の名前や顔を常に意識している人間はいないから、そうした個人識別はできないが、思っていることを読み取れば、どういう立場でそこにいるのか、なにをしようとしているのか、ということはわかる。

様様な人間がいた。工事関係者に作業員、改装中とはいえ館員もいた。しかし、その特別展の内容を詳しく知っている人間はわからなかった。いるはずだが、こんな状況では、せいぜいこの人間が知っていそうだと見当をつけることくらいしかできない。受信状態の悪いラジオで周波数のわからない局を探すようなものだ。

それでもこうしていれば、断片的にでも情報を得られるだろうと、おれはあきらめなかった。するとその日の午後、おれのよく知っている鮮やかな思念が飛び込んできた。

おれと同じくライトジーン社に作られた人造人間、MJだ。

MJはバトルウッド社からの依頼で、博物館改装作業の進行状況を見に来たのだ。作業員、とくに自由人の動きを監視し、警備をする仕事だ。たぶんMJ自身が、そうする必要がある、とバトルウッドに言ったのだろう。自由人を監視しなければ、連中はなにを盗むかわかったものではないし、なかには破壊活動をする者もいる、とでも。

おれに言わせれば、盗みはともかく、博物館を相手に破壊活動を企むような人間は自由人にはいない。いるとしたら、それはおれの知る自由人という人種とは別だ。

MJは、おれこそがそういう活動をするのではないかと疑ったのかもしれない。普段はやらないが、今回は、やるかもしれない、と。そう、MJは、おれがここに来ることを、予想していた。おれがMJが来ると思ったように。

〈おや、大きなネズミがいること〉

ＭＪは博物館の警備責任者と立ち話をしながら、おれを見つけて、そう言った。

〈おれが大きなネズミなら、あんたはどんなネズミだ〉

〈美しいネズミと言って欲しいわ、コウ。あなたが下水の掃除じゃなく、その仕事ができるのはわたしのおかげよ〉

〈どういうことだ〉

〈通いの仕事ができるようにしてあげたのよ。飯場に拘束される仕事はあなた向きではないから〉

ＭＪは機嫌がいい。どうしてなのかとおれは訝った。ＭＪも今回のテーマ展には無関心ではいられないはずだ。

ＭＪにとっては、出生時の自分は本当の自分ではないのだ。おれが長年かけて自由をかちとったように、ＭＪも、方法は違っていても、ライトジーン社の束縛から逃れるのに苦労した。男の身体を女に変えたのも、そのためだろう。ライトジーン社時代のことは思い出したくないのだ。だが、いまのＭＪの心は、よくわからない。サイファは人の心が読めると同時に自分の意識を隠すことができるからだ。

〈あなたが様子を見に来るだろうとは思ったけれど、作業員としてもぐり込むなんて、馬鹿だわ、コウ。そんなことしなくても偵察はできるでしょうに。作業員のリストを見て、あきれたわ〉

〈もぐり込んだんじゃない、仕事だ〉

〈あまり熱心じゃないわね〉

〈改装後の展示会では、ライトジーン社の歴史について展示されるのか〉

〈でしょうね、もちろん〉

〈おれたちのことはどの程度触れられるんだ〉

〈気に入らないことまで公表されるとしたら、どうするの、コウ〉

〈そうとわかったら、そのとき考える〉

〈作業員なら、工事の妨害やら、データをいじったりしやすいものね。ばれたらどうするの。捕まったら身元は知れる。元も子もないでしょう〉

〈あんたが黙っていれば、絶対にばれない方法はいくらでもある。いざとなったら、バトルウッドやあんたのせいにすることもできるだろうさ〉

〈それで、バトルウッドに雇われた形をとったの。あなたの頭はサルなみよ〉

〈いまのあんたはそうじゃなさそうだな。美しいネズミだ？　頭もネズミの脳みそに替えたなんて言うなよな。おれと同じ頭だろう〉

なんなのだ、この無駄なやり取りは。ＭＪは展示会とやらで、それが公開されてもいいとでも思っているのだろうか。そんなはずはないだろうに。おれはＭＪの思いをつかめずに苛立った。

〈あんたはそれが世間に知られてもいいわけか〉

〈それって、なに？〉

〈おれたちの、過去、現在、未来におけるプライバシーだ〉

〈そうね。たしかに、わたしと同じ生まれのもう一人の人造人間が、出来損ないのままいまも生きているということは知られたくないわね〉

〈おれが、生きていることを、だ？〉

〈そうよ〉ここでMJは初めて少し心を開いた。〈あなたが生きていなかったらどんなにいいかと思うわ。あなたがそんなネズミの生き方をしているせいで、わたしもそう見られるのよ。信頼されるのに苦労する。あなたは、わたしにとって、目の上の瘤よ。きれいに切除できるならしたいわ〉

〈MJ、おれを消すつもりか〉

そうなれば、もちろんただの兄弟喧嘩ではすまないだろう。

〈おれは消せても、過去は消せないぞ〉

〈わたしの片割れと称していた大きなネズミは偽物で、ライトジーン社に作られた人造人間なんかじゃない、と信じさせることはできる。あなたがいなければ、それを邪魔する者はいないでしょうから〉

おれの死体を綺麗に始末して、おれの偽物の死体を用意することくらいは、MJならやれるに違いない。

MJはこれまで、それを実行には移さなかった。ぞくりと身が震える。予想していなかったわけではない。しかしこれほどおれを疎ましく思っていたなんて知らなかった。ここにきて、その本音をおれにぶつけてきたのは、まさしくこの博物館の例の特別展の企画の内容が、MJにとっては、おれに消えて欲しいと思わせるものだったからだ。

おれたちが人造人間で、サイファだ、ということは、知っている人間は知っていた。だが大衆は知らない。MJは、動機はおれと違っていても、大衆に自分の詳しいプライバシーは知られたくないのだ。とくに、おれのことは知られたくない。その心は複雑ですべてはおれにも理解できないが、おれがMJに取って代わることを恐れていることは理解できた。おれの存在が大衆の知るところとなれば、MJよりもおれに好意を抱く者が必ず出るだろう。好意は必ず反感を呼ぶものだし、おれにとっては迷惑以外の何物でもない。他人のそんな思惑などおれには関係ないというのに、生き方がそれで干渉されるのは真っ平だ。が、MJはそれが面白くないのだ。おれの存在が公の場に出る、ということが。

つまりMJにとっても、その展示会の内容は他人事ではない。それなのに、この余裕はなんなのだ。MJがやる気なら、おれとこのように接触することなく、邪魔な弟を始末しようとするだろう。だが、それは危険な最後の手段というものだろう。おれは黙ってやられるつもりはないから。

MJは、その手段をとるまでもない、と思っている。ということは、そう思わせる情報をつかんでいるのだ。

〈どうしてここに来たんだ、MJ。おれと無駄口をたたくためではないだろう〉

〈あなたに馬鹿なことをされたくないからよ〉

〈出方次第だ〉

〈だれの〉

〈いいかげんにしてくれ。ＭＪ、展示会とやらで、どこまでおれたちのことが暴露されるのか、それ次第だ。あんたの問題でもある。その様子では、心配しなくてもよさそうだな。知っているんだろう〉

〈そうね。あなたが心配していることは、実現しない〉

〈あんたの心配でもあったろう〉

〈わたしの心配は、あなたの行動よ〉

〈それこそ、あんたの出方次第だ。見せろよ、心を〉

おれは苛立ちをＭＪにぶつけた。ＭＪは激しいおれのそれを受けて一瞬ひるんだ。それで十分だった。瞬間、おれは揺らいだＭＪの心から知りたい情報をつかみ取った。

ライトジーン社が作った人造人間に関する詳しい内容は、その人工臓器展には出ない。

〈なるほど。そういうことか。おれと遊んでいられるわけだ〉

〈あなたはなにを企んでいるの、コウ〉

〈おれが、なにを企むというんだ〉

〈あなたも見せなさい。中大為からなにを吹き込まれたの〉

〈中大為だって？〉

意外な名前がＭＪから出た。驚いたために、一瞬心の防御が薄くなる。それでＭＪに読まれた。お互い様だ。

〈やはり、申大為から聞いてここに来たのね〉

〈そうだ〉

〈なのに、あなたは、申大為がなにをしたのか、まるで知らない。あきれたわね〉

〈あんたがのんびりしていられるのは、申大為が陰で動いたからなのか。そいつは知らなかった。よく調べたな〉

〈詳しくは、わたしも知らない。でも探っていくと、あの男に行き当たる。得体の知れない男だわ〉

〈申大為はなにをしたんだ〉

〈ライトジーン社に関する展示内容に、人造人間のその後の消息に関することを入れないようにした。たぶん、われわれの人権を守るため、という名分でしょうけど、あの男の目的はそんなことではないでしょう。あなたを使いやすくするためだわ〉

〈どうしてそう思うんだ〉

〈どうして？　それ以外にどんな理由があるというの。考えてもごらんなさい。ライトジーン社が人造人間を作ったことは、秘密でもなんでもない〉

それはそうだった。

〈それに、どのみち、ライトジーン社が分割解体されたときに、わたしたちに関する情報データは散逸して、まとまっては残っていないのよ。展示公開しようにも、いまのままではできない。放っておけばいいのよ。だれもわたしたちには関心など持たないから、わたしたちのいまのことを調査しようという動きが生じるはずがない。中大為は、そうじゃない。関心があった。だからそういう動きがないかどうか調べた。ライトジーン社に関する展示内容を充実させなくてはならないという考えを持つ者をリストアップして、彼らにその必要はないと説得したようだわ〉

〈どうやって？　やぶ蛇になるんじゃないか〉

〈詳しくは知らない。脅したわけではないでしょう。ライトジーン社の歴史は、とにかく記録がまとまって残っていないから、調査には時間がかかる。展示会に間に合わせるだけのいいかげんな調査をして、それを公開するのはいかがなものか、とかなんとか。よくはわからない。とにかく、あの男は、あなたが自由人でいることを世間に知られたくないのよ。いいえ、自由人であるかどうかは関係ない。あなたのことは秘密にしておきたいのよ。証人保護活動と同じようなものよ。そう、そうね、警察の捜査活動に役に立つあなたを護るという名目で、展示企画の責任者に圧力をかけることくらいはやったかもしれない。あなたは完璧にあの男に利用されているのよ。あなたがドブネズミのように生きなければならないのは、あの男のせいだわ。わからないの、コウ？　なにもしなければいいのよ。わたしたちの出生に関しては、秘密でもなんでもない。たいした記録も残ってはいないのだから〉

〈問題は、おれたちがサイファだということだ〉

〈そのとおり。最強の、奇跡のような能力。世間一般には知られたくないわね。中大為もそ

う思っているわけよ〉

〈フムン〉

おれたちに関する詳しい記録が残っていないというのは事実だ。ライトジーン社崩壊の際に、それらの極秘資料は処分された。おれたちの身体記録はあるらしいが、そんなのは秘密ではない。ライトジーン社が最後まで隠し抜いた極秘事項とは、おれたちのサイファの能力のことだ。

おれたちにサイファの能力がある、というのは世間一般に認知されたものではなかった。それどころかライトジーン社の研究者の中にもその能力を疑う者もいたし、疑わないグループはごく少数だった。その能力は使いようによっては世界を征服するのに利用できると彼らは気づいたが、しかし、その現実的な利用研究は完成しなかった。結局、真のおれたちの能力というのは、だれにもわからなかった。

ただ、新しく作られた人造人間は人の心を読めるらしいという噂は立った。が、自分の臓器がいつ反乱を起こすかで頭がいっぱいの人間にとっては、それがどうした、ということだったろう。関心を持つべきはサイファなどという能力のことではなく、人造人間の臓器は正常に機能している、つまり正常に生きられる、ということであるはずで、事実その技術は応用されて人工臓器に生かされていた。

生きるにはそれで十分だ。すべてを人工臓器に置き換えればサイファになれるとしても、脳を含めたすべてとなれば、それはもはや元の人間とは別人だ。それを望む物好きはいなかった。また、おれたちのことがさほど重要視されなかった理由のもう一つには、普通人のなかにもサイファの能力を持った者が出てきたことだ。つまり、おれとMJは、人工的に作られたということのみが特殊なのであって、サイファの能力に関してはさほどのことではないというわけだ。それで、おれたちのことは、忘れられた。

だが時は流れ、社会情勢もおれたちの立場も変化していた。MJは一般人に最強のサイファであることを知られていないことを最大限に利用して生きてきたようだ。普通人にときどきいるサイファなど、おれたちからみれば、体力にたとえれば幼児のようなものだった。いまそれを一般人に知られるのはまずい。MJが、自分のサイファの能力のすごさを世間に示すことで世界を征服できるという妄想を抱かない限りは。おれにしても、そうだ。中大為も同様だろう。

〈なるほどな。なにもするな、か〉

〈そうよ。あなたが下手に動いては、滅茶苦茶になる〉

〈中大為とあんたに任せておけばいいというわけだ。なんの心配もおれにはないということだな。あんたがおれを消そうとしたら、中大為は黙ってはいないだろうし〉

〈でしょうね。あの男は、サイファを恐れてはいない。あの男の心は完全には読み取れないような気がする〉

〈そうだな。本心は別にあるような感じが、おれにもする。やつは、おれたちとは別種のサイファかもしれんな〉

〈そう。まったく得体が知れない――〉

〈正義の味方だよ〉

むろん、本気で中大為がそんな高潔な人間だなどとはおれは思ってはいない。ＭＪにもそれはわかっている。

〈だからといって、あなたの味方ではない〉

〈わかっているさ〉

〈そうかしら〉

〈心配してくれて、感謝するよ、兄さん〉

〈なんとでも思うがいいわ、コウ。あなたのような世間知らずは、中大為のような男に利用されて、そうとも知らずに死ぬのよ。そのときになってそれに気づいても、助けて、なんて言わないでね。あなたには兄なんていないわ〉

ＭＪとのコンタクトはそれで切れた。おれは狭い穴蔵で重いケーブルを力の入らない姿勢で引っ張る作業に意識を戻した。心なしかケーブルは軽くなった。

ＭＪとはそれきりだった。顔を合わすこともなかった。会って直接話すよりも良かったに違いない。ＭＪの声や容姿に惑わされることなく、彼の、いや彼女だ、その心を読み取ることができたのだから。

おれの心配の種が消えたのは確かだった。

おれたちのいまの存在はそのテーマ展では決して公にはならない。おれさえおかしな行動にでなければそれを保証する、とＭＪはそう約束したようなものだ。それはそのテーマ展の責任者のどんな約束よりも信頼できるというものだった。ＭＪなら、なにか都合の悪いことが生じたとしても、自分の利益を守るためならばどんな手段を使ってでも阻止するだろう。中大為にしても同じだ。二人の思惑や動機は違っていても、彼らの行動はおれの利益になる。おれは枕を高くして眠れるというものだ。

昨夜も例の夢を見た。今夜はもう見ないだろう。仕事に集中できるというものだ。せっかくベルミに斡旋してもらった仕事だ。きついが、そのぶんうまいウィスキーが飲めるというものだった。とりあえず、カビの生えていない焼き立てのパンが買える。それを楽しみに、おれは作業を続けた。

4

どういうことだ、と思いながら、おれは飛び起きる。気になっていたことはすでに片づいているはずだ。それなのに。心臓が激しく打っている。首がひりひりする。自分で首を引っ掻いたらしい。ひどいものだ。

また例の悪夢だ。昨日の朝もその夢は来た。それはたぶん未来からの自分の警告だろうと思いつつ仕事に出かけて行き、ＭＪとの例の件があり、それですべては解決、もうあの夢は来ないはずだった。

おかしい。この夢は、やはりおれのものではないらしい。

だいたい、考えてみれば、あのテーマ展の開催が悪夢を生じさせるほどの不安をかき立てるものとは思えない。もっと危うい事態はこれまでに数え切れないほどあった。それに、わけのわからない内容の悪夢にうなされるなどという経験はおれにはなかった。なにが自分にとって危険なのか常に意識し、どう対処すべきか考えながら生きてきたからだ。自分には解決できないという結論ならば、おれはそれを受け入れることができた。現実の危機を反映した不安な夢を見たことはもちろん何度となくあった。が、夢を見て不安になったことなど、一度もない。あの夢は、しかし、そうなのだ。内容にまったく心当たりがない。原因がわからないということそのものが不安で、あの夢自体が脅威になっている。この分では、その悪夢を見るという悪夢を見そうだ。

まだ夜は明けていない。仕事に出かける時間は三時間も先だ。朝飯にも早すぎる。シャワーを浴びようと思ったが、完全に目を覚ますより、もう一度その悪夢を体験してみようとおれは決心した。ベッドに横になり、目を閉じる。追いかけられるのはたくさんだ。こちらから追いかけてやる。

心臓の動悸《どうき》を意識する。しだいに元の安定した鼓動に戻っていき、安らいでいる。暗くて静かだ。仕事をしている感じがしたが、この心地よさは不思議だ。ああ、もう自分は少し寝ていたな、と思う。その感じもまた遠ざかり……いきなり全身を焼かれるような、痛みを感じる。痛みか。いや恐怖だ。

この恐怖はなんなのだ。おれは自己防衛の意識が自分を覚醒させようとするのをこらえた。悲鳴を上げて起きようとする自分を抑える。恐怖の感覚は持続していて、いつものように過去形でそれを反芻してはいないのを覚え、やはりこれは自分の感覚ではないとわかる。自分は他人の夢に入り込んでいる、と。

危険な賭けだ。これは自分の恐怖だ。他人の夢に取り込まれて抜け出せなくなるかもしれない。新たな恐怖がわき起こる。これは自分が生じさせたものであることがはっきりとわかり、それがおれを勇気づける。それ以外の恐怖感覚は、おれとは別の人間が感じているものなのだ。それを恐れることはない。大丈夫だ。

全身の痛みは、いや痛みではなくて、なにか恐怖を伴う脅威なのだが、それは身体の内部ではなく、ごく表面を覆う感じだった。火にあぶられているようでもあり、無数の切り傷に塩をもみ込まれているような感覚にも似ていた。塩か。砂か。小石か。鋭い小さな鉄片も混じっているようでもある。とても無防備な身体の表面からそれらの異物が侵入してくるという恐れだ。異物は固いそんなものばかりではなかった。泥。ヘドロ。汚物。細菌、カビなどのイメージ。それらの侵入になす術もない。自分の身体が侵されていく。ゆっくりと時間をかけて身体が死んでいく。死ぬ？　あれはだれだ。近くにだれかいる。目には見えない。だが、はっきりと感じる。死んだ者だ。幽霊。幽霊は冷たい。触ってもいないのに、それがおそろしく冷たいのがわかる。冷気を放射しているかのようだ。そう、その冷気で、それがそこにいるのがわかる。死んだ者。感じる。それが近づいてくる。逃げる。逃げても追いつかれる。その冷気が襲ってくる。一人の幽霊ではなくなっている。二人、三人、無数の冷気の炎が渦巻き、身体に飛び込んでくる。痛みはなかった。変だ、という思い。それはおれ自身の思いではない、夢の主が、なにかおかしいと思っている。その自分の顔にふれて頬を引っ張る。と、その皮がどこまでも伸びて、全身の皮膚ごとずるりと剝げていく感覚。その様子が見える。赤い肉をあらわにして立っている男。いきなり激しい痛みが襲う。痛みは感情の高ぶりと区別がつかない。悲しみと恐れ。

女が仰向けに倒れている。目を剝いて死んでいる。母親。夢の主の母親。その死体の瞼《まぶた》を閉ざそうとすると、それが柔らかく伸びて、顔の皮膚ごと動き、思わず手を握りしめてその皮をつかんで引きむしり、投げつける。投げた先にはだれかの背中がある。それをつかもうとすると、真っ暗になり、息が苦しい。やめてくれと叫びたいのだが声が出ない。殺される。溺死する。ドラム缶に頭から突っ込まれているのだと夢を見ている主にはわかっている。やめて、父さん、やめて、死んじゃうよ！　笑い声。父親の笑い声。息ができない。逃げている。父親の手が首筋に伸びてくるのが振り返らなくてもわかる。必死に逃げる。なにかわからないが正面に妨害物があって、逃げ切れない。振り向くと、なにもない。なにも見えない。だが、だれかがやってくる。死神の視覚的なイメージ。黒い頭巾とマント。顔はしかし白骨ではない。振りかぶられた大鎌の刃が一閃して、肉をそがれる。顔だ。殴らないで、父さん

……

ふっと、なにもかもが消えてしまう。

(自分はなんの役にも立たない人間だと思うことだ)

だれかが言っている。ああ、これは自分の夢だ、とおれは思う。あの研究員だ。その白衣の染みは、兎のようだ。兎がＭＪの顔になる。

(あなたのような役立たずには消えて欲しいわ)

おれはいつのまにか白衣を着込んでいる。その兎の染みのついた白衣を脱ぎ捨てる。あんたも綺麗になりなよ、とＭＪに言っている自分。なんて単純でわかりやすい夢だろうと自分で思っている。

そこで目を覚ました。一時間以上経っていた。おれは自分の夢の前のそれを忘れないようにしなくてはと思う。いつも起きたときには恐ろしい夢だったという感覚しか残っていなかったが、いまは違う。悪夢を見せられるだけでなく、こちらから見ようとして、それはうまくいった。その悪夢を自分のものではないと意識して見ていた。それで思い出すことができた。

悪夢の正体自体はよくわからない。自分の経験ではないということははっきりした。他人の夢だ。その主にしか詳しい内容はわからないだろう。しかしおれという他人にもわかることはあった。

この夢を見ている者は、父親を脅威に思っている。母親は父親に殺されたか、殺されたのだと思っている。皮膚をはぎ取られる恐怖を抱いている。おそらく皮膚の寿命がつきているので、人工皮膚と交換しなくてはならない。すでに交換しているようにもおれには感じられたが、幽霊のようにつきまとう冷気、あの感じの正体はおれにはよくわからなかった。死んだ母親を感じていた、という記憶がある。それが襲いかかってきて、皮膚を突き抜けて自分を殺そうとする、という内容だったように思うが、おれにはその意味が理解できない。目に見えない幽霊は無数にいたようなので、襲ってきたのは母親ではないのだろう。たぶん。母親には愛情を抱いていたのが感じられたから。もっともこの夢の主自身が、本当は母親を憎んでいるのだが、それを意識していなかった、ということはあり得る。ま、そういうのは珍しくもない。よくいる。彼らは、本当は憎い相手なのに、それを憎んでいる自分自身に気がついていない。気がつかないというより、気づいては自分の立場がなくなるという恐れから、気づこうとしないのだ。だが無視できない相手だから、気づかないわけにはいかない。それで、自分自身を騙す。憎んでいるのではない、愛しているのだ、と。愛憎はまさしく表裏一体だから、それでつじつまが合いそうだが、こういう人間の場合は違う。本当は憎いのだということを認めていないから、その愛も本物ではない。

夢の主がだれなのかはわからない。それでもあまり幸福な家庭に育った者でないのは確かだ。この夢がおれの創作でなければ、実在するだろう。もしかしたら、おれがこの夢を受身ではなく積極的に見たことで、先方もおれの存在に気づいたかもしれない。だれかに自分の夢を見られている、と。

これが起きているときなら対処は簡単だった。サイファの力で相手を探れるし、悪夢を見なくなるように協力してもやれる。だが、寝ていてはなかなか難しい。いつもいまのようにうまくいくとはかぎらない。

だが、おれの夢でないことは、はっきりした。それだけでもずいぶん気分がらくになる。自分のことではないことがわかると同情の思いがわき起こり、あのような悪夢を見る人間はつらいだろう、なんとかしてやりたい、などと思っているのだ。他人の不幸は客観視できる。ようするに、おれ自身は決してあの夢の犠牲にはならないと確認したわけで、現金なものだとおれは思う。

どうしてその夢がおれの眠りに侵入してくるのか、問題はそれだ。相手がだれなのかということについては、いまだに心当たりがなかった。だが、なにかしらその者とおれとを繋ぐ接点があるのだろう。おれが知らなくても、相手のほうはおれのことを知っているという可能性はある。また、おれが気にしなくなれば、もう悪夢はやってこないということも考えられた。

起きて、引っ掻いた首の傷跡に絆創膏を貼った。悪夢封じのお札のようだと思った。

久しぶりに落ち着いた朝食をとることができた。

仕事に出かけるのも気分が良かった。まあ、仕事そのものは面白いものではなかったが、贅沢は言っていられない。

慣れないことをやらされてあちこちの筋肉が痛んだ。迷路のような配線空間に重いケーブルを引き込み、古いケーブルと交換して、決められた位置に置くだけという単純な作業だ。

それがしかしけっこう大変なのだ。作業空間は狭いし、ネズミの巣だかなんだか知らないがゴミでふさがっていたりする。ケーブル同士の接続は専門の技術者がやる。うまく位置していないといけない。下手をするとやり直しで、そんなミスを繰り返せば、もういい、と言われてその場で首だ。どのケーブルをどこに配置するのかというのは現場監督の指示でやるのだが、それが間違っていたりしても、結果としては作業員のミスになるから気が抜けない。だいたいこの現場監督という男が無能で、しかしそれを口に出すことはできないので、指示された手順では二度手間になると思えば、一応指示に従うふりをしてこちらの手順でやらないといけない。

なんだかケーブルが短いと思って、また監督の男の間違いかとうんざりしかけたおれは、違う場所に引き込んでしまったことに気づいた。配線空間にはそれぞれ番号や記号がふってあり、場所がわかるようになっていた。それが汚れやゴミなどで見にくくて、確認しなかったおれのミスだ。四人一組でやっているが、だれも気づかないというか、おれに任せっきりなのだ。個個の作業現場に監督がつきっきりではないので、穴蔵に入り込めばだれかがリードしなくてはならない。もっと引っ張れ、とか、後ろで引っかかっていないか確かめろ、とか。ほかの三人がその責任者役をやろうとしないので、おれがやった。うまくいっているときはそいつらは文句は言わない。おとなしい。ところが、おれが間違って、やり直しだと宣言したとたん、文句たらたらだから、やってられない気分になる。ではだれかおれの代わりをするのかと思えば、文句を言いつつも、次はどうやるんだ、早く決めろとくる。こんなことにいちいち腹を立てていてはおれまで首になる。明日は別の人間とチームを組もうかと思うが、こいつらはこれでおれに頼り切っているから始末が悪い。チームの作業成績により能率給が出るのだ。昨日うまくいったので、きょうも、明日も、というわけだ。てなわけで、仕事の苦労というのは単に作業の内容だけではない。ま、どんな仕事でも同じだが。

腹立ちをこらえてその作業をしているときだった。激烈な怒りの思念がおれの心に飛び込んできた。なんだか自分のいらいらがこの暗いトンネル空間で増幅されて戻ってきたかのようだった。一瞬そうなのかと思った。他の三人の不平の念などではなかった。彼らは積極的に怒るということを、そういう能力を奪われているかのような人間だったから。

その鮮やかな怒りは、もっと別のところからやってきた。外だ。そこからおれを狙って怒りをぶつけてくることができる人間といえば、ＭＪしかいないだろう。そのとおりだった。しかし、なぜＭＪが怒り狂っているのか、おれにはわからない。

〈コウ、あなたでしょう〉

〈なにがだ〉

ＭＪは怒りの波に奇怪なイメージをのせて、おれを攻撃してくる。おれの胸ぐらをつかみ、服をはぎ取るイメージ。服だけではなかった。おれは思わず叫び声をあげそうになった。ＭＪの思念は、おれの衣服の下の、胸の肉をつかみ、その肉ごとむしり取ろうというものだった。つかまれたそこから、皮膚がずるりと剝けそうな感覚はおぞましい。この感覚。これは、お馴染みの恐怖感覚だ。例の悪夢そのもの。

〈やめろ、MJ〉

奪われそうになる自分の皮膚を護るべく必死に意識を集中する。はがれそうになった爪を押さえるような感じだ。実際そのように防御しなければ、MJの強力なサイファの力は、そのイメージを現実のものにするだろう。

これは遊びではなかった。おれは自分を護りながら、MJを心の中で突き飛ばす。そうしながら、MJの怒りの原因をつかみ取るのに成功する。

〈違う、おれではない〉

恐怖の感覚をMJに投げつけて、おれはそう伝えた。恐怖の感覚は、そう、例の悪夢の感覚だ。

なんてことだ。例の悪夢は、MJも見ていたのだ。見せられていたと言うべきか。

〈やはり、あなたじゃないの。いまのが証拠よ。あなたが見せていたのね〉

〈違うんだよ、MJ。おれじゃない。おれの夢ではないんだ。おれも、あんたかと疑った。だが、違うんだ。おれたちとは別の人間の悪夢なんだよ〉

〈……なんですって〉

〈今朝、わかった。あの夢には両親が出てくる。おれたちにはいない、あの夢を見ている者の親だ。まったくの別人だ〉

MJは、夢の内容をおれほどには詳しく覚えてはいないようだ。それでもあの夢が自分のものではないことはわかったのだろう。自分の夢でなければ、だれかが見せているのだろう、おれが、とMJが考えるのは、もっともな気がする。しかし、おれではない。

〈いつからだ、MJ〉

〈しばらく前からよ〉

〈いつからだ、と訊いているんだ〉

激しいおれの詰問にMJはたじろいだ。心のうちを見せる。おれと同じ時期からだった。この博物館の作業に入る前からだ。次第にその恐怖感覚が増大してくるのもMJは経験していた。おれと同じように、自分の出生の秘密に関することではないか、それが暴かれる脅威の予知夢か、とMJも疑ったのだ。だが――

〈もう気になることは片づいたはずよ。でも、またあの夢を見た。今朝のは強烈だったわ。全身の皮膚をはぎ取られる感じだった。胸に本当に痣が出ていたわ、起きたとき、首にも引っ掻き傷よ〉

〈どうしておれだと思うんだ〉

〈あなたはどうしてここにいるのよ。昨日、あなたはなにもしないと約束したはずよ。でも来てみれば、あなたがいる。なにを企んでいるの〉

〈昨日も言ったはずだ。おれは、仕事は辞めない。あんたのようにいい身分ではないんだよ。あんたが恐れているような真似はしない。自分が不利になるような真似をするはずがないだろう。いいウィスキーを買いたいだけだ〉

　おれはＭＪに心を開放してやった。それでＭＪはいちおう納得したようだった。だが、おれにいきなり攻撃を仕掛けてきたことを謝ることもなく、ＭＪは言った。

〈じゃあ、だれなの〉

〈知るもんか。おれも自分で首に引っ掻き傷をつけた。つけられたんだ〉

〈相手はわたしたちを知っているわ〉

〈そいつはどうかな〉

〈敵意を持っているのよ〉

〈おれにはそうは思えない〉

〈まったくお人好しなんだから。わたしは今朝、殺されるところだったのよ。わたしを狙ったのは間違いない。相手は、わたしの存在を知っている。だから攻撃してきたのよ〉

〈あれは夢だよ。サイファの攻撃とは違う。相手はただ夢を見ているだけなんだ〉

〈わたしもそう思っていた。でも、そうじゃないわ。夢が少し変化してきている。今朝のは劇的だった。あなたにはどうしてわからないの。相手は復讐しようとしているのよ。わたしに。あなたも見ていたなら、あなたも同時に、殺されるところだったのよ〉

〈あんたは、復讐される覚えがあるんだな、ＭＪ。おれにはない〉

〈他人事のようにのんびり構えていられるあなたは、本当に馬鹿よ、コウ。わたしたちが狙われるというのは、わたしたちがサイファだから、人造人間だから、つまり、ライトジーン社に作られたからだ、ということでしょう。この博物館の展示会と無関係だとは思えない〉

〈だれかが、展示会の内容を知って、おれたちを殺そうとしているというのか〉

〈そうよ〉

〈だれが？〉

〈あなたがわたしを道づれに自殺したいというのでなければ、わたしを邪魔だと思う人間でしょう。申大為かもしれない〉

〈馬鹿げている〉

〈他にだれがいるというの〉

〈知らないよ。知らないやつだ……だが〉

〈だが、なに？〉

おれは、ＭＪの言ったことを考えて、思いを伝えた。

〈そう、相手がおれたちのことを知っている、というのは、ありそうなことだ。いままでは相手はおれたちに気づいていなかったとしても、今朝、おれはその夢に干渉したんだ。それで、知ったという可能性はある。殺されそうになった夢を見たのは、今朝の何時だ〉

〈八時ごろ〉

〈おれはその時間には起きて、仕事に出てきたよ。早起きしたほうがいいぜ、ＭＪ〉

〈あなたは、その時間にはもうここにいたというの？〉

〈最初にそれを訊いて欲しかったな。そうさ、おれじゃないんだ。わかったか〉

〈あなたは、その夢に干渉したと言ったわね〉

〈ああ、そのとおりだ。寝ながら、やった。半覚醒状態だな。相手の夢を見ながら、そいつの恐れていることをつかもうとしたんだ。内容の詳しいところまではわからない。だが、そいつはあんたじゃないし、中大為でもないことはわかった。幼児期に父親に虐待されていた。たぶん男だ。なにかをきっかけにして、悪夢を見るようになったんだ。おそらく、皮膚に関係したことだ。人工皮膚の移植に失敗したか、それを恐れている〉

〈そこまでつかんでおいて、なぜあなたが抜本的な解決手段に出ないのか、わたしには理解できない〉

〈抜本的な解決手段？〉

〈やられる前に、やる。わたしはあなたのような馬鹿じゃない〉

〈殺すというのか。夢の中で？　相手がだれなのか確かめもせずに？　殺人じゃないか〉

〈夢でわたしをどうにかしようなどという者は、夢の中で死ぬがいい。だれなのか知る必要はない。知りたくもない。だれにも知られずに死ねばいい。殺人ですって？　夢の中の出来事よ。だれにもわからないわ〉

〈おれ以外にはな〉

〈正当防衛よ。他人には夢のなかの出来事でも、わたしには現実の脅威だわ。あなたにとってもそうなのよ〉

〈おれはあんたとは違う。おれは相手がだれなのか知りたい。悪夢とおれとは関係ないとわからせてやりたい。わけもわからず狙われるなんてごめんだ。やるなら、ＭＪ、おれは無関

係だと相手によく言ってくれよな〉
〈無関係ではすまないわよ、コウ〉
〈だから、余計なことはするな。迷惑だ〉
〈迷惑なのはこちらよ。わたしはあなたのように、悪夢に殺されても文句は言わないという
ような人間じゃない〉
〈ＭＪ、早まるなよ。あんたの気持ちはわからないでもない。強烈な悪夢だ。おれも脅かさ
れているんだ。相手がそうするなら、理由があるはずだろう。なにかの罠かもしれないんだ
ぞ。相手を始末してそれで片が付く、というのは短絡的にすぎる。協力すれば、調べること
ができるだろう。どちらかが悪夢にうなされているときに、その心を読み取ることができる。
相手の頭にも侵入できるだろう〉
〈あなたと、協力するですって？〉
〈そう。共通の脅威に力を合わせて対抗するということだ。このままでは、眠ることが怖く
なって、楽しい人生が滅茶苦茶になる〉
〈楽しい人生。あなたが。驚いた〉
〈驚いてくれるあんたがいてくれて、それも楽しみのうちだ。どうする、ＭＪ。おれはあん
たの人生に干渉する気はないが、やる気はあるか？〉
〈わたしはあなたを信用してはいない。少し考えてみるわ〉
〈いいさ。寝る前に答えをくれ〉

〈いいでしょう〉

ＭＪは悔しい思いをちらりとおれにみせて、了承した。

おれと力を合わせて問題を解決しよう、などということは、ＭＪはまったく思いつきもしなかった。おれはＭＪからすれば出来損ないだった。その出来損ないのはずのおれのほうから、今回のことは協力すればうまくいくだろうと提案され、たしかにそれを受けるのが合理的だと認めざるを得ないこと、それに加えて、いつものおれを思うままに動かして力を合わせられるなら、人生はもっと楽しくなるだろうに、それがかなわないことへの苛立ち、それが、その悔しさの正体だった。

ＭＪは心から去った。ＭＪは寝るまでに返答することに同意はしたが、何時までにという約束はしなかった。返答をよこすのは早くても夜更けになるだろうとおれは思った。それまで、心当たりを徹底的に調べるつもりだろう。おれや申大為のことも。明け方になるかもしれないし、あるいは、ＭＪはおれが眠りにつくのを待って、一人でやるつもりかもしれない。悪夢を見ているおれを調べるということを、ＭＪならやりそうだった。そうなると、おれは謎の相手とともにＭＪに消されるかもしれない。おれがそう危ぶむのだから、おれをまったく認めていないＭＪがおれと手を組むことに慎重になるのはわかるというものだった。

これはＭＪともう一度、腹を割った話し合いが必要だなと思いながら、おれは作業に戻った。作業の手自体は休めてはいなかったが。

5

予想したとおり、MJからの返答は仕事を終えてもなかった。

おれはこの日は帰らず、作業員宿舎に泊まることにした。博物館の広大な敷地に臨時に建てられた簡易住宅だ。宿舎は二棟あり、一方はいわゆる飯場だが、それはおれが雇われた仕事とは別の現場作業員のためのものだ。おれが泊まることにしたのは、飯場というものではなく、作業員向け専用の簡易ホテルだった。食券を買って給食を受け、料金を払って簡易ベッドを借りるのだ。質素な大部屋だったが、環境はさほど悪くはない。

博物館の改装工事は、脱走する者を見張りながら強制労働をさせる、などというものではなく、自由人にとってはいいものだった。自由人のみを働かせているのではないのだ。実際、ここには社会保障番号も定まった住所も持たないという本当の自由人は、さほど多くはいなかった。それでも両者の区別はサイファのおれでもすぐにはつけられなかった。自由人予備群か、自由人になりたて、といった連中の集まりで、生まれたときからの自由人、つまり自分の意志で自由人になったのではない、という者はいないようだ。

もっとも、この仕事に雇われた真の自由人は、この宿舎を利用せず、どこか慣れた場所で夜を過ごすのだろう。簡易ホテルに泊まれば金がかかる。飯場の用意されている仕事を選べればいいが、そちらのほうが人選が厳しいらしかった。

思えばおれは自由人の暮らしというものをなにも知らないのだ。三段になったベッドの中段の自分のねぐらに横になりながら、おれはそう思った。自由人に限ったことではない。知らないといえばMJの暮らしぶりもそうだし、日常顔を合わせる人間、住処《すみか》にしているアパートの住人もその部屋でどういう生活をしているのかなどというのはまるで知らない。中大為のこともよくわからないし、他人の暮らしぶりなどというのにはおれは関心がなかった。それでも生きていけるものなのだ。

考えてみれば奇妙なことだとおれは思う。いまという時間を共有している人間の、どのくらいが互いを知っていることだろう。圧倒的に知らないままでいる相手のほうが多い。それなのに、自分の知らない人間もたしかに存在していて、自分と同じように寝たり食べたり楽しんだり苦しんだりしていることをだれも疑わないで生きているというのは、不思議なことだ。自分が知らない相手も自動的に生きているという、そのことにもっと畏怖《いふ》のようなものを覚えてもよさそうなのだが、そういう人間はあまりいない。そんなことを気にしているのは病的だと思われるし、実際そうなのだろう。おれはサイファだから、まったく顔を見たことのない知らない人間のそうした存在を感じ取ることができるのだが。それでも一般の普通人にもそうした感受性の強い者はいる。たいていは健康的とはいえない。みなおそろしく精神的にくたびれている。他人の不幸を自分のことのように心配するのだ。楽しいことに共感すればいいのに、そうした能力というのは危機に対処するためにあるもののようで、役に立つ場面もあるだろうが、疲れるのは間違いない。だが病的とはいっても、自分以外はすべて虚構だなどと思い込むことから比べればよほどまともだ。生き延びるのに必要な感性だろう。そうした能力を持った人間はいまは少ない。そのような、いわばサイファの能力は原始的なものだ。それを失いはじめたために、人間はいまのようになったのかもしれない。

例の悪夢を見ている人間はどうなのだろう。幸せとは言えないな、と同情してしまう。悪夢を繰り返して見るというのは、心理的な袋小路に入り込んでいるからだ。自分の世界しか見えていない。そこから抜け出せないでいる。サイファなら、外に目を向けることができる。だが、普通人にそうしろというのは酷かもしれない。自分よりもっと強烈な恐怖を抱いている者の心を感じて、自分の不安はこれよりはましだと安心するなどというのは、サイファのおれでも難しい。自分の気の持ちようで世界はいかようにも変化する、というのは正しいかもしれないが、自分の気持ちというのは自分だけで独立しているものではないことに気づかない限り、気分は変えられないものだ。自分と同等に他者の存在を認めなければ、いくら自分は不幸ではないと言い聞かせたところで、偽りでしかない。他者を認めるのは自己のそれよりは難しい。だが、できないことはない。だれでもやっていることだ。たぶん、この悪夢を見ている男も。

それでも消えない悪夢というのは、いったいなんなのだ。まるで死霊に取り付かれているかのようだ、ふとおれはそう思った。あの夢の中には、死者の存在がたしかにあった。生きているはずのない者が、身近にいる感覚があった。どうしてそうなったのだろう。なにかきっかけがあったに違いないのだが、よくわからなかった。なにしろ夢に同調してみたのは今朝がはじめてで、それまでは目覚めると内容を思い出せなかったのだから。

おれは組んだ両腕を枕にして、ＭＪが接触してくるのを待つ。こちらからＭＪの存在を探ってもＭＪの心を捉えることがいまはできなかった。ＭＪのほうでおれを無視して、まだ調査中なのだろう。

ＭＪがおれと同じようにあの悪夢にうなされていたとは、知らなかった。ＭＪが言うように、その悪夢を見ている者が積極的にそれを見せている、とはおれには思えなかったが、ＭＪも同時にその夢を見ているというのは偶然ではないだろう。ＭＪとおれの共通点といえば、サイファであり、ライトジーン社に作られた人造人間ということだ。おれはあのような形でだれかに攻撃されるようなことをした覚えはなかったが、おれの存在自体に敵意を持つ者がいたとしても不思議ではなかった。こちらがなにをしなくても、存在自体が気に入らないと言われるのは理不尽で、こちらにはどうしようもないが、そうした人間はいるものだ。

ＭＪがまずおれを疑ったのは当然だろう。おれの存在自体が気に入らないのだ。ＭＪが、この仕事をするおれを知って、泊まり込みの作業ではない配線の仕事につけるように手配したのは親切心からなどではないのだ。博物館に入り込んだおれの、細工をする機会を少しでも減らしたいからだったろう。ＭＪはおれを信用はしていない。おれもそうだ。

ＭＪは、悪夢の主を、おれたちに敵意を抱いている者だ、と言った。いかにもＭＪらしいが、それを信じるならば、悪夢の正体はおれたち自身に関わることなのだと思える。博物館が例の展示をやると決めたことが、悪夢を喚起したのだとも考えられた。つまり、悪夢の主も、それまでは忘れていたのに、博物館の展示会のことを知って、おれたちが敵だということを思い出して、悪夢にうなされるようになった、ということだ。

だとすれば、その謎の相手も、この近くにいるのかもしれない。そう思いついて、おれは今夜ここに泊まることにしたのだった。MJも相手はこの工事に関係した者である可能性があると思っている。

MJに疑われる行動ではあったが、おれとしてもMJにすべてを任せて勝手なことをさせておく気にはなれない。

目を閉じて周囲の気配をサイファの能力で探ってみた。

疲れた気配しか感じられない。みな、くたびれている。外からは、水浴びをしている音が聞こえてくる。噴水池だ。噴水は止まっているはずだが、それを動かしてシャワー代わりにしている者たちがいるのだろう。警戒している感じはなかったから、公認された水浴びなのだ。

なんだかとても平穏で、いい気分だ。宿舎内も落ち着いている。カードやその他の賭け事は禁止されていることもあるのだろうが、昼間こき使われているので、ここでは寝るだけだ。元気を持て余す者は、ここにはいない。

それでおれはつい、うとうとと寝入ってしまった。寝てはいけないのだったという思いがふと浮かんで、起きる。何事もなかった。ただ時間が少し過ぎただけだ。あいかわらずMJからはなにも言ってこない。枕元においたフラスクからウィスキーをちびりとやる。作業中もこれをやっていたら、同じチームの作業員からアル中かと言われたが、好きなだけだと答えてやった。アルコール中毒は病気だ。嫌いでも飲まずにはいられない。おれはそうではなかった。うまいウィスキーは本当にうまいと思う。芳醇な香りや味わいや、喉から腹にかけてしみわたる刺激が好きだ。これを薄めてがぶ飲みするという感覚がおれにはわからない。酔いが進んで味がよくわからなくなると、そんな飲み方はもったいないと思う。ほろ酔い気分はいいが、たぶんおれは酔っぱらうこと自体は嫌いなのだ。もっとも、正体をなくすほどの深酒の経験はない。酒には強い体質なのだろう。だから楽しめるのだと思う。くだんの作業員は半ば軽蔑したように、高尚な飲み方だな、と言ったが、そのとおりだろう。そうだ、あんたにはわかるまい、などとは言わなかったが。

良い酒は、この世には心配なことなどなにもないという気分にさせる。酔っていることを意識して、フラスクの蓋を閉め、この仕事を終えたら、狙いの高級ウィスキーを買おうと、なじみの酒屋の棚の、それを思い浮かべる。おれがそこから出してやるから待っていろよ、などと思いつつ、また寝てしまった。

悪夢に目を覚まされた。いや、違う。例の悪夢ではなかった。その夢にうなされる、という夢だ。MJも登場した夢だった。やはり気になっているのだ。

深夜というよりも、もう明け方だ。ぐっすりと寝込んでしまったものだ。なんだ、もう朝かと肩すかしを食わされた気分だ。例の悪夢は見なかったということだ。見たのは自分の夢だけだ。これはウィスキーの効能かと思ったが、そうではないだろう。よく眠れたのはそのせいだとしても、あの悪夢が来なかったのは、その主がこの夜は寝なかったか、もう悪夢を見る原因が解消したということなのだろう。解消したのだ、と思いたい。なにしろ相手がいつ寝るのかわからないのが、やっかいだ。昨日の朝のようにもう一度寝てみれば、あるいは、と思ったが、宿舎はもう朝飯を期待した作業員の意識で騒がしい。おれも、混雑しないうちにトイレと洗面を済ますことにして、ベッドから起きた。

朝食はいつもおれが食っているメニューとたいした違いはなかった。バイキングではないが好みの一品を選べるようになっているので、特大オムレツをとって、食べる。急げば三分で平らげられるところだが、まだ食堂は急き立てられるほど込んではいなかった。それでおれは、食べながら、MJを探した。MJはどこでなにをしているだろう。結局昨夜はMJからは連絡はなかった。疲れて寝ているかもしれない。

おれはMJの心を思い浮かべて、呼んだ。心を思い浮かべるというのは、顔を視覚的に思い出すのに似てはいるが、視覚とは異なる。もっと複雑な雰囲気のパターンというようなものので、言葉では説明しにくいという点では視覚情報に似ている。言葉というのは時系列にそった情報伝達で、『MJ』を現すのに、MとJの順序が逆になっては意味が伝わらない。サイファの感覚はそうではない。ぱっと絵を見て、あとでその意味を自分なりに解釈するという感覚に近い。絵のどこから見始めるか、ということは問題にならないのだ。おそらく、このサイファの感覚は、言語能力を持つ前からヒトには備わっていたのではないか……などと思っていると、MJとコンタクトできた。

ＭＪは寝てはいなかった。寝ていても、おれがその心に干渉したことを感じて飛び起きただろうが。しかし、眠そうだ。

〈待ちきれなくて、寝てしまったよ〉とおれ。〈悪夢は来なかった〉

〈そう〉

〈おれが眠り込むのを待っていたのかと思っていた。おれを監視していたんじゃないのか〉

〈いいえ。あなたが寝てしまうなんて思わなかったもの。敵は昨夜は夢を見なかった？〉

〈そうだ。ゆっくり眠れたよ。あんたはなにをしていた〉

〈作業員の中には、それらしい者はいなかった。リストにある者全員を調べてみたけれど、どうやら、この博物館の工事とは無関係の人間だわ〉

〈おれもそう思う。相手はおれたちに敵意など持ってはいなくて、単なる偶然なのかもな。もうあの悪夢は見ないかもしれない〉

〈ならば、どうするというの〉

〈放っておけばいいさ〉

〈その感覚がわたしには理解できない。敵意がないと確認できたわけじゃないでしょう。わたしはそれをはっきりさせなければ安心できない〉

〈寝不足になるぞ〉

〈わたしはこれから寝るわ。あいつが例の夢を見たら、正体を突き止めて〉

〈あんたをずっと見守っていろというのか〉

〈協力しよう、と言ったのはあなたよ、コウ〉

〈おれを信用してくれるとは、嬉しいね〉

〈わたしはあまり嬉しくはない〉

〈わかるよ。だが、おれには仕事がある。ずっとあんたの子守をしてはいられない〉

〈そのときになったら、呼ぶわ〉

〈寝ながら？〉

〈あなたも寝ながら、その夢を探ったんでしょう。わたしにできないはずがない〉

〈わかったよ〉

ＭＪのことはほとんど知らない。おれはともかく、ＭＪはおれが気に入っていない。そんなＭＪから頼りにされているというのは、複雑な気分だ。いや、複雑なのはＭＪのほうで、おれの気持ちは単純だった。嬉しい。ＭＪは普通の肉親とは違うのだが、双子という関係ではある。その片割れから頼りにされるとはな。こんな気持ちは初めてだ。あの悪夢がＭＪとおれの関係をそうしたのだと思えば、その者に感謝したいくらいだった。

オムレツを食べ、皿に残ったソースもパンにとって残さず平らげて皿をきれいにして食事を終え、おれは席を立った。

仕事はきょうも同じだ。いったいケーブルの全長はどのくらいになるのかと思いながら、かわりばえのしない作業につく。ま、これが終われば次は地下水路の清掃と補修だというから、それよりはましかもしれない。

暗い穴は、本当に迷路のようだ。一つのケーブルの設置を終えて出ようとして、迷った。チームに一人、閉所恐怖症ぎみの人間がいて、パニックに陥りそうになる。大丈夫だと言い聞かせつつ、出口を探しながら、こんな環境だとこの作業の最中に本当に迷って出られなくなっても不思議ではない、以前の作業でそうした者がここで死んで、だれにも発見されずにミイラになってその辺にうずくまっている、そんな気がした。不気味な連想だが、例の悪夢を気にしながら、MJからの助けの要請がいつ入るだろうか、などと思いながらの作業だからだろう。

だが、昼飯を挟んで、また作業を始めても、MJが危うくなる気配はなかった。この調子だと、やはり例の悪夢の主は自力でその夢に勝ったのだろう、という気がした。MJも安心して眠ればいいのだ。嫌なことをされたからといって、それは必ずしも相手が敵意を抱いているからではない。MJもそう思えるようになればいいのだが。この問題が解決すれば、MJとそういう話をする機会はないだろう。そう思うと少し寂しい。

今夜は自分のベッドで寝よう。晩飯はなにがいいだろう。一日の作業も、これ一本を敷設するだけだとなると、そんなことを思い始める。何事もなく、ミイラにもならず、家に帰る。帰りに酒屋に寄って、ウィスキーを注文するのもいい。

無事に穴蔵から出て、きょうの作業のノルマをすべてこなしたことを現場監督に納得させる。どちらが監督かわからないようなものだが、うかうかしているとただ働きをさせられる。きょうはすんなりいった。その監督は、おれに用があったのだ。

「菊月というのはおまえだよな」

「そうです」

とうなずくと、彼は予想もしていないことを言った。おれに会いたいという人間が来ているというのだ。

「だれです」

ＭＪがわざわざ来るはずがない。現場監督は顎をしゃくって、噴水の脇に立っている男を示した。

「刑事だそうだ。おまえ、なにをやったんだ？」

「……ティーヴィーか」

「知り合いか」

「ええ、まあ」

「明日から来なくていい」

「それはないでしょう」

監督はおれの抗議には応じず、もうおれを見なかった。なんてことだ。

タイス・ヴィーはゆっくりと歩み寄って、おれに「やあ」と言った。

「やあ、とはな」とおれ。「なんの用だ。おまえが来たせいで、おれはたったいま、首になったんだぞ。信じられるか？」

まったく、なにもかも平穏な気分で仕事を終えたというのに、その直後にこれだ。まったく、信じられない。

「ちょっと、面倒なことが起きたんだ、菊月さん」

すました口調で、タイスは言った。いや、すましているのではない。緊張しているのだ。

「なにがあった。中大為も承知か」

「もちろん。仕事です」

「第四課の仕事か。どういう事件だ」

「ここでは、言えません。同行願えますか」

拒否できる雰囲気ではなかった。おれは疑われているのだ。たぶん、殺しだ。となると、おれは殺人の容疑者というわけだ。

「本気でおれを疑っているのか」

「その首の絆創膏はどうしたんです」

「寝ながら引っ掻いたんだ。ひどい夢を見てな」

「本当ですか。信じられないな」

寝ながら自分の首を引っ掻くことが信じられないとタイスは言っているのではなかった。捜査中の事件の犯人がおれだ、というのが信じられない、と思っている。なぜそうなのかは、読み取れなかった。タイスは半信半疑という心の状態だった。彼にも本当のところがわからないのだ。

「わかったよ」

おれは、うなずいた。立ち話をしていても始まらない。申大為がおれを引っ張ってこいとタイスに命じたのは間違いない。

おれはタイスの乗ってきたフライカに先に乗り込んだ。

夕日を背景にした博物館の建物は、巨大な龍がうずくまっているような感じだった。作業員たちが虚ろな目でこちらを見ていた。その表情からは好奇心などは感じられない。おれが去れば、もう忘れているだろう。しかし、その作業員の群れから、もう来ないのかとおれが去ることを惜しむ気分が混じっているのをふと感じて、なにか郷愁のような切ない気分がわき起こった。

——もう来ないのか。

だれがつぶやいたのだろう？　おれとチームを組んでいた作業員か。おれには、博物館という、過去を収めた存在そのもののような気がした。

6

ライトジーン市警中央署第四課は活気づいていた。申大為も自分のオフィスではなく、大部屋でなにやら書類を見ていた。タイス・ヴィーからおれが来たことを告げられた申大為は、書類をはたき、おれを見た。

「来たか。おまえ、昨夜どこにいた」

「ライトジーン公立博物館の敷地内にある、修復工事作業員専用宿舎です」

おれの代わりにタイスが答えた。

「そこを抜け出したかどうか、ずっといたかどうかまでは確認できませんでした」

「どうなんだ」と中大為。「おとなしくそこで寝ていたのか」

「取り調べなら、ふさわしい部屋があるだろう」とおれ。

「おまえが望むなら、そうしてやってもいい」

「課長じきじきの取り調べとはな。恐れ入るよ。どこでもいい。逃げるつもりはない」

中大為はおれを無言で見つめて、それから、タイスをうながし、自分のオフィスに入り、デスクに落ち着いた。

「おれはあの仕事を首になった。いい仕事だったんだが。あんたに損害賠償を望んでも無駄だろうな」

「自由人のおまえには賠償を請求できる権利はない。納税その他の義務を怠っているからだ。だが弁護士を雇う気があるなら、それは認めてやろう」

「やばいのか」

「やっかいな事件だ」

中大為は表情は変えなかったが、やばいのはおれだけでなく、おれと関わる彼自身の立場も同様なのだろう。

「だれが殺された。どうしておれが疑われている」

中大為は説明してやれ、とタイスに言った。

「サイファなら読めるでしょう」とタイス。

「説明しろ、と言っている」と中大為。「ティーヴィー、おまえ、字は読めるだろう」

「はい、課長」

二人の心を読み取るなどというのは疲れるだけだ。だいたい、二人とも、おれを疑っているような、いないような、わけのわからない思いを抱いていて、肝心な事件の内容を読もうにも、それはよく見えてこない。おれはタイスの説明を待った。

「殺されたのは、マイロウ・ジェンクス。三十六歳。男性。ダーマキス研究所、第五研究室主任。被害者は、今朝六時十三分、ライトジーン市のダウンタウン、バンタム地区の通称『猫の集会場』広場に通じる『ネズミ回廊』路地に倒れているのを、ジャッドという手配師によって発見、通報された。ジャッドが通報する前にも何人かの自由人が被害者が現場に倒れているのを目撃しているのが確認されているが……だれも助けようとしなかったんだな――」

「酔いつぶれて寝ている人間はその辺では珍しくないからな。自由人の溜まり場だ」とおれ。

「続けろ。私見は無用だ、ティーヴィー」と中大為。

「犯行を目撃した者は見つかっていない。だからそこが犯行現場かどうかはわからない。死因は扼殺《やくさつ》――つまり素手で首を絞められたことによるものだ。わかるな？」

タイスはおれを見て、親切に教えてくれた。その補足説明に対しては申大為はなにも口を出さなかった。

「ああ」とおれ。

「死亡推定時刻は、昨夜午前二時前後とみられる。被害者は首を絞められたときに抵抗している。右手の三指の爪の間から、二種類の皮膚片が採取された。一種類は、被害者本人のもので、これは首を絞めてくる相手の手を引き離そうとしたか、苦しくて、自分の首を掻きむしったためと思われる。もう一種類は加害者のものであると推定される。鑑定の結果、デルタファイルに該当者が登録されていた。デルタファイルというのは、犯罪者の身体特徴を収めた警察のデータファイルのことだ。顔や身体の映像の他、血液型やら個人識別用DNA配列やら、使用している人工臓器の種類などが記録されている」

「知っているよ。おれのデータも入っている」おれは思わずうめきたくなる。「おれの皮膚だというのか」

「そのとおり」タイスは書類を下げて、うなずいた。「鑑定結果が出たときは驚いた。そして、その傷だものな」

おれは首の絆創膏に手をやる。なんて言っていいかわからない。重い沈黙の後、申大為が口を開いた。

「五月湧、通称MJもおまえと同じ皮膚のはずだ」

「……そのとおりだ」

「なにか心当たりがあるようだな」

「MJも首の同じ箇所に傷があるはずだ」

「なんてこった」とタイス。「もうわけがわからない」

「だがMJがやるとしたら、そんな馬鹿げた殺し方はしない。おれもだ」

「そうかな」と申大為。

「どうしてだ」

「MJがおまえに濡れ衣を着せようとしている、とは思わないか。自分が受けた傷をおまえにもつける。サイファなら可能だろう」

「そんな手が通用するとMJが信じているなんて、あんた自身は思わないだろう。おれも思わない」

「おまえが、MJに濡れ衣を着せられたかのように細工をすることも、あり得ないというのか」

「そうだ」

「では、おまえがやった、ということか。小細工なしで、だ。動機はなんだ。かっとなってやったのか」

「いいや、おれじゃない」

「では、だれだ」申大為はおれを見据えて、続けた。「おまえかMJが関係していることは、鑑定が誤りでないかぎり否定はできない。その鑑定が誤りや捏造《ねつぞう》である可能性は低い。そうだな、タイス」

「はい、課長。その方面も調べました」

「コウ、昨夜はなぜあの宿舎に泊まったんだ。通いの仕事だったはずだ」

「あんたに紹介された仕事だ」

「答えろ。アリバイを作るため、ではないのか」

「本気でそう思っているのか」

「はぐらかすな。おまえは、MJだと疑っている。なぜかばう」

「かばってなどいない」

そう言いつつ、中大為の鋭い勘に感心する。驚きに少し恐れも混じった、畏怖のような感覚を覚える。この男は本当に、おれたちサイファとは違う感覚で人の心が読めるのではないか、と。

「MJとちょっとした調べ事をしていた。悪夢の主を探すことだ。おれたちは眠っている間に他人の悪夢を見せられていた。他人の夢を見るんだ。この傷もそのせいだ」

「なんだそれは」

おれは中大為とタイスに、悩まされている例の悪夢のことを話してやった。

「フム。その迷惑なやつは、工事に関係する者だと思ったというわけか」

「そうだ」

中大為はしばらく考えていたが、それを話しながらまとめる口調で、言った。

「自分の素性が博物館の次の特別展で公になることを、おまえもＭＪも恐れていたわけだ」

「あんたもだろう」

「そうだ」あっさりと中大為は認めた。「公になっては、おまえを使いにくくなる。だから、わたしなりに手を打った」

「ＭＪから聞いたよ」

「殺されたマイロウ・ジェンクスには直接会ったことはないが」と中大為は言った。「ダーマキス社が旧ライトジーン社のデータをどのくらい持っているかを調べた際に、出てきた名前だ」

「……なんだって？」

「彼は、そのライトジーン社の遺産データをもとに独自の研究をする立場にいたんだ。主任というが、そのセクションは彼一人に任されていた。助手はいたが、詳しい研究内容は彼以外は知らないという、極秘研究だ。例の特別展示には研究内容はもちろん、元データを公表するなどということは絶対にない。それがわかれば、彼に用はなかった。だが、用がある人間がいたわけだ。死んでもらいたいというやつが」

「おれは、そんな男のことなど、まるで知らなかったよ」

「証明できるか」

「そんなもの、できるわけがない」

「おまえの言う悪夢とやらが本当だとしよう。その悪夢を見ていた者がマイロウ・ジェンクスだとしたら、どうだ」

「なにが言いたいんだ」

「ジェンクスは展示会の計画をきっかけにして、おまえたちには知られたくない自分の研究が、おまえたち、とくにMJに知られることを恐れるようになったかもしれない。おまえたちのことを毎夜気にしながら寝ていたのなら、その夢がおまえたちに届くというのはどうだ。あると思うか」

「……あるかもしれない。たしかに被害者はMJのことを知っていたかもしれない。MJの過激な性格や、気に入らない相手を始末する方法を」

「MJは、昨夜、夢の主がジェンクスであることを知ったんじゃないのか」

「……突き止められなかった、と言った」

「サイファは、サイファ同士、嘘をつけるか？」

「可能だが、MJは嘘は言っていない、と思う。とにかく、MJがやったのなら、隠そうとしてもおれにはわかる。悪夢を消してやった、ありがたく思えと自慢するさ。MJはそういう性格だ」

「だが、おまえはMJがやったのではない、とは完全には信じていない。そうだな？」

おれはかすかにうなずいた。おれに心当たりがあるとすれば、それだった。MJは悪夢の主を突き止めて殺したのかもしれない。それが、その男だったということは考えられる。

「だが、おまえの言うとおり、MJはそんな真似はしない。おまえに濡れ衣を着せよう、なともしない。それでは自分の立場が悪くなるだけだ。MJなら、われわれにわからないようにやる」

中大為はそう言って、深く息を吐いた。沈黙。中大為はおれが見た悪夢のことを、おれがしたその説明を、心で反芻しているようだった。MJとおれの関係について、その皮膚についてて。いったいどういうことだ、という思いは、おれ自身の疑問でもあり、中大為の心を読んだのではなく、自分のものかもしれない。いつもながらこの男の心は、こちらの心を反射しているような感じでよく読み取ることができない。得体の知れない男だ、とMJは言ったが、この男はたしかにそう思わせる雰囲気を持っている。会うと不安な感じになるのだ。たぶんサイファのおれだけでなく、中大為という男は、会う者を不安にさせるような、落ち着かない気分にさせるエネルギーを発していて、こちらの集中力をそぐのだ。

「MJは拘束しないのか」

沈黙に耐えられなくなって、おれは訊いた。

「おれは首になったというのに、MJは自宅で寝ている。公平な扱いとは言えない」

「MJは自由人ではない。おまえとは違う」

「だから引っ張ってくる手続きが面倒だというのか。例の皮膚と傷という十分に疑わしい物証があるのに、なぜためらうのか、おれには理解できないね」

「課長、ぼくもそう思います」とタイスが言った。「MJからも事情聴取すべきでしょう。傷があるかどうかも――」

「それはわたしが決める。コウ、今夜は泊まっていけ」

「拘置理由はなんだ」

「わたしの仕事をしろ」

「仕事だ?」

「そうだ。いつものように、わたし個人が雇う」

「おれを信じるのか」

「いつものように、わたしが信じるのは結果だけだ」

「断ったら?」

「いつもより、おまえは危うい。なにしろおまえの皮膚を被害者は引っ掻いて死んでいて、おまえの首には、それに対応する傷がある。それだけでも有罪にできる」

「そしてあんたも失脚だ」

「わたしの心配は無用だ。だが、そうなるだろう。おまえが真犯人かどうかなどというのは、どうでもいい。わたしが欲しいのは、おまえ以外の犯人だ」

「では、MJだ」

「冗談が通じなかったようだな」

申大為は苦笑したつもりだろうが、おれには悪党が狡猾な犯罪計画を思いついて笑ったような顔に見えた。ぞくりと背筋が寒くなるような笑顔だ。

「コウ、わたしはMJだとは思わない。おまえならやりそうだが、どうやらおまえはMJに監視されていたようだから、そんな馬鹿な真似はできなかったろう」

「では犯人は、おれたちと同じ皮膚を持っている第三者だと言うのか」

「おまえでなければ、そういうことになる」

「被害者は、ライトジーン社のデータを持っていたというのだから、おれの身体データも、とくに皮膚のデータはそろっていたんだろうな。その皮膚は研究中に合成したもので、その作業中に爪の間に入ったのかもしれないじゃないか。ダーマキスといえば、人工皮膚のメーカーだろう」

「そう。それは考えたよ」とタイスが言った。「だが、そうじゃない。被害者は、自分の皮膚を引っ掻いたあとで、犯人のものらしき例の皮膚を掻きとっている。爪にそういう順序で入っているんだ。まあ、それが逆でも、犯行時に例の皮膚が爪に入ったと考えるのが自然だ。研究中に汚れた爪のまま出ていって殺されたとは考えにくい」

「おまえが協力できないと言うのなら、留置場に泊まってもらう。いつ出せるかはわたしにもわからないが、そこからでもＭＪに連絡がとれるだろう。ＭＪに伝えてくれ。市民の義務としてわたしに協力しろ、と」

「ＭＪとうまくやる自信はないだろう」

「ああ」申大為はうなずいた。「だが、ＭＪは協力する」

「そしてあんたを犯人に仕立て上げるかもしれない」

「可能だろう。だがＭＪはそれはしない。この件をうまく処理できるのは、わたしだけだと知っているからだ」

「どう処理するというんだ」

「マスコミには例の皮膚がサイファのものだということは流していない。警官が例の皮膚の件を外に漏らすとしても、それは菊月という男のもの、ということだけだ。デルタファイルにはおまえの出生の件は記録されていない。実際、本当におまえが人造人間かどうかを調べたわけではないからな。しかし、この事件の捜査いかんでは、それが白日の下に明らかにされるだろう。被害者は人造人間の身体のデータを持っていた。それと、おまえかMJの身体のデータを付き合わせれば、それが確かめられる。だが、それは必要ない。犯人がおまえでなければ、だ。MJもおまえではないことを祈るだろう。そして、わたしに感謝するだろうな」

「そう、うまくいくかな。あんたにとってもかなりやばい事件だ。判断を誤れば、そこでふんぞり返ってはいられなくなる」

「わたしには予知能力はないが」と申大為は言って、広いデスクをなでた。「この部屋を追われたとしても、いずれもっと大きな部屋の主になっている自分しか想像できない」

「あんたは机を抱いて死ぬよ。間違いない」

「本望だ」

「だろうな」

おれは申大為の自信に押し切られて、うなずいた。この男に逆らっても、なにも利益にならない。逆らう理由がない。協力すべき理由しか思い浮かばない。濡れ衣を晴らし、自由な生き方を護り、首になった仕事の代わりに金を得る、ということ。

「あんたの依頼を受けよう。捜査資料を見せてくれ」

「指示はわたしが出す」

「ああ、そうだろうとも。おれになにをさせたい」

おれはそう言いながら、首の傷をさぐり、絆創膏を剝がした。傷口をなぞる。すべらかで痛みもなかった。

「ない」とタイスが言った。「ないじゃないですか。あなたじゃないですね。最初からそれを見せてくれればよかったのに」

「防衛反射だ」とおれ。「サイファの力だ。いま治したんだ。治ったというべきか」

「だろうな」と申大為も言いつつ、しかし、珍しく驚きを隠さなかった。「まったく、サイファというやつは……」

「指示とやらを聞こうじゃないか」

「……被害者がなにを研究していたか、まずそれからだ」

「ガードが堅くてね」とタイスが言った。「極秘の一点張り。ぼくには心は読めないからな。でも、なにか知っている。知らないで研究員を雇っておくはずがない。公表できないやばいことをしていたふしがある」

「たとえば？」

「たとえば、マイロウ・ジェンクスが違法な人体実験をしていたとか、だよ。それをダーマキス社にも隠れて個人でやれるはずがない。ダーマキスは知っているはずだ。でも、それを自ら認めるとは思えないね」

「犯人がおまえでなければ、単純な事件だ。その線しかない」申大為が言った。「犯人は、マイロウ・ジェンクスが合成したおまえと同じ皮膚を移植された者だ。なにかが原因で、二人の間にトラブルが生じた」

「そうですね」とタイス。「移植は危険なもので、マイロウ・ジェンクスはそれを承知していたが相手には言ってなくて、犯人のほうは身体の変調でそれに気づき、元に戻せと言ったが、受け入れられなかった、とか」

「それはないだろう」とおれ。「それなら、殺しては元も子もない」

「そうか……」

「そいつはマイロウ・ジェンクスに利用されることがばかばかしくなった。利用するなら正当な報酬をよこせと迫り、はぐらかされたか逆に脅されたので、かっとなって殺した。そんなところだろう」

申大為はおれを疑っていたのを忘れたかのように、そう言った。

「そうなると、犯人は自由人でしょうね」とタイス。「そんな実験台になるなんてことは、普通の生活をしている者なら考えない」

「そういえば、ベルミもそんなことを言っていたな……」

「だれです」

「職業斡旋屋だ。自由人の実験台志願者を集めたこともあると言っていた」

タイス・ヴィーは手帳を出して、ベルミのことを質問しようとしたが、おれは首を横に振った。

「ベルミはこの件には関係ないだろう。彼は素性正しい斡旋屋ということで企業にも通っている。やばい実験台集めには、ベルミや他の手配師などに頼らないで自分で集めるだろう」

「一応、調べます。住所を」

「第一発見者も手配師だというじゃないか。ベルミを調べるなら、その男のほうが、犯人を、そうとは知らずに知っている確率が高い。犯人が自由人だというのならな」

「……そうとは知らずに知っている確率が高い」

中大為がおれに向かって、おれが言ったことを意味ありげに繰り返した。

「意味がわからないか？」

「おまえのことだ、コウ」

「なにがだ」

「おまえが、犯人を知っている可能性のことだ」

「おれが？　どういうことだ」

「悪夢を見ていた者だ。その夢を見ていたのは、犯人だろう、ということだ。どうしてそれをおまえが思いつかないのか、そのほうが不思議だ。いつそれを言い出すかと待っていたが、どうやら本当におまえはやっていないな」

「……あの夢を見ていたのはマイロウ・ジェンクスのほうではなく、殺したほうの人間だというのか。そんなことは――」

「なぜ考えられない。同じ皮膚を持っているんだ。サイファの皮膚だ。サイファの能力は脳みそだけで発現するというものではないだろう。おまえと同じ皮膚を持てば、弱いサイファの能力が発現するというのはあり得る。夢くらいは共有するだろうというのは、考えられる」

「なるほど」とタイスは手帳を閉じた。「マイロウ・ジェンクスはサイファを作ろうとしていたのかもしれないですね。皮膚を使って。フムン。皮膚といえば、外界との境にある器官だ。体温という赤外線をそこから発しているし、気配もそこで感じる。皮膚というのは、送受信アンテナみたいなものと言えるかもしれない。考えてみれば、眼や耳よりもずっと広帯域の情報を受けたり出したりする器官ですよ」

「おまえたち、本気か」

「灯台下暗し、ですよ、コウさん。でも、ジェンクスが死んだことを知らなかったんだから、その夢が犯人と関係があることに思いつかなかったのも無理はないでしょう」

「もう一度、その夢を見ろ」と申大為は言った。「おまえはジェンクスが殺される前から、犯人を感じていたんだ」

「皮膚で」

とタイス・ヴィーが言い、おれも心の中でつぶやいた。

——おれの、皮膚。

そうかもしれない。

7

もう一度あの夢を見ろと言われても、おれの夢ではないのだ。努力すれば見られるというものではなかった。それに興奮しているので、いますぐここで寝ろと言われてもそんなことはできない。

おれがそう言うと、申大為はタイス・ヴィーにおれを任すと言い、捜査に戻るように命じた。

申大為のオフィスを出て、どこで寝るんだとタイスに訊く。

「あなたの子守をしている暇はないな。ベルミという斡旋屋のところに案内してもらいたい」

「ダーマキスには行かないのか」

「午前中に行きましたよ。引き続きベテラン刑事がやってます。どうやらぼくのやり方ではらちがあかないと課長の判断のようで。マイロウ・ジェンクスの交友関係も調べているけど、絶対、仕事関係だと思うな。違法な人体実験。あなたにダーマキスの連中の心を読んでもらえばわかる。課長はでも、そうしろとは言わない」

大部屋から出て、駐車場に向かいながら、タイスはそう言った。さほど悔しそうな口調ではない。おれがそんなことをしなくても、犯人を捕まえることはできる、という自信が感じられる。こいつもいっぱしの刑事になったものだ。

「ま、サイファがその能力で得た情報は証拠にはならないですから。足で稼ぐしかない」

「おれを捜査に利用するのをどう思う。おまえが申大為の立場なら、どうする」

「さあね。ぼくには、課長の考えはよくわからないし、あなたのことも課長ほどは信頼できないですし。なんとも言えません」

「申大為がおれを信頼しているというのか」

「もちろん、そうでしょう。うらやましいくらいだ」

「うらやましい、だ?」

「そうですよ。あなたはサイファの力で、犯人を見つけるか、目星をつけられる。でもサイファのその情報は、客観的な事実ではないでしょう。それをもとに捜査を進めるのは、一種の見込み捜査です。ぼくには、そんなことは、責任者の立場だったらできない。あなたは裏切るかもしれないし、自分の都合のいいように捜査を誘導するかもしれない。申課長は、あなたはそんなことはしないと信じているらしい」

「信じてはいないさ。彼に都合のいい情報だけをおれから引き出し、それを利用しているだ

「そうかもしれない。でもぼくにはそんなことはできない。申という人は、最強のサイファと対等に渡り合えるなにか特殊な能力を持っているかのようだ。ぼくには、ない。そういうことです。ぼくは、平凡な普通の人間ですから」

「普通の人間、か。殺しをやる人間も、ほとんどがそうだ」

　タイスはそれには無言でうなずき、駐車場のフライカに乗り込んだ。助手席におれも乗り、モータを始動するタイスに訊いた。

「おまえさんは、いつもどういう生活をしているんだ」

「どういうって……ぼくも殺しをやりかねない、というんですか。平凡だから？」

「どんな人間にも、生きる目的と言えば大げさだが、野心がある。趣味とか、いろいろ。おまえのそういうのは聞いたことがなかった」

「なんでまた、突然、そんなことを？」

　フライカが市警中央署ビル上階にある駐車場階から空中に出る。もう日が暮れていた。ベルミの事務所の地区を伝える。ベルミが仕事終いをしていても、住居は同じだ。出かけていなければ会えるだろう。

「不思議なものだな」とおれは言った。「そう感じたことはないか」

「なにがです。ぼくが熱帯魚を飼っていることがですか」

「へえ」

「昔のオペラのレコードを聴くのも趣味です。うんと古いやつ。それが不思議ですか」

「それを知らないことがだ。おまえのことは、なにも知らない。だけど生きている」

「殺さないでください。ぼくはゾンビじゃない」

「ゾンビか……街を見下ろせば、すくい取れるほど大勢の人間がいるが、どうやって生きているかなんて、おれは知らない。おれが知らなくても他人は生きている。そういう他人というのは、自動機械のようだ。自動機械かロボットか、ゾンビでもかまわない。だが、いったん関わってみれば、そいつらは、ゾンビではない。生きていて、生活があり、親があり、歴史がある」

「出会う瞬間にそうした歴史や人間が創造されるのではないか、ということですか」

「違う。そんなナイーブなことじゃない。他人同士、たいして知らなくても社会というのは機能する、ということだ。不思議じゃないか」

「それこそ、ナイーブな考えじゃないですか」

「そうかな」

「そうですよ。知らないといっても、それは細かいことだけでしょう。他人だって同じ人間ですからね。だいたい似たようなことを思って生きていますよ。人間なら他人の心は想像できる」

「社会を支えているのは、そういう想像力だということになる」

「まあ、そうでしょう」

「そういう考えは青臭い、ナイーブなことではない、というのか？」

「そのような考えを抱く、というのがナイーブでしょう。ま、そういう想像力のことは共同幻想というのかな、でも大人はそんなことは当然という前提で――」

「放っておいてもなるようになる、ということか。なにも考えないというのはロボットだろう」

「どうしたんですか、コウさん。自分が疑われたから、この世は理不尽だとすねているんですか」

「いや、疑われたからじゃない。例の悪夢を見始めたときからだ。他人がなにを考え、なにをして生きているのか、よくわからない。それが気になりだした」

「あなたはサイファだ。他人の考えは、読めばわかるでしょう」

「だれの心を読めというんだ。全員を同時に知ることはできない。いや……これは、おれの不安ではない。悪夢を見ている者の、不安なんだ。ナイーブな人間だ」

「そういう人間は、かっとするとなにをするかわからないものだ」

「おれには、そいつが、計画的にジェンクスを殺したとは思えないし、怒りのあまりに激昂《げっこう》して殺したとも思えない」

「では、どうだと？」

「恐怖だ。殺さなければ殺される、というか、彼は、ジェンクスが人間ではない、怪物か幽霊か、そんな感じにとらわれていたんじゃないかと思う。もしかしたら、父親の幻想とダブったのかもしれない。幼いころ、父親に虐待されている。父親はおそらく死んでいる。たぶん、彼は幼いころ、その父親を殺しているんだ。母親を護るためだったかもしれない」

「フム……その殺した父親が、夢に出てくるようになって、それがジェンクスのせいだと思って、殺した？」

「そうかもしれない」

「ジェンクスは犯人が過去に父親を殺しているのを知って、実験台にならなければそれをばらす、と脅したのかな」

「それはどうかな。とにかく、夢に父親が出てくるから怖くなったのではない、現実に父親が感じられるから、それが怖くて、悪夢になったんだ」

「どういうことですか。現実に父親が感じられるとは？」

「そのきっかけは、おれの皮膚を移植されたからだろう。移植されて、父親の存在が甦った。それ以外には考えられない」

「皮膚移植で過去の嫌な思い出がわき起こるなんて、聞いたことがないな」

「過去をよく思い出せるようになったわけじゃないんだ。サイファの皮膚によって、周囲が、外界が、それまでの自分の感覚とは異なる世界に変化してしまったんだ」

「殺したはずの父親が、あの世から甦ってくる？」

「そう、まさしく、そうだろう」

「まさか」

「サイファの感覚というのは奇妙なもので、現在という時間にはあまり拘束されないんだ。予知能力のことを思えばわかるだろう。同じように、過去の記憶を現在に甦らせることもできる。おれはあまりやったことはないが、たとえばおまえの腕時計に触れて、昨日おまえがそれをつけてなにをしていたかを鮮やかに見ることが、サイファには可能だ。記憶を引き出すというより、そのとき自分が過去と繋がり、周囲の外界が過去に変化しているという感覚だ。その悪夢の主は、そこに実際に父親が歩いているのを感じたんだと思う。サイファとして生きてきたのではないから、その体験は恐ろしいものだろう」

「幽霊を見るという人間は大勢いる。でも、だからそのみんながそれで人殺しをするわけではないでしょう」

「原因は、サイファの皮膚にある。おまえさんも言ったろう。皮膚は、自己と外界を隔てる最前線にある防御壁であり、外界を感じる高感度なセンサだ。それを他人のものと置き換えられたら、自己と他者を隔てるべき皮膚なのに、その皮膚が他人となれば、自分の周囲に他人がへばりついていることになる。その皮膚が感じる外界は、移植された当人には他人のものなんだよ。自分が信じている現実が他人のものに置き換えられてしまう。なにを信じていいかわからなくなる。自分のことも、どこまで自分自身なのか、わからなくなる。密着した他人の皮膚のせいで、だ」

「他人の皮膚……あなたの、か」

「ＭＪのものでもある。おれたちが感じている外界の情報と同じ感覚が伝わったことだろう。

サイファの感覚というのは、いま現在には形として残っていない情報も捉えることができる。感覚的には幻覚に近いものだ。サイファ自身はそれにおびえたりはしない。正常な感覚だとわかっているからだ。そう、それは皮膚感覚に近い。サイファの能力は脳だけが発現させるものではないんだ。一瞬先の危険、過去の記憶、サイファ同士の会話……まさに肌で感じるんだよ」

「皮膚感覚ね。幽霊を見るのも、彼の悪夢をあなたが感じるのも、その皮膚のせい、か」

「皮膚はおまえの言うようにアンテナの役目もするんだろうな。それが彼の悪夢を発信したんだ。こちらがその悪夢にうなされたせいで、ますます恐怖が増幅されたかもしれない」

「フムン……これで実は犯人があなただったら、ぼくはそのほうが恐ろしい」

「皮膚のせいだと言い出したのは、おまえだぞ」

「課長ですよ」

「おまえが恐れるべきはおれじゃない。申大為だ。彼は自分の利益を守るために、おれ以外の犯人を望んでいる。おれが真犯人かどうかはどうでもいいと言ったのを、おまえも聞いていたろう。あれは冗談なんかじゃない。本音だ」

「あなたが関わる事件となると、自分がなんなのかわからなくなってくる。なにをやっているんだか」

タイスはそう言い、ため息をついた。

「刑事だろ」とおれ。「申大為のお気に入りの刑事だ」

「いつまでも課長の下にいるつもりはありません」

「おまえにも野心があるというわけだ」

「ない、なんて言いませんでしたよ」

「おまえの昇進祝いには金魚を贈ってやろう」

「この事件の解決祝いでもいいですよ。犯人を捕まえればわかることだ。あなたが正しいかどうか」

　フライカがビルの谷間に降下する。ベルミの事務所兼住居のあるビルは、おれが住むアパートと同じ地区だ。場末といった古い街並み。ついでに、ジェンクスが殺されていたバンタム地区も近い。これらのビルには、途中階にフライカが降りられるような空中テラスはない。

地上に降り、フライカを出た。

　ベルミはまだ仕事をやっていた。

「おや、こんな時間に、コウさん。まさか気に入らない仕事を押しつけられたと文句を――」

「そういう人間がいるのか。よく来るのか」

　タイス・ヴィーが刑事口調で訊く。

「こちらは？」

「市警中央署第四課の刑事さんだ。おれは案内してきただけだ」

「刑事。第四課の。なんの用」

おれは余計なことはなにも言わなかった。ベルミの注意もおれからタイスに向く。

「自由人向けの仕事を最近斡旋したか」とタイス。

「最近は、ない」

「以前はやっていたか」

「やったこともある」

「いちばん最近のそれは」

「この一年ほどはない」

「一年ほど前のそれは、どこの仕事だ」

「たしか、アルカ社の工場の下働きだったと思う」

「アルカ社」

タイスは自分の左腕に一瞬意識をやった。タイスの左腕はアルカ社製だ。

「他には」

「調べてみないとわからない」

「記録は提出できるか」

「なんのために。わたしは違法な斡旋はやっていない」

「ダーマキス社を知っているか」

「もちろん。人工皮膚メーカーだ」

「その仕事を斡旋したことはないか」

「同業者で、やったという話は知らないか」

「ないな」

「知らないね。わたしは同業者とはあまり話をしないもので」

「本当だ」おれは言った。「ベルミは正直者だ」

「そうだよ。コウさん、なんなんですか、これ」

「自由人も治療を受ける権利がある、と言ったよな、ベルミ」とおれ。「人工臓器メーカーはそういう人間を実験台に使っている、と」

「違法じゃないでしょう。わたしがそういう自由人を集めても、だ」

「そういうことは多いのか」とタイス。

「まあ、けっこうあるかな」

「違法な実験に利用するとわかっていたら、そういう人間集めは公にはできない。あんたもそういう依頼なら、そういう仕事をしたことは言わない。口が堅いというので信頼されているとか？」

「やばそうな仕事は受けない。ダーマキスがなにかやったのか」

「ダーマキスのことで、なにか知らないか」とタイス。

「知らないな。あそこは、そんなことしなくても人集めはできる」

「どういうことだ」

「ボランティアで、検診や美容相談をしている。皮膚癌検診とか、シミとかソバカスだとか、そういう美容相談も受けているんだ。いい人工皮膚を試してみるか、と持ちかける相手には不自由しないさ。だからこちらにお鉢はまわってこない」

「なるほど、役に立った。またあとで来るかもしれない」

タイスがそう言って出ようとするその背に向かって、それだけか、とベルミは言った。

「邪魔をして悪かった、でもないんだからな。刑事はみんなそうだ」

「感謝します、ベルミさん。今度来るときは、アポを取ってからにします。ご協力、どうもありがとう」とタイス。「これでいいか」

「ああ。わかっているなら、最初からそういう態度をとってもらいたいね。なあ、コウさんよ」

おれは肩をすくめる。ベルミが、おれを警察の犬、と思っているのを感じる。軽蔑と同時に恐れてもいるのだ。こういう相手にはなにも言う必要はない。口では。

〈おれは犬ではない、サイファだ、ベルミ。おまえのことはいつも監視しているからな〉

それで十分だ。もう仕事の斡旋をこの男には頼れないのは少し残念だが、これで後腐れはない。おれが失ったものはなにもない。手配師は他にもいる。

硬い表情のベルミをあとにして、そこを出る。

「さて、どうするんだ、刑事さん」

「刑事さん、か」

「ティーヴィーのほうがいいいか」

「からかわないでください。あなたは容疑者の一人だ」

タイスはフライカに乗り込む。おれは乗らなかった。

「コウさん、乗ってください」

「おれは帰る。近くだからな」

「そういうわけにはいきません。離れるなと課長に言われている」

「じゃあ、おまえが来ればいい。泊めてやる」

「ぼくを困らせないでくださいよ」

「なにが困るんだ。服が汚れるのを心配しているのか。今夜中にまだ行くところがあるなら、付き合ってやる。だが、おれは自分のベッドで寝るからな。夢を追跡するのは、慣れた枕のほうがいい。まだ犯人が悪夢を見るなら、だが」

「フムン……ダーマキスの、その無料相談とやらに来た人間のリストを調べないといけない。ベルミという男は、嘘は言っていないでしょう」

「リストがあり、それに犯人の名が記載されていると思うか」

「わかりませんよ。でも、それが捜査だ。ジェンクスはサイファの皮膚を研究していた。で、その皮膚片を爪に残して、死んだ。それが犯人の皮膚で、しかもあなたやMJでない第三者なら、その皮膚は移植されたものだ。ほかのメーカーがサイファの皮膚には関心がないとすれば、犯人にその皮膚を移植したのはダーマキスで、責任者はジェンクスだ。ジェンクス個人しか知らなかったということも考えられる。その彼が、昨夜、犯人に呼び出され、殺された」

「呼び出されたのはわかっているのか」

「いえ、研究所では普段と変わったことはなかったそうです」

「ジェンクスのほうが呼び出したのかもしれない。助手も帰した研究室に呼んだのかもしれない」

「で、そこで殺され、あそこに運ばれたというのは、どうですかね。でも、呼び出したのは、たしかにジェンクスのほうかもしれない……くそ、黙っていてください。容疑者と捜査の話をするなんて、どうかしている」

タイスはフライカの無線マイクを取り上げ、申大為を呼び出し、ベルミの件を簡単に報告した。ダーマキスが、試作品を試す人間集めには不自由していないらしいことも。

「今夜は、おまえはその件に関わらなくていい」と申大為。「MJを当たれ」

「MJ、ですか」

「そうだ。コウを連れていけ。九月が五月と相談するのをよく観察して、明日報告しろ。以上だ」

「……わかりました」

申大為は気に入らない相手を本名では呼ばない癖がある。九月、セプテンバーというのはおれのこと、五月、メイはMJだ。メイ・ジャスティナ。ま、メイのほうは、MJ自身が名乗っているわけだが。

「乗って下さい、セプテンバー・コウ。ＭＪのところへ行きます」

「どんな報告ができるか、見ものだな」

「課長はどういうつもりなんだ」

おれはフライカに乗り込んで、とまどいを苛立ちで隠すタイスに言ってやる。

「地道な捜査だ。容疑者同士を対決させるんだ」

「あなたたちサイファが仕組んだことなら、正直なところ、ぼくにはそれをあばく自信はない」

「それはないといっているだろう」

「わかるもんか。サイファが手を組んで、警察を手玉にとるのを楽しんでいるのかもしれない」

「おまえならそれがわかると申大為は期待しているんだ。昇進のチャンスだ。ま、がんばるんだな」

むっつりとした表情でフライカを飛ばそうとするタイスをおれは止めた。

「すぐそこだ。地上走行でやれ」

「すぐそこ？」

「おれのアパートだ。ＭＪを呼んでやる」

「……すんなり来るかな」

「来るさ。なにせ兄弟だ」

MJは来る。悪夢の主を共同で突き止めるという約束は、まだご破算になっていない。

8

タイス・ヴィーは覚悟を決めた。フライカをいったん飛行モードにして飛び立たせると、にぎやかな中心街のファストフード店に寄り、夕食と夜食のためにハンバーガーにフライドポテト、チーズセットに、フライドチキン、数種類のサラダパックなどを買い込んだ。

「量だけは豪勢だな」

「いつもこんなものです」

「こんなに食うのか」

「あなたの分こみです。奢《おご》りますよ。早い者勝ちだ」

「なにが、勝ちだって？」

「読めませんか、心を」

「面倒くさい。いつも読んでいるわけじゃない。本と同じだ。本があるからと言って、読む努力なしでは内容はわからない。なにが、早い者勝ちだ？　早食い競争でも始めるつもりか」

「いいえ。あなたに夕食の選択を任せたら、七面鳥の野菜詰めローストなどという献立になりかねない」

「いいな、それ。MJが来るんだ。ごちそうしてやってもいい」

「だれが料理するんです」

「おれがやるさ」

「そうかな。きっと、ぼくがやらされる」

「いいじゃないか。料理を教えてやる」

「皿洗いのやりかたとかね。今夜は、仕事だ。その手には乗りません」

「だから、さっさとこいつを買い込んだ？」

「そうです。雑用を押しつけられて捜査に支障が出ては困る」

「感心すべきか、あきれたらいいのか、迷うところだな」

「なんとでも思ってください」

タイスは投げ遣りな口調で言って、フライカをおれのアパートのほうに向けた。タイスは緊張しているのだ。気持ちはわかる。MJとおれというサイファを相手にしようというのだから。

フライカを路上で停め、半地下のおれの部屋に入る。

「コーヒーでもいれろよ」

「さっそく、雑用だ」

「シャワーを浴びて着替える。おまえは暇を持て余すだろうと思ってのことだ」

「ＭＪを呼んでください。それとも、もう呼んだのかな。サイファ同士の連絡法で」

「いや。映話にしよう」

「面倒でしょう」

「映話のほうが簡単だ。決まっているだろう。いちいち精神を集中して疲れるなんて、ごめんだ。文明の利器を使わないのは馬鹿だよ」

「そんなものですか」

「そんなものだ」

タイスが気になることは早くすませて、落ち着きたかった。映話をかける。ＭＪはすぐに出た。

「こちらに来てくれないか、ＭＪ。市警中央署第四課の刑事が、おれたちに用があるそうだ」

「申大為の部下ね」映話の画面に出ているタイスに、ＭＪが言う。「ヴィー刑事だったかしら」

「そうだ」とタイス。「タイス・ヴィー。あなたとコウに訊きたいことがある」

タイスがそう言っている間に、おれとＭＪは心を繋げた。

〈ダーマキスの人間が殺された〉

〈わたしたちの皮膚。それを利用していた男か。そんなことをする者は殺されて当然よ〉

〈申大為は、犯人をおれにはしたくない。おれ以外ならだれでもいいらしいが、さすがにあんたを犯人に仕立て上げる自信はないようだ。悪夢のことを話したら、そいつだろう、ということになった。捜せ、という。あんたと協力してだ〉

〈申大為らしいわね。その坊やはどう思っているの〉

〈おれたちのことも疑っている。上司の申大為のことも〉

〈優秀なのね〉

〈あんたはたっぷり昼寝をしたろう。おれは疲れた。自分のベッドで寝る。例の悪夢を見たら、追跡してくれ。そいつがだれかわかれば、悪夢の件は解決する。タイスが追っている犯人かどうかもわかる。タイスにわかるように教えてやるんだ。うやむやにしたら、この刑事は優秀だからな、おれたちへの嫌疑をずっと持ち続けて、あとあと面倒だ〉

〈あなたの汚い部屋に行くのは気が進まないわ〉

〈市警中央署に出頭するよりましだろう。申大為はあれで気を遣っているんだ。あんたが、そこか、豪勢なホテルに招待してくれるというのなら、おれはそれでもかまわない〉

「わかったわ」とＭＪは声に出して言った。「何時に行けばいいのかしら」

「すぐに――」

　と言いかけるタイスを制して、おれは言った。

「まだ夕食前でね。九時ごろにしてくれ」

　映話は向こうから切れた。

「……素直だったな」とタイス。「なにもかも承知しているみたいだった」

「承知させたんだ」

「そうか――サイファの力か。テレパシーは映話より便利じゃないですか」

「エンパシーさ。共感能力はだれにでもある」

「そうかな……最初から映話なんか使わなくてもよかったのに」

「相手の顔が見えていたほうがやりやすい。それに、おまえさんにわからない方法では、納得しないだろう」

「気を遣っていただいて、恐縮です」

皮肉っぽい口調でタイスは言った。サイファを相手にする不安と、自分にはサイファの能力がないことの悔しさを隠そうとし、だが隠せないだろうと思いつつ、虚勢を張っているのだ。

「ベルミのときとはえらい違いだな、タイス」

「からかわないでください。ぼくはサイファが怖いんだ」

「サイファの力は、共感能力だ。一種の思い込みだよ。いつも自分の思い込みが正しいとは限らないし、思い通りにいくとは限らない。全能じゃない」

「でも、あなたはいま、MJと意思を交換できたでしょう。奇跡のようだ」

「見かけの上だけさ。本当に意思の交換ができているのかどうかなどというのは、だれにもわからない。言葉と同じだ。会話で意思交換ができるが、真に意思が伝わっているかどうかは、わからないだろう。見かけ上、そのように行動しているにすぎない。サイファ同士の会話も同じだ」

「どうしてあなたが、サイファの力を卑下するのか、ぼくにはわからないな」

「卑下などしてはいない。ま、おまえさんを少しは安心させたいというのはある。サイファの能力は生まれつきのものだから、それがない普通の状態はおれにはわからない。で、わかるようにと説明しているだけだ。わかれば、余計な不安は消えてなくなる」

「そうはいっても、ですね」

おれは作業服を脱ぎ、シャワーを浴びる仕度をしながら、根気強くタイスの相手をしてやる。

「おまえ、古代日本語を知っているか」

「いいえ」

「そのわからない言葉で、だれかが笑いながら会話していたとする。ところがそのうち一方が、いきなり怒って喧嘩になったとする。おまえには、なにが起きたのか、まるっきりわからないだろう。サイファの会話も同じことだ」

「でも、声は聞こえるけど、サイファのテレパシーでの会話は聞こえませんよ」

「聞こえると思うな。だれでも」

「そうかな」

「声は、意思の働きで声帯が震えて、出る。だが声帯だけがその意思に反応しているわけではないだろう。なにかしら、身体全体で物理的な変化が生じている。サイファはそれを感じ取るわけだが、普通人は、それがわからないわけではなく、それをノイズとして意識から排除しているんだろう。無意識のうちに処理しているんだ。いちいち意識していたら疲れるだけで、生きていくには不便なことのほうが多い。高等なノイズキャンセラーが普通人には備わっている、ということさ。人間が高度な社会を築くことができたのは、まさにその能力のおかげだとおれは思う。みながサイファなら、ストレスがたまって、共同幻想を一つにまとめあげる作業などできるものか」

「フムン」

と考え始めるタイスを後にして、おれはシャワーを使って汗を洗い流す。時間をかけて身体を洗い、バスタオルを腰に巻いて出ると、コーヒーのいい香りが立っている。タイスはコーヒーや夕食には手を付けず、手帳を見ながら律儀に待っていた。ベッドの上に出しておいたジーンズに長袖のシャツを着る。ワンルームだが、タイスの目は気にしなかったし、ならなかった。タイスはMJと面と向かって会うのは初めてで、それで頭がいっぱいだ。おれの私生活への好奇心などまるでない。

「先に食べていてもよかったのに」

「そのほうがよかったですか」

「いや。話し相手がいたほうがいい」

「正直なところ、あまり食欲がない」

「そんなことで刑事が勤まるかな」

「あなたに虚勢を張っても無駄だ。でも、信じているからじゃない」

「それを虚勢と言うんだ。お気に入りの番組があったら、観てもいいぞ」

映話回線では、いろいろな番組が流されている。視聴者参加のバラエティから、ソープオペラ、宗教番組などなど。もちろんニュース専門局もある。おれはニュース以外はほとんど観ない。楽しみは、本棚に並んでいる活字から得る。本はうるさくなくていい。

「いいえ、けっこう」

おれがコーヒーをサーバからカップに注ぐのを見て、飲まないのか、とタイス。

「飲むから注いでいる」

「酒ですよ。ウィスキー。ぼくが言いたいことは、わかっているくせに」

「いつも心を読んでいるわけじゃないと言ったろう。おまえも飲むか」

「コーヒーなら」

「コーヒーのことだ、もちろん。味のわからないやつに酒を勧めるなんて馬鹿げている」

「ウィスキーはどういうのがいいんです？」

「どういうの、とは、どういうことだ」

「銘柄でかなり違うようですが、まあ、それはわかるけど、ぼくには高いのでも、あまりうまいとは思えないな」

「好きじゃないということだ。無理に飲むな。もったいない」

「どういうところが好きなんですか」

「口では言えないさ。そんなことはな。だが、まあ、雰囲気だな」

「飲むときの？」

「違う。そのウィスキーの持っている雰囲気だ。味、香り、刺激、色、口当たり、その重み、軽さ、酔い心地、全部ひっくるめてだ。いいものは、口に含むと、とてもなつかしい風景を喚起する。水の音、泉、生えた葦、麦畑かもしれない。かすかに緑がかった青空、古い大きな建物、鳥の声。ウオッカ、テキーラ、ジン、ワイン、ブランデー、みなそういう風景が違う。おれはウィスキーの風景が好きなんだ。スコッチ、アイリッシュといったやつ」

「サイファだから、作られた製造過程を感じ取るんでしょう」

「おれが言ったんじゃない。本に書いてあった。だが、本当にそうなんだ。とてもなつかしい気分になる。酔っぱらうとその感覚が鈍くなる。だから初めのその一口がいい」

「ぼくには理解のおよばない飲み方だな」

「理解しろとは言わないさ」

「ＭＪもウィスキーを好む？」

「どうかな。たぶんその趣味はないだろうな。もうじき来る。訊いてみろよ」

「ＭＪは……女だ。男だったんでしょう。あなたと同じく」

「ライトジーン社が作った人造人間は、完全体だった。人間の原型だ。女だよ」

「じゃあ、あなたも、女なんですか」

「おれたちの原型が女性、というのは正しくはないかもしれない。たしかにおれは男の身体だが、性別云云という観点からは、やはりおれたちは普通人とは異なるんだ。まさに人造人間であって、人間ではないんだよ。発生の早い段階で、おれは男として成長するような制御を受けたらしい。が、どちらにもなれる完全体だったんだ。おれはとくに、MJのあとで作られた。ライトジーン社が、世界支配を考え始めたときだったんだな。男のほうが、攻撃性を持ちやすく有効に利用できるという考えだったかもしれない。MJが男として成長したのはほとんど偶然だったようだ。だが彼は、思春期以後、おれと別の道を歩み始めてから、自分の意志の力で女の身体を選択し直したんだ。かなりの精神集中力がいったろうし、苦痛も伴ったろうが、ついでに若返りも実行してしまった。もともとそれが可能な機能と情報を遺伝子レベルでおれたちは持っているんだよ。まあ、何度も若返ったり性別をカメレオンのようにくるくると変えられるものではないだろう。たぶんMJも、男に戻りたくなっても、いまの年では駄目じゃないかな」

「単なる性転換ではないわけか」

「ああ。MJのあの胸は豊胸手術じゃないし、普通人の性転換手術などという外見だけの変化ではないんだ。内部から、女そのものだ。いや、外観が変わっただけで、本質は変わってはいないとも言える」

「じゃあ、ふつうの性交で、つまりMJと性交渉しても、子供は産まれないのか」

「可能性は低い。だがゼロではない」

「あなたとなら？」

「あまり考えたくないな。その気なら、ＭＪは一人でも子供は作れるだろう。おれも、まだその気なら、やれるかもしれないが……考えたこともないな。とにかく、おれたちは、女でも男でもない。あるいはどちらでもある、ということだ。詳しいことはおれにもわからない。殺されたマイロウ・ジェンクスのほうがわかっていたろう」

「人造人間か。完全体ね。サイファか……」

「完全体というのは、まあ、おれの虚勢だ。人間にプラスの構造を付加して作ったんじゃないんだ。反対だ。削ったのさ。おれの遊び相手だった研究員はそうはっきりと言ったよ。性別のない原始的な生物、とも言える。人間そのもの、あるいは人間以上の進化した人造人間は、どうしても作れなかったんだ。それらはすべて失敗した。唯一の成功例が、おれたちなんだ。とにかく生きているからな。駄作とも言えるが、サイファの能力があると知ると、これを成功例にすべく、ライトジーン社は使い道を考え、で、潰されたわけだよ。内部告発があったんだな」

「興味深い話だ。知らなかった」

「博物館に展示するにはいい材料だろう。だがそれは、おれが平和に死んでからにしてもらいたいんだよ、タイス」

「だから、マイロウ・ジェンクスを殺したのか？　動機はあったわけだ」

「ＭＪにもそう言ってみるんだな」

タイスはもう新米刑事ではないと実感する。身の上話をしんみり聞いていると思えば、取り調べになっている。

おれはタイスの奢りの夕食を頬張りながら、この若者は、中大為の出世には脅威になるような優秀な刑事になるかもしれない、と思った。タイス自身はそんなことは意識していないが、だからこそ中大為には脅威になるだろう。中大為は、そのうちそれを意識するようになるに違いない。

「人間とは異なるサイファの皮膚を、普通人に移植できるものなんですかね」

タイスはおれへの嫌疑はそのままに、話題を移した。なかなかのものだ。タイスを一人の若者ではなく刑事として相手をしなくてはと思う。

「できるだろう。人工臓器移植技術の応用で、なんでも可能だ」

「犯人がもしその皮膚を移植された者だとして、全身の皮膚をそれに交換されたのだと思いますか。一部だけなのかな」

「全身だろう。犯人かどうかは別にして、悪夢を見ていた者は、自分の皮膚の寿命がつきていた。交換が必要だったんだ」

「フムン……自由人とは限りませんね。ジェンクスは実験台の人間には不自由していないようだったんだ」

「実験の内容によるだろうな。秘密の研究がみな違法とは限らない。企業利益を護るために、実験台になる人間にそれを説明して、秘密厳守の契約をとってやることもあるだろう」

「たしかにね。しかし一人の人間が殺されているんですよ。それでも企業秘密を優先させるのは、違法だ」

「強制捜査をすればいい」

「してますよ。でも、いまのところ、ダーマキスが全社を挙げて隠し事をしているという確証はつかめていない。ジェンクス個人の裁量でやっていたので、研究内容そのものはわからない、というんだ。そんなことは信じられない」

「だが、ジェンクスが、サイファの皮膚を研究していたのは間違いないんだろう」

「それは認めていますよ、ダーマキスは」

「なら、ジェンクスのやっていた研究内容はわかっているわけじゃないか」

「ジェンクスがその皮膚をだれかに移植した、というのは認めてはいない。まあ、その点についてはまだ問い質してはいないんですが」

「本当にジェンクス個人にしかわからないことなのかもしれない。それと、犯人と」

「サイファの皮膚を使う理由はなんだと思いますか」

「おまえは、その移植で、サイファの能力を持つ者を作ることだろう、と言ったじゃないか」

「サイファの身体は、臓器崩壊は起こさないんですか」

「ライトジーン社が人造人間を作る目的は、人工的に人間を作ってみて、その原因を探ることだったんだ。結果としては、人間を人工的には作れなかった」

「ＭＪとあなたが作られたじゃないですか」

「普通の人間は、作れなかったんだ。すべて失敗した。発生の初期段階で、各臓器がうまく形にならない。つまりその段階で早くも臓器崩壊を起こしている、ということらしい。もっとも、ある臓器の形成途中での一部の組織の崩壊は異常ではないんだ。たとえば、管のようなものが作られるときには、最初から管状のものが形作られるのではなく、穴のない詰まったものが作られ、後に穴の部分の組織が崩壊して、完成する。そこでストップすればいいが、さらに進むと、滅茶苦茶になる。臓器崩壊というのは、そういう現象ではないか、ということだよ」

「なるほど」

「うまくいった例であるおれたちは、人間じゃないんだ。人間じゃないから、臓器崩壊は起こさないだろうと予想された。それはいまのところ、正しい。おれは作られたときのままの身体で生きている。なにかそういう異変を感じたら、ＭＪのように意志の力で正常に戻せると思う」

「つまり、あなたのそういう身体を調べれば、寿命の長い臓器を作れる可能性があるんだな」

「当然だ。どこの臓器メーカーもそのライトジーン社の研究遺産を応用している」

「でも、人工臓器の寿命は完全とは言えない。何回か移植しなおさないといけない」

「移植される当人の身体が、普通の人間だからだろうな」

「サイファではないから、ですね。サイファの力があって初めて、半永久的に臓器崩壊を起こさないんだ。臓器崩壊の原因ははっきりとはわからないわけだけど、臓器間の情報伝達がうまくいかないからだ、という説は、どう思います？」

「食べろよ、タイス」

おれはタイスの相手をすることに疲れてきた。身体も頭も休息を必要としている。

「コウさん、サイファというのは、体内の臓器間情報伝達手段を意志の力で補ってやれるんじゃないですかね。普通人では不随意なそうしたことを、意識的にやれる。だからＭＪのように、若返りのホルモンを出して、若返ることもできるんじゃないかな」

「若返りのホルモンはよかったな」

「まあ、素人考えですが」

「なにが言いたいんだ」

「各臓器は、無意識のうちに、コミュニケーションをとっているはずだ。それがうまくいかないから、勝手に死んでしまう臓器が出てくる」

「その説は、もっともらしい。そうかもしれん。問題はどうしてそうしたコミュニケーションが阻害されるか、だ。だいたい、コミュニケーション手段は、神経やホルモンや酵素とか、そうした電位信号や分子言語だけではないんだろうな。生命の場、という理論もあった。わからないことが多すぎる」

「外部環境とのコミュニケーションも当然重要でしょう」

「だろうな。外部刺激なしでは、生きていけない」

「外部と内部の境界には、皮膚がある。外部刺激はまず皮膚が受け、それを全身に伝えるんだ」

「目も光刺激をキャッチする。耳は、音」

「でも圧倒的に、皮膚ですよ。ジェンクスはそこに注目したのかもしれない。臓器崩壊の原因は外界環境にあり、その影響を真っ先に受けるのは皮膚で、まず皮膚がおかしくなる。人工の皮膚では体内の情報伝達に整合性をもたせる機能までは期待できないが、サイファの皮膚を移植すれば、その皮膚がサイファの能力を発揮して、過った臓器間情報を修正するので、臓器崩壊を抑えられると彼は考え、実験に着手した」

「で、どうして殺されるんだ」

「それが、わからない」

「それが、ではなく、なにも、だろう。なにもわからない」

「犯人がサイファの皮膚を持っているなら、相手はサイファだ。あなたには、わかる」

タイスはフライドチキンをつまんで、おれの目を見つめ、言った。

「見込み捜査だぞ、ティーヴィー。申大為と同じことをやろうとしている」

「フムン」

「続きはＭＪとやるんだな」

タイスはため息をつき、食事を始める。おれは映話のニュースチャンネルを見ようとして、やめた。もうたくさん、という気分だ。

黙って食べるタイスをながめる。タイスは片手で食べていた。左腕は机の上について動かさず、使わなかった。アルカ社製の、人工の腕は。

そう、この事件は、タイスにとっても他人事ではないのだ。

9

おれはベッドに横になり、腕を枕にしてＭＪを待った。

タイスは静かにしていた。彼はおれのほうは見なかったが、部屋をながめておれの暮らしぶりに思いを馳せたり、手帳の頁を繰って、ダーマキスの作る人工皮膚のことや、人工臓器メーカーが不正を働くのは許せないと思ったり、サイファの能力は皮膚と強い関連があるのではないか、おれがこの事件にどう関わっているのか、この質素な暮らしぶりは殺人の動機になるだろうか、ＭＪはどうだろう、などとめまぐるしく頭を働かせていた。

タイスは何杯めかのコーヒーをお代わりした後、トイレに立った。その扉が閉まると、ほとんどそれが合図だったかのように入口のドアが開いた。ノックなしだ。ＭＪがやってきた。

おれたちは無言で顔を見合わせ、同じ身体を持つのになんて違う外観なのだろうと、同じ思いを抱いた。

こうして面と向かって会うなどというのは実に久しくなかったことで、この前はいつだったかも思い出せないくらいだが、なつかしいという感慨はなかった。ＭＪがこの身体になってからは、こんなに近くでその姿を見るのは初めてだ。外観だけなら、まったくの他人のような気がした。サイファの力がおれになかったならば、この女が自分の兄だとはわからないのではないかという気がした。わからないだろう。

タイスはトイレから出て、ＭＪがいることに気づくと、ぎくりと身体を強ばらせた。タイスにはＭＪが入ってきた物音が聞こえなかったのだろう、まるで幽霊が出現したかのように感じたのだ。

「こんばんは、ヴィー刑事」

ＭＪが落ち着いた声で、言った。

「どうも」とタイス。「わざわざ……その、来ていただいて、恐縮です」

まったく、本当に、タイスは恐縮していた。人間の外観が他人に与える効果というものがどれくらいのものか、その実例を見せられている気がした。

ＭＪは、現代のほとんどの人間が美しいと感じるであろう女性の体型を見事に作り出していた。その顔も、タイスの好みらしい。短い髪形、切れ長の目。おれにはどぎつく見える赤いルージュは、白い肌から浮き上がる警戒色のようだ。動脈の血のイメージがある。

首から爪先まで、身体にぴったりした、黒い艶のあるキャットスーツで肌を隠しているが、腕は肩から露出している。その恰好で高性能なバイクでやってきた。モータバイク。フライカと違って、地上を走るそれは交通管制局の余計な監視も干渉も受けない。モータはほとんど無音で、走行音といえば、タイヤが路面を蹴るシャーという連続音くらいだ。蛇の威嚇音のような。

蛇にまたがる美女というと妖しく淫らなイメージだが、タイスは、おれが感じたそういう、いかにも中年男の連想と言われそうな思いとは違い、純粋に、MJの美しさに圧倒されていた。もちろんそれは性的な関心とは無縁ではなく、セクシーさは感じていたが、それは生身の女ではなく大理石のビーナスから受けるようなもので、犯したいのに自分にはそれができないことを認めている、というようなものだった。こういう女が現実にいれば抱いてみたいのだが、その対象はいま目にしているMJではないのだ。ほとんど芸術作品に感動しているようなものだった。

「わたしになにを訊きたいのかしら、ティーヴィー」

MJもタイスの心をのぞいて、からから笑みを浮かべて言った。

「ティーヴィーか……」

タイスはおれをちらりと見て、自分の心を読まれていることを意識した。タイスを『ティーヴィー』と呼ぶのは中大為とおれくらいで、外部の人間は知らないはずだった。

「腰掛けていいかしら」

「どうぞ――」

「メイ、と呼んでもいいわよ」

「MJでいいでしょう」タイスはようやく刑事の自分を取り戻して、言った。「でなければ、五月湧、だ」

「怖がらなくてもいいわ。取って食ったりはしないから」

タイスは最強のサイファの二人を相手に仕事をする最初の刑事だ。彼はそのことを十分に意識して、緊張していた。だが、怖がってはいなかった。自分の心をＭＪが読めるなら説明する手間が省けると、開き直っている。いい度胸だ、とおれは思う。

〈たいした坊やだわね。申大為がかわいがっているだけのことはある〉

〈刑事の使命感からだけじゃない。臓器崩壊を食い止める鍵を、殺されたジェンクスがつかんでいたのではないかという好奇心に衝《つ》き動かされている。サイファのおれたち、とくにあんたが、そういうジェンクスを殺した可能性を探っているんだ〉

〈サイファの皮膚が人間をまともにする、か。そんな単純なことで各臓器がおとなしくなるのなら、だれも苦労はしないわ〉

〈その皮膚移植で臓器崩壊の恐怖から解放されることになれば、ダーマキスは莫大な利益を上げられる。他のメーカーは上がったりになる。あんたが雇われているバトルウッドも、だ。そうだとすると、あんたにはジェンクス殺しの動機がある。タイスはそう考えついたんだ〉

〈そんな理屈でわたしを犯人にできるなら、この刑事は出世する〉

〈犯人があんたである可能性は、おれもあると思う〉

〈ばかばかしい。早く寝てよ、コウ。眠れば、例の男が夢を見なくても、その男がわたしたちの身体の一部を持っているなら、こちらからコンタクトできる。いままでそれがわからなかったから手の打ちようがなかったけれど、いまは違う。やってみようじゃないの。寝ているあなたと繋がったその男の心を、わたしが捕まえてやる〉

〈そいつも寝ていればな。覚醒していては、だめだろう。意識が邪魔をする〉

その夢の男がこの事件の犯人かどうかは別にして、おれたちが他人のその夢を見せられたのは、そいつがおれたちの身体の一部を持っているからだ。それを、ＭＪもおれも、もう疑わなかった。間違いない。

〈いったん精神的な接触さえできれば、逃がさない。わたしの力を信じて、寝なさい〉

「あなたは何歳ですか、ＭＪ」とタイス。

「わたしの年齢はこの事件には関係ないでしょう」

「職業は」

「あなたの知っているとおりよ」

「答えてもらいたい」

ＭＪは食卓の椅子に腰を下ろして、足を組んだ。

「この身体では、十七歳。ライトジーンに作られてからなら、四十一歳。現在の仕事は、バトルウッド専属の探偵」

「いまバトルウッドから依頼されている仕事は？」

「ライトジーン公立博物館の改修工事の作業員を監視すること」

「それは、依頼されたのか」

「バトルウッドが危うくなるような、なにかを見つけたら、あなたのほうから動くことはあるのかな」

「そうよ」

「どういうことかしら？」

「ぼくの心が読めないわけがないだろう、MJ」

「あなたに合わせてあげているのよ、ティーヴィー。あなたがそういう態度に出るなら、答えは、ノー。わたしじゃない」

「……あなたは、バトルウッドに不利益になるようなことをしている人間を見つけたら、どうする」

「報告するわよ、もちろん。バトルウッドの企業利益を護るという契約で仕事をしているのだから」

「そうした人物を最近見つけなかったか。博物館の仕事以外で」

「いいえ」

「ダーマキスの人間や研究内容について調査したことはあるか。依頼かどうかを問わずだ」

「ないわ」

「あなたは、最近、皮膚に引っ掻き傷を負ったか」

「いいえ」

「いいえ？」

「裸にして調べてみる？　見たい？」

「首筋を見せてもらいたい」

「いいわよ」

MJは言われたとおり、チョーカーのようにぴっちりと首を巻いている襟を下げて見せた。傷はもちろん、皺《しわ》もない。

「そうね。サイファなら、傷を負っても、傷がなかったかのように意志の力で治せるよな」

「そうね。よほどの重傷でもなければ」

「傷を負っても無意識のうちに治している、ということはあるわけだ。傷を負ったこと自体、意識していないということもあるだろうな。認めるか」

「ええ」

タイスとMJとのやり取りは、永遠に続きそうな感じだったが、MJは根気強く相手をしていた。ちゃんと答えないとこの尋問から解放されないことを、おれの心を通じてMJは知っていたが、いまのところMJはわざとちゃかしたりして、タイスの反応を楽しんでいた。退屈しのぎなのだ。

おれは、そのやり取りを聞いているうちに眠くなってきた。二人の会話は単調で、内容も予想どおりで新鮮味がない。まるで何度も聞かされた物語を子守歌代わりに聞かされている気分だ……

ふと目が覚めると、周囲は暗い。二人が気を利かせて部屋の照明を落としてくれたのだろう。

周囲を見やると、いや、ここはおれの部屋ではない。似たような部屋ではあるが、もっと狭い。知らない部屋だが、ここがどこなのか、わかる。ホテルだ。ホテルといえば聞こえはいいが、簡易宿泊所というべきだろう。比較的金のある自由人が自分の家代わりにして暮らしているところだ。バンタム地区にあるボーモント・ホテル、二〇三号室。部屋の借り主が、おれのベッドより粗末なそこで、寝ているのが見える。若者というには老けているが、中年とまではいかない。痩せている。

と、その姿が、おれ自身になる。おれは自分の寝ている姿を外から見ている。なんだか魂が抜けだしたような気分でまさしく夢のようだが、これはMJの感覚だ、とわかる。

おれの姿と、痩せた男の姿とが、二重になる。MJはおれの夢感覚を元にして、痩せた男の心を捕まえていた。ここがどこかわかるのもそのせいだ。

おれの姿が消え、痩せた男だけになる。MJはそいつの心に入り、そこから少し引いて、その男の姿を外から見る。一種の透視だ。それを可能にしたのは、やはり、皮膚だった。本当に男はおれたちと同じ皮膚を移植されているのが、感覚的にわかった。

痩せたその男が、目を覚ました。それでも、この夢の感覚は消失しなかった。MJが自信たっぷりに『任せなさい』と言ったとおり、いったん捕まえた男の心は、もうMJとおれにとっては既知のものとなり、こちらから繋ぎ止めておくことができた。

男の名は、リー。リーという音だけが感じられる。リーは自分をリーと呼び、人からリーと呼ばれて育った。どういう文字なのかはわからない。信じられないことだが、彼は自分の名を文字で書いたことがないのだ。

そのリーは、人がいる気配を感じて目を開き、ベッドの脇を見る。

「また……幽霊か。暗いのに、姿が浮き上がって見える」とつぶやく。「綺麗だな。なんだかなつかしい気もするが……でも、知らない。だれなんだ」

リーは、ＭＪの姿を見ている。

〈わたしは、メイ・ジャスティナ。ライトジーン社に作られた、完全なる人間〉

「……あなたが。若いんだな。でも、そうだな、サイファだ、感じでわかる……もう一人、いるはずだ」

リーとおれの目が合う。彼にはおれの顔が見えた。宙に浮かぶ生首のように。ＭＪがそのように見せているのだ。まったく、不公平だ。これではおれは怨霊かなにかではないか。おれは自分の意志で、全身を現す。

「あなたが、菊月虹《キクヅキコウ》か。隠れて暮らすサイファの。そうなんだな」

〈そうだ〉とおれ。〈きみの見る悪夢のせいで、ひどい目に遭った〉

「悪夢か……それでも寝ているほうがましだった。起きていると、死んだはずのあいつが出てくるんだ。夢じゃない、起きているときに出てきて、ぼくを殺そうとする。母さんをやったみたいに」

あいつ、というのは、父親のことだ。

「ほら、そこ」

リーはおびえた目で、MJの背後を指して、起き上がろうとした。それより早く、だれかが飛びかかってリーに馬乗りになると、首を絞め始める。リーの父親。

MJはそいつの首筋をつかんで引き離し、壁に突き飛ばした。目が大きな、痩せた男だった。MJに向かって飛びつこうとする。MJはすっと手を伸ばす。拳銃が握られている。タイスの拳銃のようだ。それをMJは、リーに向かって、放った。リーはそれを受け取るのももどかしく、引き金を引く。轟音を立てて弾丸が発射され、リーの父親は胸を撃ち抜かれて床に転がる。断末魔の痙攣《けいれん》。ぴくつきながら、撃たれた死体の姿が薄れていく。

〈もう二度と出ない〉とおれがいう。〈殺したからな〉

「いまのは……なんなんだ」

リーが手にした拳銃は、消えてなくなっている。

〈あなたが呼んだ、父親よ〉とMJ。

「あの世から、来たんだ。ぼくを殺しに」

〈きみの心の中からだ〉とおれ。〈幻覚といえばそうだが、実際にきみを殺す力は持っていたんだ。その意味では、幻などではない。心から出てきた怪物だ。きみが悪夢を見る理由はわかったよ〉

「あのへんな皮膚を移植されてからだ……いまみたいなことが白昼に起きるようになった」

〈きみは、子供のころに父親を殺しているだろう〉とおれ。

「助けなかっただけだ。雨水を溜めたドラム缶にぼくを突っ込もうとした。もがいて、突き上げたら、あいつは頭からドラム缶に逆さまに入っていた。どうやったかなんか覚えていない。あいつは、ひどく酔っていたせいだろう、自分ではそこから出られなかったんだ。ぼくの力では、そこから出せなかったし、周りにはだれもいなかった。いいチャンスだと思った。助けを呼んでいたら、いつかぼくは殺されていた」

〈ちゃんと殺しておくべきだったわね〉とMJ。〈あなたは逃げたのよ。だから、ずっと、あいつに追われ続けてきた〉

「この皮膚を移植されてからだよ、実際に出てくるようになったのは。それ以外にも、おかしなことが起きるようになった。自分じゃない感じなんだ。濡れるはずがないのに、全身が水を浴びているような気がしたり、暑くなったりこすられたりする感じがしたり……」

遊びなら、面白い現象だ。しかし当人にとっては笑い事ではなかっただろう。

〈それは、おれかMJの皮膚感覚が伝わったからだ。きみの皮膚は、サイファの皮膚なんだ〉

「あとで、それが、わかった。ちょっとした副作用だとジェンクスは言ったけど、そんな副作用があるなら、やめていたよ。ジェンクスは、おれの訴えなんかまるで聞いてくれなかった。別の皮膚を再移植してくれと言ったら、それはできないって」

〈だから、彼を殺したのか〉

「あんたたちは、なんなんだ。なんで現れた」

リーはベッドに腰を下ろし、枕元のスタンドの明かりを点けた。部屋の照明はそれだけだ。

「明るくなっても、見えている……ちくしょうめ」

リーはいきなり拳をMJに向けて突き出した。ちょうどMJの下腹のあたりだ。怒りをたたきつけるような、強烈な一撃だ。が、うめいたのはリーのほうだった。MJが、殴られる感覚を想像してリーにそっくり返してやったのだ。

〈自分で自分を殴ってどうするの〉

MJは笑った。リーがまったく突然に、サイファへの怒り、殺意と言ってもいいほどのそれを抱いたことを、MJはわくわくした気分で受けとめていた。

〈やっと地を現したわね。寝ぼけていては、よく心を読めない。もっと目を覚まさせてあげる〉

「サイファめ。化け物だ」

リーは自分の左の肘の皮を思いきりつかんで、引っ張った。皮を引き剝がそうとするように。彼自身の意志だった。一瞬、激しい痛みをMJもおれも感じたが、自分の苦痛ではないことがわかっているから、痛みをブロックするのは簡単だった、幻の痛みなのだ。だがリーのほうは、そうではない。自分の皮膚だ。リー自身がどう思おうと、いまその皮膚は、彼の身体の一部なのだ。

〈もっとやるがいい。あなたがやりたいことを手伝ってやるわ〉

びしり、と皮が引き裂かれる感覚。

〈やめろ、MJ。殺してしまうぞ〉

〈コウ、こいつよ。わたしを殺そうとした。ジェンクス殺しの濡れ衣を着せようともした。許さない〉

おれはMJの意志に逆らい、リーの意志にも干渉して、リーの腕の力を抜かせる。

リーは頭を抱えて、すすり泣きを始めた。

「なんなんだ、これは。ぼくは夢を見ているんだ。あんたたちのその姿はなんなんだ。生き霊か……これは夢だ」

〈これは現実だ。夢じゃない。サイファの皮膚で、きみとおれたちの心が通じ合っているんだ〉

「ぼくの皮膚を返してくれ。移植なんかしないで、自分の皮膚が崩れて死んだほうがましだった。こんな狂った夢をずっと見ていなければならないなんて、もう嫌だ」

リーの精神は疲れ切っていた。なにが現実なのかを示す指標を失っているのだ。

人間は、自分の身体は自分のものだと信じて生きている。当然だろう、つねれば痛いし、石につまずけば、転ぶ。環境を身体で認識し、そこから受ける刺激が一致しているから、世界における自分の存在というものを信じていられる。リーは、彼のものではない刺激をその皮膚から受けて、自分の身体の感覚が信じられなくなっていた。なにが現実なのか、どこまでが自分の身体なのか、わからないのだ。

それがどんなに恐ろしいことか、おれにもわかった。おれ自身も、体験したからだ。他人の夢を見せられていたときは、その夢に自己を乗っ取られるような怖さがあった。MJも、そうなのだ。だから、この事態を解決するために、おれと協力することに同意したのだ。サイファであるおれたちですら、そうなのだ。リーは、崩壊する心配のないサイファの皮膚を得た代わりに、精神の安定を失った。肉体は崩壊しなくても、精神がすり切れてしまう。普通の人間にサイファの身体をそのまま移植しては、駄目なのだ。

〈来いよ、リー〉

「どこへ」

〈おれの部屋だ〉

「……行くと、どうなる」

〈これが夢でないことがわかる。おれとMJは、部屋にいる。本当にいるかどうか、確かめるために、来い〉

〈そうね。それがいいわ。このままでは、あなたは確実に精神に異常をきたす。そうなる前に、来て話しなさい。なぜ、どうして、ジェンクスを殺したのかを〉

「ぼくが、ジェンクスを殺した？」

リーがマイロウ・ジェンクス殺しの犯人だということを、まだおれたちはリーの心からつかんではいなかった。リーの意識に上らなかったのだ。だが、リーが殺したのだということは、MJもおれも疑わなかった。他にだれがやるというのだ。だから、面倒をしてまでリーの無意識野の記憶を探ろうとはしなかったのだ。

だが、リーが自らジェンクス殺しのその事件について意識的に思い浮かべた、そのとたん、思ってもみない事実がおれたちの前に明らかにされた。リーの記憶だ。MJは、リーの無意識野の記憶も探り、それが事実だということを確認した。

「……こいつじゃないわ」

MJのうめくような声。口から出たのだ。おれの部屋で。半分寝ていたおれは、自分のベッドから跳ね起きた。完全に覚醒する。

おれとMJがリーの心から読み取ったのは、リーがこの事件の犯人ではない、ということだった。

リーはたしかに『ネズミ回廊』に行っていた。だが、そのとき、すでにマイロウ・ジェンクスは路上に倒れて、死んでいたのだ。首を絞められて。

タイスが食卓からおれを見ている。

「どうしました、コウさん。例の悪夢？」

「ああ……いや、夢じゃない」

おれは、タイスと向かい合って腰掛けているMJと顔を見合わせる。

「殺しておけばよかった」冷ややかにMJは言った。「あの男を。それで申大為も納得したでしょうに」

「あんたと申大為を組ませたくないな、MJ。リーは被害者だ。生きている人間なんだ。将棋の駒じゃないんだぞ。危うい綱渡りをするように生きてきて、いまも苦しんでいるんだ」

「彼は死にたがっている。ちょっと後押しをしてあげるだけよ。苦しみからも解放されるわ」

「彼が自殺するのは、勝手だ。おれも止めはしないさ。だがあんたが殺そうとするなら、おれは黙って見過ごしはしない」

「あなたはお人好しよ。彼はその気になれば、わたしたちを殺せたわ。隙を突かれたらやられていた」

「それは認めるよ。おれたちのサイファの力は全能じゃない」

「なんです。なにがあったんですか」

「……おれたちが突き止めた男は、たしかにサイファの皮膚をジェンクスに移植されていた」おれはタイスに言った。「ジェンクス殺しの現場にも行っている。だが、そのときジェンクスはもう殺されていたんだ」

「……その男とは、だれです」

「来るわよ、もうすぐ」

ＭＪが目で入口を指した。

「そのドアの前に立っている」

おれがそう言うと、タイスはかすかに身震いした。事件の手がかりが向こうからやってくるというので取り調べを前にして武者震いをした、のではない。おれたちがサイファの力で突き止めた者がやってきたということに、まるでおれたちが墓場からそいつを呼び出したかのような恐怖をタイスは感じたのだ。

そのタイスの感覚は正しい、とおれは思った。ドアの外に立ったリーは、生きる気力の薄い、ほとんど死人だった。打ちひしがれている。

おれはベッドを降り、そのリーを迎え入れるために、ドアを開いた。

10

リーはおれを見て、それからおれの肩越しに部屋の中に視線を移し、MJを見つけた。タイスの姿もあったが、リーはタイスには注意を払わなかった。

「夢ではないことがわかったか？」

リーは無言で、うなずいた。

「入れよ。逃げても解決はしない。きみはジェンクス殺しの容疑がかけられている。おれも、MJもだ。真犯人探しに、互いに協力しあおうじゃないか」

「捕まえられないよ」

リーはぼそりとつぶやいた。リーはジェンクス殺しの犯人の目星をつけていた。確信を持って、ある男が犯人だと思っていた。だがリーにはそんなことは、どうでもいいのだ。自分のものではない感覚につきまとわれ、死んだはずの自分の父親に襲われるという非現実的な日常を生き、それに耐えるので精いっぱいなのだった。

「きみのその皮膚のことは、なんとかする。再移植してやれるだろう。MJが面倒をみる」

「なぜ、わたしがそんなことをするというのよ」

「MJ、あんたは金持ちだ。リーがおれたちと同じ皮膚を持ち続けるのは、あんたも嫌だろう」

「費用は犯人に出させるのがいいわ」

「そうだな。民事訴訟を起こそう」

「ぼくは……自由人だ。だれも相手にしてくれないよ」

「捜査に協力してもらえれば」とタイスが緊張した顔で、言った。「悪いようにはしない。ぼくは市警中央署第四課のタイス・ヴィー。法的な手段はいくらでもある」

「中大為を代理人にするとかな」とおれ。

「中大為はそんなことはしないでしょう」とMJが水を差すようなことを言う。

「ぼくが責任を持つ」タイスが言った。「だから、きみの知っていることを聞かせてくれないか」

リーはため息をつき、迷った。だが、他にどうするべきか、なにも思いつけなかった。いつも自分はこうして、周囲に利用され、流されていくのだ、という敗北感を抱いたまま、突っ立っていた。

「きみは本当に、子供のあのとき、父親を殺しておくべきだったんだ」とおれは言ってやった。「もう逃げるのはやめろ。みんなが迷惑する」

「だれにも迷惑なんか……」

「かけているのよ」とMJ。「あなたは、もっとも憎むべき父親を心で始末しないで生きてきた。あなたが抱く敵意は、すべてそこに通じているのよ。本来その父親に向けられるべき敵意なのに、あなたはそれをうやむやにしてきた。自分は父親を殺したのではない、助けなかっただけだ、あいつは勝手に死んだのだ、と。自分が殺したのだと認めないから、それがねじ曲げられて、関係のない他人に怒りを感じる。でも、怒っても、すっきりはしない。敵意をいだく相手を間違えているから。間違えられたわたしたちは、迷惑している」

リーは、MJの言葉に誘われるように、部屋に入った。おれはドアを閉めて、ベッドに腰を下ろした。食卓には二脚の椅子しかなかったから、リーの落ち着くところがない。MJが立って、「ここ」と言った。「容疑者の選手交代よ」

MJは食卓脇の壁に寄り掛かって、腕を組み、食卓のタイスを見下ろす。どちらが調べられているんだか、とふとタイスは思う。MJのその態度は威圧的だ。しかしリーがおずおずと空いた席に腰を下ろすと、タイスは刑事に戻った。

リーの右耳から下顎にかけて、赤い筋状の痕《あと》があるのをタイスは見つけたが、それはおいておき、「まず、きみの名前と住所、年齢と職業を聞かせてもらいたい」と言った。

ヴィー刑事の事情聴取が始まった。

「名前は、リー」

「名字は」

「トマスかな。父親はトマスと呼ばれていた。ぼくは、リー。それだけ。自由人だ。定職はない。いまはボーモント・ホテル、二〇三号室に住んでいる」

「一人でか」

「そう」

「年齢は」

「二十七」

「もっと老けて見えるけどな」

「二十八かもしれない。忘れた。最近、数えていないから」

「ふざけているのか」

「タイス、彼には、生まれた年がよくわからないんだ。自由人には珍しくない」とおれ。

「誕生日はわかるよ」とリーは言った。「母親が子供のころ、プレゼントをくれたから。あのころは、まだよかった……」

「フムン」

タイスは、サイファを取り調べるのも初めてなら、年齢も名字もわからない自由人を相手にするのも初めてだった。

しかしタイスがとまどったのはその最初だけだった。

「きみはいま、なぜここに来た」

「なぜって……この人のあとについてきたら、ここだった」MJを指して、リー。「信じてもらえないと思うけど、生き霊のようなものなんだ」

「こちらが信じるかどうかなどに気を遣わなくてもいい。質問にただ答えてくれ」

「ぼくはやっていない。ジェンクスは、もう死んでいたんだ。放ってはおけないと思ったけど、死体から離れようとしたとたん、後ろからだれかに殴られて気を失った。気がついたら、自分のベッドで寝ていた」

「待てよ。質問はこちらがする。いいな？」

「……うん」

タイスは、じっくりと時間をかけて、リーから事情を訊き出し始めた。リーはすべてに答える気になっていたから、おれはその心から、リーとこの事件の関係を、タイスより早く、しかも深く、知ることができた。先ほど読み取ってはいたが、より鮮明に。

ぼくは、皮膚に異常を感じて、ダーマキスの無料診断に行ったんだ。予備診断のあと、マイロウ・ジェンクスという人が診てくれることになった。彼は、ぼくの皮膚はもう寿命で、放っておけばあと数ヵ月の命だと言った。それは、ぼくもそう思っていた。助けてください、と言うと、診断は無料のボランティアでやっているが、治療はそうじゃないと言われた。保険に入っていないなら、かなりの費用を覚悟する必要がある、と。それなら、仕方がない、

あきらめられるのか、そんな簡単に。

——仕方がない？　金はないし、あてもない。あきらめるしかない。で、出ようとすると、ジェンクスが、でも臨床試験の被験者に志願するなら、助けられる、と言ってくれた。いくつかそうした人間を募集している研究チームがあって、自分のところもそうだ、費用は研究所が持つから心配はない、とその内容を彼は説明してくれた。つまり、その時点では、ぼくには他の皮膚も選択できたんだ。

ぼくがジェンクスの実験の被験者に同意したのは、彼の被験者になれば、もう他の臓器の寿命も気にならなくなるだろう、うまくいけばだが、その皮膚は、人間を臓器崩壊の悪夢から解放することになる、という説明を受けたからだ。もし命に関わるような異常がでたら、やり直すことになるが、生命の保障はする、他のチームの実験でもそれは同じだが、どうするって。ぼくは、見栄えのいい皮膚なんかより、ジェンクスが研究している、永久に臓器崩壊の心配がなくなる皮膚、というのに引かれたんだ。人間、いつ、どこがおかしくなるかもしれないだろう。皮膚が駄目になったら、それだけですむ、というもんじゃない。運が悪ければ、皮膚の次は、腸、次は骨かもしれない。自由人のぼくには、そうなったら、もうお手上げだ。ジェンクスの研究がうまくいけば、そういう心配をもうしなくてすむんだ。

——ジェンクスは、それがサイファの皮膚と同じものだということを言ったのか。

試作品はできているが、実際に移植してみるのは初めてだとは言ったけど、どういうものなのかは、詳しくは言わなかった。この実験は非常に画期的なものになる可能性があるから、秘密にしたい、だから、次からは、研究所の人間にもわからないようにこちらで手配するから、それに従ってくれないか、と言われた。で、ぼくは、ジェンクスが紹介してくれた、皮膚科病院に行くことになった。

彼の姉が皮膚科の開業医で、紹介されたのは、そこだ。ジェンクス自身も移植医師の免許を持っていて、その病院をときどき手伝っていたんだそうだ。そこで、ジェンクスが、用意した皮膚をぼくに移植した。麻酔をかけられるときは、手術室にはジェンクスだけだったけど、手術をやることは秘密ではなかった。ぼくは偽名を使わされたけど。ジェンクスが身元保証人になった。

——こちらの調べでは、ジェンクスには姉などいない。

じゃあ、ぼくにはそう言っただけで、愛人かなにか、そんな関係かもしれない。もっとも、術後ケアを受けて、退院するまで、その姉という人には会わなかったな。皮膚の様子はジェンクス自身が診た。それを不審に思う人間はだれもいなかったと思う。ジェンクスは、何人もの皮膚交換手術を担当していたようだし、ぼくが受けたケアも人工皮膚に交換した人と同じプログラムだった。でもぼくに移植した皮膚が、ジェンクス自身が研究している特別なものので、ぼくがその被験者だというのは、だれにも、姉にも言っていないから、そのつもりで秘密を守るようにとジェンクスからは念を押された。

——彼が違法行為を企んでいるとは思わなかったか。

法律なんて、ぼくには関係なかった。護ってはくれないし。とにかく、ぼくは、皮膚を一刻も早く交換しなくてはならなかったんだ。生き延びるチャンスをつかんだんだから、死にたくはなかった。手術はうまくいった。その皮膚のおかげでぼくの寿命は延びた。

でも、退院して二、三日あとから、おかしなことが起こるようになったんだ。最初は、皮膚の知覚異常だ。それから、幽霊がちらちらと感じられるようになった。なんとなく気配を感じる程度だったけど、移植した皮膚のせいに決まっていた。

それで、これはどういう皮膚なんだ、とジェンクスに訊いたんだ。研究所の彼の研究室で。退院したあとで皮膚になにか異常を感じたら、すぐにそこに来いと言われていた。

そのとき、これはサイファの皮膚と同じものだと、打ち明けられた。その前から、薄薄知ってはいたけど。昔ライトジーン社の作った人造人間の皮膚の研究をしている、というのは秘密じゃなかったから。でも、その人造人間がサイファと呼ばれる超能力を持っているというのは、ぼくは、知らなかったんだ。人造人間が作られたのは、ぼくが生まれるよりずっと前のことなんだから。

——たしかに、いまは知らない人間のほうが多いだろうな。で、ジェンクスは、サイファの超能力のことを研究していたのではないのか。

詳しいことは知らないけど、超能力というのが、臓器崩壊を起こさないこと、というのなら、そうだろう。以前から、ダーマキスに限らず、各社で、その人造人間のパーツをそのまま使ったらどうなるか、という研究は行われているから、それ自体は秘密でもなんでもない、とジェンクスは言った。だいたい、人造人間の身体は、一種の欠陥品で、いまはいい人工臓器が作れるようになったことだし、この時代に本腰を入れてサイファのそれを研究している人間はいない、だから、皮膚で実際に実験してみるのは、自分が初めてだろう、そもそも皮膚のようなパーツは比較的簡単に代替のものが人工的に作れるというので軽視されてきたが、とんでもない、これこそが、もっとも臓器崩壊を防ぐための最重要パーツなんだ、それを自分は確かめたいんだ、とジェンクスは説明してくれた。

おかしなことが起きるといっても、なにもないほうがおかしいので、それも被験者の宿命として、もう少し付き合ってくれ、と頼まれた。気持ちはわかった。

でも、三日が限度だった。ジェンクスは、ぼくの話は聞いてはくれたが、命に別状はないだろうの一点張りで、全身の精密検査はしてくれたが、幻覚に襲われたりすることへの対処はなにもしてくれなかった。なにもかもうまくいっている、ちょっとした副作用だ、そのうち慣れる、と言うんだ。

でも、ますますひどくなるばかりで、ぼくはもうジェンクスは頼れないと、研究所の所長に直訴したんだ。そう、ジェンクスには相談せずに。

――ダーマキス研究所の所長は（とタイスは手帳を見て言った）、ルジライ・ハッシュという男だ。

うん。彼は、最初は乗り気じゃなかったけど、ぼくが実際にその皮膚移植を受けていると知ると、驚いて、ジェンクスの研究内容を根ほり葉ほり訊き始めた。もちろん、みんな答えた。とにかく助けて欲しかった。

で、そのときだ。ほんとに恐ろしい、思いがけない、奇妙なことが起きたんだ。

「奇妙なこと？」

とタイスが首を傾げた。リーはうなずいたが、どう説明していいのか迷い、考えがまとめられなくなって言いあぐねた。

おれは、リーの思い浮かべているその光景がわかったが、黙っていた。説明は本人の口からさせるのがいい、と。だが、ＭＪが口を挟んだ。

「リーは、知っているはずのない、そのハッシュという男を、知っていると感じたのよ。するとトマスというリーの父親がいきなりその場に出現した。トマスが、ハッシュに向かってこう言うのも、はっきりと聞こえた。『活きのいい死体がある。買ってくれないか。女だ』って」

「そうなんだ。トマスは、ぼくの母親を、ハッシュに売ったんだ。ぼくは、それが、わかったんだ。ハッシュに会った、そのとき」

「……死体売買は違法だ」

「当時ハッシュは、駆け出しの研究員で、研究用に死体を欲していたのね。彼は手っ取り早くそれを手に入れるには自由人を利用すればいいと、自由人がたむろしているところに行ったかなにかして、リーの父親と出会った」

「母さんは、殴り殺されたんだ。あいつに。ぼくの父親のトマスに。あいつは、死体を始末するのに困っていた。ハッシュが引き取ってくれるなら、金にもなる。ぼくは隠れていた。見つからなかったと思ったけど、酔っぱらっていたくせに、ぼくに見られていたのを、知っていたんだよ。『見ていたろう、次はおまえだ』って、あいつはそう言って、ぼくのほうを見た。いや、それは子供のときじゃなく、所長室に現れたそいつが、だよ。幽霊が本当に目に見えて現れたのは、そのときが初めてだった。ぼくは、その場で悲鳴を上げそうになった。怖いながらも、でも、このとおりの取引が、昔実際に、ハッシュとトマスの間であったんだ、と思った」

「それが、サイファの力なんだよ、リー。きみは、ハッシュの心の中にあった父親の存在を見つけたんだ。ただでさえ、トマスの幽霊を皮膚で感じることに悩まされていたから、無意識のうちにも、どこかそのへんにいないかとびくびくしながら、探っていた。だから、ハッシュの中にそいつがいるのを見つけられたんだ」

「そうか、そうなんだな……サイファか。サイファの超能力というのがそういうものだ、というのはハッシュから聞かされた。ジェンクスが説明してくれなかったことだよ。いまもその人造人間は生きていて、その感覚を共有しているから、幻覚を見るのだろう、と。ぼくには超能力なんて、信じられなかったけどな」

「きみはそれだけでなく、それをきっかけにして、ハッシュの心も読めるようになったはずだ」

「そうなんだ……ハッシュの気持ちが、感じられた」

「きみはぼくの心も読めるのか?」とタイスはリーを見据えて訊いた。

「いいえ」とリー。

タイスはＭＪを見上げる。

「本当よ」とＭＪ。「限定的なサイファの力ね。だれに対しても発揮できるわけではないんだわ」

「理由がわかれば、安心だろう」とタイスはリーに向きなおって、言った。「ハッシュが過去になにをしたかは別にして、幻覚を見る理由はわかったわけだから」

「いや。理屈なんか、慰めにもならないよ。あれは、とにかく怖かった。『今度は、子供の活きのいいのが欲しい』とハッシュは言った。口を動かさずに。まだ生きていると幽霊のトマスが言うと、『早死にしそうな子供はいくらでもいるじゃないか』、だ」

「その昔のことを、ハッシュに言ったか。きみがハッシュの心を読んだ、ということを、彼に言ったか。人が心で考えている内容を感じ取るサイファの力が自分にもある、ということを」とタイス。

「言えなかった。とにかく怖かった。子供のころいつも殴られ、脅えていたし、かばってくれる母さんが殺されてからは、もう味方はだれもいなかった。ドラム缶に突っ込まれて殺されかけたときも怖かったけど、あの所長室の怖さほどじゃない」

「フム」

「子供のころ、ぼくが殺されかけたのは、ハッシュというあの男のせいなんだ。母さんも、そうなのかもしれない。殴り殺してしまったから売ったのではなく、買うと言われたから、殴り殺したのかもしれない。そのへんのことはよくわからなかったけど、このハッシュが父親とそういう関係にあったことが、ぼくには感じられたんだ」

「リーがハッシュから読み取ったのは、昔のことだけじゃないのよ」とMJ。「ハッシュは、部下のジェンクスの研究内容をデータごとごっそり自分のものにしようと考えた。それがリーには、わかったのよ。だから、怖かった。ハッシュの気持ちの動きは、こんな感じよ――ジェンクスを殺してしまえばいい、だれにやらせようか、この自由人は生かしておくほうが得かな、どうだろう？」

MJはすらすらと、ハッシュに成り代わったかのように言った。事も無げに。ハッシュ自身より凄みがあるかもな、とおれは思う。

「そもそも、幻覚を見るというのは、弱いがサイファの力がこの男にもあるからだ、とハッシュは思った」とMJは続けた。「それなら、心も読めるかもしれない。こいつはいま、わたしの心を読んでいるかな？」

「……あの目。ちびりそうになるほど怖かった」

「なぜだ？」とタイス。「なぜそんなことが怖いんだ？　相手の心が読めるきみのほうが圧倒的に優位じゃないか」

「それは……」

そう口ごもるリーの代わりに、おれが答えてやることにした。リーには説明のしようがないことで、それがタイスにはわからないのだ。

「まさに蛇ににらまれた蛙だよ、タイス。おまえは、人間なんて、強い者に対してはへつらい、弱い者には蛙を飲み込む蛇のように高圧的にふるまうものだ、と思っている。にらまれても、隙を突いて一発逆転を狙えばいいじゃないか、と。そう思うのは、おまえが恵まれているからだ。つまり、人間はみな同じ生き物だと思っているからだよ。でも、そうじゃないんだよ、タイス。徹底的に虐げられて生きている者にとっては、ある種の人間はもはや自分と同じ生き物ではない、別種の、捕食者も同然なんだ。にらまれたら、それだけで身動きできなくなる。リーの立場が、そうだった。それに対して、ハッシュという男もまた、リーのような人間は人間ではなく、食い物にして当然だと、もう無意識にそのようにふるまうんだ。ほとんど本能的なものなんだ」

「そうね」とMJ。「性格や育ちにかかわらず、そういう人間はいるわ。ハッシュという男は、他人の研究成果を自分の手柄にしてのし上がってきた、人に恨まれるような性格だけど、組織の中ではそんな人間は珍しくもない。人間関係にもまれるうちに、そういう性格になっていく、ということもあるでしょう。だけど、ハッシュの性格、というより性根というべきかしら、彼のそのタイプは、犯罪者に分類されるべきものよ。自由人であろうがなかろうが、邪魔な者は消せばよく、消しても自分が傷つくことは絶対にないと無意識に信じている。それこそ本能的に。そういう素質を持っているタイプの人間なのよ。実際に犯罪を犯すかどうかには関係なく」

「そういうハッシュは、ダーマキスでの自分の地位に見切りをつけて、ものになりそうな他人の研究成果を元に、独立することを考えていた。できるだけ儲かりそうな事業だ。美容関係のことも考えていたかもしれないが、そこまでは、リーは感じ取ってはいなかった。リーが感じたのは、ジェンクスの研究が臓器崩壊を食い止めることができるなら、莫大な利益と権力を手にできる、ということだ。タイス、おまえさんが予想したとおりなんだ」

「あなたたちは……本当にぼくの心を読んで、それがわかったのか」とリー。「調べもせずに？」

「調べたんだよ。そう、きみの心をのぞき見して」とおれ。

「なるほど」

とタイスは、なるほどとはあまり思ってはいない口調で、言った。実際、納得はしていない。

「それで、ジェンクスを殺したのは、そのハッシュ所長だと言いたいのか。三人とも、そろって、そう言いたいわけだな。心を読める二人のサイファァと、半分サイファァの自由人が」

ＭＪが腕組みを解き、マニキュアの具合をみるような仕草をして、タイスに言った。

「ティーヴィー、サイファァを嘲笑うと、怖いわよ」

「証拠はなにもない、という意味だ」

タイスは怒ったように言ったが、皮肉っぽいことを口にしたのは後悔している。タイスも疲れてきたのだ。

「わたしは、あなたに証拠をあげるためにここに来たんじゃないわ。あなたが、話を聞きたいというから、来てあげたのよ。もう帰るわ。わたしたちの問題は片づいたから。わたしの、かしら。コウ、いいかげんにしておくことね」

おれはあいまいにうなずく。

「感謝しているよ」とおれは言った。

「悪夢の原因を突き止めたのは、わたしのためよ。あなたのためじゃない」とMJは答えた。

〈だからさ〉とおれは心でいった。〈リーを見つけたついでに、無防備なおれを、出来の悪いサイファの片割れのおれを、殺さなかったことに、感謝しているんだ〉

〈さすがに、できなかったわ。刑事の前ではね。ティーヴィーに感謝しなさい。彼は優秀だわ、ほんとに〉

〈タイスはハッシュの尻尾を捕まえられるかな〉

〈ティーヴィーは中大為とは違う。犯人はだれでもいいとは思っていない。だから、ハッシュを捕まえられなければ、迷宮入りで処理するでしょう。リーやわたしたちを犯人にでっち上げることだけはしないでしょうね。中大為に放り出されない限り〉

〈中大為はそれはしない〉

〈なら、わたしたちは、安心よ。さよなら、コウ。もう二度とこうして会うことがないように祈っている〉

〈おれもだ〉

「ちょっと待ってくれないか」と、帰ろうとするMJをタイスが呼び止めた。「あなたの機嫌を損ねたのは、悪かった。謝るよ。すまなかった。リーの話はまだ聞き終えていない。それまで付き合ってもらいたいんだ」

「まだわたしにどんな用があるというの？」

「率直に言えば、あなたがリーを利用して、捜査を混乱させているのかもしれない、と疑っている。他に犯人がいると思わせて帰るのが、目的なのかもしれない。いまあなたが帰れば、ぼくはそれを本気で検討することになる」

「しつこいわね」

まったくだ、とおれも思う。タイスはとにかく、リーが言うことにMJがどういう反応を示すか、それにも注意を払っているのだ。

「わかったわ」

MJは根負けして、そう言った。タイスは自分の椅子をMJに譲る。

「ぼくが……立ちましょうか」

居心地が悪そうにリーが言ったが、タイスはいい、と断り、新しいコーヒーを入れる。MJは出されたそれを、優雅にすすった。リーはその姿に見とれていた。タイスも。タイスは自分もリーと同じことをしているのに気づくと、腹立たしそうに事情聴取を再開した。

「話が脱線してしまった。元に戻そう。ハッシュは、それから、なにを言った。悪夢を見るのはサイファの皮膚だからだ、と言っただけではないだろう」

「ハッシュは、きみに迷惑をかけているのは、二人のサイファで、一人は居場所がわかっているが、もう一人は、わからない。隠れているんだ、と言った」

「それで？」

「ハッシュは、その隠れているもう一人のことが知りたかったんだ。名前を教えてくれた。菊月虹、だと。そして、このサイファはぼくを探し出して殺そうとするかもしれない、と言った」

「半分は当たっている」とおれ。「おれではなく、ＭＪは実際にそういう気持ちになったからな」

「コウ、仲間割れは、なしよ」

おれは肩をすくめて、黙る。

「それでハッシュは、コウの居場所を突き止めたら、どうするつもりだったんだ」

「それはわからないよ。とにかく怖かった。ハッシュは、ジェンクスの研究を横取りすることを考えていた。それはわかった。利用できないなら、消してしまおうか、というのは、感じられた。ジェンクスのことだと思うけど、ぼくのことでも、サイファの、あなたたちのことでもあったのかもしれない」

リーはＭＪをまぶしそうに見つめながら、言った。その視線を心地よく感じながら、ＭＪが答える。

「みんなまとめて、というのは、ありそうなことだわ。独占欲が強い男のようだから。莫大な利益を生むかもしれないサイファの皮膚についてのすべての情報データを消してしまいたいと思っても、不思議じゃない。馬鹿がつくほど単純な男なのよ。でもこれまでそれでうまく生きてきた」

リーはうなずいた。

「で、まだ続きがあるのよ」ＭＪはリーを見て言った、「リーはそのことを、ジェンクスに話したのよ」

「そうなのか？」とタイス。「なにを言ったんだ」

「……あなたは、ハッシュ所長に研究成果を横取りされて、下手をすると、殺されかねない、なにせ彼はぼくの母親の死体を買った男だ、と」

「なんてこった」タイスは壁に寄り掛かって、ため息をついた。「ジェンクスとハッシュが殺し合うように、けしかけたようなものじゃないか。そうしたかったのか」

「いいえ」脅えたように、リー。「話さずにはいられなかった。ジェンクスは、ぼくの命を保障すると約束したし……護ってもらいたかったんだ」

「事情が違うだろうが。なにを考えているんだ、まったく。ハッシュが本当にそういう男なら、抗議に出かけたジェンクスを、それこそ消してしまいかねないだろう。仕事上のいざこざで気に入らない部下をいじめるくらいのことではすまないだろう、というのは、きみに予想できなかったはずがない。いちばんそれを知っていたのは、きみなんだからな。現実にジエンクスは殺された。だれにだ？　きみの話を聞けば、その、ルジライ・ハッシュしかいない。ハッシュにそう仕向けたんだぞ、きみは。なぜだ。本当は、きみはハッシュにではなく、ジェンクスに恨みを持っていたんじゃないのか。それとも、ハッシュに人殺しをさせて、殺人犯にして警察に捕まえさせ、こいつはひどいやつだと世間に知らしめて、それで復讐をするという計画――いいや、そんなことは、どうでもいい」

タイスは深呼吸をして、何度目かの気の取り直しをして、地道な捜査原則を思い出し、それを実行した。

昨夜は、どこにいたか。現場に行ったのはなぜか。

それにぼそぼそと答え始めるリーの言葉を唐突にＭＪが遮った。

緊迫した声でＭＪが告げる。

「だれかが、殺意を抱いて、やってくる」

「なんだ、それ」とタイス。

「リーと、その近くにいる人間を恨んで、殺しにやってくる。コウ――」

「近いな。危険だ。かなり」

おれも、それを感じた。

「なんだって？」とタイス。「リーの話のことじゃないのか」

「いま、だ。すぐに来る」

「なんで」とタイス。「ぼくには恨まれる覚えはない。だれだ。ハッシュか。まさかな」

リーが脅えて、失神しそうな感じで椅子の背にぴったりと身体を押しつけて、言った。

「ハッシュが雇った殺し屋だ。きっとそうだ。ぼくを犯人にみせかけて、皆殺しにするつもりだ」

タイスは素早く自動拳銃を出し、初弾がチャンバーに装弾されているのを確認する。

「敵の武器はわかるか、コウ。MJ、市警に連絡をとって」

サイファが察知した危険を、タイスは疑わなかった。

「武器は持っていない」とおれ。

「コウ、なにを寝ぼけたことを言っている。危険なんだろう。MJだって——」

タイスが見やるMJも緊張している。

「そう、素手だわ」

「数だよ、タイス。武器は数だ。二十人はいる」

そう言い終わらないうちに、どやどやという足音とざわめきが、ドア越しに聞こえてくる。

「撃つな、ティーヴィー。相手は自由人だ——」

鍵を掛けていないドアだったが、その集団はノブを回すのももどかしく、それを集団の圧力でぶち破って、なだれ込んできた。

それは、自由人たちの、怒りの炎のようだった。

11

それがあってから、ルジライ・ハッシュが逮捕されるまで、二週間弱の時が必要だった。十三日だ。もっとも、逮捕されたからといってルジライ・ハッシュが起訴され、さらに裁判で有罪になるとは限らなかったが、おれはそれを確信していた。

だが、中央署第四課がどうしてハッシュ逮捕に踏み切れたのか、その捜査過程はおれにはわからなかった。中大為はそこまでおれを付き合わせてくれなかったからだ。

そこで、ハッシュの取り調べが一段落したであろう、さらに一週間後、おれは目星をつけておいたウィスキーを買った足でそれを訊きにタイスに会いに出かけた。

そのタイスは他の事件の捜査のために出かけていて、署にはいなかった。それでも中大為には会うことができて、おれはウィスキーの包みを抱きながら、話を聞いた。

「ハッシュはまだ取り調べ中だ」真顔で中大為は言った。「その情報は部外者には言えない」

「ハッシュを有罪にできそうか」

「あれで無罪なら、わたしの将来はない」

「じゃあ、大丈夫だ。おれに感謝しろよな」

「それが買えただけで、満足だろう、セプテンバー・コウ。中味は見なくてもわかる。いま仕事はどうしている」

「博物館の改修工事に戻ったよ。きょうは休みだ」

「それはよかった」、

「あんたは冷たいよ。おれは部外者じゃない。被害者だぜ」おれはウィスキーの包みを抱えなおして、言った。「あのとき、あの集団が襲ってきたときは、もうだめかと思った。一人も死者が出なかったのは奇跡だと思いたいところだが、タイスのおかげだ。彼の身体を張った説得には迫力があった。タイスの身体は大丈夫か」

「若いからな。まあ、骨折もなかったから、回復も早い。いまはもう普段どおりだ」

「よかった」

殺気をみなぎらせてなだれ込んできた自由人たちは、リーを見つけると一斉に飛びかかった。そのリーを、身を挺して護ったのはタイスだった。拳銃をＭＪに預けて、リーに覆い被さったのだ。

倒れ込むその二人に侵入者たちは罵声《ばせい》を浴びせながら、二人を引き離して殴り殺そうとしたが、それでもタイスはリーから離れなかった。おれは殴る蹴るのその暴行の嵐の中に入って二人を助けようとベッドから飛び降りたが、二人を殴ることにあぶれた連中が、つまりあまり大勢いたので全員がタイスとリーを同時に殴ることができなかったからだが、そいつらがおれに襲いかかってきた。

おれは自分を護るのに精いっぱいだった。ＭＪに、なんとかしろ、と叫んだが、ＭＪもこれでは苦戦しているだろうと目をやると、ＭＪに手を出そうという者はいないのだ。男たちは、ＭＪを見る余裕のあった者たちだが、その連中は、女を殴り殺すことに抵抗を感じたのではなく、性的な暴行を考えてにやけていたのでもなく、本当に、手が出せなかったのだ。ＭＪが手にした拳銃を警戒したのと、それよりもＭＪが発するすさまじい怒りを、まるで炎を浴びるように受けたからだ。

『この、ネズミども、静かにしろ』

ＭＪは叫んで、拳銃を連射した。自分の前の男たちの足下へ、タイスとリーに群がる集団の天井に向けて。それで一瞬静かになり、男たちの動きが止まった。

だがＭＪがタイスたちの様子を見ようとテーブルを回って近づこうとしたとき、タイスの脇腹を蹴っていた一人が、そのテーブルを押しやって、ＭＪの体勢を崩そうとした。それが、ＭＪをさらに本気で怒らせた。ＭＪは拳銃を投げ捨てると、さっと右手をその男に伸ばした。距離は離れていたが、ＭＪの感覚ではその男の首を捕まえていて、そいつの身体を宙に持ち上げていた。現実に、それが、起こった。男は目に見えない力で首を支点に天井近くまで持ち上げられ、息ができずに足をばたつかせた。全員が、それを見た。

『だれに頼まれたの。言ってごらん』

それで完全に集団から優位に立ったことを意識したＭＪは、もう敵なしだった。笑みさえ浮かべて、ＭＪはそう言った。

『そう、言えないの』

口がきけるわけがない。

『では、他のネズミに訊くわ』

　このように事態が落ち着けば、口をきかなくても男たちの心から真相が読めた。おれにも。

『やめろ、ＭＪ。殺してしまうぞ』

　おれはそう言い、のしかかっていた相手をのけて、ＭＪに近づき、まず拳銃を拾った。

　タイスは失神していたが息はあり、リーはタイスにかばわれたその下で震えていた。

『おまえたちは、利用されたんだ。殺人犯にだ。真相を知っているリーと、刑事と、おれと、こちらのか弱い女性を、まとめて殺すためにおまえたちは利用されているんだよ』

　そうおれは言い、拳銃をＭＪに放った。ＭＪに捕まえられていた男は床に落ちて、気絶した。

『刑事だ？』だれかが言った。『リーは警察の犬か』

『馬鹿もいい加減にしないと、おれも怒るぞ。リーが犬ならこの刑事はリーをかばったりはしない。ついでに、おまえたちに向けて正当防衛で発砲している。だが、この刑事は、そうはしなかった。頭を冷やせ。彼は、おまえたちを人間扱いして撃たず、抵抗もせずにただリーを護ったんだ。そういう人間を、おまえたちはよってたかって殺そうとしたんだぞ』

『でもリーは、おれたちの稼ぎを……横取りしていた』

『そのようにおまえたちに吹き込んだのは、リーやおれたちが邪魔になった殺人犯だ。おまえたちはそいつの片棒を担がされているんだ。この刑事はそいつを捕まえようとしている。彼はおまえらを射殺しても咎められない立場にいたんだぞ。でも、そうはしなかった。おまえたちを動かした者と、この刑事のどちらを信じるかは、おまえらの勝手だが――』

『警察がすぐに来る。この刑事の同僚も来るわ。刑事たちは、仲間があなたたちから受けた暴行を笑って許すはずがない。豚箱に放り込んで、一人ずつ、徹底的にぶちのめすでしょうね』

一人、二人と後ずさり、あとはもう、来たときと同じく、我先に部屋から出ていった。まるで自らの意志など持っていない、外部の力に応じて生じた、津波のようだ、とおれは思った。一人、MJに気絶させられて逃げられなかった男が、彼らの代表になって、それこそ徹底的な事情聴取を受けた。

彼らは、ある手配師から、リーが自分たちの稼ぎを横取りしていると告げられ、頭に来てやってきたのだ。『いまリーは、仲間とあそこにいる、やるならいまだぞ』と、そいつにそそのかされたのだった。

そんなことで人殺しをするのか、とあとで元気になったタイスは言ったものだが、おれには彼らの気持ちはわかった。手配師からピンハネされても、彼らは憤りは感じるにしても敵意などは抱かない。彼らにとって手配師は、逆らえば食われてしまう蛇であり、自分たちは蛙なのだ。蛇に食い物にされるのは、あきらめるしかないし、あきらめもつく。だが、同じ立場の者がそれをやるとなると、話は別だった。そういう者に対しては、日ごろの蛇への鬱憤をもその者にぶつけて、容赦はしないのだ。

彼らをそそのかした手配師は、ジャッドだ。ジェンクスが殺されていることを通報してきた男。彼はジェンクス殺しの実行犯にいちばん近い男だった。実行犯はデモニクというジャッドの手下だ。ジャッドはデモニクに、帰宅途中のジェンクスを殺して現場に運ばせた。リーを現場に誘い出すために、ボーモント・ホテルの管理人にリーに現場に来るようにと伝言をしたのはジャッド。で、そこにやってきたリーを殴り、ジェンクスの指でリーの頬の皮膚片、まあ、垢《あか》を、その爪で引っ掻いて残したのは、デモニクだった。

その二人はもちろん、とっくに逮捕されていた。

そのジャッドやデモニクから、直接ルジライ・ハッシュに繋がるわけがないのは、おれも承知していた。その間には、いくつかの裏稼業の専門組織がある。タイスは、リーと手配師ジャッドという、いわば事件の底辺から捜査を始めた。いっぽう他の刑事は、ハッシュの身辺から捜査をしていき、それがタイスが調べ上げてきた線と一致することを確認したから、ルジライ・ハッシュの逮捕に踏み切ったというわけだろう。

でも、それら捜査の詳しい内容は、おれにはわからない。おれは、それが聞きたかった。

「ハッシュの犯行計画は、どういうものだったんだ？」

「計画を立てたのは、ハッシュが犯行を依頼したスキピオという、長年裏の付き合いのある男だ。いま二人は、互いに罪の擦《なす》り合いをしている。ののしり合いだよ。ハッシュは、実験経過を見るためにリーは生かしておきたかった。同時に、その皮膚を持っているサイファの存在は、研究素材を独り占めするには、邪魔だった。消えて欲しかったが、MJの居所はわかっているものの、もう一人が、わからない。いい手がある、とスキピオが提案した。リーの皮膚はサイファのものだが、それを移植されていることは、ジェンクスとリーしか知らない。リーは脅しをかければ、他に漏らす心配はない。ならば、殺したジェンクスにリーの皮膚片を残しておけば、警察はサイファが犯人だと、必死で探す。居場所は警察が探してくれる、というわけだ」

「そこまではうまくいったわけだ。だが、リーの存在をおれたちが突き止めたことは、計算外だったんだな」

「彼らの読み違いの最大のものはそれではなく、わたしが、おまえやＭＪを逮捕しなかったことだ。警察はジェンクスの遺体から犯人のものと思われる皮膚片を採取した、と報道された。だが、いつまで待っても、それがサイファの皮膚だとは発表されない。彼らはそれで焦った」

「やつらが、その皮膚がサイファのものだとすぐにわかるだろうと考えたのは、なぜなんだ。デルタファイルにおれのデータが入っていることを、やつらは知っていたのか」

「ルジライ・ハッシュは、この事件の前に、わたしと映話で話をしている」

「なんだ？」

「言ったろう、博物館の特別展示の件で、だ。サイファに関する研究をしている者がいれば、紹介して欲しい、と探りを入れた。当然理由を訊かれる。わたしは、サイファのものと思われる細胞サンプルがあるのだが、そちらの技術で鑑定が可能かどうか知りたい、と言って、ジェンクスを紹介されたのだ。むろん、展示会にそのデータを出さないでくれ、などとは言わなかった。はなから向こうにその気がないのなら、余計なことを言う必要はない。ハッシュは、警察はサイファのデータを持っていることを、それで予想できた」

「フム」

「もっとも、それがなくても、どんな手段をとってでも警察はその皮膚がサイファのものだと突き止めることを、ハッシュは疑わなかった。いや、疑わなかったのはスキピオのほうだ。ハッシュのほうは、何となく嫌な予感がしたのかもしれない。そんな小細工はしないほうがいいと、言った。スキピオのほうは、こんないい手があるのに使わないのは馬鹿だ、任せておけと胸を張って、ジャッドらを動かした。結果は、このとおりだ。彼らは、おまえの存在を世間から隠しているのが、このわたしだとはまったく知らなかったのだ」

「この事件の捜査責任者があんたでなければ、どうなっていたか、わからない、か」

「どのみち、サイファが関係するとなれば、わたしのところに回ってきたことだろう」

「で、計画がガラガラと崩れた。崩れるついでにおれたちを皆殺しにしようとして、自滅したということか」

「簡単に言えば、そういうことだ。スキピオのほうは、ジェンクスの死体にリーの皮膚をつければ、あとはリーは始末したかったが、いちおう依頼者の顔を立てて、放っておいた。リーの存在を警察が突き止められるはずがないとたかをくっていた」

「ＭＪとおれが突き止めなければ、そうだったろう」

「いや、いずれは捜査線上に、ジェンクスがだれかを実験台にして皮膚移植を実行したことは浮かんだろう。実際に、タイスやおまえとは別の班の部下たちは、その事実をあぶりだした。おまえがリーをここにつれてこなくても、部下たちがリーを探し当てていたのは間違いない」

「だが、それでは、リーが犯人にされていたと思うな」

「フム」

申大為は否定も肯定もしなかった。心の中でも。

「いずれにせよ、リーを生かしておいたのは、彼らの間違いだった、とは言える」と申大為は続けた。「リーを監視していたのはスキピオだが、おまえとMJがリーを呼び出したことに彼は仰天した」

「どうしてわかったんだ」

「リーの部屋に盗聴器があった。ついでに言えば、リーの移植皮膚内からは遠隔生体モニタ用のセンサも発見された。ジェンクスが移植実験の一環として組み込んだものだ。そのモニタ・システムはリーのそのセンサだけに反応するようにできていた。リーの居場所がわかる機能もあり、リーの足どりは常にモニタできた。そのシステムもむろんハッシュが横取りしていて、スキピオに預けて、よく監視しろ、と命じていた。そのモニタをスキピオが持っていたというのは、二人の関係を結びつける強力な物証だ」

「不用心だな」

「こちらは助かる。そのモニタには盗聴機能はないが、もしその機能があり、リーが行った先に、おまえとMJ以外に刑事がいるのを知ることがスキピオらにできていれば、彼らはもっと慎重な行動をとっていたと思われる」

「だが、あれは、サイファに対する策としては、いい手だ。集団で襲わせるとはな。あれではサイファでも危ない。一人二人なら、精神を集中して敵の心臓を止めることもできるが」

「あの手は、ジャッドが普段から用意していたものだ。必要なときには、いつでも自由人を扇動して、彼らに、自分の狙った者を殺すように仕向けられるようにしていたのだ。ジャッドはその手を実際に使ってみるいい機会だと思った」

「なんておれたちは頭がいいのだろうと言っているのが、目に見えるようだ」

「犯罪者の心理というのは、みな共通している。実に身勝手で、自己中心的だ。自分に都合のいいようにすべてを解釈する。ジャッドもスキピオも、おまえとMJが警察に協力して行動しているなどとは、夢にも思っていなかった。万一殺しそこねても、おまえたちが警察に駆け込んだりはしないと決めつけていた。とにかく警察は犯人の皮膚という動かぬ証拠を持っているのだから、それと同じ皮膚を持った者が警察に行けば、捕まるに決まっている、という理屈だ。逮捕された二人は、なんでサイファを捕まえないのかとわめいていた」

「自己中心的なエゴイストといえば、ルジライ・ハッシュがそうだろう。なにせ、リーからジェンクスの研究内容を聞いたとたん、ジェンクスを殺してその研究を横取りすることを考えるなんて、まともじゃない」

違うか、とおれは中大為に言った。すると、中大為は、まったく意外なことに、首を横に振った。

「ハッシュは、スキピオやジャッドに比べれば、まだましなほうだと言える」

「どうして。事件の首謀者じゃないか」

「彼がジェンクスの研究の横取りを考えたのは確かだ。リーからその研究の内容を聞いたときに、ジェンクスがいなくなればいいと思ったのは事実だと、ハッシュは言った。だが、心に思い浮かべたことを罪には問えまい、とも彼は言った」

「開き直りか。犯行を否認しているのか」

「逮捕直後は全面否認した。つぎに、友人であるスキピオが、自分の窮地を見かねて、勝手にやったことだ、と主張した」

「なんてやつだ。それこそ第一級の犯罪者の態度だろう」

「ハッシュが窮地に立たされていたというのは、本当だ。ハッシュは、ジェンクスからすべてを奪われる事態に直面していた。研究所長の地位、過去の業績、すべてを、だ」

「ハッシュはジェンクスから強請《ゆす》られていたとでもいうのか」

「脅されたのは間違いない。過去の秘密をもとに。ジェンクス殺しの動機は自分の地位を護ることだったのだ。やむにやまれずに犯行におよんだのだ。研究の横取りは、おまけだ。もっとも、ジェンクスが死ぬのだから、その研究成果を自分が受け継ぐのは当然で、横取りでも盗みでもないと考えている。そういう心理状態はまともではない、犯罪者特有のものだとは言える」

「その……秘密というのは、リーの母親の死体を買ったことだな」

「そうだ」と中大為はうなずいた。

「しかし、物証はないだろう。リーがそう言ったところで、証拠はなにもない」

「あったんだ、コウ」

中大為はそう言い、初めて笑みを浮かべた。ぞくりとくる、例の笑みだ。

「どこに」

「ライトジーン公立博物館の次回特別展に向けてダーマキスが出品準備をしていた、それらの標本やダーマキスが開発してきた歴史的な機器群の中に、だ」

「なんてことだ……ハッシュは、リーの母親の死体を保存していたのか」

「皮膚組織だけだ。ハッシュはリーの母親の皮膚だけを買って、遺体はトマスが勝手に始末した。ハッシュが違法な手段で手に入れたその皮膚は活きがよくて、死体からはぎ取ったあとで蘇生できた。その皮膚は、現在も生きている。ハッシュが開発した生体皮膚維持装置の中で。彼が他人の力を借りずに独力でやった、唯一の研究成果だろう」

中大為はデスクの上の書類フォルダから、数枚の書類を抜き出して、見るか、と言った。

おれはもちろん、受け取った。

書類の一つは、その皮膚が、リーの母親だということを証明する鑑定証明書だった。

もう一方は、ハッシュが開発した装置についての、展示会用の説明原稿のようなものだった。正確には、刑事がおこなった捜査の報告書だ。

〔ハッシュ生体皮膚維持装置は、皮膚だけを独立して生かし続けることを目的に開発された。いわゆる皮膚培養装置とは異なる。現在、当装置は実用化されており、多方面の研究分野で利用されている。その第一号装置は、ダーマキス社がハッシュの管理の下に、記念品として保管している。その装置に入れられた皮膚は『アグネス＝ハッシュの皮膚』と名付けられ、現在も生存中である。この皮膚を提供したとされるアグネスという女性は現在は生存していない。装置開発記録によれば、皮膚提供はアグネスの生存中におこなわれた。アグネス自身の皮膚の一部に臓器崩壊症状が発生したため、全身の皮膚を人工皮膚に交換した際、切除されたもとの皮膚の健康な部分を、アグネスの同意の下に、ハッシュが研究用に利用したとのことである〕

報告はつぎの頁に続く。

〔アグネスが皮膚交換をした実在の人物であることは確認された。彼女は老衰にて死亡。子供はない。『アグネス＝ハッシュの皮膚』のその皮膚が真に彼女が提供したものかどうかを確認するため、埋葬遺体発掘許可を取り、遺体の鑑定をおこなった。その結果は、別人のものである確率が高く、アグネスの皮膚であるとの断定はできない、というものである。実験に使用されることに同意して自分の皮膚をハッシュに提供した人物は十六名と記録されているが、『アグネス＝ハッシュの皮膚』の提供者に該当する人物は、調査鑑定の結果、そのなかからは見つからなかった。『アグネス＝ハッシュの皮膚』の皮膚の提供者は不明である。これについてはダーマキス側も説明できなかった〕

おれは書類から目を上げた。

「……これを説明できるのは、ハッシュ自身だけだな」

「わたしにはできた」中大為は真顔に戻って、言った。「ハッシュは、さまざまな皮膚で実験したが、失敗ばかりだった。やはり崩壊を始めた皮膚では駄目だ、正常な遺体の皮膚でやってみたいと思うようになった。それはリーの母親の皮膚を手に入れることで実現し、実験は成功した。正規の献体遺体でやればなんの問題もなかったが、その申請手続きなどが煩雑で、認可されたのちも、待たされる。若いハッシュは、待てなかった。ともかく実験はうまくいき、その記念すべき成功作を、ハッシュはトロフィーとして手元に残したのだ。その後、その装置は、皮膚崩壊を始めた者の皮膚でも、それを生かせるように改良された」

「ハッシュはこの事実をどう説明したんだ」

「最初は、あれこれ言い逃れをしていた」

「だが結局は認めたんだな。どうやった」

「この装置は現在、研究用に広く役に立っている。その実用化に成功した者としての名誉を放棄するつもりか、と言ってやった。それとも、研究していたのは別人で、あなたはその研究成果を横取りしたのか、とも言ってやった。なかなかしぶとかったが、ついには、その実験成果は、自分のものだ、と言ったのだ」

中大為は、もういいだろうというように、おれの手から書類を取り上げ、フォルダにしまった。もうなにも語ることはない、という宣言でもあった。おれはウィスキーの包みを抱いて、中大為のデスクから離れた。

ハッシュのその一言は、ジェンクスを殺す動機があったことを自ら認めることでもあったのだ。リーの母親や、リーの気持ちを犠牲にして、なにが名誉だ、とおれは思った。

リーがジェンクスやハッシュと出会っていなかったら、その『アグネス＝ハッシュの皮膚』はライトジーン公立博物館の次回特別展の、ダーマキス・ブースに、展示されたことだろう。誇らしげに。

その、生き続けているアグネスの皮膚を、入場者は観る。感心して声を上げる者もいるかもしれない。だが、その皮膚はアグネスではない。一人の自由人女性、一般人には名も知られない、リーの母親なのだ。

「押収したその証拠物件を……リーは、その皮膚を見たか」

おれはオフィスを出る前に、振り返って、そう尋ねた。中大為は、おれを見て、うなずいた。相変わらずの無表情だったが、かすかにその心が動いたのが、おれには、わかった。

――母さん、母さん、会いたかったよ。生きているんだね……

リーは、サイファの皮膚を移植されるまでもなくそれに似た力を有していたのかもしれない、とおれは思った。リーは、生きている母親の皮膚の存在を感じて、ダーマキスに行ったのだ、と。

エグザントスの骨

XANTHOS's bones

1

　食料品の紙包みを抱えて半地下のアパートの部屋に戻ると、一人の男が待っていた。ドアを開ける前にそいつがいることはわかったが、知らない男だった。

警戒すべき状況ではあったが、敵意は感じられなかった。それでも注意深くドアを開いて、その前に立ち、他人の部屋であるかのようにのぞき込む。

　その男は食卓についていたが、おれがドアノブに手を掛ける前にそこから立ち、こちらを見ていた。こいつにも弱いながらサイファの能力がある。おれが菊月虹《キクヅキコウ》であり、この部屋の住人だということを顔を合わせるまでもなく知っていた。

「どうも」と男は言った。「留守中に入り込んで申し訳ない。鍵は掛かっていなかったもので、中で待たせてもらった。あまり目立ちたくないもので。無礼はお詫びする」

「面会の予約はなかったよな」ドアを閉めて、おれは言ってやった。「だいたい、おれは予約を受けるような仕事はしていないんだが」

男はおれに頼み事があるのだ。態度でわかった。

「わたしはセイジ・セタニ。エグザントスの者だ」

「エグザントス？」

「XANTHOS、エグザントス。人工骨のメーカーだ。創立したばかりの企業だ」

「フムン」

おれは買い物の紙袋の中味を食卓に出しながらセタニと名乗った男の心を探ったが、弱いながらも確かにサイファの能力があり、心をブロックしているのでよく読めない。本気でやれば読み取ることはできると思ったが、おれはやらない。順序よく言葉で説明をさせてそれを聞くほうが混乱しないだろう。男もそのつもりだ。わざわざ面倒な手間をかけることはないのだ。

「で、そのエグザントスが、おれになんの用だ」

「人を一人、殺してもらいたい」

「そいつは穏やかじゃないな」

「エグザントス社とは直接は関係ない、わたしの個人的な頼みだが」

おれはさほど驚かなかった。この男、セタニは、考え抜いた末にここに来たというのは間違いない。おれが狭義の意味でのサイファであることも承知してやってきたのだろう。おれにしかできない仕事と判断してのことだ。それが、人を殺すこと、というのは非日常的なことではあったが、この男からは殺意というものは感じられなかった。憎しみなどの感情的な動機ではない。それこそ非日常的な依頼ではないかと思ったが、自分が動揺せずに事務的にその頼みを聞いていられるのはどうしてか、と考えてみると、セタニの態度には、その言葉とは裏腹に、というか、『人を一人救ってもらいたい』という頼みと同じだと感じさせるところがあるからだ、と気づく。

それはたとえてみれば、不治の病に罹《かか》った者を救うために八方手を尽くして名医を捜して、ついにここにたどり着いた、というようなものだ。ありそうなことだ、とおれは思った。セタニは、『うまく殺してくれ』と言っているのだ。考えてみれば、そのような頼みは異常ではない。医師ならば、助からないのなら苦しまないように殺してやってくれ、という依頼をされるのは珍しいことではないだろう。

もっとも、セタニにはサイファの能力があるから、真の動機を隠しているのかもしれないし、その動機がどうであれ、医師でもないおれのところにそんな依頼をしにくるというのは、やはりまともではない。この男は、殺し屋としておれを雇いたい、と言っているのだ。非合法の手段をこの男は選択したのだ。

その依頼を実行するとなれば、おれは殺人者になってしまう。犯罪者だ。これがまともな依頼であるわけがない。でも、なぜだろう、とおれは思った、医師が患者を安楽死させる行為と、殺し屋が殺す行為とが、正反対に評価されるのは、それが常識というものであるには違いないのだが、殺人という行為自体は同じだ。かつてあった死刑制度にしても、あるいは殺し屋の仕事にしても、同様だ。

なにがまともで、なにがそうではないのだろう？　殺し屋は、依頼主にとっては自らを危険に陥れる者を排除することを目的に、目標の人物を殺す。安楽に死にたいという人間を殺す行為は医療行為だが、社会の癌は切り取る、というのが死刑や殺しの依頼なら、それも一種の社会的な治療行為と言えなくもない。また、死にたくない者を殺すのは悪で、死にたいと思っている人間を殺すのは善なのだ、という理屈にしてもどこか詭弁《きべん》の臭《にお》いがする。ようするに、正義かどうか、合法か非合法かは、見方によって変わるのだ。一人の人間が殺される、ということだけはみな同じだというのに、さまざまな理屈をこねて、自殺他殺を問わず、人間は人間を殺してきた。

こんな生き物は人間だけだろう。悩むことなく実行してきたのならば、それでいいとおれは思うが、そうではないからややこしいのだ。どんな理屈もこねられる生き物が人間なら、その能力を使って、こうした悩みから解放される理屈を考えればいい。簡単なことだ。いかなる殺人行為も異常なのだ、だから絶対に殺さないと決めればいい。だが、できない。殺せるなら殺せばよい、自分でも他人でも、という理屈は都合がいい場合が多くて、それには一種麻薬的な魅力があり、それは精神的な中毒症に近い。中毒そのものかもしれない。それを断つにはかなりの克己心が必要だろうが、そうした強い人間は少ないということだろうな、とおれは思う。おれ自身も例外ではない。追いつめられれば、殺しもためらわないだろう。だが、いまのおれは、追いつめられているわけではない。この依頼者はどのような理屈をこねておれをその気にさせるつもりかと、それに興味がいった。

「おれが、あんたの依頼を引き受けると、なぜ思う。断られることを覚悟でここに来たわけではないだろう」

「あなたも気づいているように、わたしはサイファだ」

「広義の、サイファだな」

「そう。あなたが真のサイファだ、というのなら、そのとおり」

セタニはうなずいた。その心には、ちょっとした優越感があった。おれのようなサイファとは違う、という事実に対してだった。つまり、彼はおれのような人造人間ではない、本物の人間だ、というのだ。だが、おれを軽蔑した感情はセタニからは感じられなかった。おれを頼りにしているのは一貫していて、それは高性能な機械に対する信頼感のようなものだ。サイファとしてのおれの能力を尊敬している。が、人間としておれが信頼できるかどうかという点に関しては、その判断はセタニはまだ下していない。おれの人格に対する評価は。ま、この男がおれをどう思おうと、どうでもよかったが、こんなふうにおれに接する人間に出会ったのは初めてだった。

紙袋から出した食料品を整理する。ミルクのパックを冷蔵庫に入れ、豆などの缶詰は棚に、それから真空パックされたウィンナーソーセージを熱湯で温めるべく、鍋をレンジにかけた。こいつで一杯やるつもりで買ってきたのだ。むろん、一人で、じっくりとやるつもりでだったが、セタニの話をつまみにするのも悪くない、とおれは思った。いつもの楽しみ方とは違うが、もしかしたら新鮮な酔い心地が楽しめるかもしれない。なにせ、殺しの仕事を依頼されるのは初めてだ。

「あんたには、予知能力があるようだな」

「そうだ」

「あんたの依頼を引き受けるおれが見えたのか。あんたが殺したいそいつを、おれが殺している場面とか」

「あなたもサイファなら、予知した場面が必ずしも実現するものではないことは、理解してもらえると思う。わたしが予見したのは、あなたの存在だけだ。問題解決に悩み、精神を集中したときに、ふとあなたのことが意識に浮かび上がった。あなたのことは知らなかったが、予知したそのあなたの姿をもとに、あなたを捜した」

「そんな印象だけでおれを捜し当てられるとは思えないがな」

「問題解決には強力なサイファの力が必要だろうというのは、予想できていた。だからわたしが予見したその姿、つまりあなただが、その人間は、最強のサイファに違いないと思った。つまり、かつてライトジーン社に作られた、人造人間。狭義の意味でのサイファ、菊月虹、あなただ。ここを捜し当てるには苦労はしたが――」

「サイファは、もう一人いる。おれの兄だ」

「五月湧《サツキユウ》というサイファのことは知っていたが、わたしが予知したのは、あなただ」

「フムン。MJが引き受けるような仕事ではない、ということだな」

「MJ?」

「知らないのか。五月湧という兄は、いまはＭＪと名乗っている。メイ・ジャスティナ。もう兄ではない」

「どういうことだ？」

「兄ではない。女性になったから。ＭＪは、バトルウッドの顧問のような仕事をしている。トラブルシューターだ。場合によっては、バトルウッド以外の人工臓器メーカーからの依頼も受けるだろう。詳しくは知らないが、公にはしたくないトラブルをＭＪを利用して処理した企業はけっこうあると思う。エグザントスがＭＪを知らないはずがない。ＭＪを知らないほどの新興弱小企業なのか、でなければ、あんたはエグザントスとは無関係に事を運びたいんだ。それも、ＭＪではできないか、ＭＪにやらせてはまずい結果になるという仕事だ。そういうことになる」

「……もう一人のサイファが性転換していたとは、知らなかった」

「一般大衆には知られてはいないだろう。あんたもその大衆の一人というわけだ。ＭＪが関わる人間たちとは違う、ま、言ってみれば堅気の人間だな。殺しがどうのこうのという世界とは無縁で生きてきた」

「わたしの心を読んだのか」

「いや」

　とおれは首を横に振り、沸騰した鍋の湯にウィンナーのパックを入れる。棚から飲みかけのスコッチ・ウィスキーのボトルとグラスを取る。

「あんたもやるか」

「いや、遠慮する」

「遠慮か。いけるくちだな。おれが飲んでいるのをうらやましい顔で見られるのは、遠慮されるよりもありがたくない。意味はわかるよな」

「難しい人だ。なぜ、わたしの心を読もうとしない。最強のサイファなのに」

「あんたが先ほど『サイファならわかるだろう』と言ったとおり、サイファなら、わかりそうなものだがな」

心の中でどのようなことを思っていようと、どんな強烈な思念であろうと、それは外部環境にとっては幻にすぎない。ようするに空想にすぎない。妄想のこともあるだろう。それは自分にとっては現実かもしれないが、外部環境にとっては現実としての力をまだ持っていない、亜現実、というようなものだ。その亜現実は、現実として実現するかもしれないし、しないかもしれない。早い話が、わけのわからないものなのだ。それを行動や言葉として外部環境にその思念を出して初めて、それが嘘か真かの区別もつく。本人にとっても、聞き手にとっても、だ。むろん、怒りなどの表面的な心の動きは、どんなに隠していてもサイファにはわかるし、それは確かな現実だが、しかし、その怒りがどこからどのようにして出ているのか、などという深層部の心のことになると、怒っている本人にもわからないことが多い。

たとえてみれば、電気のようなものなのだ。電力として現れるエネルギーは、電圧と電流の積だ。だから何万ボルトという大電圧であろうと、電子が流れず電流がゼロならば、エネルギーにはならない。大電流が永久にコイル内を流れ続けようと、電圧がゼロならば、それも同様、そのコイルは発熱したりはしない。つまりそれらは外部環境に対してはなんの仕事もしない。心の中の思念というのも、それに似ている。激しい心の思念を電流とすれば、それが現実的な負荷、抵抗中に流れて初めて、現実という場に対して実行力を持つのだ。単に心の中に留まるそれは、現実そのものではない。現実を成り立たせるための可能性を有する要素の一つにすぎない。心の中というのは、そうした無数の要素が渦巻き、変容を繰り返す混沌とした場だ。そこから現実に成りうる確かな意味を持つ要素の集団をつかみ取るのは難しい。原理的に困難というより、面倒くさいのだ。

おれはそう説明してやり、「だから、口で喋ってもらったほうが、ダイレクトでいい」と言った。

すると、セタニは、「あなたがサイファの能力を、そんなふうに思っているとは知らなかった……テレパシーよりも言葉を使うほうがダイレクトだ、とはな。そんな考えを持っているサイファは初めてだ」と言う。

「おれにしてもいつもそう思っているわけではないよ」とおれは答えた。「だが、いまは、事が事だからな。殺しの依頼など、思いつきでできる話じゃない。複雑怪奇だろう。そんなものを読み取るのは面倒だ。うまく説明してくれ。まずい説明しかできないようなら、あんたの考えはどこかで間違っているんだ。説明は聞くよ。ちょうど退屈していたところだし。そのあとで、あんたの心を読ませてもらう。依頼を受けるかどうかは、それからだ」

「……あなたは、やってくれる」とセイジ・セタニはつぶやくように言った。「予知したんだ」

それは、とおれは思った、あんたの心の中ではそうだろうが、現実は揺らぐものだ。変幻自在。どうなるかなど、だれにもわからない。

セタニはおれのその思いを読んだろう。だがなにも言わず、おれがウィスキーをグラスに注ぐのを見つめていた。沸騰する湯の中でウィンナーが踊る音を聞きながら、おれはグラスを傾けて、一口やった。熱い液体が喉から降りていき、胃を中心にしてじわりとその活力が全身に広がる。この感じが、この時が、いい。

透明なカットグラスを目の前にかざして、揺れる琥珀《こはく》色の液体を楽しむ。そのグラス越しにセタニの目があった。セタニの目の焦点は、ウィスキーを通り越し、おれに合っていた。それがわかるというのは、おれもその視線を感じてそちらに焦点を合わせたからだ。

セタニのサイファの力に誘導されたな、と思った。けっこうな威力があって、普通人ならばその力からは逃れられないだろう。つまり、目をそらすことができないだろう。だが、おれは、視線を外すことができた。おれにとってセタニのサイファの力は、まったく脅威ではなかった。見つめていたいのなら、いればいいさ、とおれは再びウィスキーの色を愛でる。

〈頼む、菊月虹、あなたにしかできない。彼は、あなたにしか殺せない〉

おれは目を閉じてもう一口やった。そして、順序よく話せと言おうと、目を開いてセタニを見やった。いや、完全に瞼を開く前に、なにかが現れる。おれが見たのは、セタニではない、一体の骸骨だった――

2

その骸骨が思った、（骨は生きている。当然だろう。身体を支えるだけの固定化された石のようなものではない。骨芽細胞が成長し、日日代謝を繰り返している）

その骸骨に肉が付く、（そして、もちろん、わたしも生きている。いまのところは）

それはもはや骸骨ではない、生きている男になる。椅子に腰掛けている。男は白衣を着た女と向かい合っている。病院の診察室だ。男は患者、女は医師。

『今度は、どこが悪い』と男。『骨か。わたしは、もはや交換していない臓器はないくらいだ。毎日がひどくつらい』

『お気の毒です、アンドゥさん』と女。

『アンドゥじゃない、ウンドウだ――脚の痛みは、単なる病気ではなく、骨が例の臓器崩壊を起こしているのか？』

『症状自体は膿瘍《のうよう》ですが、あなたの病歴からして、骨全体の寿命が尽きているという可能性は否定できません』

『すると、どうなるんだ』

『骨の場合は、すべてが同時に、一気に駄目になるという例は希《まれ》です。ですから、対症的な治療が可能です。切除するか、必要ならば患部の骨を人工骨に交換します。あなたの今回の場合は――』

『人工の骨か……完全な人工骨というのはできていないのではなかったかな。全身の骨全部を人工のものに置き換えるというのも聞いたことがない』

『そうですね。研究はされているようですが、全身の骨をすべて同時に入れ替えるというのは、技術的に難しい。骨は心臓のように一個だけではありませんし。でもだからこそ、一部が駄目になっても、さほど緊急を要さない、ともいえます』

『駄目なのを切り取っていけばいい、という理屈だな……わたしなんかはその典型だ。現在の人工骨は、骨の生理的な機能は持っていないんだ。身体を支える構造体という機能だけ、つまり、単なる棒のようなものなんだ。だからすべての骨をそんな棒に置き換えたら、造血機能なんかの骨の機能は失われるから、そうはできないだろう』

『造血を行う骨は限られています。もしその骨が駄目になっても、そういう骨の生理機能を補う人工臓器の開発はされています。つまり、身体を支える構造体としての骨と、そういう生理機能を補う人工体を組み合わせればいいことになります』

『スマートじゃないな。骨の一部に臓器崩壊現象が現れたら、いずれ全部の骨に広がるわけだ。その度に交換手術するなんて、考えただけでもぞっとする。骨は何百とあるんだろう。一度に交換できればいいのにな』

『いずれ、そのような技術が開発されると思いますよ』

『それまで、待て、というわけか』

『とにかく、いま治療は必要です。あなたの左の大腿骨の骨端に膿瘍ができています。ごく毒性の低い菌によるものですが、あなたの生体の防御機能が過大に反応して、炎症を起こしているのです。抗生物質はこれには無効です。効果がない。薬では治りません』

『では、どうする？』

『あなたの健康な部位の骨を削って、膿瘍部位を切除した患部に移植する方法が一つ。もう一つは、この大腿骨全体を人工骨で置き換えること、です』

『……でなければ、左脚全部、人工の脚に交換するか、だな』

『筋肉には異常ありません。その必要はないと思います』

『その必要はない、か。先生、これまでわたしはそう言われ続けて、あちこちの骨を取られた。肋骨の五、六本が、ない』

『それは摘出するだけで十分だったからでしょう、アンドゥさん――』

『ウンドウ、だ』

『ウンドウさん。でも脚の骨は、大腿骨は、必要です。取ったら歩けなくなる。立つことすら――』

『そういう話じゃないんだ。わたしは腕も人工腕だ。心臓も肺もだ。いつまでこんなことが続くんだ？　生きている限りだ。今度は、骨、だ』

『人工臓器技術がなければ、いまのあなたはないでしょう』

『いちおう生きているだけ、だ。治療したり腕を交換したり、そんなことばかりで、いいことはなにもない』

『それは、考えようでしょう、ウンドウさん。臓器崩壊に悩む人はあなただけではありません。完全な肉体を持っている人間などというのは、いまも昔も存在しないでしょう。いいことがないことと、あなたの身体の状態とは、関係ないと思います』

『あなたは、わたしじゃない。わたしのことは、あなたにはわからない』

『それはそうですが、わかることもあります』

『なにがわかる?』

『あなたは、死にたいとは思ってはいない。でなければ、ここには来ない。治療すればいい。簡単なことです。生命にかかわるような危険はない。大丈夫です。手術すれば、痛みから解放されます。あなたはそう望んでいるはずです』

『あなたが、そう望んでいるんだ、先生』

『もちろん、そうです。放っておけばいい、とは思いません。医師として、当然です。生体骨の移植よりは、人工骨と交換するのがいいと思います。人工骨にもいろいろありますが、製品自体はどこのメーカーのものも、さほど違いはありません。カタログをごらんになりますか?』

『カタログか。あなたのところには、メーカーから売り込みがあるんだろうな。リベートだけでもいい暮らしができそうだ』

『リベートの授受は正当なものであり、違法ではありません。ですが、当病院がどのブランドを選ぶかは、その多寡《たか》とは関係ありません。重要なのはメーカーのサポート体制がしっかりしているかどうか、です。お勧めする人工骨は、その点万全です』

『どうしても、そうしろ、と？　人工骨を買え、というのか』

『生体骨移植か人工骨移植かを選ぶのは、あなたです。もちろん、その選択に際しては、納得いくまで疑問点にお答えします』

『それで、あなたはまた稼ぐ』

『正当な報酬をいただくだけですが……あなたにいま必要なのは、外科的な処置よりもまず精神カウンセリングのようです。紹介しますから――』

『わたしはサイファだ』

『知っています。カルテに書いてありますから。読心能力がおありですね。それで？』

『精神カウンセリングなど、茶番だ。カウンセラーは、嘘を吹き込んで、それを信じさせようとする。それでかえって気分が悪くなる。馬鹿げている。その点、あなたは正直だ。出ていくよ。出ていけ、とあなたは思っているから』

『お大事に、アンドゥさん。どこの外科医院に行っても、同じことだと思います。あなた次第です。処置は早いほうがいいと忠告しておきます』

『生きていたければ、か』

女は、答えない。だが、そう思っている。脚を引きずりながら、男は診察室を出る。

——生きていたいくせに生きていることに文句ばかりであああいう客には腹が立つけれど患者の診療拒否は違法ではない法律もおかしいのでこちらにも患者を選ぶ権利を認めて欲しいものだけれど客と思えばしかたがないかしら——

男は診察室を出たところで足を止めて、背後の医師の想いを感じ取っている。

——わたしは診療拒否はしなかったし最善の方法を提示しているのに不満ばかりでこちらの言うことをすべて悪く取るああいう手合いはまったく困るけど出ていってくれて助かったし二度と来て欲しくないけど来るなら殊勝な態度で来るべきよまったくあの男はみんなに嫌われているに違いないし自分だけが苦しいと思っていて想像力のかけらもなくて生きているだけで迷惑をかけているあいつはきっと長生きする自分はいまにも死にそうに思っているだろうけれど馬鹿なあいつは殺されるまで生き続けるでしょう自分で自分の生き方を選択することもできないのだから他人に寄り掛かって生きているあんなやつに助けなどいらなくて助けたい人間は他にたくさんいるのよ客はやはり選びたいものだわ迷惑よ本当にあんな人間はいなくなればいい——

男は診察代を払わず表に出て、自分の乗ってきたクルマのドアを開く。運転席と助手席の間に置いてあるショットガンを取る。安全鎖で固定されているのに舌打ちして、ポケットから安全鎖を開放する鍵を出し、開錠、ショットガンを取り出す。クルマによりかかり、空を仰ぐ。いい天気だった。都会ではない。農場の広がる土地だった。脚の骨が駄目では、ここにもいられないと男は思う。仕事もなくなる。出てきた病院は白い二階建てで、まるで汚れていない。別世界だと男は思う。建物も、中の人間も、自分とは違う次元の存在のようだ。なにをすべきか、男にはわかっていた。ショットガンにはたっぷり散弾実包が入っている。初弾を送り込む。それから病院に戻った。待合室には四人の患者が順番を待っていたが、男がショットガンを下げて入ってきても、訝しい顔をしたものの、騒ぐことはなかった。保安官がショットガンを持っているのは違法ではない。もっとも男は、自分が保安官の制服を着ていることなど意識はしていなかった。

外科の診察室のドアを開く。あの女の医師はまだそこにいた。

『あら、まだなにか？』

女はショットガンに目をやる。その目が大きく見開かれる。

『消えてしまえばいい、とあなたはわたしのことを、そう思った、先生』

『なにを言っているの――』

どこを撃つべきかな、と男は思う。胴体を撃ってもここは病院だから、生き返るだろうな、人工臓器で甦るだろう、それでは駄目だ。そう、頭だ、生意気なことをいうその頭。

（あの頭は、このわたしなどいないほうが世のためだという。わたしを殺す気だ。そうはさせるものか。こちらの苦しみなどてんでわかっていない。そうだ、わたしの痛みをわからせてやろう）

男は無造作に発砲する。悲鳴。医師は脚を撃たれる。血と肉片が飛び散る。骨もだ、と男は無表情にまた撃つ。倒れた医師の背に向けて。肋骨もばらばらになればいい。撃ちまくる。動かなくなったところに、仕上げに頭を吹き飛ばした。

『もう痛くはないだろう、先生。騒がしい。わたしはまだ痛い』

脚を引きずり廊下に出る。一人の看護婦が駆け去るのが見えた。なぜ、わたしを無視するのだ、と男は発砲する。わたしを無視するな。

動くもの、すべてを狙って引き金を引く。実包が無くなる。男は役に立たなくなったそれを捨てると、表に出る。脚が痛んだ。ひどく疲れていた。クルマに戻る気になれない。引き返して、待合室のソファに腰を下ろす。

だれもいない。今日は空いている、と思う。わたしの番は、もうすぐだ。長くは待たなくてもいい。待つ？　なにを？

（あの医師は殺した。正当防衛ではない。憎いから撃ち殺してやった。自分にはよくわかっている。殺人だ。それが他人にもよくわかるように、もう二、三人撃ち殺した。あとは、待つだけだ。しかし、わたしはなにを待っているのだろう？　そう、自分の順番が来るのをだ）

もはや、なにも考えなくてもいい。なぜこんなに簡単なことを、いままで思いつかなかったのだろう？　これまで苦しんでいたのが嘘のように、気楽だ……

3

瞼を開くと、その殺人犯の骸骨は消え、セタニの真剣な表情が見える。

「あんたはたいしたサイファだ、セタニさん」とおれはグラスを回しながら言った。「まるで映画を観ているようだったよ。あんたはいい創作家になれるだろう」

「いまあなたに伝えた内容は、創作ではない、事実だ」

厳しい精神集中を解いて、セタニは椅子の背に寄り掛かって答えた。

「それはどうかな」

ウンドウという人物が実在し、実際に殺人事件を起こしたのは事実だろうとおれは思った。だが、いまおれがセタニのサイファの能力で追体験したそれは、セタニの心の中で解釈され、再構成された事件であって、事実そのものではない。

「事実などというのは、どこにもないのかもしれない。事の真相などというのは、解釈する人間によってみな異なるんだから」

「ウンドウが、二人の人間を殺し、五人を負傷させたのは事実だ。あなたもそれは公的な記録文書で確認できる。まあ、あなたなら、それで確認できる事実は、あの病院で二人の人間がショットガンで射殺され、五人が負傷したことと、ウンドウが、自分がその七人を撃ったと認めていること、それだけだと言うのだろうが」

「それはそのとおりだろう。あんたは、おれにそのウンドウという男を殺させたいらしいが、おれは、あんたが作り上げた創作世界に一方的に取り込まれるのはごめんだ」

「創作世界とはな……わたしの創ったフィクションならいいと思うよ。だがウンドウは実際にいる。あいつは怪物だ」

「そう、その調子だ」とおれは言ってやった。「話せ、と言っているだろう。おれが知りたいのは、客観を装った、あんたが解釈した事実などではない、あんたがなぜそいつを怪物だと思うのか、あんたの気持ちなんだ」

「フム」

おれは立ち、温まったウィンナーを鍋から出し、真空パックを切って皿に移した。フォークを二本皿に添え、ついでにグラスも用意してウィスキーを注ぎ、セタニの前に置く。

「付き合えよ」

椅子に落ち着き、グラスを掲げておれはセタニに言った。

「あんたも用件が簡単に済むと思って来たわけではないだろう」

「まあ、そうだが……あなたのそんな態度は予想していなかったよ」

「予知能力があるのにか」おれは笑って言った。「でも、話もせずに追い返されるとは予知しなかったんだろうな。それは当たっている」

「まあ、そうだな」

「おれの態度は予知できず、自分が追い出されることはないという予知は当たっている、か。占いと予知能力の違いはそれだな」

「どういうことだ」

「占い師には自分の未来は見えないという。サイファの予知能力は、それとは反対だ。常に自分に関わっている事柄を予知する。自分が存在しないか、関心のないことは、予知できない」

「そうかもしれない」

「ま、考えてみれば当たり前のことと思うよ。サイファの能力の正体はエゴイズムだ。自我から生じるんだから」

セタニはかすかにうなずき、腰を据えることを覚悟して、グラスを取り上げた。

おれはいい気分だった。話し相手に飢えていたのだ。とくに一人の食事はわびしい、と。こういう気分には波があり、一人のほうがましだ、というときもあるが、いまのセタニはおれを楽しませてくれる相手だった。

「サイファの力を持つ者に人から嫌われるエゴイストが多いのは、そのせいだろうな。普通人よりも強く自分自身のことに関心を持っているんだ」

「なるほどな」とセタニは初めて笑みを浮かべて、「それは納得できる。あなたは最強のエゴイストというわけだ」と言い、ウィスキーを一口やった。

それで少し打ち解けた心になる。セタニも、おれも。

「ウンドウという保安官もそうだったろう。サイファだ」とおれ。

「そう。彼にサイファの力がなければ、あんな事件は起きなかったかもしれない。サイファの能力を持って生まれたことが不幸の始まりだ」

「だれの不幸だ。彼か。あんたか」

「もちろん、彼にとってだ。だが、いまや、彼だけの問題ではない。彼を怪物にしたのはエグザントスだ。いや……いまの世の中そのものかもしれない」

「ウンドウという個人の問題ではない、ということだな」

「そう。あの男がまともではない、というのは、わかってもらえたことだろうが、あの男をあのような犯罪行為に走らせたのは、それを受け入れる社会というシステムがあったからなんだ」

「簡単に言えば、ウンドウは殺人を犯すことで社会参加を果たした、ということだな」

「そのとおりだよ」セタニはもう一口やり、うなずいた。「彼の殺人の動機はまさにそれだったんだ。驚いたな。そこまで読んだのか」

「あんたがおれの頭に送り込んだ情報だ。おれが調べた事実じゃない」

「それでも、やはりあなたは読み取ったんだ。さすがだな……警察が悩んだのは、なぜ彼があんなことをしたのかという動機そのものだった。表面的な動機はしごく単純に見える。ウンドウという男は、あの女性医師から、嫌われ、人格を嘲笑われて、憎しみと復讐の感情に駆られて犯行に及んだ、というものだ。それはウンドウ自身も認めた。だが、彼の動機はもっと深いところにあったんだ。でなければ、医師のあの程度の心の内容で犯行に及ぶはずがない。サイファなら、もっと厳しい自分に対する中傷を他人の心から感じ取るのは日常的なことだ。それでも、あの医師の心を読んだことが、犯行のきっかけになったのはたしかだ」

「あの医師はそうとは知らずにウンドゥの殺人行為を起こす引金を引いてしまったんだな。彼自身にも最初はわからなかったろう」

「それは、最初というのがどの時点かによる。わからなかったのではなく、自分がなにをしようとしているのか意識していなかった、というのなら、たしかにそのとおりだろうが、犯行を決意したときには、わかっていたと思う。無意識のうちには。無意識のうちに彼は、自分の犯行の結果を知り、その原因を作るためにショットガンを持ち出した、と言えるかもしれない。サイファだから自分の未来を予知したということだが、普通の人間でもこんなことはたぶん珍しいことではないだろう。無意識の自分の心のことは、わからない。わからないが、それに衝き動かされることはあるんだ。やってから、なるほど、自分がやりたかったのはこれかと自覚する」

「ウンドゥの場合は、社会に自分の存在を認めさせることだった」

「そう。そのための手段が殺人行為とは、悲劇だ。殺される側はやりきれないだろう。なんの罪も落ち度もないんだ。罪はもちろんあの男にあるが、ああいう人間を作り出した社会にも責任がある、とは言える」

「で、社会のほうはその責任をとった。それでやつは怪物になった。なったというより、ならされたんだろう」

「……読んだな、わたしの心を」

「いや。想像だ。憶測だよ。想像は抜きにして順序よくいこう。ウンドウは、それまでどういう暮らしをしてきたんだ」

「それはこのさい重要じゃない」

「それはないだろう。あんたは、そいつの過去などどうでもいいからおれにやつを殺せ、というのか。あんたはそれでいいかもしれないが、おれはあんたの道具ではない。ピストルでもスマート爆弾でもない。おれには考える頭があるし、スマート爆弾にはない感情もある。爆弾には未来はないが、おれにはあんたと別れたあとの未来がある。おれは殺し屋でもないから、この場であんたの依頼内容を市警に通報することもできるが、そうはしない。これはビジネスではないからだ」

「なんだというんだ」

「あんたは困っている。おれは飲み相手が欲しかった。それに付き合っているボランティアだ。お互いに、だよ。あんたは、おれに話をするだけで、すっきりした気分で帰れるかもしれない」

「それは……」

「やってみなければわかるもんか」

「実に間抜けなことをしている気分になってきた」

「それはいい兆候だ。帰るときは、きっとおれにカウンセリング料金を払いたくなるぜ」

「……早い時期にウンドウがあなたと出会っていたら、彼は救われていたかもしれないな。

まだ遅くはないかもしれない」

「そう願いたいね。殺すしか方法がないなんて、物騒だ。そんなことでおれは自分の力を頼られたくない」

「あなたがそういう人でよかったと思う。わたしの予知は間違ってはいなかった、と。あなたは彼を救えるだろうと信じるよ」

　セタニはグラスを回して、そう言った。

「じゃあ、最初からそう頼めばいい。やつをつれてきて――」

「彼を救う方法は、そう、殺すことだ。彼自身も、それを望んでいるんだ」

「……なんだ?」

「望んでいるんだ。彼も、わたしも、まともな人間ならみんな、だ」

「わからんな」

「彼は、不死なんだ。不死の身体を手に入れたんだよ。エグザントスの骨によって」

　そう言い、セタニは一気にグラスを干した。それをタンと音を立てて食卓に置き、おれを見た。その表情は真剣だった。おれは思わず笑っていた。なんとも、面白いウィスキーになったものだ。

「気持ちはわかる」とセタニは目をそらして深く息をついた。「こうしていると、わたしもあなたにつられて笑いたくなる。ま、わたしが笑っても現実は変わらないだろうが、笑いたい気分じゃない。そう、順序よく話そう……ウンドウは、病弱な子供だった……いや、まず名前からだな」

セタニは話し始めた。おれは空の二つのグラス、おれのも空だった、それに新たなウィスキーを注ぎ、食べるほうは忘れて、その話に耳を傾けることになった。

4

彼の名のウンドウは、雲堂という漢字名なのだが、彼はこのアルファベット表記をUNDOとした。アンドゥ、英語で、元どおりに戻す、という意味だ。これは実は彼自身が自分の身の上を皮肉って名乗る通称で、そうでなければUNDOHとでも表記するところだろう。本名は安東康志という。姓がアンドウ、名がヤスシ、だ。

康志は音楽一家に育った。一人息子だ。父親は作曲家で編曲も多く手がけた。母親はピアニストだった。それで康志も子供のころから楽器に親しみ、六歳のころには即興でキーボードを弾きこなせるほどだった。

楽器にもいろいろあるが、古典的なものとなれば、今も昔も幼いころからの訓練がものをいう。言葉を身につけるのと同じだ。身体で覚えるということであり、いわば楽器が自分の身体の一部になるようなものだ。コンピュータ空間で音素データをプログラムしてそれを再生することとは根本的に異なる。自分の腕が、腕を動かそうなどと考えることなしに自由に動くように、楽器から自在に望む音階が出せるようになる、というのはだれにでもできることではない。とくに大人になってからではほとんど不可能だろう。そのような大人になってから楽器に興味を持っても、なかなかうまくはいかない。そうした人間からみれば、康志は恵まれた環境に育ったんだ。

康志の母親は息子もピアニストにしたかったようだが、彼が興味を持ったのは吹奏楽器だった。母親に反抗したのかもしれない。吹いて音の出るものをすべて試してみた、と彼は言っている。なかでも気に入ったのは、フルート。それからサックス、とくにアルトサックスだった。ぜんぜん違う楽器なのに、どれも彼にしてみれば気分によって選ぶだけのことだった。つまり、どれも自在に演奏できた。十代の半ばにして彼はいっぱしの奏者になった。プロのミュージシャンだ。もっとも、間違わずに音を出せるだけでは一流のミュージシャンにはなれない。表現する内容を奏者自身が持っていなければならない。なにを演奏するかはさほど重要ではない、どう演奏するかが問題なんだ。月並みな言い方をすれば、テクニック以上の魂を感じるような演奏でなければ、人を感動させることはできないということだ。

若い康志の演奏がどうだったかというと、わたしはその時期に出された映像ディスクをいくつか視聴したが、なかなかのものだった。たいしたものだ。人生のなんたるかをさほど知らない若者が、酸いも甘いもかみ分けた人間を感動させるとしたら、それは本物の天才と言ってもいいだろう。

康志は、子供のころから身体が弱かった。いわゆる臓器崩壊は現れてはいなかったのだが、風邪は引く、アレルギーには悩まされる、といった調子で、まともに学校に行けなかったくらいだ。そういうことが、彼の演奏に表現されているのだろうとわたしは思った。だが、ディスクによって、その表現があまりに違う。これはおかしいと思った。これが康志の色だ、というか、魂だ、という一貫性が感じられないんだ。

結局、彼は、天才などではなかった。天才ではない、サイファだったんだ。まあ、サイファの能力が天から与えられたのだ、というのなら、一種の天才とは言えるだろうが、意味が違う。

康志の演奏表現は、彼自身の魂から発せられたものではない。一緒に演奏しているセッションメンバーの心を読み取ったものだったんだよ。注意深く聴いてみてわかったんだ。ようするに若い康志は、そういう表現魂を持ったメンバーの心を譜面代わりに、それを演奏していた、ということだ。

そのことは、いまやウンドウとなった彼も、そうだったかもしれないと反論はしていない。他人の魂を演じているという自覚はなかったのだろう。ソロ演奏では気分が乗らなかったのはそのせいだろうと彼も認めた。わたしもサイファだから、無意識にその事実を知っていた彼の心を読んだのかもしれない。

しかしだからといって、彼が二流だとは言えない。ミュージシャンとしては十分一流と言えたし、さらに第一級の芸術家にもなれる可能性はあった。自分自身を表現すべきだ、ということを自覚すればよかったんだ。

だが彼はついにそうはなれなかった。サイファの能力がその邪魔をしたんだ。その能力を、自分の魂を高める方向に利用しようとは思いつかなかった、と言うべきか。とはいうものの、それでも彼の前途は洋洋たるものではあった。フルートやクラリネットやアルトサックスを吹くだけで生きていけた。それは彼にとっては、食事したり喋ったりすることと同じくらいに自由で自然な行為だったんだ。なんの苦労もない、わたしたちが息をするようなものだったろう。

その前途に翳《かげ》りが生じ始めたのは、二十歳をすぎたある日、胸に痛みを感じたときからだ。筋肉痛だろうくらいに思って受診した結果は、肺全体が崩壊を起こす、そうだ、忌まわしき臓器崩壊だったんだ。

もちろん人工肺と交換した。それしか方法はなかった。生き延びるためには、だ。人工肺はよく出来ていたから、生命維持にはなんの問題もなかった。演奏活動も以前どおりにやれるはずだった。だが、康志は演奏中に息苦しさを覚えるようになった。それは人工肺の出来が悪かったからではなかった。精神的なものだ。人工肺の性能を心から信じることができなかったんだな。人工臓器を移植された者がみな抱く不安で、精神ケアが必要だ。ところが康志のケアを担当した精神カウンセラーは、康志を安心させるどころか逆に不信感を抱かせてしまったんだ。そのカウンセラーは康志がサイファであることを必要以上に意識してしまって、自分の心というか、カウンセリング手法を康志に読み取られて先回りされることに、やりにくさを感じたんだろう。康志もいい患者とは言えなかったわけだが、カウンセラーのほうも康志がサイファであることなど無視して、機械的に康志の精神不安除去プロトコルを実行すればよかったのに、康志に心を読まれることに恐れを抱いたのかもしれない。そのカウンセラーは、康志にとって肺は単に呼吸するためのものではなく、吹奏楽器をうまく鳴らすための、いわば体内にある楽器の一部であり、それを失ったことの喪失感がどんなものかを深く洞察することができなかった。いや、そのカウンセラーも素人ではないからそんなことはわかっていただろうが、康志の不安を除くことができなかったんだ。康志との相性が悪かったとしか思えない。例えば、康志が、「人工の肺では、以前のような音が出せない」と言うと、「肺には空気を出す機能はないから、そんなことはないはずだ。呼吸というのは横隔膜や腹筋でするものだから、演奏には関係ない」といった調子だったようだ。それは理屈としては正しいのだろうが、康志の不安はそれでは解消しなかったし、納得できなかったのだから、ケアを担当する者の答えとしては正しいものとは言えないだろう。

それは康志にとっては実に不幸なことだった。人工の肺は、借り物の楽器のようなものだった。借り物でもそれが本当の楽器ならすぐに吹きこなせるようになるのだろうが、体内のそれは不随意というか、カウンセラーの言うように直接演奏の出来には関与しない。しかし精神上は関与していて、それになじめず、なじむための物理的な解決方法も、ないんだ。演奏に没頭して忘れてしまえばいいのに、ふと人工肺だと思うと、楽器を操ることが難しく感じられるようになった。

それは言ってみれば、いままで息をすることなど意識もせず苦労もなくやっていたというのに、考えないとそれができなくなる、というようなものだ。その時点で、康志は本格的な精神治療を受けるべきだった。が、再び、臓器崩壊に見舞われたんだ。今度は、右手の腱が崩壊しはじめた。

人工の手と交換せざるを得なかった。

その手は大昔の義手とは比べものにならないほど高度なものだ。あなたの（とセタニはおれの腕に視線をやった）腕が人工のものだ、ということと同じレベルの出来なんだ。しかしあなたとは違って、やはり一部だけの交換となると、本来の身体にそれがなじむには時間がかかる。脳のほうでも、新たなそれを操るためには学習する必要がある。それを支援するためのドライバというべき機能は人工臓器には組み込まれてはいるが、やはり、自然に幼児が立ち上がり歩いたりすることを身につけていくようなわけにはいかない。これも、たとえてみれば、大人になってからそれまでなじんだことのない言葉を覚えようとするようなものだ。まあ、それよりは、支援ドライバがある分、ましだろうが、かつての手が覚えていた楽器操作を再現するには、かなりの努力を必要とする。そういう動作は、脳だけが覚えているものではないんだな。康志の場合は、一からフルートやサックスのキー操作を習うよりはましで、七分くらいには操作できた。だが、違和感は解消できず、以前のレベルには戻らなかった、とウンドウ自身は言っていた。

以前はこんな演奏はなんでもなかったのに、という彼の焦燥感は理解できる。他人から、いまでも十分すごい腕だと言われようと、自信を失い始めた彼の演奏は生彩を欠くようになり、さらに今度は、右手首から上の右腕全体が駄目になる。

襲いかかる不幸の波、というわけだ。

だが、彼の本当の不幸というのは、演奏がうまくできなくなった、ということではなかった、とわたしは思う。演奏というのは、テクニックだけでするものではない。むろん、高度なテクニックは邪魔にはならないし、超絶技巧は人を感激させるものだが、感動する要素というのは、それだけではない。表現する内容に、感動するんだ。道具が安物であろうと、たいした音でなくても、人を感動させることはできる。表現すべき想い、というのが重要なんだ。それを伝えるテクニックというものはあるだろうが、それは単にうまく弾けるかどうかというテクニックよりも高次にある技巧だ。それは、たぶん他人には教えることはできないし、教えられるようなものでもない。自分の中から掘り出すべきものだ。試行錯誤を重ね、挫折しながらも、つかみ取るものだ。

康志は自分の心からそれを掘り出せなかった。自分のものだと思っていたそれは、サイファの力による、他人のものだったからだ。そう気づけば、いつでも、遅すぎるということはなかったろう。だが、気がつかなかった。それが、彼の不幸だよ。演奏テクニックが衰えたことが不幸だと思い、そこで止まってしまったんだ。

それもしかし、彼の身になってみれば、仕方のないことだとも思える。自己表現をするための演奏技巧を模索する暇などなかったんだ。やがて心臓が駄目になった。その次はどこかと心配しつつ、交換した人工臓器のメンテナンスもしなくてはならない。まず生き延びること、彼の関心はそれだけになり、もはや演奏に集中することができなくなった。思うように楽器の音が出せないから、独りでフルートを吹いても慰めにはならない。仕事上の演奏も思うようにいかなくなる。彼は楽器を捨てる。一人のミュージシャンの崩壊だ。

それでも仕事は必要だから、人脈を頼って音楽プロデューサーもやってみるが、個性を発揮することができない。自分にはその才能がないのだと彼はあきらめる。才能がないのではない、ないのは表現すべき個性そのものだというのに、彼は、それに気づかない。身体のことが心配で、そんなことをじっくりと考える余裕がなかったのだ。音楽教師の仕事も、同じことだった。彼は音楽を捨て、街も出て、焦燥感に駆り立てられながら、職と居場所を転転と変える。そのすべてを彼自身が覚えていないくらいだ。

最初に肺が駄目になってから九年後、彼はウンドウと名乗り、ミルウェイキーという地区の保安官助手になる。例の事件を起こした土地だ。大規模な農業地帯で、人口は少ない。

そこにはウンドウがかつて有能なミュージシャンだったと知っている人間はいなかった。その土地は本当に時間を超越しているような、大昔の感性を保存しているようなところだ。音楽に関しては、現在流行の理知的な音素の重なりをパズルのように頭で楽しむというのではなく、もっと古い、ジャズやロックよりもさらに以前の、古きカントリーミュージックを愛する、というような人間が暮らしているところだ。ウディ・ガスリーとかいう、わたしなんか初めて聞く何百年も前に死んだミュージシャンの名をみんな知っている、というような土地なんだ。彼らは、音楽というのは既製のものを聴くものではなく、やるものだと思っている。バイオリンでもバンジョーでも、思いのままに音を出して楽しむ。ウンドウにすればその演奏は稚拙で聴くに耐えないものだったろうが、それなら自分で弾くほうがましとばかりに試しにバンジョーを弾いてみて、それで彼は土地の人間の人気者になった。うまかったんだ。ウンドウは吹奏楽器には決して手を触れなかったが、専門外のギターやバンジョーなら下手に弾いても自分のプライドは傷つかないということだったのだろう。まあ、幼いころに弦楽器もこなしたことだし、彼は素人ではなかったから、ちょっと教えてもらうだけで弾くことができた。それも、そこでもサイファの能力で、周囲の人間の気持ちを読み取って、まるでその土地で生まれ育ったかのように弾きこなすことができたんだよ。

当初この土地に流れてきたウンドウは怪しいよそ者にすぎず、実際、保安官に捕まるというか、不審尋問されるんだが、この保安官の警戒心を解いたのが、そのウンドウの演奏パフォーマンスだった。年取った老保安官は、ウンドウの身の上に同情した。臓器のあちこちが駄目になっていて、身体が弱いので定職につけず、しかし稼がないことには生きていけないというウンドウを、助手として雇うことにしたんだ。

ウンドウはその土地で信頼されるようになり、やがて恩人の保安官が退官すると、それに代わって保安官になることができた。安住の地を得たようなものだが、ウンドウ自身はだれにも恩義など感じていなかった。もともと身体が弱くて、常に体調を気にしながら生きてきたんだ。今の自分は、本来の自分の姿ではない、という焦燥感がいつもあった。自分は不幸だと思い続けていたが、しかし他人はそうは思わない。どこでも、いつでも、ミルウェイキーの住民にしても、だれもウンドゥが不幸だなどと思う者はいなかった。

それは当然だろう、ウンドゥが殺したあの医師が思ったとおり、ウンドゥの不幸は彼自身が生み出しているものであって、気の持ちようでどうにでもなることだ。では、なぜ、そこから抜け出せなかったかと言えば、それはウンドゥが、本当に自分がやりたいことがなんなのかを、見つけられなかったからだ。人はだれでも、やりたいことを探しながら生きているものだが、ウンドゥの場合は、まず生き延びることが最大の関心であって、それ以外に気持ちを向ける余裕がなかったんだ。

そして、脚の骨が崩壊を始めると、例の事件を起こす。

その土地に来て六年目だった。ウンドゥは、決心した。自分で思いのままにならない人生なら、他人に委ねてしまおう、と。そういう権利はあるはずだ、と。

一種の自殺感覚だよ。自分で死ぬことなどできない、ならば他人に殺してもらおう、という感覚だ。自分で自分の人生を作る努力の放棄だ。全面的な無条件降伏というか、自己破産申告に似たようなものだ。財産ではなく、それも含めて生命と人生そのものを、社会機構の力によって清算してもらおうということだ。

なにも殺人を犯すことなく、人生の建て直しを社会機構に頼ることはできるというのに、ウンドゥは建て直しではなく、清算を望んだ、と言える。建て直しに協力してくれと言っても、それはあなた自身の問題だと突き放されること、つまり自分の存在を無視されることを、ウンドウは恐れたんだ。

殺人という罪を犯した人間に対する社会的な反応というのは強力で、殺人犯は決して社会から無視されることなく、制裁と矯正のためのシステムに組み込まれる。犯人は逮捕され、裁判を受け、刑の執行が終わるまで、自分で未来を選択する自由を奪われる。言い方を変えれば、自分で選択する努力をする必要がなくなる。

ウンドウはまさにそう思い、それを望み、あの殺人を犯したんだ。これで楽になれる、と。

5

セタニはそこで言葉を切り、話しながら空にしたグラスに目を落とした。おれはそれを満たしてやった。

「上等なウィスキーだな」とセタニは言った。「こんな話をしながらではもったいないようだ」

「それがわかる相手とやるのはいいものだ。ウンドウにはわかるまいな」

「気の毒に。そうだろう。悲劇的だ」

「喜劇的にも思える。現実は、ウンドウの思うようにはいかなかったんだろう」

「そうだ。死刑制度はないから、死刑にはならない。それも、もちろん、彼の頭にあった。

ま、死刑でなく殺されることはあるかもしれない、とは思っていたようだ。臓器崩壊や身体の不調に対して適切な処置を受けられずに死ぬことはあるかもしれない、と」

「そういう気持ちというのは、彼の心の読めない人間には理解不能だろうな」

「徹底的な精神鑑定を受けた。彼自身サイファとしてけっこうな力があるので、彼の打算的な動機を探り出すのはなかなか困難だったが。彼は社会を一方的に利用するだけで、貢献しようという考えはまるで持っていなかった。人はだれでも生きる権利を持っているが、自ら生きる努力をする義務も負っているんだ。彼はその義務を放棄して、権利だけを主張したわけだ。権利の上に眠れる者は保護しないというのが、いまも昔も変わらない法の精神だ。権利は自動的に与えられるものではない、義務を果たしてこその権利だろう。ウンドウのそうした犯行の動機が明らかになると、社会機構は彼を甘やかすことはしなかった。裁判の判決は、臓器ボランティア永久刑だ。その身体を、人工臓器開発のための実験台に提供せよ、という、いわば死刑囚を人体実験用に利用することを認めるに等しい、いちばん厳しい刑罰だよ。ウンドウは、控訴はしなかったから、その刑の厳しさを理解できなかったのかもしれない」

「それはないだろう。弁護士の助言もあったろうし」

「そうだな。控訴しても減刑の見込みはまずなかったろう。弁護士も投げたんだ。しかし、永久ではなく、不定期刑に減刑することは、がんばればできたかもしれないし、そう努力することは無駄ではなかったと思う。いまになってみれば」

「不死になった身の上では、まさしく永久刑だから、か」

「そう。ウンドウは、不定期刑になって、ある時点で釈放されたら、また同じことだ、と自分でも思ったんだろうな。判決も、そんな彼の思惑を見越した上でのものだったろう。矯正は不可能だ、釈放したならば、再び無差別殺人を犯す危険性がある、と断じたわけだ。判決は、要するに、被告にとっても納得のいくものだった。ウンドウは刑に服した」

ウンドウの刑を想像すると、あまり気分のいいものではなかった。なるほど、セタニがウィスキーがもったいない、と言った気持ちがおれにもわかる。

ウンドウの身体を利用したいとまず言ってきたのは、エグザントスではなく、ある人工肺メーカーだった、とセタニは続けた。それから、某心臓メーカー。罪人とはいえ、刑に服している者の人権は護られる。故意に殺すことはもちろん、危険性が極めて高いと審査機関によって判断された実験は許可されない。しかし一旦許可された実験に対しては、ウンドウはそれを拒否することはできない。むろん条件を出すこともできないし、結果に対する保障もない。

「ウンドウにとっては、それは望むところだったんだ。もう自分で身体を管理して、いつも心配していることもなくなった。刑に服すことで、法に完全に護られるんだ。自由は束縛されているが、かえって自由になれた気分だとさえ言った。エグザントスが出てくるまでは、な」

「なにをやったんだ。エグザントスは。どんな実験だったんだ。最初から不死の怪物を作るのが目的だったわけではないだろう」

「むろん、そうだろう……しかし、実は、そのへんは、わたしにはよくわからない。わたしは技術畑の人間ではないし、あの人工骨、X1170Aを研究しているグループの真の狙いは、わからない。可能性はある。しかし――」

「あんたのエグザントスでの立場は、なんなんだ」

「コーディネータだ。ウンドウのような、彼は特殊だが、実験台になってくれる人間を募集し、彼らとエグザントスとの間のさまざまな条件の折り合いをつけ、法律および人道上の問題が発生しないようにする仕事だ。わたしはその公的な資格を持っている。弁護士資格もある。以前勤めていた法律事務所から、できたばかりのエグザントスに引き抜かれた。医療関係の訴訟を専門にしている事務所だったが、最初からそんな問題が起きないように手を打つ仕事に魅力を覚えたから、エグザントスの誘いに乗った。やりがいのある仕事だ」

「そのXなんとかという人工骨の人体実験にウンドウを使うというのは、あなたが決めたのか」

「最終決定は社がやるが、そう、かなり危険を伴う実験だから、臓器ボランティア永久刑を受けているウンドウがいいだろうというのは、わたしが判断した。彼に目星をつけたのは、わたしだ。そもそも、実験計画が具体化する前から、わたしはエグザントスのコーディネータとして、臓器ボランティア刑の判決を言い渡されそうな者には目をつけていた。他の人工臓器メーカーも同じだよ。利用価値は高いからだ。熾烈《しれつ》な競争だ。もっとも、実際に臓器ボランティア刑の判決が下される例は滅多にないが。ウンドウはまさにうってつけだった」

「だが、あんたは、実験の結果、ウンドウが怪物になるとは思わなかった」

「思わなかった。危険な実験だ、というのは知らされていたが。実験内容そのものを知らなくては、申請書類の作成もできないからね」

「どういう実験なんだ」

「全身の骨をすべて人工のものに一度に交換する、というものだ。そう、ウンドウが望んでも、かつては不可能だったことだよ」

「全部の骨を摘出して交換するなんて、そんなことができるのか」

「元の骨を外科的に摘出するわけじゃない。人工の骨を外部で作っておいてそれを移植するのではないんだ。そんなのは、全身の骨全部にそれを行うなどというのは、侵襲が大きすぎて現実的ではない、そうではなくて、人工骨の細胞、人工細胞を元の骨に寄生させる、という手法だ。その人工骨細胞は、全身の骨に取り付くように体内に注入され、元の骨と入れ替わるように、それを食い取り、増殖する。それで寸分変わらない骨格に置き換わる。全身のすべての骨が、だ。それで、その患者は、骨の臓器崩壊の不安から完全に解放される」

「骨格は入れ替えられても」とおれは訊いた。「骨は、単なる柱ではないんだろう。たしか血液は骨で造られるんじゃないのか。ウンドウもそのことを気にしていたんだろう」

「造血機能を受け持つのは、特定の骨の骨髄だ。そのような骨は、いわば特殊な機能が付加されたものとみれば、骨の機能は、大きく分けて二つだ。肉体を支えることと、カルシウムなどの貯蔵だ。今回エグザントスがウンドゥに適用したX１１７０Aという人工骨は、その二つの機能を備えている」

「しかし全身の骨をそれと交換するとなると、元の造血機能は失われることになる」

「X１１７０A自体には造血機能はないが、造血を行う骨髄以外の臓器が潜在的に持っている、例えば肝臓だが、それを刺激して、造血機能を発現させる機能がある。腸にも造血させることは可能だそうだ」

「そんなにうまくいくものか？」

「だから実験が必要だったんだ。X１１７０Aは、造血機能も持つ完全な人工骨の一歩手前だが、それでも成功すれば画期的だ。現在、造血骨髄が駄目になった者には、定期的に人工血液を入れてやるか、その人工血液を造る機能体を体内に埋め込むしかないが、X１１７０Aならその問題をクリアできる。X１１７０Aが発現させた造血機能を受け持つ臓器のすべてが崩壊するまでは、だが」

「骨は元気だが、他が弱い、となると問題だな。X１１７０Aというやつは、身体のバランスを崩すんじゃないのか」

「人工臓器を使う者は、多かれ少なかれ、みなそういう問題を抱えている。そもそも臓器崩壊を起こす身体自体が、生まれながらにしてそういうバランスが崩れているのだ、という見方もできる。エグザントスはまさにそういう見解を持って研究している。臓器崩壊現象というのは、生まれ持った身体の、自己と他者を判別する免疫系統そのものがおかしいのではないか、ならばそれを再構築すればいい、という考え方だ。すべての臓器を同時に入れ替えてしまえば、それは可能だろう。だいたい、いま現在作られている人工臓器が本来の免疫機能とバッティングしないのは、それが免疫機構には認識されないからだ。異物としても認識されない。それが原因となる弊害をどううまく回避するかで、その人工臓器の出来の善し悪しが決まるわけだが、やろうと思えば、そうした免疫機構に認識させる人工臓器もできるし、そのほうがよほど簡単なんだ。例えば、人工骨髄細胞とか。それが造る血液がその身体本来の血液と同じになるように、そうした物を作るのは可能だ。その骨髄液を点滴注入してやれば、脾臓などにそれが集まり造血機能部位が作られる。人工膵臓も同じ手法で可能だ。必ずしも元の臓器と同じ形は取らないにしろ、機能は補われる。他の臓器でも可能で、そのほうが生きていくには楽だろう。その臓器または機能体は、たしかな自己として認識されるのだから。だが、それでは駄目なんだ」

「どうして」

「それでは交換前の臓器と同じように、今度はその人工臓器が崩壊を始める可能性が高いからだ。まず間違いなくそうなる。交換する人工臓器が元の臓器とまったく同じというのでは意味がないんだ。臓器崩壊現象に対する治療としてはね」

「フム。機能は同じだが、あくまでも人工の、自然ではない臓器でないといけないんだな」

「だから、やっかいなんだ。もう一つの手段としては、臓器を交換するのではなく、それらすべての各臓器が生まれながらにして持っているアイデンティティ情報を、すべて同時に書き換えてやることだ。そうなると、それらは同じハードウェアとしての機能を発揮していることに違いはないが、別物になる。それも一種の人工臓器と言ってもいいだろう。が、そちらのほうはほとんど思弁上の可能性であって、いまのところ現実味は薄い」

「よくわからんが、一から人間を作るほうが簡単そうだな」

「そうなるだろうな。後者の手法は、人間としてすでに完成しているその身体を、発生段階に戻して作り直すのだ、とも言える。その具体的な状態は想像もできないが、とにかくそれを実行して失敗すれば、殺人だ。それに対して、あなたの身体のように一から人工的に作る場合は、失敗したら人間にならないというだけで、どんなに失敗しようと、成功例が一つでも出ればいいわけだよ」

「その成功例を、おれは十分楽しんでいるよ」

「まったく、あなたの存在は奇跡的だ。エグザントスはあなたを作ったライトジーンの遺産を最大限に受け継いでいるメーカーだろう。エグザントスが目指しているのは、人の身体全体の再構築だ。それを研究する者たちが集まって創立した企業なんだ。骨を研究するのは、それが理想を実現するための技術のまさにバックボーンとなっているからだ。骨というのは、それだけが独立して存在している臓器ではない。例えばカルシウムは神経伝達などに不可欠だが、骨に貯蔵されたそれを血中に出し入れするメカニズムは全身的なものだ。その作用には複雑な要因が絡み合う。いろんな臓器で作られるホルモンも関与するだろう。腎臓がカルシウムが足りないと感じれば、もっと欲しいという意志をホルモンという分子言語を発して骨に伝えるような感じだろうな。つまり、すべての臓器は互いに連絡しあっているのであり、だから、エグザントスは骨だけを研究しているわけではないんだ。完全な機能を発揮する人工骨の開発に成功すれば、その技術を応用して、すべての臓器を一度に入れ替えることが可能になると考えている」

「大きく出たものだな。しかし、どことなく、胡散臭い。自分たちが作る人工身体のほうが、自然の身体より優れていると信じているようだ」

「そう。エグザントスは、どうせ寿命のある天然臓器など、さっさと見切りをつけるのがい い、という理念を持っている。むろん、だから健康な臓器を勝手に摘出してもいい、ということにはならないが、一部には、口に出さなくてもそう思っている研究者はいる。そういう者の中には、不死の人間を作れるかどうかに関心を持っている者もいるかもしれない。そこまでは、わたしにはわからない、ということだ」

「たしかに、身体の器官や臓器のすべてが人工物になれば、不死は実現できそうだな。脳みそが死ぬまでは」

「脳が死ねば、それは死だよ。不老と不死は違う」

「……わからんな。ウンドウは、脳みその寿命も超越して生き続けるというのか」

「そうだ」

「人工の脳などというのは――」

「脳は彼の脳だ……いや、そんなことには関係なく、彼自身の存在そのものが、消えなくなったんだ。殺しても、再生する。脳も身体もだ。どうやっても殺せない」

「煮ても焼いても？」

「言うなれば、そうだ」

「飲み過ぎていやしないか？」

「足りないくらいだ。酔えない」

「煮ても焼いても食えないやつ、か。そういう怪物なら、おれも一人知っているよ」

「不死なのか」

「さあな。でも実在する」

申大為《シンタイイ》は実在する。しかし、ウンドウというのはどうかな、とおれは思う。

「ウンドウも実在する」とセタニはおれの心を見通して言った。「アンドゥ、だ。まったくぴったりの名を自ら名乗ったものだ。彼はこの状態を予知したのかもしれないと思えるほどだ。何度も、やり直し、元に戻る。だが、前よりよくなることは決してない。再生されても、病弱なままだ。不死なのに、身体は弱い」

「面白い話だな」

「他人事なら、そうだろう」

「他人事だよ、おれには」

「でも、あなたは笑ってはいない」

「エグザントスの連中も笑えなかったろうな。それとも、思い通りにいったとほくそ笑んだのか。どうなんだ」

　これは、頼みもしなかった面白い話をやりにくる出張芸人を前にして楽しんでいる状況だな、と思いつつ、おれは先を促した。これがほら話の出前芸なら、けっこうな料金をとられそうだ。途中で、もうけっこうと断るのは、もったいない。

「不死の研究をしていたにしても、ウンドウのあの反応は予想外だったろう、と思う」とセタニは言った。「実験員はとまどっていた。笑えない事態だったのは間違いない」

「あんたもサイファなら、その場の人間の心は読めるだろう」

「実験を直接担当する人間のほとんどが、サイファの能力を持っている。心を隠す術も心得ているんだ。ウンドウがサイファだというので、特にそのような人選が行われたんだ。だから、わたしにも、裏の実験目的があったのかどうかは、わからない。とにかく、彼らはとまどっていた。なぜ、生き返るのか、と。あるいは、そのとまどいは、わたしがその場にいて、違法行為がないかどうか監視していることに対するものだったかもしれない、とも、いま思いついた。そうとも疑える」

「あんたは、エグザントスが違法行為をするかもしれない、と思っていたのか？」

「いや。実験経過を法務当局に報告する書類を作る必要があるので、それで実験現場にいただけだ。監視のためなら、当局から派遣された監視員がいたよ。刑執行監督官だ。が、監督官は、実験内容を詳しくは知らない。もし違法なにかが行われようとしていれば、わたしが、それを指摘する立場にいた。意図しない不注意によって行われる可能性はあるからだ。

それを見逃すのはエグザントスにとって不利益になる。あとで発見されてつつかれたら困るからね。まあ、エグザントスが意図的に監督官を騙そうとするなら、わたしにも協力するように命令したか、別のコーディネータを使ったろう。だが、わたしをも騙そうとしたかもしれない、といま思いついた、ということだ。もう、なにを信じていいかわからん気分でね」

「いいじゃないか。素直にすべてを信じれば」とおれは言った。「不死が実現したのなら、奇跡の実現だ。ウンドウにとってはどうか知らないが、めでたい。なにもとまどうことなどない。なにが問題なんだ。死なないのなら、生かしておけばいい。簡単なことだ。どうしておれが、ウンドウを殺さなくてはならないんだ。やつは逃げ出したのか？　逃げて、不死をいいことにこの世に復讐を始めたのか？　それなら、まさに怪物だな。不死だが病弱な、怪物か。戦車でもミサイルでも死なない不死身のヒーロー、ただし、身体が弱い、というのは、やはり笑える。いや、笑えない事態なんだな。ウンドウはコミック・ヒーロー向きのキャラクタではないからな……あんたが問題を解決したいと思っているのは、わかるよ。いくつかの問題が絡み合っているんだ。混乱している。順序よく、だ、セタニさん。話せるように心を整理するんだ。それで、問題などなにもない、という結論に達するかもしれない」

「フムン……」セタニはうなずき、「これ、いただいていいかな」と言った。

ボイルされたウィンナー。おれも忘れていた。いいさ、とうなずき、おれもそれにフォークを突き刺す。プチ、といい音がする。うまい。セタニもゆっくりと味わい、太い一本を平らげ、ウィスキーを含んで口内の脂をきれいにするかのようにして、飲み込んだ。

「まず……」ポケットから出したハンカチで口の周りを拭ってから、セタニは言った。「ウンドウが不死になった、という事実は、公表されていない。その事実を公表すべきかどうか、という問題が一つ。ウンドウは、公的には死亡している」

「どういうことだ」

「X１１７０Aの移植実験は、失敗した」

「なんだ?」

「そう、失敗して、その結果、ウンドウは死亡した」

「で、生き返った?」

「そうだが、少し口を挟まないで聞いて欲しい」

おれはうなずく。セイジ・セタニは話し始めた。

6

実験にはかなりの時間がかかる。実験台になるウンドウの身体の状態を検査するところから始めるわけだ。それから完全無菌状態にする。X１１７０Aを注入すること自体は簡単で、X１１７０A細胞を入れた溶液を点滴静注するだけだが、それが元の骨に取り付いて育っていくのには時間がかかる。これには絶対安静が必要とされ、そのため、その長い期間、麻酔状態のまま維持されるんだ。もちろん、生命維持には万全の態勢がとられている。そして、元の骨がすべてX１１７０Aの人工骨組織に置き換えられたことを確認してから、麻酔装置を切って、覚醒させるわけだが――ウンドウは、その時点で、死亡した。

覚醒しなかったんだ。麻酔から醒めなかった。手を尽くしたが、駄目だった。やがて脳死が確認された。もっともその時点でも、X１１７０A自体は機能していた。他の交換された人工臓器、心臓なども、しばらくは機能していた。それらはやがて停止したが、X１１７０Aだけは、元気だった。なんの問題もないように、活動反応を示していた。

エグザントスは、もちろん原因追究を始めた。X１１７０Aの欠陥なのか、適用法の誤りなのか、あるいは覚醒時に事故が起きたことも疑われた。それを確かめるために、エグザントスは遺体の解剖申請をした。これが、受刑者ではない一般人だったならば、実験当事者であるエグザントスにはそんなことはできない。解剖を担当すること自体が認められていない。だが、ウンドウの解剖は、できた。もともと、万一こうした事態になったならば、遺体の検視解剖も実験内容に含まれるとして、わたしはコーディネータとしてあらかじめ申請していたので、すんなりといった。そのためにわたしがいるのだからね。刑執行監督官と立会人の医師により、ウンドウの死亡が確認されたあと、それは速やかに許可されたんだ。

その現場には外部の人間の立ち会いはなかった。受刑者が死亡した場合、刑の執行は続行不能になるので、その時点で事実上の刑の完了と見なされるからだ。だから内部の人間だけでおこなわれた。

わたしは、いたよ。必要な人間だったからだ。実験台の人間が死亡するかもしれないことを、当局が、つまり、社会全体が認めて許可した実験とはいえ、実際に死亡したとなれば、そこはやはりエグザントスがおこなった実験にやましい点がなかったかどうかが問われる。わたしの仕事は、予想されるどのような非難に対しても、エグザントスの行為には法的にも人道的にもなんら問題はなかったことを納得させる書類を作ることだ。だから、解剖にも立ち会った。実験の最終過程をチェックするためだが、気分としてはウンドウの最期を見届けるという感じだったな。

その解剖の現場は葬式のように厳粛かというと、そうではなくて、にぎやかなものだった。むろん、X1170Aの機能状態の確認や、ウンドウの死亡原因追究のためにやることだから、真剣には違いないのだが、でも手を動かしながらも、けっこう世間話もする。

男女それぞれ二人ずつの四人と、わたしがいた。執刀する者にその助手と、記録要員で、わたしも、にわか記録係となって、手伝った。

こんなふうに死にたくはないものだな、とだれかが言った。いったいどういう人間だったのだろう、という話題になり、それで、わたしは、コーディネータとして収集していた情報を彼らに詳しく教えてやった。まあ、概略は彼らも知っていたが、サイファの力で、伝えてやったんだ。そう、あなたに、先ほど見せたようにだ。全員がサイファだったからね。

彼らの反応はどうだったかといえば、それぞれだったが、大筋では、罪を憎んで人を憎まず、というところだ。

ウンドウがあの事件を犯す前に、このX1170Aが開発されていて、そのことをウンドウが知っていれば、こんなことにはならなかったかもしれない、と女性記録員が言った。いや、それでは、われわれがX1170Aを試すことはできなかった、と執刀している男性が言った。

わたしはウンドウに同情したよ。まあ、このような結果になったのだから、いまさらどうにかなることではないが、ウンドウを死なせてしまったのはエグザントスのせいなのだから、われわれは彼の死を悼むべきだろう、とわたしは言った。わたしにすれば、死者を前にしてそのような口をたたくのは不謹慎な気がしたからだ。

ウンドウがいかに凶悪な人間だったとしても、エグザントスとしては哀悼の意を表するのは当然だろうとわたしは思った。そういう心が感じられない彼ら研究員に、反感を覚えたんだ。

そんなわたしの気持ちを理解したその場の責任者である執刀者のその男は、彼ら自身の立場を説明するため、こう言った。いや、言葉ではなかったかもしれない。

――われわれにとっては、この男はまだ死んではいないんだよ、セイジ。

つまり、実験はまだ終わっていないのであり、遺体から情報を読み取るこの行為が終了するまでは、その遺体は、研究者にとっては生きた実験台なのだ、ということだ。わたしのような部外者にしてみれば、解剖されているのは完全な死者だと意識するけれど、研究者にとっては、生体か死体か、という区別はさほどなく、要するに、素材にすぎない。対象の死を意識するのは、すべてが終了したとき、もうやることがない、というときなのだろう。そのように説明されれば、そんなものかと納得できるのだが、彼らの意識はもう少し複雑だった。人の心はそう単純ではないんだ。

わたしは彼らが、ウンドウは生きているはずだ、文字どおりの意味で、生きている、と感じているのを読み取った。遺体であることは認めているから、そういう意識は現実とは矛盾しているのだが、もし彼らが不死に関する実験をしているのなら、それは理解できる。だが、そのときは、わたしはウンドウが生き返るなどとは夢にも思わなかったし、いま振り返ってみても、彼らもウンドウが生き返ると信じていたとは思えない。生き返る、というのではなく、いま生きている、という感覚的なものだったんだ。理屈ではなかった。サイファがそろっていたから、共同で未来を予知した感覚だったのかもしれない。

でも、そうでなくても、あの場には、たしかにそう感じさせる雰囲気があった。ウンドウは遺体だったが、臓器のすべてが死んでいたわけではなかった。X1170Aは生きていた。まあ、正常に機能しているという状態を、生きている、と表現するのはどうかとは思うが、そういう見方をすると、それが生きているのに、どうしてウンドウは死んでいるんだ、と感じるわけだな。

結局、彼らは、悔しかったんだ。実験はうまくいきそうだったし、X1170Aの異常はいまのところ見つかっていないし、おそらく正常だろう、なのに、ウンドウが死んでしまったなんて、信じたくない、ということだろう。

そういう雰囲気は、解剖開始前からあって、それで、その実施計画には、検視解剖に加えて、もう一つの実験が組まれていたんだ。

死亡原因を探るために解剖し、各臓器の状態を調べ、摘出したそれらの臓器はさらに詳しい検査に回し、最終的には、ウンドウの元の骨格そのままの形に育ったX1170Aをむき出しにして取り出す。もう一つの実験というのは、その中間に行われるものだ。

ウンドウの元の主要内臓を摘出したら、その臓器に代わる新鮮な人工臓器に置き換えてみるんだ。X1170Aと人体の他の臓器とのマッチングに関するデータ収集だよ。X1170Aが実際に天然の骨と置き換わったときのデータは、ウンドウで初めて得られるものだから、貴重だ。たとえ死亡していたとしてもだ。むろん、ウンドウが生きているときのものとそれとでは条件が異なるのだから、得られるデータにも質的な違いがあるが、死んでいてもこの際それをやろう、貴重な実験台を無駄にはしまい、ということだ。

そこで、主要な内臓を人工臓器に取り替えられたウンドウの身体は、各種モニタを着けられた状態で、保存液の満たされたカプセルに入れられた。

カプセルは全身の状態が観察できるように、上面が透明になっている。

人工臓器を埋め込まれて切開部が閉じられたウンドウの身体は、葬儀のために修復されたようにきれいだった。ただ、各種モニタと各人工臓器間を繋ぐケーブルが束ねられて腹部のちょうど臍《へそ》のあたりから出されていた。そのケーブルの束は臍の緒のようにも見えたな。あれで小さくて身体を丸めていれば胎児だが、頭の比率が胎児よりずっと小さな成人だから、やはり異様な光景ではあった。

埋め込まれた各種人工臓器はうまく機能した。ウンドウの遺体はいい血色を取り戻し、まさに生きているように見えた。そこまでやるのはかなりの大手術だったから、それ以降の身体状態のモニタやデータ収集は次のチームに引き継ぐべく、最後にモニタ機器の点検をしているとき、それが起きた。

発見したのは、わたしだった。ウンドウの右手がかすかに動いたんだ。わたしはぞっとしたよ。それを責任者の男に告げたのだが、それは単に右腕に血行が回復したために生じた現象だ、ということだった。右腕は人工の物で、それはそのままだったんだ。わたしはそんなものかと思い、知識がないと正常なことも異様なものとして感じるものだなと、自分が驚きの声を上げたのが少し恥ずかしかった。

が、つぎに声を上げたのは、わたしではなかった。手術を手伝った女性研究員だ。

わたしたちは、全員、それを見た。ウンドウの右手が、腹のケーブルの束を握ったんだ。まるで、不快だ、痛い、とでもいうように。見ていると、左手も動き、口に移動した。肺に酸素を送るための挿管を抜こうとしているんだ。

生きているぞ、とわたしは言った。みんなそう感じたろう。生き返ったのだ、とわたしは思ったのだが、研究員たちは、生き返ったのではなく、各人工臓器が生命反応を示している、その現象の一環だろう、と認識した。脳は死んでいるはずで、それならウンドウが死んでいることには変わりない。しかし腕が意志を持つかのように動いているのは、確かだった。脳を調べろ、とわたしはコーディネータの権限で命じた。死亡していたから、脳はモニタしていなかったんだ。

研究員たちは、わたしの命令に従うのを躊躇した。余分な仕事になる。いったんセッティングした保存手順をやり直すことになり、それはけっこうな手間だ。しかし、やり直しは必要だった。動いている手が、モニタのケーブルや気管挿管の状態を駄目にしそうな気配だったからだ。そこで、責任者は、わたしから見ればとんでもないことをやった。気管に酸素を送ることを中止し、外部から操作して人工心臓の動きを停止したんだ。

そんなことをしたら死んでしまう、とわたしは抗議したが、もともと生きてはいないのだ、と言われた。わたしもそれは理屈ではわかっていたが、ウンドウの動きは、意志があるようにしか見えなくて、つまり理屈はどうあれ、生きているように見えるその反応を無視するのは殺人行為だと思った。

そんなのは素人考えで、ナイーブにすぎる、コーディネータなら現実的になってもらわないと。そう責任者は言った。彼は、ウンドウの両手が動いたのはあり得ることで、意志を持っているかのように見えたのは単なる偶然だ、たまたまモニタ用のケーブルと口元へと動いたにすぎないと説明した。意志があるわけがない、脳は死んでいるのだから、高度に統率された動きではないのだ、お望みどおり、脳をモニタしてみればわかる、と。

動きが止まってから、カプセル内の液を排出し、素早く脳波モニタを着けた。だれもが、脳波はフラットだと思った。実際、そうだった。わたしは安心したし、他の者もみな、口では、これで当然だと言ってはいても、脳波計に反応が出ない事実に安堵した。

今度は腕が勝手に動かないように、ついでに脚も、つまり四肢を固定しようということになった。それが終わってから、試しに人工心臓と酸素供給を復帰させてみた。大丈夫なようだったので、カプセルを閉じて保存状態に戻す作業を始めた。

そのときだ。脳波計が電子音を立てたんだ。最初はどのモニタ装置からの音か、わからなかった。まさか、それが反応するわけがないとわたしも信じていたからね。

だが、脳のモニタ装置だったんだ。みな動きを止めたよ。そのときのショックというのは、わたしよりも研究員のほうが大きかったろう。理解できないことが起きているんだ。

このとき責任者がとっさにとった行動は、また人工心臓を止めることだったが、それは殺人行為だと非難されてもしかたがない。脳の反応がある個体は死亡したとは認められないのだから。

だが、わたしを含めたその場にいた人間の心理状態というのは、そうしたまともなことを考えられるものではなかった。だって、いままで完璧に死んでいたんだ。生き返る可能性がないから、解剖が許可されたのだし、この実験もそうだった。人工心臓を再び停止した処置というのは、脳のモニタ装置の異常をそれで復帰させる、という感覚でもあったんだ。そのモニタ装置が出力しているデータなど信じたくないという思いだよ。

だが、そのモニタに頼らなくても、ウンドウが生き返ったのはだれの目にも明らかになった。彼は目を見開き、固定された四肢を動かし、苦しんでいた。その様子は正視に耐え難いものだったが、それより、サイファの感覚で彼の苦しみの思念がかすかに感じられることのほうがより恐ろしかった。そう、そのとき、ウンドウは確かに心を持っていて、それも甦っていたんだ。もがいているその動きは、単なる反射的な身体の反応ではなく、意志を持ったもので、ウンドウは生きていたんだ。だが、研究員もわたしも、それは幻覚だと思った。ウンドウの思念ではなく、研究員のだれかが、あるいは全員が、ウンドウの動く様を見て、それから苦しむ感覚を自ら生み出しているのだろう、と。だれも、しかし、それを確かめようとはしなかった。早くけりがついて欲しい、と願った。

そして……ウンドウは、また死んだ。悶絶しながら。脳波はフラットに戻り、苦しみの感覚も消失した。

——いまのは、なかったことにしよう。

ほとんど悪夢を、白昼夢をみんなで見ていた気分で、だれもがそう思った。

これはしかし多方面に影響をおよぼす、重大事だったんだ。少し冷静さを取り戻せば、そのときのわたしにもそれがわかった。

第一に、いまの行為は殺人行為であることが疑われる。また、もしそれを認めるなら、解剖時点では、ウンドウは死亡していなかったことになる。ウンドウがいま死亡したのだとすれば、エグザントスは、法務当局に虚偽のウンドウ死亡報告をしたと疑われてもしかたがない。生体実験を続行したいがため、つまりウンドウという実験台を他のメーカーに渡したくない、独占したいがためにそうしたのだろうと疑われるのは予想できた。

第二の問題は、いま現在エグザントスが抱えている問題だ。エグザントスは、事実上法務当局には無断で実験を続行しているということだ。

そうなったのは、ウンドウがまたまた生き返ったからだ。今度は、停止させたはずの人工心臓が勝手に復帰した。それからウンドウは気管挿管を自分でむしり取り、苦痛の声を上げたんだ。

そうなると、もうだれも、彼を死体だとは思わなかった。ウンドウは不死の能力を発揮しているのだと認めるしかなかった。

わたしはエグザントスのトップにもこの事実を伝えた。実験計画を一から見直ししなくてはならない事態だった。この実験はウンドウの死亡原因を探ることだったのに、今度は、なぜ生きているのか、どうして死なないのかを調べなくてはならなくなったんだ。

ウンドウの身体は、また徹底的に検査された。どこにも異常は発見されなかった。人工臓器の働きも完全で、特に人工心臓は念入りに調べたにもかかわらず異常は発見されなかった。

それは、おかしい。だって、スイッチを外部から切られたのに、それが自然に復帰するなどというのは、どこかに異常があればこそだろう。なのに、その原因がわからないんだ。

まあ、そんなことはしかし、ウンドウの脳が、すでに自己融解を始めていたに違いないそれが、完全に元どおりになっている事実に比べれば、たいしたことではなかった。

そんなばかな、ということで、脳をスキャン精査してみると、どうやら、まだ死んでいる部位がある。ところが、つぎにもう一度そこをスキャンしてみると、正常になっているんだ。

神経細胞にかぎらず一度死んだ細胞が生き返るはずがないので、それ以外になにかしら理屈をつけるなら、死んだ細胞が新しく成長する細胞に食われて置き換わっているのだろう、とでも考えるしかない。それにしても信じられないことだったが、もしそうなら、そのようにしているなにかが存在していることになる。

なにか、といえば、ウンドウがこうなったのはX１１７０Aを移植されてからなのだから、X１１７０Aがこうした状態を生んでいるのだろう、という推論は成り立つ。

X１１７０Aは、各種臓器間のコミュニケーション手段を持っている。切られた人工心臓の動きを復帰させたのは、X１１７０Aのその機能によるものだろうと見当がつけられた。

そしてX１１７０Aにはもう一つ重要な機能として、元の骨と置き換わり増殖する機能がある。脳を再構成したのは、X１１７０Aが、骨以外にも置き換わる力があって、それが働いたのではないか、と予想された。

そんな能力がX１１７０Aにあるなどというのは、わたしには空想物語としか思えなかった。X１１７０Aは、注入されると、全身をくまなくサーチし、その複雑怪奇なヒトの身体すべての構成情報と活動状態を読み取り、記憶し、解釈し、物理的に再構成することができる？

ばかげている。

だが、研究員たちは、大真面目だった。彼らが、そうした空想的なX１１７０Aの能力を信じていたかどうかは、わからない。しかし、他に解釈のしようがなかった、というのは間違いないところだろう。

X1170Aにそんな力があるのなら、脳を再構成できるのだから、腕や脚くらいは簡単だろう。X1170Aが活動できる条件さえ整っていれば。

やってみよう、ということになった。これはもはや、当初申請していた実験計画からは逸脱したものであり、人道上にも問題があることだったが、わたしにはエグザントスを止める力はなかった。というより、わたし自身も、好奇心をこらえることができなかったんだ。

ウンドウは、健康な右脚を切除された。人工の腕ではどうかというので、彼の人工の右腕も切除された。ウンドウには、危険はないと説明され、むろん痛みや苦痛を最小限にする処置もとられたが、こんな実験は、一般人の実験台には絶対に許されるものではない。だが、ウンドウには行われたんだよ。

その結果は予想どおりだった。信じ難かったが、まるで植物が成長するように、右脚が生えてきたんだ。そして、人工の右腕のほうも。X1170Aは、ヒトの身体がどういう形をしていて、それがどんな機能を持っているかを、生体や人工体にかかわらず完璧に知っていることになる。

それなら、X1170Aで作られているその組織の一部を取り出し、それを培養したらどうなるのかと、それも行われた。が、それはうまくいかなかった。取り出されたX1170Aは、成長は始めたが、完全なヒトにはならなかった。ウンドウの身体のほうの、切除されたその部位は、それを埋めるようにX1170Aが成長し、完全に修復されたのだが。

実験中のウンドウは、全身をそのようにいじられることの不快感を訴えた。苦痛もともなうし、そもそも人間として扱われないのだから、当然だろう。そこにきてウンドウは初めて、自分の罪を、ようするに自分の生き方を後悔した。いつまで、こんなことをやられるのだ、いっそ殺してくれ、と願ったんだ。

わたしはコーディネータとしての自分を取り戻し、エグザントスに実験を終了するように要求した。エグザントスがわたしを無視するなら、いま行われていることを公表するつもりだった。エグザントスはわたしの要求を受け入れたが、実験をやめた後については、選択の道は二つあった。

ウンドウを安楽死させるか、生きたまま法務当局に返すかだ。

ウンドウ自身は、安らかに死ぬことを望んだ。エグザントスにとっては、そのほうが都合がいい。いま法務当局に返せば、先の死亡報告はいったいなんだったのかという、そうしたややこしい問題が生じる。ウンドウの意志を尊重するというもっともな名目をつけ、煩わしい法的な責任問題を回避することにしたんだ。

実に、ウンドウが不死で、どうやっても死なないらしいとわかったのは、それからだった。いまだに理解し難いことが起きた。

それまでは、ウンドウは本当の意味では死んではいなくて、X１１７０Aが生きているかぎり、死んだように見えているだけで仮死状態にあったのだ、という説明がつく。それでも完全にその状態を理論的に解明することはエグザントスにはできなかったのだが。

だが、ウンドウを安楽死させたあとで起きたことは、もっと超常的な事態だ。ウンドウは、X１１７０Aを完全に機能停止されても、甦ったんだよ。

安楽死させられたそのウンドウの身体は、再び解剖され、こんどは回り道せずに、X１１７０Aで構成された全身骨格が取り出された。それを条件の整った環境下におけば再びウンドウは再生されることは予想されたが、わたしが頑強に反対したので、それは行われなかった。それで、その全身骨格は、やがて機能を停止した。なかなかしぶとかったけれどね。

エグザントスはその骨をばらばらにはしなくて、骨格標本のように整えて保存することにした。取り出した各部の骨をそのようにしたところ、それが起きたんだ。

——殺してくれ。

人体の形をとった骨格が、そう言った。そう、思念だよ。ウンドウの。それは、サイファにしか感じ取れないが、確かにウンドウの思念であり、ウンドウの存在そのものなんだ。もはやX１１７０Aのせいとは言えなかった。

形と配置のせいか、とても考えるしかなく、生前の形を取ったから、そういう現象が生じたのだ、ならばと骨格配置をバラバラにしてみたが、いったん生じたウンドウの存在はそれでも消えなかった。

それどころか、活動を停止したはずのX１１７０Aが活動反応を示し始めた。完全には死んでいなかったのだろうと、そのX１１７０Aのすべての細胞組織を壊すためにそれを焼却した。それは、いったん死んだかに見えたが……やがてまた元に戻るんだ。粉砕しても同じだった。

それはどういうことかといえば、そうした灰の一部を適切な環境下に置けば、灰がX１１７０Aの細胞組織として甦り、やがてウンドウの全身が再生されるだろう、ということだ。条件が悪い土中に埋めてもそうしたことが起こる可能性はあるし、海ならばもっとその確率は高いかもしれない。

実際に、エグザントスはそれを試してみたんだ。海や土中に葬るのではなく、もう一度、その灰を、培養環境においたんだよ。

結果は、予想どおりだった。ウンドウの身体は再生され、彼は生き返り――そして、いまも生きている。

ウンドウはエグザントスの研究棟に隔離され、殺してくれといまも願っている。

7

そこでセイジ・セタニは水をくれと言い、ひと休みした。おれは新しいグラスに水を注いでやる。セタニは一息にそれを飲み干し、息をついた。

「そんな内容は、エグザントスは公表できないだろうな」とおれは言った。「ほら話だと世間に笑われるだけだ」

「笑われないだけの理論とデータをそろえなければ、そうだろうな」とセタニはうなずいた。「しかしこの現象の完全な解明がエグザントスにできたとしても、それは企業秘密として公表はしないだろう」

「エグザントスは法務当局に、ウンドウは実は死亡してはいなかった、という届けは出していないわけだな」

「そうだ。そのつもりはないだろう。ウンドウのX1170Aをさらに調べながら、不死の研究にもウンドウを使うつもりだ。しかし、不死を実現する理論が完成したら、世界は大混乱になる。わたしは、不死が人間を幸福にするとは思わない。わたしとしては、ウンドウには死んでもらいたい。エグザントスがだれでも不死を実現できる手法を見つける前に」

「最悪なのは」とおれは言った。「エグザントスがウンドウを殺す方法を見つけたとき、だろうな。もし本当にウンドウが不死だというのなら」

全員が不死になるなら、公平だ。だが不死の人間を殺せる手段をだれかがつかめば、公平ではなくなる。

セタニは、そのとおりだ、と言った。

「……エグザントスが、すべてをつかむ前に、ウンドウを殺してくれ。いまのウンドウは、社会的には死んでいる。仮にエグザントスが事実を法務当局に告げるとしても、彼は真の意味で永久に罪人のままだ。永久刑を受けているからな。どちらにしても、ウンドウは死んだほうがまし、という立場にいる」

「おれに殺せると思うか？」

「予知では、そうだ。サイファが必要だ。ウンドウはサイファの能力で、この世に留まっているのだ、と説明できる。思念があるかぎり、ヒトは生きているんだ。脳死は死ではないのだ、というのが、今回エグザントスがつかんだ現実的な実験成果だろう。死の定義は変更されるべきだ」

「それはどうかな」おれはまた空になっているグラスを回す。「あんたの言う思念的存在は、いわば幽霊だよ。サイファの能力のない者には感じられないんだ。幽霊が出るから、そいつは死んではいないなどとは、だれも言わないだろう」

「しかし、その幽霊が実体を備えているとなれば、どうだ？　まさにウンドウはいまそういう状態だ。生きている死者なのか。生きているなら死んでいるのではないだろう。彼は、死すべき存在だ。このままでは永遠に苦しみから解放されない。思念的な存在そのものを、消さなくてはならない」

「幽霊退治だな。悪霊祓いだ」

「なんでもいい。引き受けて欲しい。あなたにしかやれない」

「殺人行為だろう？」

「そうなる。が、社会的には彼は生きてはいない」

「おれが彼を殺しても、罪には問われないと言いたいわけだ」

「そうだ」とセイジは熱心にうなずいた。「もし万一、あなたが不利な立場におかれることになったら、その責任はわたしが取る」

「いやいや、それはできないさ」

おれは首を横に振る。

「わたしが信じられない、か」

「まあね。いまの話が事実だとしても、あんたは、おれの気持ちには立ち入ることはできない。おれの未来の心の状態までは責任は持てない、ということだ」

「また……難しいことを。どういうことだ」

「ウンドウを殺して、それを後悔するおれを、あんたはどうにもできない、ということだ。殺してしまったら、元には戻らない。殺すとは、そういうことだ。あんたにしろ、絶対に後悔はしない、とは言い切れないだろう」

「わたしは、覚悟を決めて、ここに来た」

「そいつはいい度胸だ。自分の信念に命を賭けているというのか」

「……そうだ」

「いまどきそんな人間がいるなんて、それこそ、信じられないな。おれはサイファの力で、あんたを自殺させることもできる。あんたのその覚悟とやらを確かめることもできるんだ」

「わたしは、コーディネータとして、いや、人間として、エグザントスがウンドウにおこなった、そしていまおこなっていることが、許せない。わたしを試したいなら、そうしてくれ」

「まあ、そう固くなるなよ。面白かった。あんたも、ゆっくりやってくれ。飲めばまた違う世界が開けると思うな」

「わたしが狂言でもってあなたを騙《かた》り、あなたを利用しようとしていると思っているんだな」

「回りくどい自殺方法を考え出す者はいるものだ。ウンドウとは、実はあんた自身じゃないのか。自分では死ねない、だれかにやってもらおう――」

「ウンドウはいる。サイファの力を使ってもらえば、わかる。ここからでも十分だ。サイファにとって、距離は関係ない」

「いや、セタニさん、考えてもみろよ、不死だぜ。煮ても焼いても死なない？」

「何度も何度も、死の苦痛を味わうことになるんだ」

「信じるほうがどうかしている。そうは思わないか。灰にしてばらまいたら、それを海にでもまけば、そいつがウンドウになる？　それじゃあ、灰の粒子の数だけの無数のウンドウが海に浮かぶことになる。見ものだな。そうしようじゃないか。そうなったら、また来てくれ」

「再生されるのは、一人だけだと思う。もしかしたら、灰すら必要ないのかもしれないんだ。そういう物質は、再生のきっかけにすぎないのではないかとわたしは思う」

「では、ウンドウの存在の本質は、どこにあるというんだ」

おれは、つい引き込まれ、またセタニの相手をしてしまう。

「それは……わたしにも、わからない」

「おれは、セタニ、精神や意志や思念が何物にも宿らず、それだけがそのへんをふわふわ漂っている、なんていうのは信じない。心と身体を切り離すことなどできるものか。ウンドウが罪を犯すような心境になったのは、病弱な身体のせいかもしれないし、心の状態が病弱な身体を作ったのかもしれない。どちらが正しいなんて、言えないだろう。どっちでもある。人間はそういう存在なんだ」

「……質量を持たないエネルギーのみの存在もこの世にはある」

「そういう話じゃないだろう」

「サイファの力は、無から物質を生むかのような作用もする。それは、あなたにも――」

「まてよ」

おれは、ふとなにか思いついて、セタニの言葉をさえぎった。なんだろう。

「無から物質を生む？」とおれ。

「そうだ。完全な無ではないだろう、空間はエネルギーに満ちている」とセタニ。

「サイファの力に満ちているかもな……そうだろう、そいつかもしれない」

「どういう――」

「黙ってくれ。自分がなにを思いついたのか、よくわからない。もう一度、ウンドウのことを思ってくれ。やつはどこにいる。抽象的な意味じゃない。いま、やつはどこだ」

「エグザントスの第四研究棟の――」

セイジ・セタニはそれを思い浮かべた。

おれはグラスを握りしめ、サイファの力をセタニに向けて発揮した。セタニは悲鳴を上げる。それにかまわず、おれはセタニの心に侵入する。その中のウンドウの存在をつかみ取ったおれは、それを元にして、まるでドアを開くように、セタニの心を突き抜けて、ウンドウの心に入り込むのに成功する。

ウンドウは、たしかに、いた。

8

ウンドウはギターを爪弾いていた手を止めて、だれだ、と顔を上げた。

おれはセイジ・セタニの肉体機能を彼の意識から切り離し、その目をおれに向けさせて、おれの姿をウンドウに見せてやった。

〈菊月虹。サイファだ〉

〈また実験か〉

〈おれはエグザントスの人間じゃない。自由人だ。あんたを殺せとの依頼を受けた〉

〈わたしを殺す？〉

〈そう〉

〈またか。やるならひと思いにやってくれ〉

〈だれが自分を殺そうとしているのか、興味はないのか〉

〈べつに。苦しいのはいやだが、もう生き返らなくしてもらえるなら、だれでもいい〉

〈あんたは、死にたいと思っているわけではないんだな。死にたいのではなくて、苦しいのがいやなだけなんだ〉

〈それが、どうした〉

ウンドウはギターを投げ捨てて、言った。

病室のような部屋だった。監獄よりは居心地がよさそうだが、拘束されていることにはかわりない。だが、ここから逃げ出そうと思えば、監獄よりは楽だろう。しかしウンドウの意識には、逃げようなどという思いはまったくなかった。そんな面倒で困難なことはしたくないのだ。苦しいのはごめんだ、というのだ。こいつは最後まで他人に依存しきっている。永久刑は妥当だという気がした。セタニは、まったくお人好しだ。こんな男は、何度も何度も、地獄の苦しみを味わえばいいのだ。

〈サイファによる、新手の心理療法なのか。わたしは後悔などしていないからな〉とウンドウは言い、そして続けた。〈しかし、おかしいな。あんたの本心がまったく見えてこない。こんなサイファに会うのは初めてだ。何者だ?〉

〈サイファだよ、本物の。おまえや他のサイファとは違うのは当然だ。人造人間だ〉

〈あんたが、そうなのか。噂では聞いたことがある。怪物だな〉

〈おまえに比べればまともな人間だと思うがな〉

〈あんたなら、やれそうだ。やってくれ〉

〈ただであんたを救ってやるなんて、おれはそんなのはごめんだ〉

〈あんたに殺しを依頼した相手から取ればいいだろう〉

〈まったく、おまえはまともじゃない。自分で代償を払おうという気がまったくない。やってもらいたいことがあるのなら、それなりの態度というものがあるだろう〉

〈拘束されているわたしに、なにが払えるというんだ〉

〈そうだな。おまえは自分の命すら他人に預けてしまった。それはもうおまえのものじゃない。だから、おまえは、自分を殺してくれなどとはだれにも頼めないんだ。その命は、おまえのものではないのだから〉

〈では、どうすればいい？　おれの知ったことか〉

〈どうすればいいというんだ〉

〈まってくれ〉

ウンドウは椅子から立ち上がる。まるでおれがその目の前にいるとでもいうように手を差し出し、そして、身をかがめて膝《ひざ》に手をやった。左の膝上に痛みを感じる。骨だ。

〈なんだ、これは〉とおれ。〈骨が炎症を起こしているぞ〉

〈そうさ〉とウンドウ。〈エグザントスの骨は死なないが、病気になる〉

〈X１１７０Aは、人工骨だ。崩壊はしない。ということは、その骨は、おまえ自身のもの

だな。生き返るとは、そういうことか〉

〈心臓も、肺も、右手も、そうだ。崩壊していく。そして苦しみながらわたしは死に、また生き返る。この身体でだ。永久に苦しむ。エグザントスが、こうした。こんな刑罰があると知っていたら、あのとき、わたしは自分を撃っていたろう〉

〈それはない。知っていても、ああやっていたさ〉

〈あんたは、わたしではない。そんなことは――〉

〈おまえは、あの女性の医師にもそう言った。おまえが殺した医師だ。覚えているか〉

〈ああ〉

〈おまえは、自分の苦しみをわかってもらいたかった。自分を撃てば、それを世間に知らせられる、などとはおまえは思わなかったろう。おまえは、自分のことすらわかってはいないんだ。おまえのいまの状態は、おまえが望んだことだ。苦しめばいい。そのうちおまえの苦しみを理解する奇特な人間が現れるかもしれん。ああ、かわいそうに、と同情し、一緒に不死になってやろうと言ってくれるかもしれない。ようするに、おまえは、死にたくはないんだ〉

〈あたりまえだ。崩壊の心配のない身体が欲しい。この身体のおかげで、なにもできなかった。生き延びるだけで精いっぱいだった。いまもそうだ〉

〈見事だな。感心するよ〉

〈なにがだ〉

〈おまえは、その苦しみを、不死を実現することで表現しているんだ〉

〈死にたくないと思っているから、死ねないというのか〉

〈そうに決まっている〉

〈だが、わたしは、もう終わりにしたい。こんなはずではなかった。罪を償えというなら、もう十分だろう〉

〈罪を償っているなどとはおまえは思ってはいない。もうやめたいだって？　そんなのはもったいない。せっかく見つけた人生表現だ。おまえは、楽器ではできなかったことをしているんだ。人生の苦しみや哀しみや、それ故の喜びの、芸術的な表現だよ。わからないのか？　おまえはいま舞台に立って、苦しみの演奏をしているんだ〉

〈なにを言っているんだ〉

〈まったく、不快だ。もっと出来のいい作品が創れたはずなのに、ばかげた方向に才能を浪費している。おまえは、自分を認めて欲しいのに、だれからもわかってもらえなくて無視されていると思っている〉

〈そのとおりではないか〉

〈鑑賞している者はいるんだ。気がつかないのか。エグザントスの連中はおまえのパフォーマンスに喝采《かっさい》しているんだぞ〉

〈わたしを利用しているだけだ〉

〈それはお互い様だろう。共同のパフォーマンスだ〉

〈なにが言いたいのだ。わたしを殺すのが嫌なら、放っといてくれ。わたしは改心などしないぞ〉

そう言いながら、ウンドウは床にくずおれた。その両の目尻に涙が伝う感覚がおれにも感じられた。だれにも苦しみをわかってもらえない男の涙だ。ウンドウは無視され続けて生きてきた。だれも無視などしなかったのに、というのは常に他人が言うことだ。彼自身は、無視されていると信じている世界を生きてきたのだ。

ウンドウが罪を犯したのは、自分を無視し続けてきた世界への復讐行為なのだと、おれはあらためてこの男の気持ちを理解する。同情するつもりはなかったが、憐れみを感じた。ウンドウ自身が、自分を憐れんでいるのだ。それも哀しいことだ。

〈助けてくれ〉ウンドウは懇願した。〈わたしには払うものがなにもない。だが、助けて欲しいんだ。改心しろというなら、そうする。後悔している〉

〈本当にそれができるなら死ねるだろうが、まあ、無理だろう。それを可能にするのは健康な身体に生まれ変わることだろうが、そうはならない。身体と心は切り離せない。おまえは後悔などしていないよ〉

〈あんたは――あなたは、本物のサイファだ。なにかものすごい力を感じる。あなたには身体も心も同時に殺せる力がある。お願いだ。助けてくれ〉

〈おれは神じゃないし、裁判官でも医師でもないが、ただではやらん、という点では同じだ。ただでやってくれというのは虫がよすぎる。おまえの出方次第だ〉

〈わたしには財産も、そう、払える命もない。閉じ込められているから、なにか危ないことをやれと言われても、できない〉

〈不死なんだから、警備員を殺してでも、出られるだろう〉

〈この身体ではすぐに捕まる〉

〈なるほど。身体が弱いのは問題だな〉

〈なにをさせたいんだ〉

〈自殺だ〉

〈不死のわたしに、自殺しろというのか〉

〈そうだ。おまえが罪を償い、救われる方法はそれしかないだろう。おれが介錯してやる〉

〈できるのか？〉

〈たぶんな〉

〈それで……あなたは、なにを得るんだ。ただではやらないといった〉

〈おまえのプライドを得る〉とおれは言った。〈それがおまえに払える唯一のものだ。改心などするな。どうせできない。絶対に自分は正しいと信じているおまえのプライド、それをよこせ。それでおれは満足する。おまえを殺したことを後悔せず、喜んでやれる〉

〈わたしのプライドか。そんなものがあるのなら、さっさと持っていけ〉

〈そうは簡単にはいかない。おまえはそれによって生きているんだ。それも、おまえはそんなものはいらないと言っても、もはやおまえ自身ではどうにもできない。おまえの不死を鑑

賞している者が放したがらないからだ〉

〈抽象的だな。こんなテレパシー会話は初めてだ。あなたの心が読めない……鑑賞している者とは、エグザントスの連中のことか〉

〈そうだ〉

ウンドウは床からベッドに這いあがり、横向きに寝て、膝を抱えるように身を曲げると胸を押さえた。息も苦しい。臓器が崩壊していくのだ。

この部屋はモニタされていたのだろう、白衣を着た二人の人間が来た。鎮痛剤がいるかと訊かれたウンドウは、それを断った。

「珍しいな」と白衣の一人が言った。「苦しいままでいいとは」

「どのみち、長くはない」ともう一人。「また死ぬ」

ウンドウは「出ていけ」と言った。

「生き返ったら、また来る。あるいは、永久に断末魔の苦しみのまま、死ねないかもしれない。鎮痛剤が必要なときは、呼んでくれ」

そう言い、二人は出ていった。姿が見えなくなると、ウンドウの苦痛は嘘のように消えてしまう。

〈こんなことの繰り返しだ〉

〈鎮痛剤を断ったのは、初めてなのか〉

〈初めてではない。どのみち、同じだとわかったんだ。わたしは、いままた死んで、生き返ったんだ。たぶん、そうだ。鎮痛剤を使うと少しは長く生きられるが、あれもけっこう苦しい。ならば、さっさと死んで、またやり直すほうがましだ〉ウンドゥは痛みのなくなった身体を伸ばし、ベッドに大の字になって息をついた。〈これで、しばらくはもつだろう。だが、治ったわけではないから、どこからかまた崩壊し始める〉

〈どんなときにも、楽しみはあるものだな〉

〈楽しみだって？〉

〈そうじゃないか。おまえは、エグザントスの連中が慌てておまえを診察に来るのを、楽しんでいる。かまってもらいたいんだよ。ずっと、そうして欲しかったんだ〉

〈……そうかもしれない。あなたは、わたしを理解してくれる初めての人間かもしれない。本物のサイファだからだな〉

〈だれにだってできたさ。拒んだのはおまえ自身だ。だから不死になれたんだ。もう少し楽しんだらどうだ〉

〈終わりにしてくれ。頼む。どうすればいい〉

〈不死を実現しているのは、サイファの力だ。おれは、おまえの存在そのものを、破壊することができると思う。爆薬を使うようにだ。おれがもし、おまえに恨みを持っているなら、そうする。こちらも傷つくかもしれないが、それを覚悟してやることになる。人を呪わば穴二つだからな。だが、おれはあんたに恨みなどないし、恨みのない者を相手にして、こちらにダメージが及ぶようなことはしたくない。こんな思いでは、どのみち失敗する〉

〈あなたがやりやすいようにしてくれ〉

〈おまえの覚悟が必要だ〉

〈どんな覚悟だ。死はもう恐れないよ。死は望みだ〉

〈死ぬより苦しいというのは、あるものだな〉

〈ああ。いまが、そうだ〉

〈そうじゃないさ。おまえは本当の苦しみを回避したいんだ。だれからも無視されることだ。だれにもかまわれなくなること、だ。生きてきたという証すら残さずに死ぬことが、おまえには耐えられない。それが、おまえのプライドだ。それを手放せ。おれはそれを得る。おまえは、死ぬ。だれからも、もはや省みられることは決してない。その、覚悟だ。できるか?〉

〈つまり、だれからも忘れ去られること、だな〉

〈ま、そうだ。そもそも普通の人間は、死ねばみなそうなる。没後百年も経てば、死んだその人間がなにを好んで食っていたかなんて、だれにもわからん。千年も経てばもう、どんな英雄でも実在した人物かどうかも怪しくなる。しかし、おまえは、永久に忘れられたくないんだ。その思いが、いまおまえをそうしている〉

ウンドウはベッドに身を起こした。

〈わたしは、こんな身体でなければ、そこそこのプレーヤになれたはずだ。高望みだったかな〉

〈ちがうさ。あんたのプライドは尊敬に値する。その表現の仕方には納得できないが、駄作だとは思わない。並の人間にはできないことだ。が、それを捨てろ。救うにはそれしかない〉

「忘れ去られる、か」ウンドウはベッドを降り、ギターを拾い上げ、ジャンと鳴らし、言葉に出して言った。「曲が終わるとき、それは空中に消えていき、もはや決して、二度とつかまえることはできない……エリック・ドルフィーの、最後のアルバムに入っている、ライブを終えたときの言葉だ。知っているか」

〈いや〉

「わたしがいちばん好きなジャズプレーヤだ。百年以上も前に死んだ。でも、その存在は音盤が残っているかぎり、不滅だ。何度も再生することができる。本来消えていく音を、つかまえ直すことができるんだ。わたしも、そうしたかった。結局、あきらめてしまったんだ」

〈音楽という手段ではな。すべてをあきらめられるか否か、それが問題だ〉

〈わたしがこうなったのは、サイファの力があるからなのか〉

〈そう。セイジ・セタニが、そう言った。あんたを殺してくれと頼みに来たのは、セタニだ〉

〈セタニか。いい人だ。あの人もサイファだな〉

〈そう。それこそが、不死の原因だろう〉

〈どういうことだ〉

〈おまえのサイファの力だけでは、こんな事態は不可能だ、ということだ。おまえを何度も再生させているのは、セタニや、エグザントスの連中のサイファの力なんだ〉

〈彼ら研究者が、わたしという存在を再生しているというのか。音盤を再生するように？〉

〈まさに、そうだろうな。無から物質を生む力がサイファにはある、とセタニは言った。そうなんだ。死んだあとのおまえを再生しているのは、そういう力なんだ。おまえのいまのその身体は、言ってみれば、再生像であって、本物ではないんだ。おまえの意識そのものも、おそらくは、そうした再生されたもので、新しいなにかを生み出す力はない。だが、自分を消すことはできる〉

〈どうすればいい〉

〈自分はだれからも無視されてもかまわないということを、納得するんだ。本来なら、そう気づいたところで人生は変わる。やり直せる。だが、おまえは違う。なにも、残せない。それは悲劇的なことだが、そういうおまえという男がいたことすら、世界は記憶しない。おまえはかつて自分の演奏をディスクに収めたが、それが残るからいい、ということも忘れろ〉

〈演奏か……満足できたものは一つもない。あれには未練はない。未練は、そういうものを一つも創れなかったことだ。その代わりに、この状況を自分で創ったというんだな〉

〈そうだ。ここから抜け出したいのなら、だれからも省みられなくてもいいと、あきらめることだ〉

〈プライドを捨てるとは、そういうことか。なるほどな〉

〈おれが、拾ってやる。おれは、おまえを知ったことを誇りに思うだろう。おまえにそれができるのなら。できるか？〉

〈このままひと思いにやって欲しいが、それでは駄目なんだな？　あなたは、どうしてもわたしに、最後に苦しめというわけだ。ただではやらない、か〉

〈それだけじゃない。おまえがそうしなければ、完全には消せないだろうと思うからだ。また、甦るかもしれない。それでいいのなら、おれはそれでもかまわない。セタニの依頼は断り、おまえのことは忘れる〉

〈なにも……残さない、だれも、わたしを省みない、か。思えば、両親からして、そうだった。幼いころ、あまりかまってもらえなかった。二人は演奏旅行中に事故死した。一緒に死ねばよかった。いや、あのときから、わたしは死んでいたのかもしれない〉

ウンドウは抱えたギターを弾こうとしたが、弾くべき曲を思いつかず、焦った。結局あきらめ、ギターを静かにベッドに立てかけた。そして、言った。

「やってくれ。もう未練はない。不死でいても、なにも生み出せない。それが、わかった」

〈本当に、それで、いいのか？〉

「できることなら、やり直したい。過去を消してだ。やり直しはきかないだろう。しかし、過去を消すことは、できる。あなたにはその力がある。それを信じるよ」

〈完全に無視されるんだぞ。いいんだな？〉

「気が変わらないうちにやってくれ。生き返ったなら、あなたを恨む」

〈おまえに殺された人間の身内や知人は、おまえを恨んでいるだろう。言い残すことはないか〉

「わたしを忘れてくれ、と言ってくれ」

〈いい覚悟だ。二度と出てくるな〉

おれは、サイファの力をウンドウに集中した。

汝、塵《ちり》から出でし者、塵なれば、塵に還れ。そういうイメージをウンドウにぶつける。

ウンドウは悲鳴も上げず、身じろぎもしなかった。ベッドのわきに立ち尽くす。瞬間、全身が氷のように冷え切る。一瞬に生命活動が停止し、心が消失する。なにもない。なにも。

おれは先ほどその部屋に来た医師の心を思い浮かべ、それを探り、その意識を捉えた。

医師は異変をモニタで捉えて、ウンドウの部屋に駆けつける。

そこに彼が見たのは、ウンドウが氷のように透明な彫像になり、そしてそれが霧のように消えていく光景だった。

ウンドウという男は消えてしまう。いちおうは。

9

おれは椅子の背にもたれ掛かった。ひどく疲れたが、まだやることは残っていた。

「ウンドウに代わって、礼を言う」

セイジ・セタニが言った。おれの心を通じていまのやり取りをセタニも感じ取っていた。

「さすが、最強のサイファだ。わたしの予知は正しかった。感謝している。ウンドウは感謝も改心もしなかったようだが」

「そんなことよりも、もうなにも新しいものを創れないという、あのあきらめのほうが価値がある。ウンドウは、他人に恨まれてこそ自分が存在するという現実をも、あきらめたんだ。現実を明らかに見た。あきらめる、というのはそういうことだ」

「だから完全に死ねたのだということだな」

「まだ完全ではない」

「……なんだって？」

「あんなことは、いつでもできた。おれがウンドウに覚悟しろと言ったのは、おれが後悔しないためだ。納得してあの世に行ってもらいたいからだ。自分で自分の最期を創ってもらいたかったからだよ。やつは、それをやったんだ」

おれはウィスキーボトルを引き寄せ、グラスに注ぐ。少し手が震えた。ワンフィンガー分を、一息に飲み干す。熱い液体が強烈な現実感覚を全身に広める。

「最期なら、死んだのだろう。あれでも彼は生き返るというのか」

「いまの記憶を持っていないウンドウが甦る可能性はある。肉体のないウンドウの存在は、あんたや、エグザントスの連中の身体と心に存在していたんだ。彼は死ぬと、自分の存在をあんたたちに移す。自分を忘れるな、かまってくれ、と。それで、あんたたちは、サイファの力で彼の身体を創る。その繰り返しだったんだ。言ってみれば、ウンドウは自分の存在をレコードのように記録して、近くにいるサイファたちの心に渡し、そのサイファに再生させていたんだ。あんたたちは、そのレコードを再生するレコードプレーヤだったんだ。おれは彼に、もうそのレコードをだれにも渡さないことを約束させて、殺した」

「それでもまだ、甦るというのか」

「そうだ。彼自身は、もういない。彼自身が自分を創ることはない。だが、その複製とも言える、彼を記憶したサイファの心がある。それがまたウンドウを創り出すとすれば、再生されたそれは、まさに肉体を持った幽霊に等しい。ウンドウからは再生を許可されていない海賊版のレコードを再生するようなものだ。それはもう同じウンドウではないだろうが、現象としては、不死に見えるだろう。このまま帰ってみろ。ウンドウはそこにいるさ」

「……なんてことだ」

「それが出てこないようにしなくてはならない。幽霊封じだ。ウンドウのために、そうする必要がある。あいつの生き方には同情などしないが、その最期は尊敬する」

——不死でいても、なにも新しいものは生めない。それが、わかった。

不死というのは、ウンドウでなくても、そういうものではなかろうか、とおれは思った。限りがあるから、不幸も楽しめるのだ。生きているうちに、だから楽しむがいいと、ほとんどそれは死者からのメッセージだ。貴重な忠告だった。たしかに彼は、払える唯一のものをおれに払ったわけだ。契約は、果たさねばならない。

「どうするというんだ」

「エグザントスの、ウンドウに関わった者たち、その全員のウンドウに関するすべての記憶を消す」

「そんなことが――」

「できるさ。あんたは目的を果たした。支払いをしてもらう。ただでおれが引き受けるとでも思ったか？　自殺させられるよりはましだろう。ウンドウの記憶を渡せ。それは、おれのものだ」

おれは再び強引にセタニの心を探った。こんどはセタニは声も立てられない。

おれはまず、そこから、ウンドウに関わった者たちを探す。それから、一人ずつ、その心に侵入して、ウンドウの記憶を引き出す。内臓を引き出すように。彼らは、そのおぞましい感覚に、肉体にもダメージを受ける。かまうものか。死にはしない。集団で自殺させるほうがたやすいが、おれは殺人鬼ではない。なんと奇特な人間だろう、とおれは自分のことをそう思う。結局、ウンドウをいちばん深く理解したのは、彼が言ったとおり、おれだけだったかもしれない。すべてを理解することはだれにも、本人ですら、できまいが。

おれはすべてをやり終えて、食卓に額をつけた。おそろしく頭が重かった。もう、なにもしたくない。

「おい、どうした。もう酔いつぶれたのか」

　セタニが言っていた。彼には、架空の記憶を入れてやった。偶然会ったおれの誘いにのって、ここに来たのだ、という、いいかげんなものだ。面倒なシナリオを作る気力がもう残っていなかったからだが、こいつもけっこうウィスキーを飲んでいたから、それで十分だろう。

「ああ。あんたは、もっとやってくれ」

「いや……」とセタニは部屋を見回し、「なにか、仕事が残っていた気がする」

「それはない。片づいた」おれは頭を上げて言った。「仕事の話は、なしだ」

「だが、そろそろ失礼するよ」

「もう……帰るのか」

「ああ、うまいウィスキーだった。こんど、お返しをする」

「いや、気にしないでくれ」

　もう二度と会うことはないだろう。おれはよろける足を踏みしめて、帰るセタニのためにドアを開けてやった。

「大丈夫か」とセタニは心配そうに訊く。

「休みたいんだ」とおれ。

「ごちそうになった。楽しかった。実に、有意義なひとときだった」

「おれもさ」

「有意義……おかしな感想だな。我ながら、硬い言葉だ」

「あんたも酔っているんだ。気をつけてな」

セタニはうなずき、帰っていく。おれはドアを閉め、ベッドに身を投げ出す。

サイファの力で何度も生き返る不死の男だって？　おれはセタニが腰掛けていた椅子に目をやって、いまの話は事実だったのだろうかと、ふと思う。

――これでよかったのか？

おれは、ウンドウに訊く。だれからも、忘れ去られた男に。彼は、両親の事故死のことに触れたとき、泣いていた。悲しいという感覚は感じられないのに、だが、たしかに涙が頬を伝っていたのだ。目にゴミが入っただけかもしれない。それでもその反応はおれの心には哀しく映った。

これでよかったんだ、という答えを聞いた気がした。もちろん、そうだろうとも。だから、彼は消えたのだ。おれも、忘れるとしよう。もう少し、飲んでから。そして目が覚めれば、みんな作り事だったと思えるだろう。

なんてったって、不死だものな。そんなのは、病気だ。なあ、ウンドウ？

ヤーンの声

YARN's voice

1

ラジオモードにした映話で音楽番組を選び、そこから流れるクラシックをBGMにして、休日と決めた一日をのんびりと過ごす。

自由人のおれには定職がないから、仕事が見つけられないと毎日が休みのようなものだが、それは真に休日を楽しむのとは違う。自分できょうは休日にするのだと決めて、納得しないと休みにはならない。

きょうのおれは、久しぶりに一仕事をやりとげて、心おきなく休日にすることができた。

一週間前のこと、このところいい仕事も見つからないし、焦っても仕方がないと思いつつ、しかしなにもしないではいられず、ふらりと立ち寄ったクライン古書店で、仕事をもらうことができたのだ。

そのなじみの店主のジョン・クラインは、やってきたおれが本気で気に入った本を探しているようには見えなかったのだろう、こういうときは金がないと決まっているとばかりに、声をかけてくれた。

『コウ、あんた好みの本の入荷予定があるんだが、手伝わないか。日当は弾む。明日からだ』

おれはもちろん、ありがたく受けた。

その仕事というのは、ある人間がその膨大な蔵書を手放すというので、その本を運び出す、その手伝いだという。鑑定はジョンがやるからおれはもっぱら力仕事になるだろうが、いい仕事だ。ジョンが値を付けない本でもおれが気に入れば、その本をもらえるかもしれないし、そういうおまけのある仕事というのはいい。持つべきものは良き友人だな、とおれは感謝したものだ。

しかし、いざ仕事となると、ジョンは人使いが荒い。本当にきつい力仕事だった。あらかじめジョンはその蔵書の下見はしていて、かなり値の付きそうな本を十冊ほど見つけていた。が、売り手の条件は蔵書のすべてを引き取ってくれというもので、ジョンは迷ったものの、それでも引き合うと計算したのだ。五千冊からのその本のすべてを運び出すのは大変な労力で、現場にはジョンは行かず、おれ一人でやった。クライン古書店の奥にある倉庫に運び込んでジョンが決めた順序に整理するのも仕事のうち。引き取った本のリストをコンピュータに入力するのも、そこにジョンが設定した売り値を入力するのも。

五日がかりだった。三日ですませても、一週間かかっても、賃金は五日分だというから、こちらも必死だ。運び出すのに二日、整理に二日、入力に一日と、予定どおりこなして、全身が筋肉痛だ。

その蔵書の持ち主は孤独な伝記作家だったという。最近亡くなり、遺産を相続した遠い親戚が故人の持ち物を処分するための蔵書整理だった。その作家の著作本が二十編ほど、各十冊ほどあった。ジョンはそれらの本にはさほどの価値は見いださなかった。伝記に取り上げた人間たちがあまりメジャーではないのも原因だろう。それより、その伝記を書くための資料に使ったと思われる本のほうが高い値を付けられるというのは、なんだか皮肉な現実だとおれには思われた。

そんな資料ではない、その伝記作家の著作本の中に、〈マイケル・ビーンとマクビットの起源〉というのがあった。ぱらぱらと頁をめくると、譜面が載っている。音楽関係の人間の伝記本らしい。亡くなったこの伝記作家は、音楽に興味があったのか。どんな人生だったのだろう。蔵書を、とくに自分の本もこうして売られるというのは、生前の彼は予想していたのだろうか。人生も音楽のようなもので、一度しか演奏できない、ライブだ、と思っていたのだろうか……などと、おれは感傷的な気分になって、それを買って読んでみようという気になった。

いくらだとジョンに訊くと、それはやる、と言うから、ますますおれは、大事に読んでやろうという気分になった。ま、やると言われたので金は払わなかったが。これも賃金のうちだ。

ジョンからまとまった金とその本をもらったおれは、充実した仕事を仕上げた解放的な気分になり、引け目なく休日を楽しめることになったのだ。

さっそく〈マイケル・ビーンとマクビットの起源〉を読みながら、ウィスキーをちびちびやる。本もウィスキーも残り少なくなると、これで休日を終えるのがもったいなく感じられる。読む本はほかにもあるし、ウィスキーもあるのだが、きょうはこれを楽しむ、という予定が意外にも早く消化されてしまった。

〈マイケル・ビーンとマクビットの起源〉というその本が思ったより面白かったせいだ。それは、マクビットという音楽ジャンルを創り出したビーンさんという人間の伝記で、それがいかに独創的だったかということを譜面も載せて説明している本なのだ。しかし、その方面の教養がからきしないおれには音楽部分はちんぷんかんぷんだった。

音楽というのは実に不思議だ。同じ旋律でも、聴くときの体調によって感じ方が違うし、演奏者が変わればそれによっても違うものになるし、などというのはその本からの受け売りで、なるほどと思うが、旋律のなかには、朝にはふさわしくないと感じるものもあり、演奏される時間や季節を表す旋律というものが存在する、などという箇所を読むと、それを示す譜面を見つめて、こんな記号を読み取ってすぐにメロディが頭に浮かぶ人間がいるなんて信じられないという気分になる。

こんなときは、すぐにそれを再生できる電子メディアがいいのだろうが、本というのは、まさにそれができないゆえの利点があるのだ。読み手の想像力を駆使することへの許容範囲が、ほかのそうしたメディアよりずっと大きい。もしマイケル・ビーンさんが創ったマクビットという音楽手法の代表的なものがすぐに試聴できて、それが気に入らないものだったら、もう再生する気は失せるかもしれないが、本ではそれができないから、ああでもない、と勝手に想像しながら楽しめる。まあ、読書の楽しみというのも、譜面を演奏することに似ているのかもしれない。情報を得るためだけなら、本など読む必要はない。〈マイケル・ビーンとマクビットの起源〉を予想外に早く読めたのは、結局、読み物として面白かったからで、マクビットという音楽がどういうものかとは関係なく楽しめたからだ。マイケル・ビーンという人間の個性と、それを表す著者の文の芸のうまさに乗せられたためだろう。

まったく、へんな人間だった。

『マイケルはある日、靴下を履きながら、なぜ靴下なるものを履くのかと考えた。それは、足があるからであろう、と思いついたが、どこまでが足なのかとまた疑問に思った。靴下が包み込むところまでが足ならば、長い靴下を履くときと、短いものとでは、足の部分が違ってくるのではないか。いや、ルーズな靴下を履けば、足首までずり落ちる。これ以上落ちないところでなおその靴下に覆われた部分が、足であると言えるのではないか。それなら、足、足首、すね、という区別もはっきりとそれで示されて、そうした常識とも矛盾しない。彼は満足したが、ふと脇を通り過ぎる飼い猫を見ると、これがどこまでが足なのかわからない。彼はそこで、彼はいいことを思いついた。猫に靴下を履かせてみよう、というのである。つまり、動いてもそれ以上ずり落ちない、靴下で覆われるところが、猫の足である、というのだ。それまでも彼は、猫の足と脚の区別に悩んでいたのだが、これはいいことを思いついたと喜び、さっそく人形用の小さな靴下を買ってきて、愛猫に履かせてみた。だが、愛猫は、その靴下を嚙み、引きちぎり、何度やってもおとなしく靴下を履いてくれない。無数の引っ搔き傷を負ったマイケルは、その危険な実験の後、その結果をこう評価した。猫には足がない、と。普通の人間ならば、猫は靴下を嫌がる、あるいは人間と猫の足は異なるのだ、という見方をするところであろうが、そうではない、こうした彼の感覚が、マクビットなるものを生んだと言えよう。それは偉大なる発見であった。……』

マイケル・ビーンという人もおかしければ、そんなエピソードを引いてくる著者の感覚もへんだ。この伝記作家の他の著作本も読んでみたいと思わせる。実際にそんなことがあったのかどうかには関係なく、つい読まされてしまうのだ。

マクビットというのは、独特のリズムと旋律のジャンルであると同時に、楽器そのものでもあるのだ。楽器としてのそれは、一種の無限音階を出せる電子ボードであり、それが生む音色は、空気を媒体とはしない。つまり、音ではない。そんなものをどうやって聴くのかといえば、脳に直接入力される信号を音として捉えるのだ。

いまでこそ、人工臓器の技術により、どんな楽器の音も、楽器でなくとも、電気信号に変換した音の情報を脳にダイレクトに入力する手法は珍しくもないが、最初から音ではない音を奏でるものとして作られる楽器と、そうやって楽しむための音楽手法を開発したのが、マイケル・ビーンその人だった、という。

現在マクビットという楽器と音楽がどうなったかというと、たぶん少数の愛好家はいるのだろうが、主流にはならなかったというのは、おれにもわかる。この本を読むまで知らなかったのだから。

どうしてかといえば、音楽というのは、耳だけで楽しむものではないからだろう。ビーンさん自身もそう承知していたらしい。音は、空気を震わせ、鼓膜だけでなく、全身に伝わる。圧倒的なパワーで演奏されるそれは、内臓をも物理的に、実際に、揺さぶるのだ。マクビットにはそうした効果はない。擬似的に再現するのは可能だろうが、それはあくまで抽象的な記号によるものだ。優劣の問題ではなく、マクビットというのは、普通の音楽とは別物の、新しい、なにかなのだ。だから、ビーンさんは、その楽器だけでなく、ソフト面での手法というものを開発することになったのだが、開発中に、マクビット空間から出られなくなり、あるいは出る気がなくなったのか、そのまま瞑想状態で餓死しているのが発見されたという。靴下実験をされた例の彼の飼い猫は元気で、ボランティアの手で寿命まで生きた、と著者はそれは抜かりなく書いている。

その後マイケル・ビーンさんは過去の人として忘れられ、マクビットという楽器と音楽手法もメジャーにはならなかったが、その考え方は、いまの音楽分野に大きな影響を与えているのだそうな。

という内容の本を読み終えたおれは、なにか景気のいい音楽が聴きたくなった。それもラジオなんぞではなく、ライブが。全身をマッサージするかのような、心地よくも圧倒的な音圧、空気の振動というものを、感じたくなった。

せっかくの休日だ。このまま終えるのはもったいない。

2

さっそくいま聴きに行けるライブ演奏について、映話を使って調べてみると、これがやたらとある。ジャンル別にしても、自分がなにを聴きたいのかはっきりしないのでは、調べようがない。細かく検索すればするほど、わからない。ビーバップとは、なんだ？　グループ名かしらんと思えば、違う。音楽ジャンルだ。試しに、マクビット、で調べると、これは、ない。オペラやフルオーケストラのクラシックも良いが、いまはその気分ではないし、だいたい入場料が高い。

どういうライブなのか、試聴することも映話ではできるが、いちいち試しに聴いていては夜が明けてしまう。

映話を切り、そしてかけ直す。こういうときは一人で途方に暮れていても時間の無駄だ。知っている者の知恵を借りるに限る。音楽に詳しい知り合いというのはおれの周りにはあまりいないが、タイス・ヴィーがたしか声楽の古いレコードを集めるのを趣味にしているというのを思い出した。ジャンルは違うが、おれよりはましだろう。

市警中央署第四課に映話すると、呼び出すまでもなくどんぴしゃりでタイスが出た。

「コウさん――なんですか」

「頼みがあるんだが」

「急用ですか」

映話の向こうで、タイスが緊張する。

「忙しいなら、後でもいい。教えてもらいたいことがあるんだが――」

「えーと、いま、奇跡的にですね、帰れるところです。いまを逃したら帰れないかもしれない。あすではいけませんか」

「活きのいいライブが聴きたいんだが、いいところを知らないか」

「ライブ。音楽の？」

「そう。プロの演奏が聴きたい。乗りのいいやつ。しんみりしたのではなく、あまり高くない、格式張っていない、おれでも入れるところで、ばかでかい会場ではなくて、演奏がよく聴ける――」

「わかりました。七時前に、クローディアで会いましょう」

「なんだ？」

「クローディア。ライブハウスです。小さな。ファウンドリム街の、バックスビルの地下ですよ。ええい、面倒だ。迎えに行きます。現金を用意して、待っていてください。いやあ、よかった。だれもチケットを買ってくれないんだから。どうしようかと思ってました。さすが、コウ、サイファの力で、ぼくの窮状を――」

「なんの話だ？」

「いまから行きます。自宅ですよね？」

「そうだが――」

「逃げないで待っていてください。じゃあ」

タイスが画面でこちらを指しながら後ずさり、画面から消える。第四課の大部屋からさっさと逃げ出したらしい。映話はおれが切る。

わけがわからないまま、出かける仕度だ。

シャワーを浴びる。出る前にタイスがやってきた。バスタオルを腰に巻いたままドアを開けると、なにをしているんですかとタイスが言う。

「シャワーだよ」

「デートじゃないんだから。早く行きましょう」

「おまえこそ、彼女を誘えばいいじゃないか。振られたのか」

「いえ、それはおいといてですね、彼女の趣味じゃないんですよ。エフィの演奏は彼女好みじゃないってこと」

「エフィというグループのライブか」

「ミュージシャンです、エフィは。エフィ・コブハム。クローディアに今夜来るのは、エフィを中心としたユニットです」

「ジャンルは？」

「ジャッカル」

「なんだ、それ」

「ジャズ、ロック、フュージョン、という流れを汲むやつ」

「電気音響、バリバリ？」

「それはもう、ギンギンにバリバリ」

「電子ピックを脳みそに突っ込む？」

「いえ、それはない。幻覚剤もなし。クラシカルなＰＡで勝負する、アンニューロイド・サウンドを信条としている」

「ＰＡとはなんだ」

「拡声装置ですよ。パワーアンプやマイク、スピーカーやらミキサーなんか、全部ひっくるめたシステムのこと。あらためてなんだと訊かれると、はて、と思いますけど、たしか、Public Address System の略だ」

「いいな、それ。いまの気分にうってつけだ」

「どういう風の吹き回しです。あなたがそんなのに興味があるなんて、知らなかったな」

実は、とおれは服を着ながら、〈マイケル・ビーンとマクビットの起源〉を読んだことを話してやった。

「へえ」とタイスは、その食卓の本を取り上げて、ぱらぱらと見て言った。「マクビットねえ。知らなかったな。ニューロイド音楽の基礎になったようなものですね。なら、ニューロイド演奏のほうがよかったのに」

「瞑想しながら、猫に囓《かじ》られるのはいやだ。現実的なパワーを感じたくてね」

「猫に囓られるって？」

「その本に書いてある。マイケル・ビーンは、猫に餌をやるのを忘れて、飼い猫に囓られて死んだんだ」

「それはかわいそうだ」

「どっちが」

「どっちがって？」

「読めばわかる。その気があるならその本をやるよ」

「最近、暇がなくて」

「言い訳するな。素直に、本を読むのは苦手だと言え」

「読みたいんですけどね」

「なぜ読みたいと思う。読まなくても生きていける」

「なんとなく、本を読まないというのは、無教養と言われそうで、ですよ」

「じゃあ、読め。ポーズだけでも利口そうに見える。そのうち本当に利口になるかもしれん」

「それって、ぼくを馬鹿にしてませんか」

「いや。若いのはいいと思う。若者は馬鹿だが、だれもそれを馬鹿にはできない。だれもがかつて一度は馬鹿だったわけだからな」

「なるほど」

「なにが、なるほど、だ」

「そういう言い回しってのは、本に書いてあるんだな」

「そういう場合もある。おまえさんは利口だよ、タイス」

タイスをからかうのは面白い。

「でも奇遇ですね、エフィが来る日に、あなたが映話してくるなんて」

「古い付き合いのようだな、そのエフィとは」

「心を読みました？」

「いや。読まれたくないようだな」

「まあ、隠すこともないんですが、あらためて言うことでもない。知り合いです」

「チケット販売を請け負うほどだものな。信頼されているわけだ」

「二枚だけですよ。よかったら、聴きにきてくれ、と。きょうです。くれるのかと思ったら、前売りチケットが捌《さば》けなくて、ま、カンパですね」

「お情けで買ったのか」

「それは、違います。エフィはすごいですよ。ギターもやるけど、ヴォーカルがいい」

「歌手か」

「歌手ねえ。まあ、そう言うなら、そう。基本的にはヴォーカリストです」

「声楽家だ」

「ジャッカル分野の、そうですね。知っている者にとっては、有名です。彼を目指す若い連中にすれば、神様みたいな存在でしょう。大衆には理解できないかもしれないですが」

「あまり売れないということか」

「ウーム。いまではヴォイストレーナーとしての彼のほうが有名かもしれない。一時期演奏活動から遠ざかっていたし。作曲や編曲はずっとやっていて、けっこうそういう方面で彼の名はよく見ますよ。でも、そんなのは、どうでもいいでしょう。聴けば、わかります」

それは、そうだ。早く行こうというタイスにうながされて、出かける。

3

タイスのフライカでつれて行かれたクローディアというライブハウスは、一人で来たらどこにあるのか見つけられないのではないかと思うほど、まったく小さくて目立たない。地下の物置のようで、階段を下りた入口には扉もない。そこを入ると、そっけない作りのカウンターがあるだけのスタンドバーで、肥《ふと》ったおばさんが一人、ぎろりとおれたちをにらんだ。

このおばさんが、フライカに乗りながら聞かされた、このライブハウスのオーナーのクローディアさんだ。なるほど、迫力がある。自分好みのミュージシャンを呼んでライブをやるのが趣味の、太っ腹のおばさんという。

バーの奥に、会場の入口があって、そこには分厚いドアがあるが、いまは開かれている。のぞくと、客は二、三人。これは赤字だろう、趣味というのは金がかかるものだなと思う。もっとも、それはタイスが言ったことであって、おれには、クローディアというおばさんは、がっちり稼いでいると思われた。とれるところからはとっているに違いない。

チケットを渡すと、ワンドリンク付きという。なにを選ぼうかと迷う間もなく、ビールが来る。タイスが頼んだのだ、二つ、と。

「コウさんの好みのウィスキーはありませんよ」とタイスがそのカップを二つとも持って、言った。「いやなら、ぼくが飲みますから」

「最初から二杯やるつもりだったな」

「わかりました？」

「やっぱりそうか。よこせ」

「嫌いなのは無理に飲まないほうが――」

「おれがビールが嫌いだと勝手に決めるな」

「あれ、違いましたっけ」

「違う。好きではないが、嫌いではない」

「ようするに、ぼくに飲ませたくない、と」

「おれのはな。よこせ」

「はいはい、どうぞ」

タイスは笑って、おれの分を差し出す。タイスは、はしゃいでいるのだ。まるで祭りを楽しむ子供のように。

使い捨てのカップに入ったそれを持って、会場で開演を待つ。会場と言えば聞こえはいいが、狭い倉庫か穴蔵だ。折り畳みの椅子が三十ほど並ぶ。前に一段高いステージがあるのだが、会場の一番奥から観ても、すぐ目の前だ。ステージはドラムセットにキーボードセット、PA機器で占領されていて、ヘッドセットを頭に着けたPAエンジニアがアンプなどの調整をしていた。

「なんとも家庭的な雰囲気だな」

「そうですね。贅沢ですよ、これは。プライベートなセッションみたいで。キーボードがバーナム・ヒロノ、ベースはガイ・シリア、ドラムは新進のレバントという若手ドラマーだし、なんてったって、エフィのギターとボーカルをこんな身近に聴けるのはめったにない」

そんなものか、と思う。それにしては、客が少ない。そう言うと、

「だから、贅沢じゃないですか。わかった者だけが聴ける、という感じで」とタイスはもう頬が紅潮している。「早く始まらないかな」

ビールを飲んでしまい、フラスクから自分のウィスキーを一口やって、手持ちぶさたなの

で今夜の演奏者の略歴を書いた簡単なパンフを薄暗い照明の下で苦労して読み、それでもまだ始まらず、クローディアおばさんが、今夜はエフィの奇跡の声を楽しんで欲しいが、ついてはもう少し待て、と挨拶《あいさつ》するので、おれはトイレに立った。

トイレはスタンドバーを出たところにあった。すませてもどると、階段を下りてくる男たちと鉢合わせした。ジーンズに地味なシャツ姿の、白髪の混じった中年男が、おれに、どうぞ、と道を譲る。

「お客様は大事にしないとな」と男が笑顔で言うと、仲間が笑う。

なんと、客かと思ったら、今夜のプレーヤたちだ。声をかけてきたのが、エフィだった。もっと若いとばかり思っていたので、まったく意外だった。

おれが席にもどると、客は三十人近くになっていた。いったん閉められた分厚いドアがしばらくして開かれ、クローディアおばさんが支えるドアを抜けて、エフィたちプレーヤが入ってきた。ステージの袖には出入口はないのだ。まったく家庭的。

プレーヤたちはごそごそと狭いステージに上がる。客席の照明が落とされ、ステージが浮かび上がる。エレクトリック・ギターを肩から下げたエフィが、各プレーヤたちを振り返り、それからギターに目を落とす。そして、次の瞬間、なんの前触れもなく（とおれには思えた）、圧倒的な音の波が押し寄せてきた。衝撃だった。ぞっと総毛立ち、背筋が冷える。思わず身震いが出る。ライブ演奏を聴くのは初めてではなかったが、始まる前のざわめきもなにもなく、静寂をいきなり破るこうしたものを聴いた経験はかつてない。まさに青天の霹靂《へきれき》、晴れた空からいきなり落雷を食らった気分で、しかも不快ではない。サイファの感覚でも予想しなかったこれは、快感だ。

この第一撃で、おれの懐疑的な気分、今夜の演奏は気に入るだろうか、などというそれは、吹き飛ばされてしまった。ぞくりとした冷たい背筋にも音が回り込み、全身が音に合わせて興奮してくる。音のマッサージだ。音律の、音楽の、振動。

リズムが変化し、旋律が変容し続け、変拍子の波に乗せられる。ヴォーカルは入らない。ふっとエフィのギターソロになり、短いフレーズで高音域に上り詰めて、ジャンジャジャ、という感じですべての楽器が音を吐いて、唐突に終わる。長かったのか短かったのか、時間の感覚が、ない。

ジンとした静寂、一拍おいて、観客から拍手と歓声。

「ありがとう。いきなり難しい曲で始まったけど、ついてこれたかな。ガイ・シリアの〈フリップ・フロップ・ウーマン〉でした」とエフィが落ち着いた声で挨拶した。「約一名、ついてこれなかった者がいたみたいだけど」

エフィが後ろを見やって、にこやかに言った。キーボードのバーナムが肩をすくめる。

「この曲はおれには天敵だ。ガイはキーボードに不可能はないという曲を書く。ベースの教則本用の曲なら、もう少しこちらをいたわって欲しいね」とバーナム。

ベースのガイという男がにやにやしながら、ズンと一音。ドラマーのレバントがシンバルをシャンと鳴らす。笑い。どうやらバーナムがどこかでミスったらしいのだが、全然わからなかった。ミスをしたというほどのことでもないのだろうし、即座に合わせたのだろう。プロはすごいと素直に感動する。

と、エフィが真顔になり、深呼吸をして、くっと息を止める。その気配に客席が一瞬に静まる。

エフィがギターの高域音を出す。キーンという澄んだ音が響く。それが自然に消えていくかと思っていると、いったん消えそうなその音が次第にまた大きくなっていく。弦を弾いているわけではない。なんだこれは、と疑問に思う間もなく、その音がエフィ自身から出ているのに気づく。彼の声なのだ。ほとんど超音波かというような高域から、エフィの左手がギターの高域フレットから低域に滑ると同時に、その声も急降下する戦闘機の爆音のイメージで低域に降りてくる。

キーィィィィウィーイィィィ、ソウル、ソウル。

ソウル、と発声されるそれは、ベースのように迫力のある低音。度肝を抜かれた。そこに本物のベースが被さり、ドラムとキーボード演奏が加わる。

それから、エフィは声色を使い分けて歌い出す。漫画の鳥のような声かと思うと、地獄の悪魔のような野太い声になる。全域にわたって豊かな声量で、速い言い回しの部分もヒステリックなところがない。

ぼくはかわいいキーウィ

絶滅した飛べない鳥さ
だけど全然悲しくない
だって魂は生きている
どこで？
地獄だキーウィ
逃げるなキーウィ
地獄からは逃さんぞ
いやいやあんた
悪魔には捕まえられないさ
だってぼくはかわいいキーウィ
魂を売った覚えはない
売ったのはだれ
ぼくじゃない
きみも売ってなければ
ぼくに会えるさ
ぼくはかわいいキーウィ
きみの中で生きている
キーウィ・ソウル

　こいつは、意味ありげな歌詞だが、たぶん内容などどうでもいいのではないか、声を出すためだけに存在する歌詞、そう感じさせるエフィのヴォーカルだった。声に厚みと艶がある。低音から高音まで、すべての帯域で、そうなのだ。その声で、歌う。しっかりと発音されるので、歌詞を聞き取ろうと意識しなくても内容がこちらに伝わってくる。

ぼくはキーウィが好き
フルーツのキーウィだけどね
あんまり好きなので
一緒に寝たら
翌朝脇がくすぐったい
なんだこれは
キーウィが孵《かえ》った
無翼鳥のキーウィ
ぼくとおんなじ翼がない
だから友達になった
キーウィを仲良く分けて食べる
フルーツのほうだけどね

それを食え
イートイット
それを食らえ
キーウィ・ソウル

童話のような内容の歌詞を、圧倒的なパワーで空間にたたきつける。エフィのヴォーカルに凄みがあるので嘘を歌っているという感じがない。歌詞は一つの物語だった。キーウィの魂を得た〈ぼく〉は、本当の自分を奪い取っている邪悪な存在に気づき、それと対峙《たいじ》し、真の自分を捜し、邪悪な者と闘う力を得る。〈ぼく〉はそのとき大人になる。無翼鳥のキーウィはフルーツのキーウィに戻る。だけど、魂は消えない。〈ぼく〉のなかに生きている、キーウィ・ソウル。

一つのファンタジー空間だ。音楽付きの。いや、音、そのものだ。音は、嘘ではない。リアルな現実だ。その声、リズム、メロディ、エフィとプレーヤたちの、魂そのものだ。圧倒されてしまう。

ライブなればこそなのだ。いま、生きている。すぐ目の前で。おれもまた、生きている。萎《な》えた生命力に活が入れられるという感じは、まさにウィスキーが全身を熱くしていく感覚と同じだ。

おれはこのライブ演奏に酔った。

エフィはあと二曲歌った。その間に、バーナムとレバントの書いた曲が二曲。バーナムのは技巧をこらした曲で、華やかななかにも落ち着きが感じられる。レバントのそれは、若いきらびやかなものだ。ストレートな良さがあった。

だが、今夜の主役は、やはりエフィの声だった。曲の途中でメンバー紹介をするときですら、ああ良い声だと感じ入ってしまう。

そして、最後の曲が終わる。

「サンキュー」とエフィが言って、プレーヤたちが低いステージを降りる。もう終わりか、と思う。高揚した気分のまま、充実した疲労感を意識する。それもまた不快ではない。

歓声と拍手。クローディアおばさんがドアを開けて、プレーヤを送り出す。会場から、アンコール、の合唱。タイスもそれに加わった。しばらくそれが続いて、エフィがしようがないな、というふうに一人で入ってくる。後からクローディアおばさんが、アコースティック・ギターを下げて続き、ステージに上がったエフィにそれを手渡す。

「クローディアは人使いが荒くてね」ギターをチューニングしながら、エフィは笑う。「では、ご好評に感謝し、ノーギャラで一曲」

そしてエフィは電気を使わず、ギターを弾き、歌い始めた。おれも知っている古い曲だった。ビートルズのイエスタデイ。

素朴に、しみじみと歌い上げる。なんの技巧も凝らしていないと感じさせる、語るような歌声。三分に満たない短い曲だ。最後の一音が消えていく。それが消え去る直前、「そしておれは、いまこのときを信じる」とエフィは言い、弦の振動をカットして音を消すと、演奏を終えた。

曲が終わるとき、その音は空中に消えていき、決して取り戻すことはできない……だれの言葉だったろう。もう忘れてしまった。

今夜はありがとう、というクローディアおばさんに会場から追い出されながら、おれの心は充足感に満ちていた。

4

帰るつもりで階段を上がると、その脇にある部屋の、楽屋に使っているらしい、そのドアの前でタイスとエフィが親しそうに挨拶を交わす。

「グレイト、エフィ」

「来てくれて、嬉しいよ」

「チケットは高いからな。聴かなくちゃ損だ」タイスはおれを紹介する。「こちら、ぼくからチケットを買ってくれた、菊月虹《キクヅキコウ》。友人だ」

「すっかりファンになってしまったよ」とおれ。

「ヴィー刑事の友人なら、正直者だな。同年代のファンとは嬉しいかぎり。いっしょに打ち上げをどう？　クローディアの奢りだから、たいしたものは出ないだろうが」

エフィはおれの素性をまったく詮索せず、おれを誘った。

「ありがとう。光栄だな」

同じビルの一階にある小さなレストランに、エフィたちと入る。貸切で他の客はいない。クローディアおばさんがここも経営しているのだとタイスから聞かされた。

テーブルに落ち着く。窓から外が見える。路上にでかいワゴン車が停まっていたが、そいつは今夜のユニットが使用した機器を運ぶやつで、エフィたちもそれに乗って次の演奏会場に明朝早く発つという。バンドボーイのような若者たちが機器の撤収をしていたが、バンドボーイではなく、クローディアおばさんが雇ったアルバイトだとエフィは言った。

「ただ働きのボランティアかもしれない。プロを目指している連中だろう」とタイスが言った。「エフィたちに身近に会えただけで、おつりがくるだろうな。あの少年たちにとっては、エフィや、今夜のプレーヤたちは、あこがれの的なんだ」

そうだろうな、といまはおれもそう思う。

まずビールだ、とエフィはそれを全員の数頼む。それをやっていると、マネージャーという男が、明日の出発の時間の確認のためにやってきた。つまりあまり酔っぱらわないようにということだな、とおれは思う。

それから、各自好みの肴を頼み、タイスは腹が減ったというのでスパゲッティの大盛りを注文したりしていると、各プレーヤたちの、この当地にいる知り合いという者たち、クローディアおばさんに、アルバイトの若者たちも加わって、にぎやかになった。

みんなこの方面の音楽シーンには詳しい。キーボードのバーナムは、彼自身が率いる〈ビー・ワンダー〉というグループを持っていて、そちらの活動はどうなっているのか、新作のレコーディングの予定は、などと若者に訊かれたりしていた。

「知っている者には有名人なんだな」

そうおれが言うと、タイスが笑う。

「コウさんらしい言い方だな。そうですよ。ぼくが自慢しても始まらないけど。コウ、あなたが知っているジャッカルミュージシャンは、だれかいますか。ジャッカーですよ」

「フーム」

ふと思いついた名を挙げる。この場のだれかが思い浮かべたに違いない。おれ自身はよく知らない名だ。すかさずバーナムが、答えた。

「彼はうちの〈ビー・ワンダー〉のオーディションを受けにきたことがある。でもだめ。彼は変拍子についてこれないんだ」

「でも、彼は売れているぜ」とエフィ。「彼を入れときゃよかったんじゃない？」

「うちはアイドルグループじゃないんだから。でもいまからでも遅くはないかな？」

「遅いさ」とベースのガイ。「おまえさんはアイドルを軽蔑してるから、なれっこない」

「でも、金は欲しい」とバーナム。

「わかるよ」とまたエフィが笑う。「教則ディスクを出すといい。ガイを見習え」

ドラマーのレバントは一番若い者らしく可能性を秘めて、年上の愚痴をにこにこと黙って聞いている。

なごやかな、ささやかだが、いい雰囲気の打ち上げだ。飲み、食べる間に、打ち解けてくる。

エフィ以外の者たちが各自で知り合いたちを相手におしゃべりを始めると、おれはエフィに今夜はすごかったと、感想を言った。

「ほんとに、すごい声だ。小さい声でも声量が豊かだと感じる」

「サンキュー」

「鍛えたんだな」

「鍛えた、か」うんうんとうなずいて、エフィ。「まあね。あなたも、ヤーンの声帯を移植すれば、こうなれる、かもしれない」

「あんたの、声帯は、人工のものなのか」とおれ。「驚いたな」

「あんたも、やってみたら」

「だめだめ」首を振って、タイス。「人工声帯を使ったって、エフィの声は出せない。騙されちゃいけないですよ、コウ」

「まあ、そうだ」真顔になって、エフィは言った。「それを思い知るまで、おれも時間がかかったんだ」

いつ、どのようにして、なにがあって、思い知ったのか、それは言わなかった。おれも、訊かなかったし、エフィの心を読んで知ろうとも思わなかった。

それでも、エフィがタイスと話したりしているのを聞いているうちに、断片的に、わかってきた。

エフィは若いころ、クラシックの声楽の教育を受けたらしいが、厳格さに嫌気がさしたのか、理由はなんとなくわかるが、ジャッカーの道を選んだ。ジャッカルヴォーカリストとしてのトレーニングも受け、当時から、ギターとヴォーカルは一流だった。

ところが、いまから六、七年前に、声帯が臓器崩壊を起こし、歌えなくなったのだ。演奏一本に絞ろうとしたが、彼はやはり歌いたかった。しかし、声が出ない。ヤーン社ではない、当時は一番クオリティが高いという声帯メーカーの人工声帯を移植したが、思ったように声は出せなくなり、彼は荒れた。

「ジャッカーらしく、不良だったな」昔を振り返って、エフィは言った。「まあ、おれが知るかぎり、ジャッカーには悪いやつはいない。世間のイメージだ。おれもイメージでかっこつけているだけならよかったんだが、あのころはタイスに世話になったな。タイス・ヴィー刑事は、まだ餓鬼、いや、子供だった。思えば長い付き合いだ」

「そんなに子供じゃなかった。もう警官をやってた。まだ刑事じゃなかったけど」とタイス。「それより前からエフィのファンだった。ファン歴は長いよ。そのころのことなら、餓鬼と言われてもいいけど」

どうも、エフィは駆け出しの警官だったタイスに捕まったか、そんなところらしい。タイスは子供のころからエフィのファンだった。そのファンの夢を壊さないでくれ、若い警官にもあなたのファンがいるのだ……それで立ち直った、と、簡単に言えばそういうことなのだろう。正確には、立ち直る気にさせた、ということか。

「いろいろ、きつかったな、あのころは」とエフィはタイスを見ながら、言った。「体調も最悪だった。その身にタイスの歌はこたえた。ひどい音痴だ。あれは拷問だったよ」

「それはないだろ」

「ヤーンの声帯にして、あんたは声を取り戻したんだな」とおれ。

「いや、ヤーンのでなくても、なんでもよかったんだがね」

「ヤーンは」とタイスが言った。「昔はギターの弦を作っていたメーカーだ。スピーカーの振動膜も作っていた。いまもそれらの部門はある。音楽関係の、繊維や膜の技術では一級だったんだ。人工声帯も実用化していて、これはいけるとぼくは思って、エフィに勧めたんだ」

「ま、そういうイメージは確かに無視できないかな」とエフィ。「おれにとって、音楽と無関係じゃないメーカーというのはさ。まあ、すがる思いだったよ」

それでエフィはヤーンの声帯を再移植したというのだ。

「だが、同じことなんだ。それがわかったんだ。ヤーンのにしても、たいした違いはなかった」とエフィ。「問題は、訓練だ。鍛え方だよ。やる気の問題だ。おれには、歌うことしかない」

「かっこいいね」とおれ。

「そんなんじゃない。潰しがきかないんだ。他にできることがなかった。のたれ死にするのでなければ。そう気づいたんだ。タイスの声は、まったく耐え難かった。これよりまだおれのほうがましだと思った。もっとましにすべく、鍛えなおしたんだ。金も暇もかかった」

タイスは、捕まえたエフィに彼の曲を歌ってみせたのだろう。想像はつく。そのときの様子も。タイスは純情だ。

たぶん、ヤーンの声帯でいまのような声が出せるようになるには時間がかかったに違いない。同じヤーンの声帯を持つ人間は大勢いるだろう、だがその人間がみなエフィの声が出せるわけではないのだ。

「いまならヤーンのコマーシャルに出演すれば稼げそうだが」とおれは訊いた。「でも観たことないな。話は来ない？」

するとエフィは大声で笑った。

「そうなんだ。いや、ヤーンのこいつを着けたとき、おれのほうから持ちかけたんだ。再出発の資金が欲しかったからな。だが、断られた」

「断られた？　向こうから、断った？」

「そうだよ。連中は、おれが以前の声を取り戻せるはずがないと思っていたんだ。で、その後だ、そう、以前のことはなかったことにして、と、そういう持ちかけはあった。だけど、それでは誇大広告になってしまう。声帯だけでは、うまく歌えるわけもない。それをやつらも承知していて、広告に出ろと言うんだからな。最初からこの声が出せたのなら、そうしたかもな。だけど、おれが、鍛えたんだ。自分一人で。冗談じゃない、今度はおれが断った。そんなことに金をかけるより、ヴォイストレーニング・センターでも作れ、と言ってやった」

「ヤーンは、それを実現したんだ。あれには驚かされたな」とタイスが言った。「エフィの提案どおり、声帯を失って人工のそれに交換した者の発声訓練をする場を作った。自社製の人工声帯を移植した者だけでなく、だれでも、どのメーカーの声帯を移植した者でも入れる。無料ではないけど、ヤーンはかなりの資金を出しているだろう。企業イメージはそれで高まったろうし、たぶん一時的にエフィを宣伝に使うより効果はあるんじゃないかな。エフィはその応用課程の声楽のトレーナーを引き受けて、それでも稼いでいるんだ。エフィもヤーンもそれで元を取っている」

「いい声を聴いていたいからな。おれは自分で人工声帯でない者のトレーナーもやっている。だれでも同じだよ。ま、それだけ人工声帯もよくできているということだ。ヤーンはトレーナーとしてもよくやっている」

「企業の生き残りを賭けた戦略の一つだろうさ」とタイス。「だけどだれも不幸にしないこういう戦略ならいいと思うな。ヤーンはいまのところ勝っている。エフィというジャッカーもな」

なるほど、とおれはうなずいた。タイス・ヴィーはそれでますますエフィに傾倒することになったのだ。ヤーンというメーカーに対しても、いいイメージを持っている。考えてみればタイスの立場では、人工臓器メーカーといえば、その不正事件の捜査で関わることが多い。それも、政治的な力でもって、捜査を打ち切らされることもある。タイスの性格ではやりきれないだろう。ヤーンがハンディを負った者を手助けするその活動は、タイスにはほっとできる、救われる思いのすることなのだ。

「初めて聴いたからだろうが」とおれは言った。「あの、〈キーウィ・ソウル〉という曲がいちばん印象に残っている。声もすごかったが、歌詞の内容がかわいかった」

「かわいい。そうか」エフィは微笑んだ。「そういう感想を聞くのは初めてだ。娘も喜ぶ」

「娘さんがいるのか」

「なまいきざかりでね。あの曲は、エレンが以前書いた詩を元にしたんだ。キーウィのぬいぐるみを大事にしていてね。フルーツじゃないほうの。本物のキーウィはまだ絶滅しちゃいないが、希少種というのは確かだ。あの歌を聴いた馬鹿なやつから、いつ絶滅したんだと訊かれたりすることはあるが、かわいいと言ってくれたのは、あんたが初めてだよ。嬉しいな。いい感性してる」

「光栄だ」

エフィは、おれがどういう人間なのか、それでわかったというように、うなずいた。それ以外の、職業や、趣味や、家族や友人関係など、そのようなことは、エフィは最初から最後まで訊かなかったし、話題にしなかった。関心がないのだ。彼にとって、他人のそんなことは重要ではないのだろう。

おれも彼の過去になにがあったのかなどということは忘れて、エフィが話し始めた、今回のミニ・ツアーの楽屋話に耳を傾けた。

——おといは、ラッカートビルの農園地区でやったんだが、途中で電源のブレーカーが落ちてね。真っ暗。屋外だよ。星がきれいだったな。けっこうたくさん集まってくれて、熱気がすごくて、乗れた。そのホテルというのが、またすごいんだ。廊下の板を踏み抜いて、弁償させられた。いやあ、もう、人生なにがあるかわからんね……

まったく、人生、ライブでは、なにがあるかわからない。その地区の連中も、盛り上がったことだろう。ライブ演奏をこうしてときたま聴くのはいいものだな、とおれは思った。エフィがつぎにライトジーンの街に来るのはいつかわからないが、追いかけるのではなく、来るのを待つというのも、楽しみとしていいものだ。

今夜は、明日のことなど思わず、いい気分で眠れることだろう。いい休日になった。

ザインの卵

ZINE's eggs

1

鬼の霍乱《かくらん》というのはこういうことかな、と思いながら、おれは頭を冷やす。冷蔵庫の氷をビニールに入れたやつで。頭が痛くて、熱と咳も出る。

これまで腹をこわしたり体調がすぐれなかったことは何度もあるが、こんなひどい風邪は、生まれて初めてだ。

一日寝て過ごした翌日も熱は下がらない。頭痛がひどく、あちこちの関節も痛み、食欲がまったくない。腹の調子もおかしくなり、水を飲んでも吐き気がして、死にそうな気分だ。

何時かもわからず朦朧《もうろう》とベッドに寝ていると、ドアをたたく音がする。

「菊月さん、居留守を使っても駄目ですよ、いるのはわかっているんだから」

あの声は、大家だ。そうか、部屋代をまただいぶ溜めていたのだった。もう少し引き延ばせそうかどうか、大家の心を読めばわかるだろうが、その気力がない。

うるさい。ドアをたたく音が頭に響く。

さっさとあきらめればいいのに、大家が、おれが中にいるのを疑っていないのはなぜなのか、と思う。それは、そう、ドアが開かないからだ。彼はスペアキーを持っているが、それで錠を開けても、開かない。それでだ、と思いつく。内側から掛ける閂《かんぬき》タイプの錠前をおれは使っていた。

どうにもドアを開けないと立ち去る気配がないので、仕方なくおれはベッドから下りて、閂を外す。ドアが勢いよく開かれたその圧力で、ふらつく。実際にドアが身体に当たったわけでもないのだが、めまいがする。

「いたいた、菊月さん。きょうこそは――」

おれはふらつく身体を支えるために、思わず大家の腕を取っていた。

「わっ、なんです」

大家が身を引いたので、おれはよろける。壁に手をつけ、かろうじて転ばずにすんだ。

「どうしたんです、菊月さん？」

「……風邪を引いた」

「宿酔《ふつかよ》いじゃないんですか」

「ウィスキーを飲んでも治らないのは初めてだ」

「そういえば、あんたが酔っぱらっているのは見たことがないな……大丈夫ですか」

「あまり、大丈夫じゃない。現金はあのズボンのポケットにある」

「現金はそれだけ？」

「ああ。足りなければ、その辺の物を持っていってくれ。ウィスキー以外のやつ」

大家は食卓の椅子の背に脱ぎ捨ててあるズボンに目をやり、ため息をついた。そのポケットにある金ではどうせ足りないな、とがっかりして。

「あのウィスキーのボトルは封を切っていないようですね」

「あれは、駄目だ」

その映話脇のボトルに近づくのを止めたいが、身体がついてこない。制止するのはあきらめ、ベッドに戻り、這うようにベッドに上がって横になる。

「そいつは薬だ」

大事なボトルを手にしている大家に言う。

「あんたに必要なのは、ウィスキーじゃないでしょう。これで家賃を払ったと思わないでくださいな。預かっておきます。いいですね」

「ああ」

「ほんとにひどいみたいだな。いつものあんたじゃない」

答える気力がないので黙っていると大家が勝手に続ける。

「わたしが、『預かる』なんて言えば、あんたはですね、『利子は高いぞ』と言い返し、わたしは『では未払いの家賃の利子はどうなるんだ』と論争になる」

大家はそのおれとのやり取りを楽しみにしているらしい。むろん、家賃を取り立てることが先決だろうが。彼は食卓にボトルを置いて、ベッドに近づき、おれの額に手をやった。

「こいつは、ひどい熱じゃないですか」

「昨日から下がらない」

「医者に行ったほうがいい。呼びましょうか」

「金がない。医者に風邪が治せるもんか」

「まさか、臓器崩壊じゃないでしょうね」

「おれが？　まさかな。おれは普通人じゃない……」

おれの身体は人工的に作られたものだ。臓器崩壊を起こすとは思えない。だが、その可能性がまったくないとは言えない。考えもしなかったが、もしもそうだとしたら、おれの身体は普通人と変わらないことになって、ライトジーン社はまさしく完璧な人間を人工的に作り出したことになる。見事な技術だ——などと思っても、しかし苦しいこの状態では慰めにもならない。

「風邪だ。普通人には無害なウィルスだろう。あんたにはうつらない」

でなければ、おれの身体は普通人と同じということだろう。どっちがいいか、などということなど、考えたくもない。頭痛がひどくてそれどころではない。

「待っていてください。家内を呼んできます」

「追い出さないのか」

「溜まった分ももらわずに、そんなことはできませんね」

「夜逃げする」

「あんたがその気なら、とっくにやっている。いまはその身体だ。良くなってもらわないとこちらも困る」

大家がどういうつもりなのか、わからない。打算と、病人を放ってはおけないという気持ちと、どちらが勝っているかなどというのを探る気力もない。こんなときは、いずれにしても親切はありがたいが、やってきた大家の肥ったかみさんの荒療治はまさしく身にしみた。

高熱を下げるために、なんとバスタブに水を張り、おまけに氷まで入れて、用意が整ったそこに入れと言う。

風呂に入れと言うから、そんな気分ではないと言いつつ、大家に支えられて、そのバスタブをのぞき込んだおれは、それだけでぞくりときた。

「おれを殺す気か」

「入るのよ。これがいちばんなんだから」

いやだ、と後ずさるおれは、二人がかりでパジャマをはぎ取られて、バスタブに押し込まれた。

ほとんど拷問だった。心臓が止まるかと思った。乾いたタオルで拭かれてベッドに戻っても、全身が震えて、おまけに頭に氷嚢《ひょうのう》を載せられる。肺炎になったらどうするんだと思うが、一時的にでも熱が下がったのは確からしくて、ぼんやりしていた頭が覚醒した感じだ。これは考えられるときに手を打たないと、この荒療治では殺されてしまうと本気で思う。

こんなときに頼りになるとしたら、だれがいるだろうかと考えてみるが、それが実に心許ない。おれは自由人だから当然、医療保険などには加入していない。金もないが、専門家に診てもらうべきだというのは、大家でなくても、おれ自身がいちばんそう思う。まったく経験したことのないひどさで、もしかしたら、臓器崩壊かもしれないのだ。

となると、おれの身に起きているそれは、おれと同じ身体の構造を持つ、兄の、いまは女性だが、ＭＪにも起きる可能性があると、おれは気づいた。

おとなしく寝ていなさい、あとでまた様子を見に来てあげるから、と大家とそのかみさんが出ていったあと、おれは頭に氷嚢を載せたまま、映話を使う。ＭＪに連絡を取るべきだ。臓器崩壊などではなくただの風邪だとしても、おれが引く風邪ならＭＪにもうつるだろうし、ＭＪにとっては他人事ではない。この現実を無視することはＭＪにはできないだろう。医者にかかる金を都合してやろうとは言わないにしても、原因を知りたいと考えるに違いない。おれが死んでからやるよりは、生きているうちにやるほうがＭＪにとっても安全だろう。それには専門家の診断が必要で、おれがいやだといっても、ＭＪならやる。つまり、金のことは問題にはならないだろう。

健康な頭なら、ＭＪに頼ろうとするそんな考えは浮かばないだろうと思うが、いまは、とにかく自分の身体になにが起きているのかわからないのが不安だ。死に至る病だとしても、事実がわかれば、気分が楽になるだろう。わからないで死ぬよりはましだ。わけがわからないまま、おかしな民間療法で殺されるよりも、だ。まったく、そんな最悪なことを考えてしまうほど、経験したことのない苦しさだった。これがただの風邪で、すぐに治ったとしても、この、いまの自分を笑うことはしないでおこう……

なかなかMJは出ない。映話しているのはMJの自宅だから、仕事に出ているのだろうと、思いつく。いないとなると、面倒だ。サイファの力でMJを探して、などという体力を消耗することをしたくない。考えただけで熱が上がりそうだ。

MJは映話に出ない。あきらめて、頭に載せた氷嚢を落とさないように、映話を切るキーに手を伸ばす。またおとなしく寝ていよう。もう良くなるかもしれないし、それならMJに連絡を取らなくてよかったということになるだろう……

が、映話のキーに手が触れたとき、繋がった。そして、切れる。キーを押そうとする力を抜くのが間に合わなかったのだ。それでもMJの顔が一瞬出たから、そこにいるのがわかった。MJも、おれからの映話だというのが知れたろう。

〈コウ、なんの用〉

MJはサイファの力を使って、呼びかけてきた。相手の居場所がわかれば心で話すのはやりやすいが、疲れる。

〈映話を使う。受けてくれ〉

おれはそれだけ伝えて、映話でMJのそれを再コール。今度はMJはすぐに出た。

「なんて恰好なの、コウ」

そう言うMJだが、映話に出た彼女も似たようなものだ。氷嚢は頭に載せてはいないものの、ガウン姿。髪が少し乱れていて、これはシャワーの後ではない、寝ていたのだ。

「熱がひどくて、全身がばらばらになりそうに痛む。臓器崩壊かもしれない」

「違う。臓器崩壊じゃない。感染症でしょう。あなたも罹ったとすると、わたしたちに特異的なもの、ということになる」

「あんたもか――専門家に診てもらったのか」

「ええ。でも、詳しいことはわからない。だいたい、普通人ではないわたしたちの身体のことを熟知している医師など、いないでしょう」

「このままじっとしていれば、治るのか？　おれにはそうは思えない。でなければ、あんたに連絡なんか取らない。かなりやばい感じがする」

「わたしもそう思う……なにか普通じゃない。あなたとわたしが、偶然に、違う原因で熱を出しているとは思えない。わたしたちサイファを狙ってる者がいる」

いつもなら、ＭＪらしいと思うところだ。ＭＪの仕事には敵が多い。そのため、おれよりずっと警戒心が強いのだ。が、いまは、おれも、そう感じる。

「細菌か、ウィルスか。ウィルスに意識や高度な意志はない。あれば、サイファのおれたちにはわかる。作ったやつがいるんだ。まともな風邪ではないという感覚はおれにもある。狙いは、サイファだ。おれたちだ」

「……突然変異したウィルスか、たまたまどこかから運び込まれたそうしたものかもしれないわ」

「あんたらしくないな。えらく弱気だ」

「つらいのよ、コウ。こうして立っているのも苦しい」

「いや、人為的なものだ。あんたの顔を見ていると、そうだという気がしてくる。このままでは、やられる。ＭＪ、サイファの力を使え。おれたちを狙っているやつがいるなら、感じ取れるはずだ」

「集中できない」

「やるんだ。二人でやればできる」

　おれはいつになく攻撃的な気分になった。普通ならＭＪこそが、こうしていたに違いない。おれにＭＪの性格が乗り移ったかのようだが、それだけ危険を強く感じた。ＭＪの体調の悪さはおれよりひどい。

〈おれたちの身体に、なにかが侵入している。ウィルスか、なにか、物理的な実体だ。そいつを送り込んだやつがいるに違いない。感じ取るんだ、ＭＪ〉

おれはＭＪの意識を支え、互いの身体に侵入している存在を探る。一人ではやれなかったろう。おれが支えて、ＭＪが体内をサーチする。それを、おれもモニタする。

　サイファの力で感じるおれたちの身体は、ざわめき、泡立ち、沸騰しているかのようだった。なにか小さな、無数の侵入者がいて、そいつが活発に増殖している感覚がある。数え切れない赤い輝点を全身にばらまいたようなイメージがある。病原体だろう。こんなものを感じるのは、しかし初めてだ。これまで風邪を引いてもその病原体の存在をこのようにはっきりとつかんだことはない。

その赤いイメージを持つそれは、なにかしら意志を持っていて、だからこそこうして感じられるようだった。おれとMJ、双方に共通で、同じものだ。つまりおれたちはやはり同じ病気に罹っているのだ。

MJは苦しそうだったが、身体の中の侵入者をしっかりと感じ取っていた。そいつをサイファの力で排除すればいいのだ、殺せばいい。相手が意志を持っている存在なら、可能だ。自殺させればいいのだ。理屈ではわかったが、あまりに数が多すぎた。それでも、おれたちは、それを試みた。一人ではできそうになかったが、二人のサイファがその力を集中するのだ、敵の一部でも排除できるだろう、そう思った。

だが、強力な抵抗があった。

殺さないで、とそいつがいった。そいつ？　だれだ？

〈ぼくをきらわないで。あなたの一部に溶け込みたい。仲間になる。眷属《けんぞく》になるんだ〉

なんだ、これは。ウィルスのようなものが、こんな高度な意識を持っているはずがない。増殖しようという意志はあるにせよ、それは意識的なものではないはずだ。

眷属とはなんだ。血縁者のことか。仲間だって？　こちらを殺してか。ばかな。こいつは、なんなんだ。

〈なんだ、これは。MJ、わかるか〉

〈……病原体がサイファの力を持つはずがない。それを送り込んだ者の考えだわ〉

〈違う。外にはいない。こいつら全体の意識だ〉

〈そんなはずはない。病原体の意識を感じるとしたら、それは幻覚よ。現実ではあり得ない。これが幻覚でないとすれば、この意識を持つ者が、外部のどこかにいるわよ、絶対に〉

ふと、子供の顔が浮かぶ。五歳くらいの子供だ。名前まで感じ取れる。ロイト・ケンプ。親は――親はわからない。

だが、こいつだ。いまおれたちの身体の中で暴れ回っているのは、この子供の存在の一部だ。それは病原体のような物理的な実体ではないのかもしれない。だとすれば、その子供はサイファの力でおれたち二人の心に同時に侵入していることになる。そんなことは、おれたちにもできないし、もしそうなら、リアルタイムでその子とサイファの感覚コミュニケーションがとれるはずだが、できない。一方的に、殺すな、というメッセージが感じ取れるだけだ。

やはり、ウィルスのような実体が存在しているのだ、と思う。それが、ロイトという子供の存在感覚を刷り込まれて、おれたちの身体に入り込んでいる。そうとでも考えるしかない。いま感じるロイトという子供の存在は、病原体群が持っている情報の一部であって、幻影のようなものだろう。高度な意識とは違う。しかしなぜ、そんな病原体が、そのような情報を持っているのだ。そんな、具体的な子供の存在情報を？

現実に、いまその子供がいるのかどうか、サイファの力を外に向けて発揮すれば、それをつかめるかもしれない。

〈無理よ、コウ。顔と名前しかわからないし、いま感じている意識パターンは、サーチキーとして使うには単純すぎる。それに相手がサイファでなければ、呼びかけてもあちらは応答できない……いまは、そんな外部のことより、内部のこれをなんとかしないと――〉

映話の前で、MJはくずおれた。画面から見えなくなる。

「MJ、大丈夫か」

おれはサイファの力でMJの様子を探る。赤い無数の輝点はあいかわらず猛威を振るっている。イメージは真っ赤だ。大変だ。現実に赤い存在が感じられる。MJは全身から出血し始めているらしい。

映話をマルチモードにし、MJの回線は切らないままで、救急車を呼ぶ。慌てていたので、「こちら警察です。どうしました」と言われても、番号間違いをしたことにとっさには気がつかなかった。

「救急車を――」

と言いかけて、おれは、いや、救急車だけではMJは救えないだろうという予感がした。そう、警察が必要だ。サイファが狙われている。こういう事件なら、申大為《シンタイイ》だ。おれは切り、市警中央署第四課にかけなおす。

知らない刑事が出た。

「申大為を頼む。おれは菊月虹《キクヅキコウ》、やられそうだ。タイス刑事でもいい。おれとMJがやられる。ロイト・ケンプという子供が関わっている。どこにいるかわからない。捜せ。ロイト・ケンプだ。救急車も手配してくれ……」

激しいめまいに耐えきれず、映話に頭をぶつけてしまう。熱がぶり返している。世界が回り、身体が倒れていくのがわかるが、支えることができない。床に倒れる。痛みは感じなかった。視界が暗くなった。

2

ストレッチャーで運び出されたのを覚えている。救急車に乗せられて、注射を打たれたのも。ということは、ここは病院で、もうなにも心配ないのだと思う。

だが、なにかしら様子がおかしい。身体がひどくだるいのは変わらないが、より悪化しているような気がする。具体的にどこが悪いのかよくわからない。頭がぼんやりしていて、考えること自体がおっくうだ。

頭が痛かった。ひどい頭痛はなくなっていたが、後頭部が痛む。そうだ、映話の前で倒れたときにひどくぶつけたからだろう。

だんだん意識がはっきりしてきた。白い天井が見える。後ろ頭にそろそろと手をやると、みごとな瘤に触れた。こいつも治療しておいてくれればいいのに、と恨めしく思う。まあ、瘤ができているというのは、そうひどくはないのだろう。

そのままベッドのヘッドボードを探る。ナースコールのボタンがあるのではないかと思ったのだが、なにもない。

首を巡らして周囲を見やる。白い部屋だった。窓がある。横長のそれは、壁の上半分を占めるほど広く、ガラスがはめ殺しにされている。この室内を観察するためのものだろう。そちらは明るかったが人影はない。他に窓はなく屋外の景色は見えない。

壁際にぽつんと便器がある。床にはそれだけ。なにかおかしい。そうだ、出入口も見あたらない。ここは監房と同じだと気づく。隔離病室というより、独房の感じだ。むき出しになった便器というのは病室にはそぐわない。

しかし清潔ではある。高度な隔離病室というのはこういうものかもしれない。なにしろおれは入院したことさえないのだ。未知の病原体に侵された人間は、こういう部屋に入れられることになっているのかと思う。

上半身を起こして深呼吸をする。おれは白い衣服を着せられていた。薄いズボンに、上は袖のない前開きの、診察に便利な患者着だ。左の肘にチューブが接続されていた。その先は支柱から下がっているパックに繋がっている。点滴だ。パックの中味は透明の液体で、薬品なのか単なる栄養補液なのかはわからないが、残り少ない。そのうちそれを交換するか、外す者がやってくるだろう。

頭がしだいにはっきりしてきて、そうだ、ＭＪはどうしたろうと思う。目を閉じて、ＭＪの存在を探る。

そして、なにも感じられないことに、おれは驚き、目を開いた。周囲をあらためて観察する。だれもいない。目に見える範囲だけでなく、この世にだれも存在していないかのように感じる。

なんてことだ。おれは、サイファの能力を失っている。

体調がより悪化しているという感覚はこのせいかと気づく。だが、肉体に限ってみれば、高熱は引いていたし、だるさも我慢できないほどではない。快方に向かっているのだ。これならウィスキーを一杯やって、飯を食えば元に戻りそうだった。

だが、サイファの能力はどうだろう。それが消失しているのは、一時的なものなのだろうか。それとも、あのわけのわからない病気の後遺症として恒久的にこのままなのか。

おれはもう一度深呼吸して、もしサイファの能力が取り戻せないとしたら、どうなるだろうと考えた。そんな自分は、ただの自由人だ、と思う。ただの、という言葉が浮かぶのは、いままでは、自分はただの自由人ではないという優越感があったのか。これはおれ自身、意外だった。サイファであるほうがたしかに生きやすいとは認めてはいたが、他の自由人に対する優越意識など持ってはいない、と思っていたはずだ。

よくよく考えてみれば、そんな感覚というのは、相手が自由人に限る、といったものではないのだ。相手がだれであろうと、おれは、自分は自分だと思っていた。サイファの力で相手の意識を読めるので、より強くそう感じて生きてきたのだ。そうでなければ、おれは自分がだれなのかわからなくなってしまうからだ。いつも他人を超越した自分の存在というものを信じていた。それこそ自信というものだろう。優越感というのとは違う。優越感というのは自信のなさから生じるものだ。

優越感なら、それと対になる劣等意識というものがあるはずだと思うが、もし自分がサイファでなかったら劣等意識を持っただろうかと考えると、それはなかった。たとえば、煩わしいサイファの力から解放されて普通人と同じになれたら嬉しい、などと思ったことなど一度もなかったではないか。

などと理屈をこねているのは、やはりそれを失った喪失感が無視できないからで、平静な気分ではいられない。

しかし、いまはとりあえず危険な状況ではない。落ち着け、と自分に言い聞かせる。

自分が自由人になったのは、サイファという、世間で言うところの超能力があったからではない。おれはライトジーン社に作られた人造人間で、もうライトジーン社にいいようにされたくはない、それが解体されても、だれからも利用されたくないと思ったからだ。一人で生きていくには、たしかにサイファの力は便利だったが、その力を誰かに積極的に売って、見返りに保護してもらおうと考えたことはなかった。

ようするに、サイファの能力がなかったとしても、自分は自由人になっていたろう。サイファの能力がなくなっても、そういう生き方は変わらないだろう。少し不便になるかもしれないが、やがて慣れるだろう。他の自由人も生きているのだ。自分にできないはずがない。

しかし、サイファの力を売り物にしてきたＭＪはこんな開き直りはできないかもしれないと、ＭＪを思いやる余裕ができた。心配だが、ＭＪがどこにいるかわからない。たしかにこうということはサイファの力がないというのは不便だ。しかし、おれには、ものを問う意識もある。訊けばいい。それだけのことだ。

この部屋はモニタされているはずだ。間違いないだろう。天井を見やると空調の穴らしきものはあるが、レンズは見つけられない。パネル照明ユニットに組み込まれているのかもしれない。監視されていることを気づかれないための配慮などではないだろう。監視というなら、こちらを観察するための広い窓がある。そこから直接のぞき込むだけでなく、監視モニタ用のカメラが必ずあると思うのだが、それらしきものが見つけられない。これはなんとなく気分が悪い。カメラがわかりやすく設置されているほうが、患者としても安心できる。いつも見られているから病状が急変してもすぐに処置してもらえる、と。カメラを見つけ難くする理由があるとしたら、まさに見つけられては具合が悪いからだろう。壊されたりレンズの視界を塞がれたくないからだ。患者ではなく囚人なら、そういうことをするかもしれないし、監視する側はそれに対する警戒はするだろう。おれは、囚人か。

便器がぽつんとある、というこの部屋の雰囲気が、そう思わせる。考えすぎかもしれないが、長年自由人で培ってきた勘が、どうも怪しいと感じさせる。

レンズが見つけられないので、おれは点滴パックを見ながら、言う。

「点滴液がなくなるぞ。勝手に針を外していいか」

返事はなかったが、もしあるとすれば、勝手にやるな、だろう。

「いや、待てないな」

とおれは言い、点滴静注の針を抜き、それからベッドを降りて、観察窓から向こうをうかがった。

白衣を着た若い男が現れた。ガラス越しのすぐ近くまで来たそいつは、おれが予想したとおりのことを言った。

「勝手にそれを外すな」

スピーカーからの声だ。すぐ近くにいるのに、ガラス越しに見えている男の姿は仮想像のような感じがする。サイファの力が使えないことも原因だろうが、仕切りのガラスはかなり分厚くて、生の声は伝わらない。ためしに拳でたたいてみる。

「やめろ。無駄だ」

「なにが、無駄だって？」

もちろん、ここから出ようなどと考えるのは無駄だ、ということだろう。そんなことは問い返すまでもないことだったが、おれは男の反応が知りたかった。

「それは――ガラスが汚れる」

こいつは、おれの問いにまともに答えない。つまり答えたくないということだ。ようするに、おれは単に謎の病原体のキャリアだから隔離されているのではなく、裏におれを閉じ込めておく別の理由があり、そいつをこの男は隠しているのだ、と疑えた。

「ガラスが汚れるとなぜ困るんだ」

「そこは常にクリーンにしておかなくてはならない。掃除の手間がかかるような真似はやめて欲しい」

「それはおれの問題ではないな――」

この男からもう少し訊き出したかったが、もう一人現れた。今度は女性だ。その女は男になにか言った。その声は伝わってこなかった。女がこの部屋とのインターカムのスイッチを切ったのだろう。スーツ姿の女は左手をポケットに突っ込んでいたから、そこにインターカムのコントロール用のリモコンがあるのだ、と思う。

最初の男は、表情を強ばらせて、視野から出ていった。叱責されたことが表情にありありだ。おれとの対応についてだろう。惜しいことをしたな、と思う。

女は一人になると、おれを黙って見つめた。おれの目を見据える。

(あんたにはサイファの力があるな。おれの心からなにを探りだそうとしているんだ?)

いまのおれにはサイファの力は使えなかった。それでも、その女が、まれに普通人にもいる読心能力を持った人間だというのは、雰囲気でわかった。

女は、かすかに眉をひそめた。おれの心の問いかけを読み取ったのだ、というのがそれでわかる。

おれは、サイファの力がいまないからといって、こういう能力を持った女とこうしていても恐れも不安も感じなかった。相手の思考は読めないが、考えていることは表情を注視していればだいたいつかめるし、おれが意識的になにかを思い浮かべれば、相手はそれを読める。

そして、おれがそういう意識の表面にはっきりとした思考を提示しているかぎり、その下の複雑なおれの心というのは読み取れない。

相手がよほど強力なサイファの力を持っていないかぎりは、そうなのだ。MJやおれにはできたが、それでも無秩序に浮かぶ相手の思考を読み取るのはけっこう難しいものだし、意味をつかめないことも多い。無意識レベルの心となれば、なおさらのことだ。そういう事実は、しかしその力のない人間にはわからない。だからサイファを前にすると、心のすべてを読まれて裸になったも同然だと、恐れるのだ。

おれは普通の人間ではわからない、そうしたことを知っていた。読心能力などというのは、恐るるに足りない。MJのような最強のサイファならともかく、普通人の持っているそんな力など、たいしたものではないのだ。その程度なら、サイファの力を失っているいまのおれにもできる。普通の人間にもできるはずなのだ。

(そうやって突っ立っていて、なにが知りたいんだ？　体調を調べるなら、ここに直接来るはずだ。食中毒なら、おれが過去になにを食ったか、過去の記憶を探るのはいいやり方かもしれないが、そんなんじゃなさそうだな。もっと険悪な雰囲気だ)

女は、ふと薄笑いを浮かべる。

(そうか、おれのサイファの力を確かめようとしているのか。そうなんだな？　で、どう思う)

薄笑いが消える。おれは思わず笑ってしまう。

(おれとMJが同じ風邪を引いたのは、偶然ではない。人為的なものだ。あんたたちだろう。

細菌でもばらまいたのか。目的はおれたちのサイファの力を奪うことだ。ということは、ここは合法的な隔離室ではないな。あんたの仲間が、おれをここに誘拐してきたわけだ。ロイト・ケンプがいるはずだ。彼をつれてこい。ここにだ)

女はほんのわずかだが首を横に振った。

「おれの心が読めなかったのなら、口で言ってやろう」とおれは言った。「ロイト・ケンプだ」

女はおれを見つめて、意識を集中している。なにか心で伝えているのだ。

「おれは、あんたのそんな心のことなど、信じない。言いたいことがあるなら、口ではっきり言えよ。だいたい、おれは、サイファの能力などというのは、自分に都合のいいことを相手に信じ込ませたり自分を納得させるものでしかないと思っている。おれはあんたのそんなエゴに動かされたくはない。言葉を使え。サイファの力など使いたくもないね」

——使えもしないくせに、なまいきなことを。

女は、おそらくそういった。

(使えないのか、使わないのか、あんたにわかるかな?)

そう思い浮かべてやる。すると女は反応した。

「あなたがもうサイファでないのは、わかる」と女は初めて口に出して言った。「わからないのは、それなのにあなたがそうして平然としていられることよ」

「そうかい」とおれ。「おれのほうは、いろいろわかった。ここは公的な施設などではないし、あんたは悪党だ。おれのサイファの力を奪うのが目的だ」

まったく、こんな頭で考えた被害妄想のようなことが事実だとはな、とおれはまだなんとなく他人事のように思う。それでも、女は、おれの言葉を否定しなかった。隠してもいずれ知れると思ってのことか、最初から隠すつもりはないのだろう。おれが抵抗できないと思っているのだ。

「そのとおりよ」と女はおれの心を読んで言った。

「抵抗できるはずがない」

「目的は達成したんだろう。もう出してもらいたいな」

「ここから出て、どうするつもりなの」

「おれの心を読めよ」

「信じられないわ」

おれは、ここを出たら、またもとどおりの生活をするまでだと思っていた。あの半地下の自分の部屋で、仕事を見つけて、ウィスキーを楽しみ、ときおりあの大家と喧嘩する。暇があったら近くを散歩し、食って寝て、そうやって人生という時間は過ぎていく。それだけのことだ。

「なにが信じられないというんだ?」

「サイファでないあなたが、元のままの生活に戻れるわけがないでしょう」

「サイファでなくても、サイファのあんたの相手ができる。たいした違いはない。かえってさっぱりした気分だ。おれが以前の生活ができないとすれば、それはサイファの力を失ったからじゃない、ここに閉じ込められているからだ。永久にこうしておくつもりか」

「あなたがおとなしくしているなら、なんの心配もなく暮らせることを保証する。あくせく働くこともないし、なんでも叶えてあげる」

「それなら、あんたと寝てみたいね。でもこの部屋ではムードがない。ずっとここにいろというのか」

「基本的には。協力的な態度でいるなら、寿命までは生きられるでしょう、たぶん」

「そいつは、ごめんだ。巌窟王になってやる」

「巌窟王？」

「おれは盗みはしていないつもりだが、だれかの心を盗んだのかもな。ここから逃げ出して、おまえたちに復讐してやるさ」

「寿命を自ら縮めたい、と言うのね。抵抗は無駄よ。わたしのほうとしても、あなたの寿命が縮まるほうが都合がいいわ」

「ここに毒ガスでも入れるというのか」

　おれは天井を見上げる。

「そんな手間はいらない」と女は言った。「あなたは自分の立場をわかっていない」

　心臓がピクリと動いた。おれは胸を押さえる。心臓の規則的な拍動が乱れ、ぽこぽこと跳ねている感じ。思わず胸をたたき、よろける。点滴の支柱につかまろうとして、そいつを倒してしまう。床にうずくまる。女がおれの心臓をおかしくした。けっこう強力なサイファだ。だが、それがどうした、と思う。原因がわかっているのだ。わけのわからない病気で死ぬよりずっとましだ。

意識が遠のく。消えてしまうと思う。と、心臓が元に戻った。力強い鼓動。ベッドの端をつかんで息をつき、立ち上がる。すっと視界に闇が落ちかけるが、すぐに平衡感覚が正常になった。

おれは広い窓に近づき、拳を女にむけて突き出す。バン、とガラスにぶち当たる。女は身を引こうともしなかった。

「わからないわ」と女は言った。「あなたの心は不可解よ。五月湧《サツキユウ》とはえらい違い。あなたは悔しくないの？」

「おまえを殴り倒してやりたい。態度で示してやったろう」

「でもサイファの力を奪われたことを悔やんではいない。それが理解しがたいわ」

「MJはパニックを起こしたろうな」

「鎮静ガスを部屋に入れなくてはならなかった」

「ずっとそうして薬漬けにしておくのか」

「心配のようね」

「ま、MJにとっては、そのほうがましかもしれん」

「MJは完璧な女性だわ。自分でそうしたのよ。人造人間のサイファの力は想像を絶している。彼女は卵子を持っていて、あなたは精子を持っている。受精すれば、サイファの子供が生まれるでしょう」

「それが目的なのか。サイファの力を奪われたおれたちから、どんな子供が生まれるかな。サイファの力は持っていないだろうな」

「それはやり方しだいでしょう。研究の価値はある」

「実験台か、おれたちは」

「あなたたちは人造人間よ。研究用に作られた実験動物よ。人間じゃないのよ。こちらはそれを利用するだけのことだわ」

おれはその言葉を聞いて、ずっと昔に同じことを言われたのを思い出した。ライトジーン社の研究所でのことだ。子供だったおれがなにか研究員の癇に触る悪戯でもしたのだろう、それは覚えてはいないが、そのとき、『おまえは人間じゃない、実験動物が生意気なことをするな』と言われた。おれは初めてそう言われたときのショックを忘れなかった。

あの時代にタイムスリップしたかのような、女の態度だった。この女は、そうだ、ライトジーン社の、あのときの研究環境と同じ感覚でおれを見ているのだ。いまはなきライトジーン。そいつの研究を受け継いでいる。こいつらは、ライトジーンの遺産を引き継いでいまに甦った、ライトジーンの亡霊だ。

「そのとおりよ」と女は言った。「あなたは、なぜこの世に生まれてきたか、それを思い出すべきね」

「自分がなぜ生まれてきたかなんていうのは、思い出すようなことじゃない。考えることだ。おれはもう子供じゃない。考える時間はたっぷりあった。あんたは、なぜ生まれてきたんだ？　思い出すというなら、母親が強姦されたとか、そんなことだろう。そんなことには意味はない。おれもだ。しかしあんたは、そう、あまり幸福な子供時代を過ごしたとは言えないな……ほら、図星だろう。心を読まれまいとしている。無駄だよ、そんなことをしても」

「サイファの力はないはずなのに――」

「そんなものは必要ない。性格や育ちはどうやったって、隠せるものじゃない」

「あなたには、未知の、消せないサイファの力がまだ残っているのかもしれない」

「わかってないな。あんたのような人間は救いがたい。救ってやるつもりなどさらさらないが、迷惑ではある。ここから出せ。二度と顔を合わせないのが、あんたらにとっても身のためだ。おれのほうは忘れてやる」

「あなたに考える頭があるのなら、協力的な態度をとったほうが苦痛は少ないということがわかるでしょうに。もっとも、あなたがなにを考えようと、こちらは研究を進めるだけのことだけど」

「ロイト・ケンプを使ってか」

「その名を知ったのは、さすがだわ。彼を使う？　わたしが？　あなたはロイトを子供だと思っているわね。サイファでもそこまではわからなかったということか」

「子供がいるはずだ。おれたちの中に侵入してきたのは、子供だ」

「実験動物はなにも知らなくていい。それとも、読んでみる？　わたしの心を」

「ごめんだな。薄汚いどろどろに鼻を突っ込む趣味はない」

「できないくせに、負け惜しみを言っていればいいわ。そんな態度だと、餌は出ないわよ。水も。欲しかったらお願いすることね」

「喉が渇いた。どうすればいい？」

「床に平身低頭して、下さいと言いなさい」

おれは言われたとおりにした。

「水をくれ」

「協力する？」

「する。なんでも言うことをきく」

「……あきれた。いまは本当にそう思っているのね。あなたはただの馬鹿よ」

「そんなことは言われんでもわかっている。ＭＪは馬鹿じゃない。だから苦労する」

「あなたは長生きしそうだわ」

女はそう言い残し、去っていった。

おれはベッドに身体を投げ出した。疲労感が強いが、高熱は引いていた。寝るのが回復にはいちばんだろう。目が覚めたら、まともな病室にいるというのならいいのだが。誘拐されてきたなんて、悪い夢のようだ。夢であって欲しい。

そんなおれの期待を打ち砕くように、水が来た。壁の一部が迫《せ》り出してきて、そこに水差しとコップが載っていた。きっと滅菌済みだと思いながら、それを飲む。予想どおり、実にまずかった。現実は甘くはない。

3

ぐっすり眠ったあとの目覚めは実に気分が良かった。

天井の照明はあいかわらず明るかったが、寝ている間もそうだったのだろう。おれはこうした明るい環境ではよく眠れないたちだった。だから昼間は寝た気がしないのだが、いまはそうではなかった。いままでよく眠れなかったというのは、どうも明るさのせいではないらしい。サイファの能力が働いていたためだったのだ、とおれは思った。昼間は、周囲の他人の思考がまるで目を閉じても入ってくる光のように睡眠の邪魔をしていたのだと思う。いまのおれは、そうしたノイズから逃れられて、生まれて初めて安眠できたのだろう。これは新鮮な快さだった。

これはこれでいいではないかとおれは思った。安眠できるのは悪くない。むろん、ここで暮らすのはごめんだが。

寝る前に残しておいた水を飲み、こいつがウィスキーならいい知恵が浮かぶだろうに、と思う。空腹を感じる。それは体調が良くなっているということで、いい傾向だ。なんとかなるだろう。

だれも来ないので、またベッドに横になり、組んだ腕を枕にして、なにが起こっているのかに思いを巡らす。考える時間はたっぷりありそうだった。

ここにおれとＭＪを幽閉した連中は、最初からおれたちのサイファの能力を奪うことを目的にしていたのだろう。その手段は、あの高熱を引き起こした細菌かウィルスに違いない。彼らは、そうした兵器のようなものを開発し、それをおれたちに試したのか。ということは、連中はおれの存在や所在をあらかじめ知っていたことになる。そんな気配はまるで感じなかったが、おれたちに近寄らなくてもそうした生物兵器を噴霧するのは可能だろう。空調装置に入れるとか、あるいは、ライトジーンの街全体にばらまくこともできる。普通人にはまったく無害だがおれたちサイファだけに感染選択性を持つ細菌というものかもしれない。それがうまく感染したかどうかを確かめるためにおれやＭＪの部屋の様子や映話を盗聴したりするのはたやすい。遠隔から監視されていたに違いない。おれを運んだのは本物の救急車ではなかったのだ。

しかし、おれが映話した警察はどうだろう。あれも、連中に操作されていたのだろうか。つまりおれが警察に映話すると、この悪党連中のもとに繋がるようにされていたのだろうか。可能性はあったが、もしそれをやるなら、救急センターへの映話をインターセプトするような細工をするほうが自然だ。

だがおれはあのとき、救急センターに映話するつもりが、間違って警察にしてしまったのだった。それも、すぐに切って、市警中央署の第四課にかけなおしたのだ。映話に出たのは知らない顔の男だったが、そこは第四課の刑事部屋だった。あの男がよほどの間抜けか悪意がないかぎりは、中大為は、おれとＭＪがロイト・ケンプという人間に殺されそうだ、ということをあの男から聞かされたはずだ。本物の救急車と同時くらいに、おれのアパートに彼かタイスが駆けつけたかもしれない。だが、おれはもう連れ去られたあとで、行方不明だ。中大為は、どうするだろう。たぶん捜査はするだろう。おれは彼にとっては便利なスイーパーだ。しかしすべての仕事をなげうってまで、おれをここから救出するくらいに熱心に捜査するかとなると、あまり期待できそうになかった。

　中大為にとってのおれは、その地位や生活を犠牲にしてまで助けるような人間ではないだろう。早い話が、そんな親密な関係ではないのだ。おれはたしかに最強のサイファだったから彼の仕事にはその力は役立ったろうが、おれの代わりになるサイファは他にもいるのだ。人工の人間ではない普通人でサイファの力を持っていて、金のためならなんでもやるという自由人のスイーパーを何人か彼は使っていた。

　中大為は、友人になりたいという人間ではなかったが、もう少し恩を売っておけばよかったな、と思う。熱心におれの行方を探してもらいたいものだが、いまさら遅い。たぶん彼は、おれが期待するほどの動きはしないだろう。手がかりもほとんどない。ロイト・ケンプという名前の子供を調べても、なにも見つかるまい。ロイトという人間は実在するらしいが、例の女は、その人間は子供ではない、と言っていた。

ならば、だれなんだ、その人間は。あのとき感じた子供は、幻覚だろうか。細菌やウィルスが子供の意識を持っているはずがない。

――ぼくをきらわないで。あなたの一部に溶け込みたい。仲間になる。眷属になるんだ……

五歳くらいの感じだった。まるで、とおれは思った、昔のおれ自身のようではないか。

ライトジーンの研究所で、おれは孤独だった。だれもが直接心で通じ合えるのではないというのが不思議でならなかった。口をきかずに考えがわかるのは兄だけだった。

長らくおれは、その兄、いまのＭＪだが、その子が他人だとは気づかなかった。つまり兄のことをおれ自身だと思っていた。身体の感覚も共有していたから、兄が頭をぶつけたりすれば、その痛みはおれのものに等しかった。この世に他人という者がいるという感じはなかった。周囲の人間たちは、喋る物、物体であって、おれのように生きている者ではなかった。

それが、成長するにつれて、兄とおれは少しずつ自分独自の考え方を持つようになる。それを認めるのはかなりの苦痛だった。自分の中に他人が息づいているのだ。自分が引き裂かれていくような感覚だった。ときおりおれたちは互いに激しく嫌悪し、そして同時に思った、〈ぼくをきらわないで。きみといっしょにいたいんだよ……〉と。

この世には他人という者が存在するということを頭で理解できるようになったのは、その時期、五歳くらいのときだった。他人という者は、独自の心や性格や世界観を持っていて、自分の世界だけでこの世は成り立っているわけではない、ということだ。

それまでは、積極的に他人の心を読むことはできなかった。他人は常に理解できない動きをする物体でしかなく、一緒にいたいような存在ではなかった。理解できない彼らの行動や衝動は無視しても生きることができたのだ。なんの不自由もなく、実験台として大切に生かされていた子供だったからだ。

それでも、他人と自分の区別がつくようになると、彼らの心の動きを積極的に感じ取れるようになり、十歳くらいのときには、こちらから大人たちの心をコントロールすることができるようになった。周囲の大人たちにはそれはかなりの脅威になったろう。そこで、そうしたことはいけないことだという徹底した教育を受けることになったのだが、やがてそれにはいくつかの条件がつくようになる。許可された場合は、かまわない、というように。つまり、そのころからだ、ライトジーンが、おれたちの能力を一種の兵器として利用することを考え始めたのは。

それを受け入れなければ生きていけない、ということを繰り返したたきこまれた。それはしかし逆効果で、おれたち、少なくともおれには、こいつらを殺してでも一人でここを出てやると思わせただけだった。ライトジーンの立場から言えば、たぶん、おれたちを思うままに操れるような人間にする、そのプログラムを実行するのが遅すぎたのだと思う。ちょうど反抗期の本能のスイッチがすでに自然の作用で入れられていた時期だった。第一反抗期の、他人を認識する時期が乳離れなら、第二のそれは巣立ちだ。

サイファの力があるから利用されるのであり、利用されないために独立するのだ、と思ったのだが、いまになってみれば、その能力がなくてもそうすべきで、結果としては正しい選択だったと思う。ようするに、普通の子供でも同じだろう。子供は親の期待を裏切って大人になっていくものだ。

　サイファの力はそうするためには役に立った。弱い子供が自分の才覚を精いっぱい使うのは当然だろう。だが、とおれは思う、いまのおれは、そんなサイファの能力がなくても十分に生きていける。そういう年になったということだ。

　いっしょになりたいんだ、きらわないで……と呼びかけてきたのは、大人ではない。ＭＪでもない。子供のサイファだ。普通人ではない、本物のサイファだ。過去のおれとまったくよく似ている。あれが過去のおれやＭＪの残像でなく、実在するとすれば、最近になってあらたな人造人間のサイファが作られたのだろう。おれやＭＪとたぶん同じ身体を持っている人間だ。

　だれが作ったのか。おそらく、それが、ロイト・ケンプ。ロイトとは、そういう人間のことだろう。あの女はその名を知っていた。なるほど、この事件の首謀者が、ロイトなのだろう。かつてライトジーン社にいて、おれたちのことをよく知っており、サイファをこの世の支配に利用しようとして果たせなかった者だ。きっと、そうだ。

　その者にとっては、おれは出来損ないの兵器なのだろう。制御の効かない兵器は危ない。無力化する安全装置が必要だ。かつてそんなものはなかった。研究はされたろうが、完成することなくライトジーン社は解体された。ロイトという人間らは、その開発に成功し、実際におれとMJに対して使用したのだ……

さあ、こういうことでどうだ、とおれは、観察窓を見やって、思った。だれもいなかったが、あの女か他のサイファの力を持つ者が、いまのおれの思考をモニタしているだろうと思う。

返答はなかった。相手がなにも知らせないというのならそれでいい。こちらは勝手に想像を膨らませるだけのことだ。おれはもはや子供ではなかった。顔色をうかがっていい子にしていなければ不安になる、ということはもはやないのだ。理不尽な扱いに対しては、それに対抗することがいまのおれにはできる。身体的には逃げられなくとも、精神的には自由だ。薬品や催眠手段で洗脳する方法はあるが、そう簡単にはいかないだろう。おれの価値観はやわではない。だれにも利用されたくないというそれは、年季が入っている。

ただ一つ簡単な手段があるとすれば、サイファの力を使うことだ。おれが自分で選択した生き方だと思わせて、おれを思うがままに操ることができる方法は、それしかない。普通人のサイファにはそれほど強力な力を持った者はまずいない。いまいるとすれば、すでにそうされているだろう。本物のサイファだけだ。人造人間の、サイファ。いま、そういう人間が一人、子供のサイファがいるらしい。ロイトという人間が作った、サイファ。

ロイト・ケンプは、予想が正しいとすれば七十歳前後の老人だろう。その老人は、最初からその子を兵器として利用するために作ったのだろう。おれやMJはそうではなかった。おれたちにサイファの力があることは作った当初はわからなかったし、そのころはライトジーン社もまともな一企業だった。おれたちを兵器として利用できると気づいたときは、すでにおれたちは自我を確立していたから、それこそ洗脳は難しく、結果的には失敗した。なにしろこちらは相手の心が読めるのだ。さんざん実験台として利用されてきた連中にさらに利用されるなどという洗脳プログラムをすんなりと受け入れられるはずがない。

もっともその教育のおかげで、相手の心を効率よく操ることができる事実を、おれたちは学んだ。ライトジーンから独立できたのは、その力があればこそだ。下手をすれば、処分されていた。殺されていたろう。ＭＪは独立した後に、その力を積極的に使う生き方を選んだ。ＭＪは当時からこの世を支配する力があることを自覚していたが、実際にはやっていない。やりたくても無理だったし、それがわからないほどＭＪは馬鹿ではなかった。世界からまず身を隠すことが必要だったのだ。ライトジーンが解体されたのは、世界がまさしくおれたちの力を恐れたからだ。その解体時の混乱は、逃げ出すには好都合だったが、おれたちはだれかを頼るということができなかった。捕まえようとする人間から、サイファの力を使って逃げる。そして、じっと潜伏した。何年も、ずっと。

当時でも、一つの町をおれたちの支配下におくことくらいはできたろう。住民のすべてを洗脳し、ロボットとして使うことは可能だったと思う。だが、おれもＭＪも世界はそれほど単純に操れるものではないことを知っていた。それもライトジーンの教育のおかげだろう。それをやるなら、世界の大きさというものを理解しなければならない。現実というものを知らなければならず、それには時間がかかるのだ。子供ではできない。ＭＪも、だから、その力で全世界を支配しようとは動かなかったし、世界を支配するのではなく、自分自身の身体を変えることで自分の生きる世界を変えてしまうことを選択したのだ。

おれたちには、それができた。だが、ロイトに作られた子供はそうではないだろう。その子はロイトらの価値観しかない世界で育てられ、世界の大きさを知らない。ロイトらの命令に背けば、後ろめたさを感じて、良心の痛みを感じるだろう。そうやって苦しめているのはロイトらなのだとは気づくことなく、逆に恩義を感じるはずだ。憎むべきは、親なのだ。子供はそれに気づいて初めて大人になる。だが、その子は、永久に大人にはなれないに違いない。彼は、人間にもなれず、兵器として生きるしかない。

おれにいまサイファの力が使えれば、その子に、世界はそう狭くはないことを直接実感させてやることができるのだが、とおれは思った。その結果その子がどう思うかということはおれには関係ない。独立した一個の人間として生きていけばいいのだ。だがこのままだと、その子にはそれができない。

——ぼくをきらわないで。あなたの一部に溶け込みたい。仲間になる。眷属になるんだ……

眷属とは、またなんと古風な表現だろう。ロイトらの教育のせいだろう。仲間になりたい、か。血の繋がった、いつも気にかけている血族か。そう、おれたちと同じ処方で作られた人造人間なら、おれたちは眷属に違いない。人造人間のおれたちを人間とは認めない連中からその子を護らなければなるまい。

サイファの力が使えないとなれば、次善の策というものがある。おれたちをサイファでなくした方法を使って、その子のサイファの力も消してしまえば、もはや連中にはその子を利用することができなくなる。次善の策というより、それが最善策かもしれない。

いずれにしても、それには、ここから出なくてはならない。出れば、その子が実在するかどうかも確かめられるだろう。MJと連絡が取れればいいのだが。MJはかなり参っているに違いなく、それも気がかりだ。は、たしかに不便なこともある。

どうすれば出られるかというのは、考えてもわからない。連中らしい。思考が堂堂巡りを始めると、嫌気がさす。腹が減ったせいもあるだろう。いらいらする。

「飯を出せ」おれは天井に向けてどなる。「実験動物が餓死するぞ」

返事はない。くそ、とおれは目を閉じる。楽しいことを考えよう。よく眠れるのは、いいことだ、と思う。他にも、サイファの力があったときにはできなかったことがなにかあるはずだ。たとえば、そうだな、嫌いな相手を、ただ憎たらしいという思いだけで殴り倒すことか。いままでは、そんな相手でもその心を無意識に感じ取っていて、そういう人間にもおれを憎ませる権利があるのだ、などと思って、自分の感情のままには動けないこともあったが、いまはそうではない。相手の心など知ったことか。憎いやつはぶちのめせばいいのだ。

こいつはいい。実によいぞ、とおれは笑った。おれは、もっと馬鹿になれるのだ。

にやにやしていると、気圧の変化を感じた。壁の一部が、こちらに向かって迫り出してきて、その隙間から風を感じる。出入口がないと思っていたが、そんなはずはなくて、それがそうだった。風が吹き込んでくるのは、たぶん、この部屋から有害な物質がその出入口から出ていかないように、この部屋の気圧が外部より低く設定されているからだろう。

風に押されるように入ってきたのは、ものものしい宇宙服のような防護服を着た人間だった。そのフェイスキャノピに覆われた顔を見やると、最初におれと口をきいた男だ。

「食事じゃないのか」

その男が押してきた金属製のワゴンの上に載っているのは無粋な医療器具だ。

「採血する。おとなしくしていろ」

この雰囲気はまったくもって過去のライトジーン時代の暮らしを彷彿《ほうふつ》とさせるものだった。検査技師はこんな防護服は着ていなかったし、この扉の向こうに予想される、たぶん銃で武装しているであろう厳重な警備態勢、というのは子供時代にはなかったが、基本的に検査には逆らえないというのは同じだ。こんな経験はいやというほどしていた。採血などというのは日常茶飯事だった。それがいやでごねたりすると、技師が採血の針を刺しそこねたりして、その結果一度で済むはずだったのが二度になったりしたものだ。

「ロイトは元気か。けっこうな年だろうな」

おれは腕を差し出しながら訊いた。男は上司のあの女に釘を刺されてきたのだろう、無言。

「血を採って、なにを調べるんだ。おれは治ったんだろう。その確認か。答えろよ」

黙秘。

「見事にサイファの力が失せている。その力を発現している機構を阻害するような物質をウィルスに運ばせたのか。そのウィルスはまだおれの体内にいるのか。いなくなっても、サイファの力は失われたままなんだろうな。でも、ウィルスがいないなら、ここから出られるんだろう？」

ノーコメントが続く。

「あんたも、この研究に深く関わっているのか。それとも、下働きに徹しているのかな。採血とか、この部屋の掃除とかさ」

「わたしは研究スタッフだ。掃除はしない」

「エリートだな。頭がいいんだ。いずれ、あの上司に代わりたいと思っている。あの女――」

「黙っていろ」

「彼女はなかなかやり手だ。けっこう強力なサイファの力がある。あんたは、サイファではないな。そうなると、やりにくかろうな。あんたのほうが頭がいいのに、サイファだというだけで、あの女があんたを下僕のように使うんだ。研究成果も横取りされているんじゃないのか。あんたが思いついた画期的なアイデアも、彼女なら盗み読みして横取りできるんだから」

かすかに男の表情が変わったが、ふと瞬きして視線を上にやる。イヤホンを通じて例の女から指令があったのだろう。おれの言うことなど無視しろと言われているのだ。

「おれの言うことを真に受けるな、あんたを動揺させようとしているんだ、か。あんたが、彼女に逆らえないと思っているのはわかるよ。だが、そんなのは幻想に過ぎない。優位に立てる方法はいくらでもある――」

「おまえを黙らせる方法ならいくらでもあるんだぞ」

「おれを黙らせる方法はあるが、あの女狐《めぎつね》を黙らせる方法はない、か？」

「わたしのことより、自分のことを心配するんだな」

「だから、おとなしくしているじゃないか。少しくらい話し相手になってくれ。退屈で死にそうだ。退屈は死に至る病だよ。ＭＪはどうしている」

また、無言。

「話し相手になれると思ったが、駄目らしいな。あんたはもうここには来ない。あの女狐に、この役から外される」

「わたしが？」

「そうさ。あんたは、正直すぎる。表情から心が透けて見えるよ。ま、あの女狐から性的虐待を受けないように気をつけるんだな」

男は一瞬、おれを殴りつけそうな目をしたが、こらえた。採血は無事に済んだあとで、よかった。けっこうな量を採られたが、下手をするとそれが倍になっていたかもしれない。採血瓶を取り落とすとかして。

「おまえは絶対に逃げられないぞ」と男は言った。「この針でわたしを突き刺そうとかしても無駄だ。この服はそうした事態にも対処できるように――」

「ついでに警備体制を教えて欲しい。ＭＪの居場所は、隣か。ロックシステムは電子的なものか。いくつドアを抜ければ外に出られる。庭に犬は放しているか」

「それを……」と言いかけて男はまたイヤホンから指図されたようだが、それを聞いたあとも自分の好奇心をこらえられなかったのだろう、続けた。「それを聞いて、どうするつもりだ」

「もちろん脱出計画を練るんだ。考えているだけでも暇つぶしになる」

「できもしないことを考えてどうする。馬鹿げている」

「あんたはどうなんだよ」とおれは言ってやった。「できもしないことをいつも考えているだろう。人間、生きている時間のほとんどは、できもしないことを考えて過ごしているものだ。が、そのうちのいくつかは実現する。だから、警備体制がどうなっているのかを聞くのは無駄じゃない」

「それは、教えられない。残念だな」

「いや。教えられないというのは、おれが逃げ出せる可能性をあんたが認めたからだ。あんたがそう思うなら、可能性はゼロではないな」

「おまえはどうしてそう能天気なんだ。まったく、まともじゃない」

おれが虚勢を張っているのではないことが、このお人好しにもわかるのだろう。おれとしては、どのみちだれかサイファに心を読まれているだろうから、もとより虚勢を張ったり心にもないことを口にするつもりはなかった。こうしたことも、考えてみれば、かつてライトジーンから受けた訓練のたまものだ。感情で動くな、冷静に相手の心と状況を把握して行動しろ、と。サイファが、最強のおれたちが、怒りや絶望からその力を爆発させたらなにが起きるかわかったものではないとライトジーンの連中は恐れたのだ。

「気をつけろよ」とおれは言った。「サイファの力だけが、脅威じゃない。おれには肉体労働で鍛えた腕っ節もある。あんたの首をなんの考えもなしに、いきなりへし折ることもできる」

男はそれにはもう答えなかった。一度閉まった壁の扉がまた迫り出してきた。

「また来てくれ。あんたが首にならないことを祈っているよ」

4

その後、その男は来なかった。来たのは六度の食事。時計がないので何日経ったのかわからないが、食事回数から、二日というところだろう。

食事は毎回同じで、パンとシチュー。それが簡単に焼却ができる紙製の皿に載っているだけだ。そんなメニューでも、しかし食事は楽しみだった。

なんの変化もないのは退屈だが、まったく変化がないわけでもなかった。腹が減っていくのを意識するのはなかなか面白いことで、物を食べ、排泄するというのは快感だった。

脱出計画は考えてはいたが、データが不足しているので具体的なものを組み上げることができず、飽きた。もし警備体制がこのようだったらああして——という方法はいくつも考えられたが、そんな仮定のデータの上に成り立つ方法からは、これがいいという選択や決定ができるはずもない。とにかく相手がなんらかの動きを示さないかぎり新たなデータが得られないので、こちらとしても考えようがない。敵もおれが希望を持たないように、そのようにしているに違いない。それに、脱出計画を悶悶と考えていては、それを読まれているとなるとこちらが不利になる。チャンスがあったら、出たとこ勝負でやるのがいちばん成功の確率が高いだろう。こんな状況で計画を練るのは馬鹿げている。

ウィスキーをやりたかったが、ないものはしかたがない。おれはせっせと腕立て伏せをし、腹筋を鍛え、立った姿勢から膝を曲げてしゃがんでは立つというヒンズースクワットをやり、ウィスキーのことは忘れた。汗を拭くタオルはなかったが、食事の出てくる扉から新しい服が与えられたので、脱いだほうのを返さずにタオル代わりに使った。そうしてもなにも言われなかった。ま、そのおかげでよく眠ることができた。二度着替えたから、やはり二日経った、ということだろうが、時間のことはどうでもよかった。

寝ることは、食事のつぎに楽しかった。いや、起きているときよりも面白いかもしれない。眠るのをこんなに楽しみに思ったことはなかった。睡眠は快楽だ、ということを知らずに生きてきたわけだな、ということは、なにかいままでのおれの生き方には欠陥があったのだろう、などとにやにやしながら思った。にやついている自分を意識すると、まったく馬鹿のようだと思う。馬鹿に成り下がるなんてなさけない、という意識と、もっと馬鹿になれるぞ、というわくわくした思いが同時に存在するのは、それも面白かった。

眠り足りないという感じはなかったが、夢はいくつも見た。それが変化に富んでいて、飽きるということがなかった。

例の女と寝ている夢を見た。鉄格子からその行為を狐がのぞいていた。そいつを追いかけて捕まえると、そんなに強く抱いたら引っ掻かれるぞ、とだれかに言われた。ふと見ると狐がレッサーパンダになっている。ライトジーンの研究所にどういうわけか飼われていて、おれはその動物が好きだった。ときどきその背中をなでさせてもらうことができたのを思い出す。こんな狭いところで飼われていてかわいそうだと思うと、そのレッサーパンダが、おまえもそうじゃないか、と言う。おれは子供になっていた。子供なら鉄格子の間をすり抜けて出られるかもしれないが、身体は大きい。

夢の中でおれは、過去の世界に浸って遊んだ。なんだか無性に子供のころがなつかしかった。子供のころ、実験台の自分が惨めだと感じたことは一度もない。こんなものだと思っていた。実験動物のくせに生意気な、と言われるまでは、だ。それから、自分はどうも普通の子供ではないらしいと思い始めたのだが、普通というものがどういうものなのかはよくわからなかった。それもしかし、いま思い出せばなつかしい。

夢には兄も出てきた。おれたちは本当に生意気盛りで、汚い表現をわざと使って気に入らない検査技師を心の中でこき下ろしたものだ。

(まったくあの禿《はげ》おやじときたら、臭くてかなわねえや)

(糞袋《くそ》だもんな)

(糞袋。こんど言ってやろう)

(人間、みんなそうだって言ってた)

(あの禿おやじがか)

(そうだよ。あいつなんて言ったかな、名前)

(あいつ、ね。たしか、ロイト・ケープだ。いや、ケンプだったかな)

なんだって、とおれは夢を見ながら思う。ロイト・ケンプだ？　そんなやつ、子供時代にいたかな、と。

(いるよ、ぼくにあれこれ指示するんだ。まったくいやなやつ)

(きみは、だれだ？　ＭＪじゃないな)

(ＭＪ？)

(ユウ、おれの兄だ。五月生まれの兄。きみは、ユウじゃないな。だれ？)

夢から覚める。ロイト・ケンプに作られた、もう一人いると思っている、子供のことを気にしているのを表している夢の内容だ。この夢のように、その子供とサイファの力で接触できればいいのだが。

起きているときと同様、寝ているときも、監視されているという具体的な兆候はなにも感じられなかった。しかし、食事したり運動しているのは監視されているに違いないし、それはおそらく寝ているときもそうだろう。あの女か別のサイファが、交代で四六時中おれの心をモニタしているはずだった。ご苦労なことだ。

子供時代のことをなつかしむ夢は、もしかしたら、そのサイファの力に誘導されたものかもしれないと、この二日でおれは思うようになった。おれを子供時代に戻らせて、ゆっくりとしかし確実に、連中の思い通りの人格を再構成するというのは、やろうと思えばできそうだった。だが、おれにはサイファの力はもはやないのだから、兵器としては劣る。それを再教育するのは無駄なことだ。おれをおとなしくさせておくのが目的だとしても、手間がかかりすぎる。いまでも十分、おれはおとなしい。

たぶん、連中はこの夢には干渉していない、とおれは考え直した。ただモニタしているだけだろう。おれがこの年になるまで、サイファとしてどのように生きてきたのか知るのは、興味深いことには違いない。

しかし、いつまでもただ見ているだけではないだろう。おれのほうは、それでもかまわないが。なにしろこの年、四十数年分の、夢見る材料があるのだ。

腹時計で三日目の朝食、外は夕方かもしれないが、をとりながら、おれは無人の観察窓を見やって、心で思った。

(おとなしくしているんだから、なんでも望みを叶えて欲しいものだな。手始めに、毎食同じというこのメニューを三食別のものにして欲しいね。聞こえたら、おれにわかるようにブ

ザーでも鳴らせ)

反応はない。それがなんだかおかしくて、おれは笑った。おれをモニタしているであろうサイファが、ついマイクのスイッチを入れそうになってこらえたのを想像したのだ。そして、もしそうでなければ、おれはまったくの一人芝居をしているわけで、それもおかしい。おれは静かに狂い始めているのかもしれない。

自分が狂いつつあるというのは怖いことだが、それは狂っていない自己がまだ存在しているからだ。狂っていない自己が消えてしまえば、もはや不安はなくなる。それは洗脳されるときも同じだろう。洗脳された自分を批判する自己がなくなれば、別の人格に生まれ変わるに等しい。かつての人格は殺される。

敵はおれをそのように殺しつつあるのかもしれないと思った。肉体的な苦痛がまったくない殺し方だ。いまのままなら、おれの思いようで精神的な不安もない。不安は気のせいだと思っているうちに、いつしか人格が変わっていて、しかも変わったことに気づかないだろう。

(ま、永久にここから出られないとすれば、それはいいことだ。恍惚として生きていける。そのうちいつ飯を食べたのかも忘れるようになる。ウィスキーのことだけは忘れないだろうな。それさえあれば、ご機嫌だ。おれを生かしておくのはコストがかかることを覚悟するんだな)

おれは観察窓に向けて強くそう思ってやり、それからまた食事に戻った。すると、動きがあった。観察窓の向こうに例の女が来た。

「あなたを生かしておくのはたしかにコストがかかる」と女は言った。

「うまく伝わったようだな」とおれは食事を続けながら言う。「で、なんの用だ」

「あなたは、自分を早く殺してくれといったも同然よ」

「殺せなどとは言っていない。自殺する気もない」

「こちらがコストを負担するのを放棄するとは思わないのが、あなたのおかしなところだわ」

「いまのおれの思いが、あんたにおれを殺す気を固めさせたのなら、おれの失敗だな。もうおれを生かしておく価値がないというのか」

「死ぬまでは価値がある。最後の実験をしようと思うの」

「どんな」

おれは皿を空にして、口を拭って訊く。

「気になる？」

「あたりまえだ」

「二十四時間後にあなたを処分する。つまり、あなたは死ぬ、ということ。それまであなたがどう反応するか、観察する」

「……二十四時間後だ？」

「そう」

観察窓に大きなデジタル時計の数字が表示された。この窓ガラスは全体が液晶のディスプレイになっているのだ。数字は、時、分、秒。すでにカウントダウンが開始されていて、23：59：40、39、38、と動いていく。どきりとおれの胸が高まった。この女は本気だ。おれは殺される。

「あなたは正直だわ。それに、勘もいい。こちらはもちろん、本気よ。この数字がゼロになったら、処分プロセスが開始される。わたしにも解除できない」

「機械的なシステムか。毒ガスか」

「それを考えてみるのもいいでしょう。観察させてもらうわ」

「単に心理的な負荷をかけた状態を調べる、というのではないな。なにを期待している。おれのサイファの力が、危機的な状況で元に戻るかどうか、か？」

「それはないでしょう。でも、あなたは、五月湧とは少し違う。得体が知れない。安全を脅《おびや》かされる事態になる前に、処分するのがいいということになったの。すぐにしないのは、わたしの提案が通ったから。死ぬのを前にどう心が動くか観てみたい。感謝しなさいね」

「だれがするか」

「感謝しているじゃないの。ひと思いに殺されたほうがまし、とは思っていないんだから」

「感謝などしない。復讐してやる」

「あなたはもうサイファじゃない。サイファなら幽霊にもなれたかもしれないけれど。もし幽霊になっても、こちらは痛くも痒くもないわ」

「ＭＪは鎮静剤を効かしたままか」

「おとなしくしている。あなたと違って協力的よ。全身の検査にも不満は言わないし、酒をよこせとも言わない」

「おれよりコストがかからないというわけだな」

「そう。あなたはもう必要ない」

おれは空になった皿を投げつけようとした。透明だった窓ガラスが、さっと曇る。液晶のシャッターだ。女の姿が見えなくなる。カウントダウンの数字は濃く表示されている。

怒りをぶつけるのは思いとどまった。

「死ぬまでは、ちゃんと餌をあげるわ」

姿は見えないが、女はそう言った。向こうからはこちらが見えるのだろう。じっと観察している。

こいつは予想していなかった展開だ。いいや、いかにも連中がやりそうなことではある、とおれは思った。敵は、おれが憎いわけではないのだ。単なる実験に過ぎない。決定されたそのプログラムはただ実行されるだけだ。これが処刑というようなものならば、まだ情状酌量ということもあるだろうし、思想を転向することで許される余地もあるだろうが、これにはそんなものはない。こいつらに救いを求めてもなんの効果もないだろう。

食事は終えていたが、急に口中に唾液が溜まり、胃がむかついた。我慢できずに空の皿に胃の内容をぶちまける。身体は正直だ。おれはその皿を取り上げ、こぼさないように支えてから、力を込めて曇ったガラス窓に向けて投げつけた。吐いたシチューとパンの残骸が、胃液の甘酸っぱい臭いとともにガラスを伝う。

「掃除はしないわよ」

　女の声。笑っている。

「おれが死んでもか」

「だれかがするわ。わたしじゃない、だれかが。あなたには、わからない。もうこの世にいないのだから」

「おまえはろくな死に方はできないぞ」

「なんとでも言うがいいわ」

「おれが死ぬのを楽しんでいるようだな。おまえはろくな育ち方をしていない。世界に復讐しているつもりか。予知能力はおまえにはない。あれば、こんなことはできない」

「どうして」

「こんな実験は違法だ。永久に逃げられるわけがない。いずれ捕まる」

「実験動物を使うのは違法じゃないわ。あなたはいまでも人間とは認められてはいない。五月湧もそうだけど、とくにあなたは世間にとっては存在していない。いない者を殺しても罪にはならないわ」

「おまえには先が読めないんだ。過去を振り返って自分を慰めるしか能がない人間だ」

「だからどうだというの」

「ロイト・ケンプと話がしたい。おまえはこのプロジェクトをぶち壊しにしようとしている」

「あなたを処分するのを決めたのは彼よ」

「おまえも、ロイトに処分される可能性があるわけだ。気をつけるんだな」

「ありがとう。でもその心配はないわ」

「そんなことはわかるものか。おまえもサイファの能力がある。ロイトに利用されているんだ。いずれ殺される」

「あなたがサイファなら、そんなことは絶対にないということがわかったでしょうに。あなたは本当に、もはや完全に、ただのでくの坊ね。いますぐ楽にしてあげてもいいみたいな気がするけれど、もうタイマーは解除できない」

「おまえの心が読めれば、おまえとロイトの関係がわかるというわけか……娘なのか」

「はずれ。違うわ」

「おまえの名前は？」

「ケイティ」

「名字はケンプではない？」

「ケイティ・ソーン。残念でした」

「一つだけ、教えてくれ」

ロイト・ケンプは、子供時代のおれたちに会っているのだろうか。あのライトジーン研究所にいたのかどうか、知りたかった。

「直接は会ってはいないでしょう」

「だが、ライトジーンの人間だったんだな」

「そう」

「おまえは？」

「いるわけがない。年を考えてよ」

「そうだな……だが、おれは、以前おまえに会ったような気がしてならない。嫌いな研究員は、みんなおまえのようなタイプだったよ」

「あら、そう。優秀な研究員に囲まれていたのね」

「おれたちのサイファの力を奪う研究はいつからしていたんだ」

「ずっとよ」

「ライトジーンが解体されてからずっと、ということか」

「そうでしょうね」

「おまえはいつから参加した」

「あなたには関係ないでしょう。聞いてなんになるの」

「おまえがおれたちに関心を持っていれば、こうなるまでおれたちが気がつかなかったというのは納得できない」

「わたしは普通人としては強いサイファの力を持っている。心を隠すことくらいはなんでもないわ」

「この研究自体も隠すだけの力があったわけだ。すると、おまえがこの研究に参加したのは最近ではないだろう。では、おまえは子供のときから、秘密の研究を知られないためにサイファの力を利用されていたことになるな。ロイトにはそういう手段が必要だったはずだ。でなければ、おれたち最強のサイファを欺けるわけがない」

「ロイトは、サイファなのよ」

「……なんだって？」

「生まれつきではないけれど。研究過程で普通人にも人工的にサイファの力を持てるような方法を見つけたのよ」

「おまえも、そうされたのか」

「ええ」

「どうやった。おれたちと同じ方法で、もう一人、人造人間を作って、それを調べたんだな」

「そのとおり。あなたたちを無力化する方法も、その子の身体を調べることで実現した。普通人のサイファには無害な方法を見つけたの。いずれ、わたしたち以外のサイファすべてを無力化できるようになると思うわ」

「生物兵器を使ったんだな」

「無力化因子をありきたりの風邪のウィルスに運ばせただけよ」

「そんな単純なことでうまくいくものか」

「いったじゃないの。認めないの？」

「認めたくないね。人間の身体がそんなに簡単に変化させられるわけがない」

「殺すのは簡単なのにね。そう、そんなに簡単じゃなかった。でも、あなたにいまサイファの力がないのは現実よ。それを認めて、死になさい」

「作った子供は、どうするつもりだ」

「よく言うことをきく、素直な子供に育てるわよ。あなたが予想したとおりに」

「おまえは人でなしだ」

「それはロイトに言って」

「ではつれてこい、ここに」

「できないわ。あなたが言っているロイトは、この世にはもういないの」

「なんだ、それ。死んだのか」

「だれに訊いても、だれも知らないわよ。あなたが勝手に言っているだけ」

「……なるほど、そういうことか」とおれは、深く息をついて、言った。「おまえが、ロイト・ケンプか。女に性転換して、若返り手術を受けたか。MJをうらやましがるわけだ。MJほど完璧にはいかなかったろうからな」

「ばかばかしい」

そうケイティという女は言ったが、声が緊張して少し高めで、事実だと認めたようなものだ。

「身体に気をつけろよ」とおれは言ってやる。「見かけは若くとも、おまえはMJとは違う。土台は老人だ。もう長くはない。世界制覇には時間が足りないだろう。おまえにできるのは、逃げること、それだけだ。時間から逃げられるかな。ま、がんばれよ」

返事はなかった。もう相手をしないということらしい。

おれは再びこみ上げる吐き気を、今度はこらえた。これで、おれはなにがあろうとも、必ずロイトに殺される運命を自ら選択したようなものだった。どのみち、おれがああ言わなくても心を読まれていたろう。あの女がロイトだと思った瞬間に、運命が決まったに等しい。これはもはや実験ではない。ロイトの秘密を護るために、おれは殺される。もっともおれがロイトの名を出したときから、ロイトとしてはそのつもりだったのかもしれないが。

ロイトという男は、ライトジーン解体時に捕まっていてもいい人間だ。やつは当時からサイファを利用して世界を支配しようとしていたグループの一人のはずだ。やつは逃げたのだろう。逃げるには、ロイトという名も、顔も、身体さえも捨てなければならなかったのだ。ロイトという名がおれの口から出たとき、やつは驚いたに違いない。ま、あの女がロイトかどうかは確認できないが、まず間違いない。そのように過去を消してしまわなければ、ロイトという男は逃げ切れなかったはずだ。

しかし、なぜおれに、その隠し通していた名がわかったのだろう。きっと、あの女に育てられている、もう一人のサイファ、その子がロイトの心を読んで知っていたからだろう。風邪のウィルスにそんな情報が運べるとはおれには信じられなかったが、しかしあのとき、たしかに、その子を感じた。無力化因子とやらは、その子の身体から分離したものかもしれない。それなら、こういうこともできるのだろう、と思うしかない。まさしく眷属ならではだ。

(助けてくれ)とおれは念じた。(おれを助けてくれ。このままだと、殺される)

おれは、その子に、そう伝えたかった。おまえの眷属が殺されようとしている、と。

もう、心を読まれることなど、どうでもよかった。時間がない。ここはどこだろう。これだけの施設だ。個人的なものではないだろう。ウィルスを研究しているか、とにかく企業体に違いない。そのすべての人間が、ロイトらの企みに与《くみ》しているのでなければ、だれかが、おれの助けを求める心を読むかもしれない。読み取って欲しい。

追いつめられた心をなんとかだれかに伝えたい。それには、ただ念じているだけでは駄目だ。自力で出られないかどうか、やってみようと決意する。

5

おれは人間だ。これは殺人だぞ、とおれはぼんやりとガラスの数字を見ながら思った。

残り時間は九時間と少しだった。二十四時間から九時間を引くと、という簡単な計算をするのも疲れたが、この十五時間の間に、おれはこの部屋を調べ尽くした。

床に這いつくばり、徹底的に隙間を探したが、そんなものはなかった。便器に手を突っ込んで穴を探ったりもした。ベッドを立てて天井も調べた。空調の穴はほんの直径十センチほどで拳も入らない。やわなパイプなどではなく、びくともしなかった。照明の発光パネルは耐衝撃製らしき透明パネルで保護されていて、ベッドを持ち上げてそれにたたきつけても傷一つ付かなかった。ベッドは軽いプラスチック製で、観察窓のガラスには、照明パネルほどにも通用しなかった。観察窓の開口部は広く、そのガラスを割ることができれば、悠然とそこから出られようが、そのガラスはまるで透明の鉄のようだ。

天井の穴に、脱いだ上衣を突っ込んでみた。吸気用の穴で試すとすぐに吐き出されたが、排気用の穴には効いた。排気されないので、吸気口からの風も弱まった。やがて、まったく風が来なくなる。換気システムが停止した。連中が切ったのだろう。おれは酸欠で死ぬかもしれないが、連中に殺されるよりはましだ、と思った。そのわずかな慰めもしかし長くは続かず、排気口に突っ込んだ上衣が勢いよく吐き出された。水しぶきとともに。穴には高圧の水で異物を排除する装置があるのだ。

換気システムはもとどおりに動き始め、おれの努力は徒労に終わった。もしかしたら、敵は、この部屋に水を満たすことで、おれを溺死させるのではないか、と思いついた。部屋の気密性は高く、水は漏れない。あの観察窓の大きなガラスも水圧に耐えるだろう。水に洗浄剤を混ぜておけば、部屋の掃除にもなる、などと他人事のように思った。これはいいやり方だ、と。しかし、水の満たされたここで、喉をかきむしり、口から泡を吐きながらもだえ苦しむ自分の姿を、透明にしたあの観察窓から例の女が笑いながら見ている様子を想像して、もうそうされているかのように息が苦しくなった。それだけは、いやだった。溺死だけは、いやだ。それなら、この部屋の空気を抜かれていくほうがずっといい。

真空近くまで気圧が下がり、耳や鼻から血を流して死ぬというのもむろん気分のいいものではなかったが、たぶん血を流すころには意識はないだろう、と思って自分を慰める。そういう真空中に投げ出される、という生命の危機は、地上の動物には無縁のもので、それを経験したことがなく、それに対する本能的な恐れというものがプログラムされていない。だから、その死の苦しさは想像できないのだ。しかし溺死はそうではなかった。その恐怖は本能的なものだ。それだけはやめて欲しいとおれは願ったが、もしかしたら、絶対におれがいやだということを敵はおれの心から読み取り、それを実行するのではないかと思い、溺死させる、などという手段を自分が思いついたことを後悔した。

食事は一度出た。本来なら、三度来てもいいところだが、そうさせないようにしたのは、おれの行動のせいだ。

食事の出る壁の一部が迫り出してきたとき、おれはその、側壁のない引き出し状のトレイの上のシチューとパンの皿を取ったあと、それが戻るとき、腕を突っ込んで阻止した。腕が挟まれる形になったが、満身の力を込めて引くと、壁の一部に戻るべきそのパネルが壊れた。三十センチ四方ほどの穴が開いたが、のぞき込むと、奥は暗く、手を伸ばしても届かない奥に頑丈なシャッターがあるらしい。点滴の支柱でもあれば突いてみることもできたが、それは採血されたときに持ち去られていたし、ベッドを壊してやろうにも、一体成形で作られたそれは分解することができず、力任せに壊そうとしてもわずかに変形するだけの強靭《きようじん》さで、叶わなかった。

おれはその穴に顔を突っ込んで、なんとか身体が入らないものかと試みたが、狭すぎた。肩の関節を外せても無理だ。

あと残る穴といえば、出入口だけだ。おれは壁に寄り掛かり、尻を床につけ、その出入口が開くのを待った。だれも来ないだろうとはわかっていたが、逃げ出せる可能性としては、もうそれしか残っていない。

そうしていると、いやおうなく、観察窓のガラスに表示されているカウントダウンの数字が視野に入る。その秒の単位の数字に目をやると、その瞬間は数字の動きが止まったかのように見える。が、注視するとやはりカウントダウンは続いていて、見続けるとその数字変化がだんだん速くなるような気がした。

そんなことを何度も繰り返している自分に気づいて、無力感に襲われる。時計から目をそらして室内を見ると、ひどく荒れている。まさにパニックに陥った実験動物が逃げ道を探して荒れ狂った跡そのものだった。

おれはのろのろと立ち、ひっくり返ったベッドをもとの位置に戻した。それから水に濡れた上衣を拾い上げ、それを丸めて、観察窓の、乾いている自分の吐瀉《としや》物をきれいに拭って、汚れた上衣は食事の出てくる穴に放り込んだ。投げ出されたベッドのマットをきちんと戻し、白いシーツを皺《しわ》を伸ばして敷き、毛布を掛けた。

そうして自分でメイクしたベッドにもぐり込み毛布を首まであげる。時計の数字が見えた。頭の位置を反対にするのだったと思いつつも、その数字から目を離すことができない。まだ八時間以上残っている。いっそあと八秒ならいいのに、途方もなく長い時間に思える。八秒なら、七、六、五、四、三、二、一、終わりだ。おれは死ぬ。もう死んでいればいいのに、まだ生きていて、それを喜ぶことができない。何度も何度もこうして死ぬことを恐れつつ、本番がやがてくるのだ。

減ってゆく数字は、生気が削り取られていく様をそのまま表している気がする。これがもし決められた時刻に向けて増えていく表示なら、まだましな気分かもしれないとおれは思った。それなら生気は削られるのではなく、雑念が増え続けていって、この世の命の器からこぼれ出してあの世に流れ出す、という感じがする。おれが死んだあとも世界は続いていき、なにも変わらないのではないかと思える。だが、カウントダウンだと、ゼロの先はもうなにもない。希望がまったくない。死ぬのは同じにしても、このやり方はまさしく拷問だ。むろんそんなことは、おれの気分の問題で、敵はそんなことまで考えたわけではないだろう。人生には限りがあり、だれでもカウント・ゼロに向けて生きているのだと、敵がそう感じているから、こういう表示になるのだ。しかし、死ぬまでの残り時間をカウントダウン表示することは、だれもができることではない。できるのは殺人者だけだ。

ロイト・ケンプは、命は削られていくものだと無意識に思っている。おれはそうではないぞ、と思う。

(そんな時間意識はおまえにくれてやる。自分の残り時間を意識するがいい。この表示はおまえのものだ)

人はいずれ死ぬ。だが、おれの場合は、命がすり減っていくから死ぬのではない、自分の命の時間は増えていくのだとイメージした。積み木が高く積み重なっていくように、それがいつかは崩れるように、おれは死ぬのだ。積み木のブロックはバラバラになっても、そのように命の断片は残る。やがてそれはなにかに取り込まれて利用されるだろう。おれはもともとそのようにして生まれてきたのだ。おれは消えても、断片のすべてをこの世から消し去ることなどできない。

だが、限られた時間をゼロに向けて生きている人間はそうではない。死ねば終わりだ。だから生きているかぎり、時間を無駄にしたくないという焦りを潜在的に持っている。それは、他人の時間を横取りすることを思いつかせるだろう。

ロイト・ケンプは、おれの命を接ぎ木するように利用して、やつ自身の寿命を延ばすことを考えているのだ。ようするに、そういうことだ。おれの命を盗もうとしている、こそ泥だ。

(それは、おれの命だ、ケンプ。おまえのものじゃない。おまえは、いずれ、おれの命の断片に殺される)

悔しかったら、カウントダウンを停止してみろ、と思う。それは叶わぬ願いだとわかっていたが、それでもおれはこのままやつの思惑どおりの最期をとげたくはなかった。ケンプには、おれからなにも盗むことはできない。死生観の問題だ。おれは自分の時間も命もやつにやるつもりはない。おれはやつに殺されるのではない、ただ死ぬのだ。カウントダウンの表示を無視し、恐怖から逃れるためにひねり出した理屈だと思う。まだ生きている証拠だ。死ぬまでは生きているだろう。

ひどく疲れていた。目を閉じる。デジタルの数字が残像となって見える。だが意識して目を閉じていると、それは消える。音がないのは幸いだ。時計が止まったかのように感じられる。生きているからこそできることをしようと思う。寝ることだ。眠いはずだ。あれだけ騒いだのだから。数を数える。むろん、増えていく数字だ。これを止められるものなら止めてみるがいい。できるものか。なんの干渉もなかった。おれは、やつに勝った、そう思う。やつはなにもおれから奪い取ることはできない。

心は平静ではなかった。だが平静を装うことはできる。時間は減るものではない、増えていくのだ。命も。

心臓は速く打っていて、まるでワーグナーの楽曲を聴いているかのような鼓動だったが、周囲はいたって静かだ。そう、なんの気配も感じない。おれはサイファの力を失っているのをあらためて実感した。

それは悪い気分ではなかった。思えば、一日もこんな静かな環境で過ごしたことはこれまでなかった。子供時代はいつも相手の顔色と心を読んで、気に入られるようにと対処してきた。そうしなければ、それこそ餌ももらえなかったのだ。サイファの力があるのが当然だったから、それなりに生きていくしかなかった。恨んだことがまったくないわけではなかったが、消すことができない以上は、恨んでも無駄だったし、だいたいその能力がない普通の状態というのがどういうものか、おれにはよくわからなかった。想像することはできたが、まさかこんなに静かで平安な気分でいられるものだなどとは思わなかった。

　これは悪くない、本当に、感謝したいくらいだと、おれは思った。

　ロイト・ケンプのやり方は気に入らなかったが、もしこれが、サイファという能力は異常であってそれを治療してやろうと持ちかけられたら、簡単に同意はしなかったろうが、しかし、やってくれとおれは自らやつに協力していたかもしれない。

　人の心など読めなくても相手の考えを知ることはできる。予知能力などというのは、必ず当たるというものではない。念力など使うより、手を動かすほうがよほど効率が良く、MJと話したければ映話があった。サイファの力などなくても何一つ不自由はないのだ。反対に、それがあるゆえに、本来は幻であるはずの脅威を常に現実として受けとめて生きてこなくてはならなかった。ようするにサイファの力というのは、幻を現実にする力なのだ。現実はただでさえ煩わしいものなのに、そこに自分の生んだ幻の世界が加わるのだ。ロイトのように自分からそうしたいなどという人間の気が知れない。馬鹿げている。

　煩わしいと思っていた瘤をきれいに切除してもらった気分だ。それを切り取って、ロイトにくれてやったという気分になる。欲しいと思った人間にやったのだ。文句はないだろう。ま、手術には危険はつきもので、おれはそのせいで死ぬかもしれなかったが、いまはこうして生きていて、成功したことを楽しんでいる。これを味わうことなく死んでいたかもしれないのだ。危ないところだった。

サイファの力を消すことは可能だが、副作用のせいで長くは生きられないかもしれない――そう宣告されても、おれはこの処置に同意していたかもしれない。そう思う。おれが同意するとしたら、どのように誘われたときだろう。それは想像できないが、たぶん同意することはなかったろうとは思うのだが、でも可能性はあったはずで、それがいま実現しているのだと思えば、気分はいい。

こんなに他人の思考に干渉されることなく気楽にものを思うという経験ができたのだ。普通の人間が苦もなくやっていることだ。おれは、普通の人間になれたのだ……

負け惜しみ、という考えが浮かぶ。ロイトが干渉してきたのか、と思う。おれの潜在意識が浮かび上がってきたのか。どちらでもかまわないが、邪魔をされたくない気分だ。おれは、ロイトに負けはしない。勝負などどうでもいいのだ。もう寿命が長くはないらしいというのはたしかに残念だが、どのみち人間いつ死ぬかなど、わかったものではないのだ。できれば、一杯のウィスキーをやりたい。心残りはそれだけだ。それがかなわないのなら、おれの邪魔をするな。おれは、眠りたいのだ。安らかに。

カウントダウンの表示など、もうどうでもよかった。ためしに目を開いてそれを見やると、残りは七時間台になっていた、一時間もこうしていたのか、と思うが、あと七時間というのは一眠りにはちょうどいい時間だと思い直す。それからなにがあるかはわからないが、じたばたするのはそれからでいいのだ。

もう一度目を閉じる。平静になっていた鼓動がまた高まるのが感じられたが、危険な手術を前にすればだれでもこうだろう、とおかしな考えが浮かぶ。サイファの力をなくす手術だ。おれが望んだことだ。結果を先取りしていて、手術はこれからなのだ、七時間後。

そう思うと平安な気分になる。まったく心というのはうまく現実逃避をするものだ、と感じている自分もいる。眠りの邪魔をするそういう考えはおれのものではない、ロイトがそう思わせているのだ、と考えると、もはや気分を害するものはなにもない。

サイファの能力があるというだけで、本当に苦労の連続だったな、と過去を振り返る。とくに子供時代は、苦労だと客観的に判断できる立場ではなかったので、いま思えば過去の自分が不憫《ふびん》ではある。

子供時代に、おれたちの世話をしてくれた女性の研究員がいたのを思い出した。乳母のような役割の女だったが若くて綺麗だった。MJとおれは関心を引くために競って、MJが彼女に抱き上げられれば、嫉妬した。自分が抱かれれば快感だった。ほんの幼児だったが、おれたちは、彼女と結婚するのだ、と思った。幼児にも性欲はあるのだ。だがそれをどうしていいのかわからない。幼児というのは性的不能者なのだ。それでもおれたちはませていたのかもしれない。おれたちは彼女の胸をまさぐったり、心の中で裸にしてうっとりしていたが、それをその女は疎んじるようになり、離れていった。それがおそろしく悲しかった。捨てられたことがおれたちにはわかったからだ。

サイファでなければ、ああも悲しくはなかったろう、とおれは思う。

すると、当時の自分が心に出てきた。MJかもしれない。幼いころの、兄。どちらでも同じようなものだ。

（ぼくらがサイファでなければ、なんの役にも立たないんだ）

（そんなことはないさ）とおれは言ってやる。（生きているのは奇跡的なことだ。それだけでも価値がある）

（だれが）

（サイファの力が研究されているんだ。もしなければ、ただの子供だ。そう言っていた）

（あの禿おやじ）

（だれだったかな。糞袋か）

（糞袋？）

（そう。人間、みな同じさ。面白いだろう。糞袋）

（汚いな。ぼくはそんな言い方、きらいだな）

（そうか？　子供なら面白がるんだがな。禿おやじ、でいいか。だれだっけ。もう忘れたよ。おれは大人になってしまったからな。よく思い出せない）

（ロイトだよ。ロイト・ケンプ）

（当時、やつはそこにいたのか。記憶にはないが、いたんだな。目立たない男だろう。禿頭だった男……いたかもしれない。若禿だったんだな）

（男じゃないよ、女だ）

(ああ、いまは、そうだな。ケイティ・ソーンだ)

(ケイティは人形なんだ。中味はロイト・ケンプ)

(糞袋さ)

(ぼくにあれこれ命令する。検査したり、いやなやつ)

(だろうな。やっつけてしまえばいい。いや、当時おれたちがそうしていたら、いまおれは、サイファの力から解放されることもなかったわけだ。やつはまったくうまくサイファの力を消したものだ)

(あなたはほんとにお人好しよ、コウ)

MJが出てきた。そう、MJならそう言うだろうな、と思う。夢の世界ならなんでもありだ。

(夢。寝てると思っているの?)

(MJが邪魔をするとは思わなかったな)

(寝ながら死になさい、馬鹿)

こいつはロイトかな、と思う。いや、どうもMJのような気がする。

(MJなのか?)

(あたりまえでしょう)

(サイファの力はない。あんたは感じられない。声だけだ)

夢の中でおれはMJのことも思っている。鎮静剤でほとんど廃人にされているに違いない。

かわいそうに。

（かわいそうなのは、あなたよ、コウ）

（おれの心を読めるわけがない）

（ぶつぶつ心でつぶやいているのはわたしにも聞こえるのよ。廃人はよかったわ。わたしが黙ってやつらの言いなりになっていると思ってるの、コウ。目を覚ましなさい。時間がない。やつらは、その部屋を電子レンジにするつもりよ）

（うん、そう言っていた。ケイティ、ロイトが）

（電子レンジだ？）

（マイクロウェーヴよ。大出力の発振機が天井に備わっているのよ。あなたは身体の内部から加熱されて殺される）

（冗談だろう。そんなものが……）

あるわけがない、と言いたかった。どこから思いついたのだろう。そんな装置があることを？　全然予想もしていなかった。

（本当にＭＪなのか）

おれは目を開く。天井を見上げる。

（時間を見なさい、コウ。タイマーは切られてはいないはずよ）

デジタル数字は、残りあと二十四分だった。そんなに寝ていたのか。

（ＭＪ……なにが起きているんだ？　これはテレパシーとは違うな）

(わたしたちの力を使っているんじゃない。この子よ。ザドクの。わたしたちと同じ身体を持つサイファ。その子の頭を中継して、わたしたちは繋がっている。ザドクが、結びつけているのよ)

(ザドク。そんな名前、知らないぞ)

(わたしがつけたの。名前はなかった。ここは、ザイン高等遺伝子研究所よ。実権はケイティ・ソーンが握っている)

(聞いたことがないな。ザインだ？　公的機関か)

(ここがザイン高等遺伝子研究所だというのはザドクから聞いたの。でもザドクは子供よ。詳しいことはわからない。でも、ザインはただの民間企業ではなさそうだわ)

(ザドクって、いい名前だな。名前が欲しかったんだ)とその子供。

(おい、MJ。これは現実か)

(あなたは救いがたい馬鹿だわ。もっと早く気がつけばよかったのに)

おれは瞬きして、周囲をあらためて見やる。天井になにか脅威を感じる。

(ぼくは独りになりたくない)とザドクが言った。(でもおじさんは死んじゃう。電子レンジだって。ケイティは実験をぼくに見せたんだ。猿が殺された。怖かった)

とんでもないやつだ。子供にそんなものを見せて脅すとは。

(ぼくらは、眷属だよね)

(そうよ、ザドク。心配いらないわ。コウは死なない。殺されないために、あなたの意識を渡しなさい。ほんの少しでいいから。あなたのサイファの力が必要なの。わかる？）

（うん。ロイトはいやだけど、あなたなら、いいよ。ぼくのこと、馬鹿にしないもの）

（MJ、いまのこれは、ケイティにモニタされていないのか）

（されていたって、かまわないわ。邪魔される前に、早くやりなさい。そこから出るのよ）

出る？　ここから？

（ああ、もう、じれったい）

（大丈夫さ）とザドクは言った。（ケイティにはぼくの心を読めない。いいよ、ぼくの力、使っても。どうやるの？）

（ザドク、あなたには、サイファの力のすべてをコントロールすることはまだできない。だから、わたしたちに任せて。コウ、その部屋を破壊しなさい。ザドクの力を誘導するのよ。早く）

（ザドクを破壊兵器として利用しろというのか）

（そうよ）

（それではロイト・ケンプと同じだ）

（いいわ、コウ。勝手に死になさい。もう面倒みきれない。ザドクはわたしが――）

（やめろ、MJ。こいつは罠だぞ）

（罠？）

（ロイトは、おれがザドクを利用するそのやり方を、モニタするつもりだ。そうだよ、そい

つが目的なんだ——おまえ、MJじゃないな。ケイティ、ロイトか）

（ああ、コウ、なぜあなたはこうなの。昔からそうだった。ザドク、もうコウは放っておきましょう）

（いやだ。眷属だ。いっしょになれたんだよ。いなくなっちゃいやだ。ぼくがやる）

つんと空気が緊張した気配。キンと観察窓が金属音を発した。次の瞬間、その中央から放射状のひびが全面に入ったかと思うと、爆散している。

（ザドク！）

呼びかけに応答がない。その子は破壊のための集中力で体力と気力を使い果たして失神したのだろう。

五センチはあろうかという分厚い観察窓のガラスは粉微塵《こなみじん》に吹き飛んでいた。ものすごい力だ。これなら戦車も破壊できるだろう。かつてのおれやMJよりもすごい。

おれは毛布をはねのけた。破片が床に落ちる。開放したその窓を塞ぐべく、上からシャッターが下りてくるのをおれは見た。警報が鳴っているのが聞こえる。躊躇せず、おれはベッドから飛び起き、閉じる緊急シャッターの隙間に飛び込んだ。観察室の床に転がる。立ち上がると、部屋に駆け込んできた者がいる。最初の男だ。考えることなどない。こちらから走り、拳を鼻の下にたたき込む。男はあえなくぶっ倒れる。

手加減したつもりだったが、のびている。そいつの腕をひねって後ろに回し、膝で活を入れる。うめいて息を吹き返すそいつを、腕を取ったまま立たせる。破壊された窓のほかにもう一つ同じものがあり、その両窓の間にエレベータのようなドアがあった。もう一つの観察窓をのぞくと、おれの入れられていた部屋と同じ環境にＭＪがいた。ベッドにストラップで拘束されている。

「ＭＪを出せ」とおれ。

「電子ロックの暗証番号が緊急事態で変更されているはずだ」と白衣の男。

「ではおまえは用なしだ。今度は手加減しない」

「待て。やってみる」

後ろ手を取られた男は、エレベータのドアのようなその脇にあるキーを操作した。なんなく開く。

中はエアロックのようだ。入る気にはなれない。これだけ厳重な隔離装置なら、入るのは簡単でも出るのは難しいだろう。

「ＭＪをつれてこい」

「馬鹿げたことを言うな。だれが――」

男を突き飛ばして、エアロックのような空間に入れ、ドアのクローズキーを押す。

「やめろ。内側からは開錠できない」

「暗証番号は覚えている。ＭＪと一緒なら出してやる」

ドアが閉まる前に言ってやる。

「くそ」

男がＭＪの部屋に現れるまで、しばらく時間がかかった。防護服は着ていない。もう必要ないことが検査でわかったのだろう。

そこから二人が見えなくなって、またしばらくすると、ドア脇のスピーカーから、開けてくれ、という男の声。暗証番号のキーを押す。

ＭＪが出てきた。そして彼女がまずやったことといえば、男をぶちのめすことだった。すっと男から離れたＭＪは、きれいに身体を回して脚を蹴りあげた。それは男の側頭部に命中した。声も上げずに男は床にくずおれる。

「気の毒に。生きているか？」

「わたしは生きてる。こいつは、知らない。死んだのなら運が悪かったのよ」

「体調はどうだ。あんたの、だ」

「悪くはない」

「ザドクをつれ出そう」

「わたしたちが出るのが先決でしょう」

「こいつを起こして、警備体制を訊くか」

「ザドクからだいたい聞いたわ。子供のことだから、正確ではないかもしれないけれど」

「薬でらりっていたわけではないんだな」

「あなたはなにをしていたの。まったく、よく寝ていられること。あきれる」

ＭＪはのびた男の白衣やその下の衣服のポケットを探り、キーやら財布やらを出した。それをおれに渡しておいて、ＭＪは男の白衣をはがし、自分の検査用衣服の上に着込み、それから、行きましょうと言った。

「それで変装したつもりか」

「馬鹿。ポケットがいるでしょうが。それを持って走る？　役に立ちそうなもの、あった？」

「身分証明証。ザイン高等遺伝子研究所、だ。金持ちだな。現金を信じているらしい。いいことだ。クルマのキー、カードキーもある」

「なんとかなるでしょう。早く」

観察室から出ようとするところで、おれたちの目論見は早くも挫折する。

ケイティ・ソーンが自信たっぷりの態度で警備員を従えて現れ、そして言った。

「第一段階はクリアしたわね。おめでとう。次の実験に備えてもらわなくてはね」

「まだ続けるのか」とおれ。「うんざりだな」

「何度も死ぬがいいわ、二人とも」

ケイティは笑った。おれたちの行動はみんなお見通しで、どうやら予想された通りにおれたちは動いたらしい。ま、こんなことだろう、とは思ったが。

それでも、おれはもう、閉じ込められるのはごめんだった。あんな状況には二度とおかれたくはなかった。

6

こいつはケイティ・ソーンのゲームだ。おれたちを危機的な状況においてどう切り抜けるかを観察するのだ。ザドクとMJが名づけたその子とおれたちが、どう連携するか、それを観察することで、ザドクの使い方や、ザドク自身のサイファの能力を引き出すつもりだ。その経過でおれやMJが死ねば、それがおれたちの能力の限界であり、そういう実験結果として記録するだけのことだろう。死にそうになったらそこで実験を中止するなどということはやらない。冗談じゃない。まさにゲームだ。目標を決め、それを追い立てて、殺すこと。狐狩りのようなものだ。またそんなゲームに参加するくらいなら、この場で死ぬほうがましだ。このケイティ、元はロイトという男、こいつをぶちのめせれば、思い残すことはない。この世のすべてのウィスキーと引き替えてでも、そうしたい。

「ゲームをおりることはできないわ。わたしに逆らえるものですか」

ケイティはおれの心を読んで、また笑う。

気に入らない。殴り倒してやるのだと近づいたとたん、心臓を素手で握りつぶされるような激痛を感じた。思わず膝を床につけ、胸を押さえる。だが、いまは、おれは孤独ではなかった。

「ＭＪ！」

もちろん、ＭＪは黙って突っ立ってはいなかった。ケイティにはサイファの力があるとはいえ、以前のＭＪやおれのような力はない。おれに意識を集中することだけで精いっぱいなのだ。ＭＪが近づくとケイティは後ずさり、代わりに警備員が前に立つ。おれの苦痛は消えている。ＭＪはためらいもなく、攻撃を続行した。目標がケイティから警備員に変わっただけだ。片膝を上げて、タンと飛び、その動きに相手の腰が引けて顎を突き出したところへ、ストレートをたたき込んだ。おれはそいつの脚にタックルする。仰向けに倒れたそいつの腹にＭＪは馬乗りに飛び降りる。腰のホルスターから拳銃を抜こうとしていたその警備員の手をのけ、銃を取った。

ケイティの姿はもうなかった。廊下に出たＭＪは、廊下の先に向けて銃を連射する。リボルバーだ。六発を撃ちつくすのに五秒はかからなかったろう。

おれも廊下に出て様子をうかがう。廊下の先の扉は閉まっていた。その近くに警備員が三人倒れている。みな銃は抜いていたが、発砲する間もなくＭＪに撃たれていた。

「見事だな。プロの殺し屋みたいだ」

「わたしはプロよ、コウ。あなたのような極楽トンボじゃないわ。鍛えている。コストもかかる。だからわたしを雇うのは高い」

「これで足りるか。この財布の中味はけっこうあるぜ」

「それはあなたのじゃないでしょうが」

「じゃあ、分割払いだ。あんたを雇う」

「自分のことは自分でやりなさいよ」

倒れた警備員たちがうめいている。ＭＪは弾倉が空になった拳銃を投げ捨て、彼らに近づく。腕や脚を撃たれていた。痛そうだ。もっと威力のある実包が装塡《そうてん》されていたら、死んでいたかもしれない。倒れている一人は女性だった。

ＭＪは顔色も変えずに彼らの銃を取り上げ、二挺をおれに渡した。残る一挺を、いちばん軽傷に見える警備員の額に突きつけ、あと何人いるのか、武装はなにか、と訊いた。

「いない」とそいつは言った。「おれたちだけだ」

「治療を受けたくないの？　出血がひどいじゃないの。いま楽にしてあげてもいい」

「撃たないでくれ——非常時には、この隔離棟は緊急閉鎖される。そうなると簡単にはだれも出られないし、入れない。おれたちは閉じ込められた」

「ケイティ・ソーンはずっとこの棟にいたの？」

「ああ」

「さっさと逃げ出したわけか。あいつが簡単に出られるなら、なんのための隔離施設かわからないじゃないの」

「普通人には影響がないんだろう」とおれは言った。「おれたちがここから出なければいいんだ。やつはおれたちがザドクに接触しないようにしているんだ。もっとも、接触しても汚染問題はもうないのかもしれないしな」

「腹が立つわね。どうしてやろうか、こいつら」

「……助けてくれ」

「邪魔をしなければ助かるわよ、たぶん。じっとしていなさい」

「扉が開かないぜ、ＭＪ」電子ロックのコントロールパネルのインジケータが点いていない。コントローラそのものが死んでいるようだった。「緊急閉鎖されたということだな。増援部隊は来ないかわりに、出られもしない。おれたちは蒸し焼き処理されるかもな。電子レンジがあるなら、オーブンだってありそうじゃないか」

「それを言うなら加熱滅菌器ね。——この扉を開けなさい」ＭＪは倒れた男に命じる。「助けを呼んできてあげるから」

「だめだ。キー制御の電源そのものが緊急時には落とされることになっている。そのコントローラを破壊しても、このスライドドアそのものを人力で開くことはできない構造だ。びくともしないだろう」

「いままでよりちょっと広い空間に移っただけというわけね。面白くないわ」

「緊急事態に備えて、連絡を取る手段はあるはずだ」とおれ。「助けを呼べよ。おまえたちは人質だ。ケイティ・ソーンはおまえたちが殺されてもおれたちをここから出す気はないだろうが、警備本部の責任者は人徳者かもしれない」

「本部と連絡を取りなさい」

「……このやり取りは、この隔離棟専用の警備室からモニタされているはずだ」

「映像モニタのカメラはどこ」

「詳しいシステムは知らない。おれはここは初めてだ。この施設は新しいし――」

「そう。でも声は聞こえるわけね。聞こえているなら、警備室にいるだれでもいい、いますぐ返事をしなさい。返事がなければ、この男をいま殺す」

「やめてくれ、助けてくれ」

「撃つな」という声が天井からした。スピーカーからだ。「早まるな。おまえたちの要求をわたしの一存で受けることはできない。時間をくれ」

「あんたはだれなの」

「ランディ・バクスター、隔離棟警備主任だ」

「ランディ、わたしたちを解放しなさい。わたしたちは非合法手段で拘束されている」

「未知の病原体に侵されたキャリアを隔離するのは法的な措置だ。きみたちを出すわけにはいかない」

「未知の病原体はよかったな」とおれ。「おれたちをそのようにしたのは、ケイティ・ソーンの研究のせいなんだぞ。知らなかったのか?」

「ソーン第一研究部長の研究内容とわたしとは関係ない。わたしの任務は、きみらがそこから出ることを阻止することだ。公的な命令だ」

「だれが出した命令だ。あんたは公僕なのか」

「ザイン高等遺伝子研究所の警備部所属の人間だ。ザイン特別法を順守する義務を負っている」

「ではそれを守って、部下を見殺しにしなさい。皆殺しにして、わたしたちも死ぬ」

「待て。きみたちが出ても安全かどうかを確認できれば、出してやれるだろう。だが出ても逃げられはしないぞ。ここから出れば、きみたちの相手は警察になる」

「警察を呼んでもらいたいね」とおれ。「早いところ警察に身柄を引き渡すほうが、あんたの手間がはぶける。早くしないと、ＭＪは殺人犯になってしまう」

「正当防衛よ。あなたたちはケイティ・ソーンに与して、わたしたちを実験動物として殺そうとしているんだから」

「落ち着いてくれ。悪いようにはしない。早まるな。時間をくれ」

「警察に連絡するなら、ライトジーン市警中央署第四課にしてくれ。映話番号を教える。ついでに救急センターにも連絡したほうがいいな。あんたの部下は、みんな顔色が悪い」

「どういうつもりなんだ」

ランディ・バクスターというここの警備責任者は、おれたちの神経を疑っているに違いない。刺激しないように気をつけて対処しているのがわかるが、おれたちの思惑やおかれた立場というのが理解できずに困惑し、苛立ち始めている。なにを思っているのか理解できない人間に部下を殺されかけているのだから、その気持ちはわかる。

「出してはいけない」

スピーカーからケイティの声が聞こえてきた。

「ランディ、激務で疲れているでしょう。休んだほうがいいわ」

「なにをする気だ」いやな予感がして、おれは言った。「やめろ、ケイティ。ランディ、逃げろ」

だが間に合わない。ランディのうめき声。

「あら、大変。ランディ、しっかりして。心臓麻痺かしら」

それで、スピーカーの音声は途絶える。

「あいつは……なんてやつだ。ランディを殺したぞ。間違いない」

「でしょうね。けっこう強いサイファの力がある。それをわたしたちに見せつけている」

「狂っているな。まともじゃない」

「そんなことは、最初からわかってるわよ。まったく――どうしてこんなに血が出るのよ。止血しなきゃ」

MJは白衣を脱いで、それを裂く。おれも手伝う。帯状にしたそれを、三人の警備員の傷口に巻いて止血する。

「あなたたち、なんなの」

女性の警備員が訊いた。

「サイファよ」とMJ。「元、だけど。ケイティ・ソーンにサイファでなくされたのよ」

「ライトジーンに人工的に作られた人間のことは知っているだろう」とおれ。「おれたちが、そうなんだ。本当の意味でのサイファがおれたちなんだ。ケイティはああ見えても老人だ。

正体はロイト・ケンプという男だ。サイファをコントロールして権力を握ろうとしていた。ま、長くはないだろう。いずれくたばるだろうが、放っておくと何人殺すかわからんな」

「……あなたたちこそ、サイファの力でテロ活動していると言われたわ」

「ケイティにか」

「そう。だからサイファの力を奪う研究が必要だと」

「あんたはケイティのお気に入りだったんだな」

「ええ。――動かないで」

「なんだ?」

その手に拳銃が握られている。

「コウ、あなたはもう、どうしようもない馬鹿よ。どうして銃を置くのよ」

「銃を片手に傷の手当はできないよ。あんただって、そうじゃないか」

ＭＪは手の届くところに銃は置いていない。それで、それを使うことができない。

「撃つなら、ＭＪのほうからにしてくれ」

「それはないでしょ、コウ」

「撃ちなさい、サリー」天井からケイティの声。「彼らはあなたを殺そうとした」

「あなたはランディを殺したの?」

サリーと呼ばれた警備員は天井のスピーカーに目をやって訊いた。

「馬鹿なことを」

「じゃあ、ランディを出して」

「彼は警察に連絡するために出ていったわ」

「そこからでもできるじゃないの。ランディを出して。わたしの上司はランディよ。あなたじゃないわ」

「ああ、かわいそうなサリー。撃たれて死ぬなんて、気の毒に。殉職ね」

女性警備員の手から銃が落ちる。

「やめろ、ケイティ。いや、ロイト。殺すな。馬鹿の一つ覚えのように心臓を狙いやがって」

サリーは全身を痙攣させる。二人の男性警備員が脅えた目つきでその様子を見つめた。

「あなたたちが殺しておいて、なにを言うの」と天井の声。「サリーはだれが見ても撃ち殺された死体でしょう」

「みんな殺す気か」

「あなたたちは長生きすると思うわ。でも生きているのは一人だけでいいわね」

「サリーの胸を押して。人工呼吸を――」

と言いかけたMJがやられる。

「MJ。大丈夫だ。ケイティの力など、たいしたものじゃない」

「……そう思いたいけど、駄目みたい」

「くそう」

おれは胸を押さえるMJを仰向けにして、その手をのけ、体重をかけてその胸を押す。

「あんたらも、サリーを蘇生させろ。早く。まだ間に合う。蘇生できないと一人ずつ殺されるぞ。蘇生させてくれる者がいなくなるんだから」

MJ、死ぬな、と祈る。血を分けた、兄弟だ。この世に二人しかいない。おれたちには親もいない、ただ二人だけなのだ。そのMJの唇がかすかに動く。ザドク、と。そう、ザドクがいる。眷属。

「ザドク。起きろ。起きてケイティをやっつけろ」

狂ったような笑い声が天井から落ちてきた。

「ザドク。そうよ、あの子の力を利用しているのよ、いま。あなたたちが教えてくれた利用法だわ」

なんてことだ。ケイティはザドクの意識を横取りしているらしい。MJの動きが止まる。

これは単なる心臓停止という攻撃ではないのだ。

「MJ、MJ、死ぬな。負けるんじゃない」

人工呼吸を続けながら、おれはそう繰り返した。子供時代のことを思い出す。MJとおれは、喧嘩しながらも、いちばん理解し合える仲だった。二人だけでぼんやりしていても、気詰まりになるということはなかった。他の人間とはちがって、なにも言わず、なにも心を探らなくても、警戒する必要もなく、黙っていても退屈な相手ではなかった。そんな人間は、MJしかいない。大人になったいまでも、そうなのだ。この世に一人しかいない。くそう、涙が出てくる。おれからじゃない、目を見開いたままのMJからだ。死にかけている。おれのほうからは汗が出てくる。

心臓の上を力を込めて押し、口から息を吹き込む。隣では、サリーが息を吹き返した気配がある。MJも、大丈夫だ。そう信じる。

「代わろう」とMJに最初脅された警備員が言った。「サリーは心配ない。助かった」

おれは断った。が、警備員は、それではだめだと言い、おれをどけて、MJの心臓マッサージをやり始める。

「あんたは、人工呼吸だ」

「……わかった」

「フェリックスに対する音声入力」息を吹き返したサリーが、壁に寄り掛かり、絞り出すような声で言った。「PANコード、3119」

「声紋確認。サリー・メリッジからのPANコード3119、了解。実行中」

ケイティの声ではない。警備コンピュータ・フェリックスの応答だ、とMJの手当をする警備員。

「ザイン研究所の全施設に向けた隔離棟警備室からの救難コードよ」とサリー。「警備室に救援が来るわ」

「早くそれをやって欲しかったな」

「まさかケイティに心臓を止められるとは思わなかった……ランディが心配だわ」

ケイティの反応はない。ＭＪを殺すためにザドクの力を試すことに集中しきっているのだ。が、それはサリーが発した救難信号でやってくる者に破られるだろう。早くだれか来い、と願う。

「あら、所長」と唐突にケイティの声。「なぜここに」

当然、サリーがコールしたからだと思ったが、それにしては早いな、と思う。それに所長とはな。ケイティにも意外だったに違いない。

「ソーン部長、こちら、中央署第四課の中大為課長。きみに訊きたいことがあるそうだ」

所長という男の声。中大為。その名を聞いて、おれは叫んだ。

「中大為、その女がロイト・ケンプだ。おれとＭＪは殺される」

中大為がどうしてここにやってきたのか、などということはどうでもよかった。

天井のスピーカーがノイズを発して沈黙する。メインスイッチが切られたのだ。それとほぼ同時に、周囲から金属的なきしみ音が聞こえてきた。

「滅菌モードに入ったらしいわ。高温蒸気が吹き出すはず」とサリー。「すぐには作動可能な状態にはならないけれど……逃げ場はない」

「本当に蒸し焼きか。冗談の通じないやつだな。そんなの、あるかもしれないとは言ったが、あるなら使えとは言ってないぜ」

ＭＪを蘇生しようとしていた警備員が、あきらめたようにＭＪから身を離す。おれは彼と入れ替わって続ける。続けながら、ザドクが起きているなら、おれを感じろ、と意識を集中する。ケイティの集中力がそがれたのだ。ザドクはその干渉から逃れられたはずだ。

（ザドク、おれに意識を渡せ。ザドク、聞こえるか。眷属だ。おまえを独りにしたくない。起きろ。目を覚ませ）

一瞬、世界が爆発したかのような衝撃を感じた。音も光もなかったのだが。扉が爆発したのかと思ったが、そうではない。自分の身体が爆散した感覚だ。

視界がぶれた。一瞬後、廊下はなくなっていた。テレポーテーションという、おれには経験したことのない能力をザドクが使ったのかと思った。こぢんまりとした、温かい雰囲気の部屋だった。寝ている。枕元にクマの縫いぐるみがあり、おれはだれかに手を握られていた。

「気がついた？」

ザドクの様子を見ていた看護婦だ。おれは起きる。ベッドを下りると手を取られる。

「どこへ行くの。待ちなさい」

「止めたければおれの名を呼んでみろ」

白衣は着ていないが、その看護婦はおれのその口調に身を強ばらせた。一瞬感じた彼女の不安をとらえて、それを増強してやる。看護婦はおれの手を思わず放した。

「そこを動くな。なにもするな。おれが出たら、おまえは眠る。おれの名を知るまで、おまえは起きない」

看護婦はうなずく。人形のように。

おれは部屋を駆け出る。鍵は掛かってはいなかった。どこにも。自由に走ることができる。

敷地内は、だが。おれは、この敷地から外に出たことのない、ここで作られ育てられた、子供になっていた。

ザドクの身体を操っているおれは、ザドクにとっては心に生じた多重人格の一人のようなものだ。あまり子供にいいことではないな、と思う。

（早く、コウ。暑くなってきたわ）

（ＭＪか）

ＭＪだ。

（肋骨が折れているみたい。すごく痛い）

（心臓が止まっていたんだ。体重をかけて胸を押したからな。そのくらい我慢しろよ。警備員たちが助けてくれたんだ。あんたはまったく悪運が強い。彼らに礼を言うんだな）

（ぼくも、死にかけていたＭＪに血をあげたんだよ）

ザドクが出てきた。自慢そうだ。

（血というよりも、気、というものだろうな。ケイティはＭＪの精気を吸い取ろうとしたんだ、きっと。化け物のようなやつだな）おれはザドクに訊く。（ケイティに操られていたのを覚えているかな？）

（操られていた？　ぼくがＭＪを殺そうとしたって？　嘘だ。そんなこと、言わないで）

（あなたじゃないわ。だから、泣くんじゃないの、このくそ餓鬼。いいえ、いい子だから、泣かないで。あいつよ。ケイティ・ソーン、ロイト・ケンプ。絶対に、ぶっ殺す）

蘇生したMJは、臨死状態を体験して少しは謙虚になったかと思えば反対だ。実によくない思いをどっと吐き出した。かまうものか、とおれは思った。MJはこれだからいいのだ。ザドクは普通の子供ではないし、おれたちは三人そろって一つの人格のようなものなのだ、と。

(考えるより脚を動かしなさい、コウ)

(走っているよ)

おれの身体も、MJも、警備員たちも、早く助けないと死ぬ。このゲームから抜けるには、ケイティ、ロイトに敗北を認めさせなくてはならない。

(殺してやる)とMJ。(それしかない)

(刑事の親玉の申大為の前でか。おれが、殺人者として捕まるのか)

(申大為が邪魔をしたら、みんなまとめて吹き飛ばしなさい。ザドク、そうしなさい。コウは頼りにならない。わたしが教えてあげるから)

(うん、いいよ。やりたかったんだ)

(MJ、子供におかしなことを教えるんじゃない)

(あなたが日和見なのがいけないのよ。早く、早く、早く)

(うるさいな。やってるだろう)

森やボート遊びもできる池もある広大な敷地だ。夜だった。似たような大きな建物がいくつもある。だが、おれは迷わなかった。裸足で、がんばって走る。研究隔離棟の所在は、ザドクがよく知っていた。行ってはいけないと何度も言われていた場所だ。行くなと言われれば、行きたくなるものだ。ザドクは、はしゃいでいた。

7

隔離棟は三階建てだが、窓が一つもない白い建物だ。それが、夜目にも白く浮かび上がって見えてきた。無愛想でなんの面白味もない。芝生の庭を突っ切るのが近道だが、脚が痛い。歩道から行くことにした。その道に入り、おれは息をついた。もう走れない。少し休まないと、倒れそうだ。

月は出ていなかった。それなのに、隔離棟は夜の闇の中に、幽《かす》かな均一な光を受けて白く見えていた。この光はどこから来るのかと思い、肩で息をつきながら、おれは首を巡らせた。光は背後からだった。おれは思わず、息をのむ。輝く山が背後にそびえていた。稜線の高いところのあちこちには、赤い輝点が明滅していて、山全体には無数の光点が輝いている。まるで巨大な宇宙船が地上に降りたような光景でもあった。連絡しあう高層ビルの集合体、それは、ライトジーンの街の夜景だった。

(きれいだね。行ってみたいな)

(遠くから見ているほうがいいと思うが、そうだな、一度は行ってみるのがいい。つれて行

ってやるよ。この件が片づいたらな)

(本当?)

(嘘はつけないだろ、おれの心を読んでいるんだから)

(急いで。蒸気が吹き出し始めたらおしまいよ)

おれは小さな身体にむち打ち、また駆けだす。入口は一箇所しかない。目を閉じても行ける。入口はそのまま警備室に通じていて、研究施設のある奥へ行くにはそこでチェックを受けなければならない。

入口付近には四台の飛行車、フライカが停まっていた。十人ほどの人間がフライカの脇で立ち話をしているのが見える。近づくと、知った顔がほとんどだ。第四課の刑事たちだった。他は、サリーが発した救難コードで駆けつけた警備員だ。制服を見ればわかる。

おれに気づいた私服の一人が、止まれ、と鋭い声を発した。後ろ向きの一人が素早く振り返り、銃を構える。タイス・ヴィー刑事。

「タイス」とおれは走りながら叫ぶ。「来てくれ」

タイス・ヴィーはおれを見て、銃口を上に向け、それからそれを胸のホルスターに戻した。

おれはその袖にしがみつく。もう走れそうにない。

「タイス、知っている子供か」と一人の刑事。

「いや。きみは、だれだ。どうしてぼくの名を——」

「タイス、おれだ。コウ。セプテンバー・コウ。おれの身体はこの棟の中。殺される。早くおれを抱いて、中につれて行け」

「なにを言っているんだ？」

「ティーヴィー、早くしろ。ロイト・ケンプは殺人狂だ」

「コウ、あんたなのか。なんでまた、そんな姿になっているんだ。小さくなってしまって……そういえば似ているな」

これが緊急事態でなければ笑えるタイスの応答だったが、おれは必死だった。タイスの袖を放し、入口に向かう。

「待て。だれも中には入れるなという課長の——しょうがないな」

タイスが追ってきて、おれを抱き上げる。

「中大為にはおれが釈明してやる。ティーヴィー、これはサイファの力だ。おれの意識はいまこの子の中にある。中大為に会わせてくれ」

「わかった」タイスは素直だ。サイファに対する心構えというものを、おれからさんざん聞かされていたからだろう。「みんなは、待機していてくれ」

タイスは背後の同僚に言って、おれを抱いたまま、屋内へ、それから警備室内へノックなしに入った。

中大為と所長という男が振り返る。

おれは素早くシステム関連の構成を探る。ケイティがおれの存在に気づいた。その心を、ザドクの力で読み取る。

ケイティは中の人間をみんな殺してから、中大為と所長を案内するつもりだった。むろん、殺すことは悟られないように、だ。隔離研究実験ゾーン内に入るには、安全が確認されないと隔壁扉が開かないのだ、と説明していた。それはつまり、ケイティにとっては、完全な滅菌モードが終了すれば死人に口なしで安全、ということだ。

その滅菌システムを起動させるには最低三人の人間が必要だった。この部屋のメインキーを回す者、それから、隔離された内部へ入る最初の扉の、その両側の壁に付いている非常ボタンスイッチを、それぞれ押す者が二人。それらのスイッチをほぼ同時にオンにしなくてはならないのだが、ケイティはサイファの念力を使ってそれを一人でやっていた。スイッチを入れるのに必要な他の二人の人間がこの世に存在しない以上、この装置を作動したのはケイティか、少なくともサイファだとだれにもわかる。それはともかく、その滅菌システムは、隔離ゾーンのすべてを同時に高温蒸気でもって滅菌洗浄するものだ。全域を一気にそうするためには、予熱などの準備時間がかかる。本稼働に入ればすべては自動で行われ、それを途中で中止するには、また三人の人間が同じ手順で各スイッチを操作しなくてはならない。だが、まだ予熱時間内なら、メインキーを操作するだけでその作動プロセスの途中解除が可能だ。

そう知ったおれは、それを実行する。メインキーをオフ側に回すだけでいいのだ。

おれがやろうとしていることは、ケイティにもわかった。

「その子を止めて。内部を加熱滅菌モードにして皆殺しにしようとしている。その子がすべてやったのよ。失敗作の悪魔だわ。そいつは人間の意識をインターセプトして操ることができる。だれにでも化けられるのよ。騙されないで」

タイスが一瞬うろたえるのがわかる。おれはかまわず、精神を集中し、滅菌モードの解除に成功する、続けて隔壁扉を閉鎖しているシステムを探る。すべての扉を開放するのだ。だが意識のすみで、ケイティが、タイスの腕からおれの身体を、いやザドクを、奪い取って、頭を壁にぶつけて殺そうとするのを感じ取っている。ザドクの身を護るほうが先決だ。が、ザドク自身が、扉を開放することを望んだ。

(ケイティを殺して！）とＭＪ。

(出てきてよ、そこから。街につれてって）

ケイティが近づいてきた。おれはタイスにしがみつく。と、素早く申大為が動いた。タイスとケイティの間に割って入る。ケイティは止まり、苛立つ。

「あなた、なにをしているかわかっているの？　課長だかなんだか知らないけど、あなたのせいで、中の人間はみな殺されるのよ」

「もう一度訊く」と申大為は言った。「ランディ・バクスターはどうしてここで死んでいた」

そういえば、ランディの姿がない。運び出されたあとなのだ。死体となって。

「だから、なんども説明したでしょう。中のサイファたちが逃げだそうとして、それを阻止しようとしたランディがやられた。わたしがここまで運んできたのよ。そのときはまだ息があった」

「この子がみなやったことだと言ったな」

「そうよ。二人のサイファをその子が操ってやったこと。わたしも操られていたんだわ。危険なのよ、その子は」

「中課長、ケイティ・ソーン部長は信頼できる人間だ。わたしが保証する」

ザイン研究所所長が言った。中大為は平然と言い返した。

「あなたは黙っていたほうがいい。下手な口出しをすると立場が悪くなる」

「いったい、この捜査はなんなんだね。なんの権限があって——」

「これは単なるサイファ拉致事件の捜査ではない」

「なんだというの」

「これは」と中大為は言った。「ライトジーン措置法による捜査だ。それに関わった者は、永久指名手配されている。時効はない」

「それが、なんだというの。関係ないじゃないの」

「ロイト・ケンプ。永久指名手配されている人間の一人だ。菊月虹はその名を告げて、行方不明になった。ここに拉致されたのは間違いない」

「ここを割り出すには、さほど時間はかからなかったよ」とタイス。「手がかりはいろいろあった。救急車を目撃した人間はいたし」

「ロイトなどという、そんな人間は」と所長。「ここにはおらんよ」

「あなたも聞いたはずだ。『その女がロイト・ケンプだ。おれとＭＪは殺される』と、そこのスピーカーの声を。おれ、とは菊月虹だ。九月生まれのサイファ、拉致された男だ、所長」

「その子が言わせたのよ」

「この子がその名を知っているということを認めるわけだな」

「なぜ知っているかまでは、わたしにはわからないわ」

「そんなのは簡単なことだ」と申大為。「それは、この子がロイト・ケンプ自身だからか、そうでなければ、サイファの力を使って、その名をだれかの頭から読み取ったからだ」

「サイファの証言など、なんの証拠にもならないでしょう――」

「通常犯罪では、そうだ」申大為はうなずいた。「だが、ライトジーン措置法が適用される事件だけは例外が認められている。サイファが関わるその手の事件は普通人には対処できないからだ。知らなかったのか？」

「知らないわよ、そんなの」

「そうか」申大為はタイスを見やり、そして、ザドクを見つめて訊いた。「この女は本当に知らないのか。心を読め」

「嘘を言ってる」とおれ。「この女が、ロイト・ケンプだ。整形して化けてる。身体を精密検査すれば証明できるだろう」

「そういうことだ」

「ばかばかしい。あなた、何者なの」

おれは、ケイティの苛立ちと、そして中大為に対するとまどいを感じとった。ケイティには、中大為の心がよく読み取れないのだ。おれも、ずっとそうだった。なにを考えているのか、よくわからないのだ。

「あなたは……人間じゃないわね」

そうケイティ・ソーンは事もなげに言った。人間ではない、と。なるほど、そう言われれば、おれもそんな気がしてくる。サイファには人間以外の高等動物の意識をも幽かに感じ取ることはできるが、そう、たしかにそれに近い。だが、中大為に対してそのように思ったことは、かつてのおれは一度もない。人間ではないなら、ではなんだというのだ。犬か。猫だとでもいうのか。考えたこともなかった。

「ライトジーンにいたロイト・ケンプなら、わかるかもしれんな」と中大為はうなずいて言った。「わたしは中大為。十二月生まれでね」

「あなたは、そうか、ライトジーンに作られた人造人間ね。対サイファ用に第三の人造人間が作られたという噂があった。あれは……本当だったのか」

「それは、ライトジーン社内部のごく限られた人間にしか知られていない。いまの発言は、おまえがロイト・ケンプだと自白したと受け取っていいか。どうなんだ」

「あなたの心を読んでいま知ったのよ。わたしにはサイファの能力がある」

ケイティはさほど驚いた様子ではなかったが、おれには衝撃だった。

「MJ、聞いたか、いまの」

「ええ」と脇でMJが答える。「聞いたわよ。あの男、中大為は、ようするに、眷属じゃないの。わたしたちの」

「驚いたな。おれたちをさらに研究したうえで開発されたんだ」

「そうだとすると、老けて見えるけれど、わたしたちより若い。わたしたちのサイファの力が発現してきたのは三歳以降だから、その力に対抗すべくもう一人作られたとすると、彼は少なくともわたしたちより三歳以上年下ということになる」

「人は見かけによらないものだな。やつとは長い付き合いなのに、まったく、全然、わからなかった。最強のサイファのおれたちでも見破れないほど、あいつは完璧に作られたんだ。生まれながらの対サイファ犯罪用の刑事だ。どうりで、早くからおれたちに近づいてきたわけだ」

おれの意識はいまの心理的な衝撃でザドクの身体から弾き出されて元に戻っていた。予熱されてかなり暑くなっていた空間は、いまはエアコンで冷やされつつある。すぐ先の扉は、開いていた。

「起きられるか、MJ」

「起きたくない。乗り心地のいい救急車を手配して」

「わかった。みんなもここを動くな。ケイティが捕まるまで、なにがあるかわからん。ザドクが心配だ。MJ、なにかあっても、生き証人のみんなを護れよ。銃は撃てるよな。鍛えているんだから」

申大為のことで毒気を抜かれて、MJは素直になっていた。

「こちらに追い込んでくれれば、ケイティはわたしが始末する」

MJは壁に背をつけ、三挺の銃を脇の床に並べて、そう言った。

「ま、申大為はそうはさせないだろう」

「申大為が出てこなければ、この手でやれたのに。残念だわ」

「出てこなければ、こっちがやられていた。よくそんな能天気なことが言えるな。感心するぜ」

「あんたにそっくりね。いやになる」

「しかたがないだろ。兄弟だ」

「そうね」

MJは白衣の残骸を引き寄せ、それをおれに放った。

「汗を拭きなさい。冷えた身体では闘いには不利よ」

頭から水をかぶったような汗だ。急速にエアコンで冷えていく空気はたしかに上半身裸の身には寒い。おれは黙って言うとおりにしてから、行こうとして、廊下に動きを感じた。観察室のほうだ。さっと引っ込む影。最初にぶちのめした警備員だろう。

「あんたたちの仲間が息を吹き返した。もう一人奥でのびている。説明してやってくれ。おれたちは、抵抗はしない。あんたたちがケイティの命令に従わなければな」

サリー・メリッジがうなずいた。それから、ランディがどうなったかわかるか、とおれに訊いた。

「彼は……もういない」

「助からなかったのね」

「ああ」

「いい人だった。尊敬していた」

サリーは目を潤ませた。かける言葉が見つからない。おれは息を吐き、それから深く吸って、警備室に向かう。

8

人造人間には人間を逮捕したり、裁いたりする権利などない、という声が聞こえてきた。ドアは開放されている。ケイティ・ソーンは申大為の正体を知って、そのような内容の演説を延延とぶっているところだった。申大為は口を挟まなかったろう。ドアが自動で開いたときから、おれが現れるのを待っていたに違いない。

おれの姿を認めて、ケイティは口をつぐむ。

「来るのが遅すぎる」とおれは申大為に言った。「おかげでひどい目に遭った」

中大為は表情を変えずに、唐突に五、六人の名を挙げて、知っている名はあるかとおれに訊いた。

「ロイト・ケンプ」とおれ。

「その他は」

「知らない」

中大為はうなずいて、それから言った。

「タイス・ヴィー、自称ケイティ・ソーンを逮捕しろ。ライトジーン措置法違反容疑だ」

タイスはうなずいた。おれは彼の腕のザドクを受け取る。ザドクは疲れ切っていたが、意識はあった。

「街へ行ける?」

「ああ。よく寝たらな」

タイスは、手錠を出し、ケイティに容疑者の権利を告げる。

「あー、あなたには黙秘権がある。これまであなたが言ったことは、いや、これから言うことだな、それは証拠として採用されることが――」

「わたしを捕まえることなど、できないわ」

ケイティ・ソーンは笑いながら言った。

「わたしはすべての人間を救うために研究をしてきた。許可したのは、所長であり、行政機関よ。わたしを裁くというのなら、行政機関そのものが不正を犯しているということになる」

「そのとおりだ」と申大為。「おまえには、言いたいことはなんでも言う権利がある。じっくり聞いてやる。共犯者がいるかどうかもな。つれて行け」

タイスはケイティに近づいた。すると、ケイティのほうから手を差し出した。タイスの動きが止まる。

「タイス、危ない」

間に合わない。タイスは手錠を取り落とし、床に膝をつく。そして、のびる。ケイティはタイスの拳銃を手にしていた。

「そう、わたしはロイト・ケンプ。元、だけど」

ロイトは銃を申大為に向けて、言った。申大為はといえば、表情はそのまま、身じろぎもしなかった。

「なにか言ったらどう、人造人間。わたしはいまの世の中に必要よ。あなたのような人造人間に世界を乗っ取られないために働いている。あなたは人間じゃない」

「ヴィー刑事は人間だ」と申大為。「おまえは人間のタイス・ヴィーになにをした」

「あなたが、こうさせたのよ」

「永久指名手配犯は、抵抗すれば警告なしで射殺されても文句は言えない。おまえのその行為は抵抗と見なされる」

「撃つというの、わたしを、人造人間のあなたが？」

「わたしは警官だ」

「人造人間がそんな権力を持っているのはどうかしている」

「それを決めるのは、おまえではない。おまえには警告は必要ないが、警告してやる。抵抗をやめて、銃を捨てろ」

おれは動けなかった。ザドクを抱いていた。そのザドクといえば、こんな事態なのに、ケイティと中大為のやり取りを子守歌代わりにしてうとうとしている。頼りにならない。

「そのほうが身のためだぞ、ロイト」と中大為は続けた。「いまおまえがやっていることは、自殺行為だ」

「それはあなたのことでしょう。人造人間に乗っ取られている市警中央署第四課とやらを、わたしが解放してやるわ。そのチャンスは、いましかない」

ケイティの引金にかかる指に力が入るのがわかった。

「ケイティ」

背後でMJの声。銃声。MJが発砲した。ケイティの背後の壁に穴が開く。ケイティも撃っていたが、中大為からそれる。続いて銃の連射音が響いた。おれはザドクを抱きしめて伏せる。轟音が反響する。

射撃音がおさまって顔を上げると、ロイトが警備のコントロール卓に寄り掛かっていた。ベージュのスーツのあちこちに穴が開いている。ケイティを撃ったのは、第四課の刑事たちだった。入口でその中大為の部下たちが銃を構えていた。

ふらりとケイティが、まだ持っている銃を申大為に向けた。申大為はそこで初めて自ら銃を抜き、ケイティの腕を撃った。

「……人造人間が」

ケイティ・ソーン、ロイト・ケンプはそう言い、尻餅をつくように床にくずおれた。

「わたしは申大為。おまえと同じく、ライトジーンが残した負の遺産だよ」

答えはなかった。申大為は銃を胸のホルスターに戻して、所長に言った。

「ここには設備のいい医務室があるだろうな」

所長は無言でうなずく。蒼い顔色で。

「とりあえず、怪我人をそこで手当できるように手配してもらいたい」

「……わかった」

「わたしは、ここはいや」

ＭＪが言った。銃を刑事の一人に渡す。タイスは人工呼吸を受けていた。

「タイスの肋骨を折らないようにな」とおれは声をかける。

「なぜだ」と所長が言った。「ソーンはなぜ抵抗したんだ。あんなことをしなければ、彼女の主張は通ったかもしれない」

「どういう主張が、だれに通るというんだ」とおれは訊いた。「人造人間は殺してもかまわないということか？　あんたが、おれたちの誘拐を計画したのか」

「それはあとでわたしが訊く」と申大為。「サイファ拉致事件その他はまだ解決してはいない」

「わたしは無関係だ」

「参考人として協力してもらう。ハリー、鑑識と一課に応援を頼め。オバディ、カイをつれて奥を調べろ。ジョディ、所長をひとまず所長室におつれしろ。失礼のないように」

「わたしをまともな病院につれてって」とMJが胸を押さえていった。「すごく痛い」

「少し待て」と中大為。

タイスが息を吹き返したのを見たおれは、ザドクを抱いたまま近づき、片手を出してタイスが起きるのに手を貸した。

「大丈夫か、ティーヴィー」

「……ティーヴィーと呼ぶのはやめて欲しいな」

「なにを怒っている」

「サイファの力は幻だなんて、嘘だ、コウ。すごい力だった。なんで助けてくれなかったんです」

「すまんな。おれはもうサイファじゃないんだ。こいつにサイファの力を奪われた」

ケイティは死体になっていた。

「ロイトに？　MJは」

「MJも。しかし、おれは、悪くない気分だ。こいつに感謝したいくらいだ。ロイトは、負けたんだ。自分一人で勝手にやっていたゲームにさ。で、死んだ。こいつはゲームから抜けられなかったんだ」

「……わからないな」

「調べろよ。それが仕事だ」

「タイス」と申大為が言う。「この場の指揮を執れ。わたしはＭＪを病院につれて行きがてら、事情聴取する。すぐに戻るから、一課のシェリルが来たらそう伝えろ」

「わかりました……もっとのびていればよかった」

「なにか言ったか」

「いいえ、課長。了解」

「おれも帰りたいな。送ってくれ」

ザドクがぱちりと目を開いて、行っちゃいやだ、と言う。

「そうだな。一緒に行くか」

「うん」

「この子からも事情聴取は必要だよな、申」

「永久にというわけにはいかないが、今夜のところはつれてきてもいい」

「ザドクはわたしたちに必要だわ」とＭＪが言った。「その子を使えば、失ったサイファの力が補える」

「動機が不純だな」とおれ。

「痛い。早く行きましょうよ」

申大為は無言で外に出る。一台のフライカに乗り込む彼の後を追って、MJは助手席に、おれはザドクをつれて後席に乗った。

「わあ、すごいや」

ザドクは窓に張り付いて、上昇するフライカから見える夜景に夢中になった。

「いま乗っているのは、みんな、人造人間じゃないの」とMJ。「申大為、あなたが第三の人造人間とはね。サイファ犯罪に対抗するためにライトジーンがあなたのような人造人間を作っていたなんて、知らなかった」

「わたしは」とフライカを街に向けて飛ばしながら申大為は言った。「そんな目的で作られたわけではない」

「サイファに対抗するんでなければ、ではなんのためだというんだ」とおれは訊く。「あんたの心はよく読めなかった。そのように作られたんだろう」

「わたしの役割は、おまえたちをサポートすることだった」

「サポートだ？　危険な目に遭うおれたちを助ける役目か」

「いいや、そんなことじゃない。おまえたちを兵器として運用する際に、その兵器が最大限の機能を発揮するため、そのようなメンテナンス機能を有する者として、わたしは作られたのだ」

「どういうことよ」

「敵側は、脅威を無力化すべく動くのは当然だ。サイファの力を奪うことを考えるだろう。予想されるそれに備えて作られたのがわたしだ。わたしは最初から、そのように計画されて作られた」

「それって、もしかして、いまのわたしのサイファの力を元に戻せる、ということ？」

「成功するかどうかは、なんとも言えない。ロイトは、ライトジーンの予想もしていなかった方法を使ったという可能性もある」

「でも、やって」とＭＪ。「すぐにできるわね？」

「あんたの血を、輸血でもするのか」とおれ。「また熱が出そうだな」

「かまわないわよ、そのくらい」

「おれはごめんだ」

「わたしもだ」

　意外なことに、申大為もそう言った。

「わたしは、おまえたちを元に戻すつもりなど、ない」

「どうしてよ」

「わたしはライトジーンの遺志に従うつもりはない。ライトジーンは極月という名をおれにつけたが、そんな名前からして気に入らない。わたしは申大為だ。極月に戻そうとする力には対抗手段をとる。そう決めたのだ」

「だから、ライトジーンの亡霊たちを狩る仕事に就いたのか」

「そうだ」

「ライトジーン措置法とやらは本当にあるのか？」

「むろんだ。いまも効力を有している」

「あんたの上司とか、上の連中は、あんたがそれを専門にやっているのを知っているのか」

「かなり上まで知られていない。知っているのは、ほんの数人にすぎない。わたしの存在は、いまでも最高機密といえる。ある面では、わたしの存在はおまえたちよりも、最強のサイファよりも、全人類的な脅威になり得るからだ。わたしがもし、あのロイトと手を組めば、ロイトの野望は実現したかもしれない。そういうことだ。だが、わたしは、ライトジーンの遺志には縛られたくない人間だ。ロイトのような亡霊のようなやつらは、だから始末したい」

「あんたも、苦労してきたんだな」

申大為はフンと鼻を鳴らしただけだった。

「わたしはどうなるの。サイファの力がなくて、どう生きていけっていうのよ」

「ロイトにこうされても、やつのゲームから生き延びたんだ。サイファの力がなくても、悪運だけでも十分生きていける」とおれ。

「サイファの力は必要だわ」

「身体をもっと鍛えろよ。鉄の心臓にするとかさ」

「馬鹿ね。考えてもみなさいよ、ザドクがいたから助かったようなものよ。ザドクが……申大為、この子を作ることはなぜ許可されたの。新たにサイファを作る計画が、どうして通るの」

「ザインは、臓器崩壊現象の抜本的な対処法を研究している。ライトジーンに作られたサイファは臓器崩壊を起こさないようだというので、おまえたちと同じ手法でその子が研究用に作られたのだろう。詳しいことは知らないが、ロイトがそれに加わっていたとなると、もっと大きな力を持つライトジーンの遺児が関わっている可能性はある」

「ロイトもそんなことをほのめかしていたな。だから、おれたちを誘拐するときも、捕まることなどまったく気にしないやり方でやったんだと思える」

「この捜査を握り潰せるやつがいるなら、そいつは大物だわ。サイファの力があれば、協力してやれるのに。残念ね、申大為。ああ、胸が痛む」

「大丈夫だよ」

　窓の外を見たままで、ザドクがはしゃいだ声で言った。

「ぼくがいる。ぼくがやってやるよ。みんないっしょになれたんだもの。ぼくらは眷属だ」

　振り返ったMJとおれは目を見合わせた。

「そうね。この子は、最強のサイファなんだわ」

「その子は、希望であり、悪魔だ」と申大為が言った。「ザインに返すわけにはいかない。なんとかする」

「パンドラの箱に最後に残ったのが、たしか希望だったわね。こんな形をしているとは思わなかった。ザドク、愛してるわ。お姉さんと一緒に暮らそうね」

「お姉さん、ねえ」

「なによ。本当じゃないの。あんたは中年おやじだけど、わたしは違う」

おれはシートに寄り掛かって、深く息をついた。これでは、おれたちは、まるで妖怪一族ではないか。これが夢なら、いい夢か悪夢かわからんな、と思う。サイファでなくなったのはいい。所詮そんな能力は、人間として生きていくには無用の長物にすぎない。だが、ザドクはいまなおそれを持っていて、中大為はおれたちをまた元に戻せる爆弾を抱えている。中大為の言うように、それは希望であり、同時に悪魔でもある。

中大為がフライカを旋回させる。ライトジーンの街の輝く全景はもう近すぎて視野に収まりきらない。

「運転手さん」とおれは中大為に言った。「いちばん近い酒屋に寄ってくれ」

ウィスキーを無性にやりたい気分だった。

「ぼく、アイスクリームがいい」と無邪気なザドク。

「わたしの手当が先よ」と元気なＭＪ。

中大為は、無言だった。口をきかずにフライカを飛ばし続ける。どこへ行こうとしているのか、おれにはわからなかった。サイファの力でもわからないだろう。中大為自身にもわからないのではないか、ふとおれはそう思った。先のことは、考えても、わからない。だが、意識せずともやるべきことがわかっているときもある。生命体というのは、それを消そうとする力に対抗し、休みなく闘いながら形を保っている奇跡的な存在だ。

巨大なビル構造群を分けるように、フライカはそこに突っ込んでいく。かつてライトジーン研究所があった、おれたちが生まれたところ。いまなお成長し続ける巨大な都市へ、その内部に向かって、小さなフライカが飛び続ける。まるで卵子に向かう精子のようだ、とおれは思った。

あとがき

意識して資料集めしたり、取材する、ということはあまりしないのだが、本書では、主人公の趣味のことで、それをやった。

酒好き、ウィスキー好き、という設定だ。しかも、酒好きだが酒に飲まれない。だが、酔っぱらう以外にどんな楽しみ方があるというのだ。作者の自分にはできない真似だ。これは、取材せねばなるまい、と思った。ようするに取材と称して、スコッチやらアイリッシュやらを買い込み、それが少なくなっていくとどういう気持ちになるであろうか、という心理状態まで、実体験取材した。

普段あまりウィスキーはたしなまないので、お気に入りの銘柄というのはなかったのだが、ある銘柄のスコッチを試したとき、とてもなつかしい気分になった。なんだか、造られた蒸留所の風景が見える気がした。ああこれはいい、そして、これだ、と思いついた。こういう楽しみ方もあるのだ、と。

取材の成果である。高くついたが。というのも、その銘柄が気に入って追加を頼んだところ、新規輸入の予定はもうないというので、一ダースまとめて買い込むはめになったからだ。さほど高級なスコッチではない。大衆価格である。だが、封を切ったら数日しか最初の香りは持続せず、一週間もするとなつかしさの部分の微妙な香りは飛んでしまうものなのだ、ということがわかった。スコッチのあの芳醇な香りがそんなに精妙なものだとは、この年になるまで知らなかった。ま、ぼくより大酒飲みにも、わかるまい。香りが薄れる前の活きのいいうちに飲み干しているだろうから。ボトルの栓が外気を呼吸できるコルクなのが問題なのだろうが、これはおそらく、ケチな飲み方をするなと製造者がそうしたのだろう。うまいうちに飲んでしまえよ、と。

それではと、せっせと飲む。酔うと一杯が二杯、二杯が三杯、こんな調子で原稿枚数も増えればいいのだがと思いながら、注ぎ足し、酒に飲まれないとはどういうことかと、もう一杯。取材代の元を取らねばと、さらにもう一杯。

どうも、主人公のようなわけにはいかない。そんなことは最初からわかっているのだが、しかし、ウィスキーの香りというのはとても繊細なものなのだな、というのはわかった。

人生も同じだ、などという台詞が思い浮かぶ。本書はハードボイルドタッチだから、こういう警句っぽい台詞は使えるな、などと酔った頭で思ったが、しかし素面になって考えてみると、こんなのは漠然としすぎていて、意味がない、とわかる。人間とウィスキーが同じであるものか。

どちらも幽妙なものである、というのはいい。味わい深い、というのもいい。だが時間が経ったら人生は楽しめないか、と言えば、それは、違う。

　で、素面の頭を絞って、ぼくは主人公に、こう言わせることにした。

「若いのはいいと思う。若者は馬鹿だが、だれもそれを馬鹿にはできない。だれもがかつて一度は馬鹿だったわけだからな」

　これは負け惜しみなんかじゃなく、ぼくの本音だ。若い時分にはこんな台詞は書けなかった。いくつの時も、いまも、ぼくはいまの自分に書けるものを書いているだけなのだが、若いころは書けなかったものが書けるようになったという、それを実感して楽しくなれるのは、年を取ったればこそだ。

　こういう楽しみ方が人生にはあるのだ、とはかつての自分は思いつきもしなかった。これも、取材の成果だろう、そう思う。いや、ウィスキーを試すという取材ではなくて、年を実際に取ってみる、という取材のこと。

　で、もう少し経てば、なにをキザで馬鹿なことを言っていたんだろうと思うだろうというのは予想できるが、それも楽しみのうちだ。そのときは、もっと狡猾なものを書いているかもしれない。

　でも、いま差し出せる、せいいっぱいの取材の成果が、これだ。あなたにも楽しんでいただければ、と思う。

一九九八年一二月　松本にて　神林長平

ハヤカワ文庫版へのあとがき

朝日ソノラマから上梓した作品は、本作『ライトジーンの遺産』（一九九七年）と『永久帰還装置』（二〇〇一年）の二作になる。どちらもじっくりと時間をかけて書いた（なかなか書き上がらなかった）こともあって完成時の嬉しさはひとしおで、ねばり強く待っていてくれた担当編集者と共にいい仕事をした、という満足感が強く印象に残っていて、数としてはたった二作品しかないというのが自分でも意外な気がするほどだ。

今回ハヤカワ文庫からその二作を再刊するにあたり、十年前後を経て両作品を読み返してみて感じるのは、これらを書いた当時の自分は若かった、やはり十年は長い、ということだ。本書『ライトジーンの遺産』のソノラマ文庫版「あとがき」で若者を揶揄しているのがちょっと面映ゆく感じられるし、『なにをキザで馬鹿なことを言っていたんだろうと思うだろうというのは予想できるが』云云は、そのとおり、当たりだ。十年前はウィスキーだったが、その後、泡盛や焼酎も奥が深いことが「取材」の甲斐あってわかってきた。

そして『もっと狡猾なものを書いているかもしれない』だが、「狡猾なもの」の具体例が当時は思い浮かんでいなかった。最近はそれについて、こう思うようになってきた、すなわち「自由気ままに筆を運びつつ、読者からは考え抜いて書いたように見えるもの」だと。その萌芽は『永久帰還装置』のほうに見ることができるけれど、いまならもっとうまくやれるだろう。さすがに、書かずして書いたように見せるところまではいってないが。

実は二作で終わることなく、三作目を書き下ろすという約束を担当編集者としていたのだ。ところが、ふと気がつけば朝日ソノラマというブランドが書くより先に消滅してしまっていた。その間、ずっと、幻の三作目を頭の中で転がし続けながら、いまという時代、二十一世紀にふさわしいのはどういうものだろうと模索していたのだが、時代に合わせる必要がどこにある、そんなことを考えるのは老けた証だと、今回十年前の「あとがき」を読み直して、過去の自分自身に励まされた気分だ。

いまという時代を超えて、遥か先を見つめる感性、それを体験できるのがSFというものだろう。本書や『永久帰還装置』には、たしかに、それがある。しかも、書かれた当時よりも、読みやすくなっていると思う。時代の方が変化しているせいで、だ。

さいわい両作品を世に送り出してくれた担当編集者との約束はまだ生きているので、自分に力があれば、ブランドを変えて、幻の第三作目を形にできるかと思う。いまという時代では読みにくかろう「狡猾なもの」を書くつもりでいる。感謝をこめて。

二〇〇八年一〇月　安曇野にて　神林長平

解説

脚本家　佐藤　大

今回、読み返した『ライトジーンの遺産』は、そこはかとない90年代的な懐かしさを加味した近未来都市の情景とハードボイルドな語り部を堪能しつつ、実はその裏側に潜む多くの物書きが共感する著者からの暗号コードの送信を受信したことが、一番の収穫だったことを記してから解説をはじめたい。

本作は「ライトジーン市」と呼ばれる近未来都市を舞台に秘められた特殊能力サイファを持つ孤高の人造人間・菊月虹《キクヅキコウ》を主人公にした連作短篇である。各章で発生する単独の事件を虹が調べ、当事者と出会い解決していくのが大まかな筋となっている。まるで連続テレビシリーズといった雰囲気である。それら全ての事件で関係、または背景に流れる共通点は、人類を蝕《むしば》む病といわれる臓器崩壊と人工臓器開発をめぐる企業間の陰謀。何故、それらが共通点となるのかは、虹自身が事件をめぐる人工臓器の寄せ集めで作り上げられた人造人間であるからに他ならない。ただ、そんな虹自身は基本的にものぐさ、出来れば昼間からごろごろ酒でも飲んで古本屋で探した小説でも読んで暮らしたい体たらく男。望んで手にしたワケでもないので疎ましく忌むべき特殊能力をときたま程度の武器に人工臓器メーカーや移植後の患者をめぐるトラブルに肉迫する。そんな虹の監視役兼パートナーとなるのは、仕事に勤勉実直すぎで恋人とは危機的状況らしい新米捜査官ティーヴィーことタイス・ヴィー。そんな凸凹バディを事件の核心へと誘い突き放すのだが、その裏で全てのお膳立てを整える凄腕の司令塔が、タイスの上司で虹のお目付役でもある中央署第四課の中大為《シンタイイ》課長。そして、彼らの前に立ちはだかる企業側の利益をまもるために雇われた虹と同じかそれ以上の特殊能力を持ち、その強大な能力によって男性から女性へと変身した過去を持つ美しきトランスジェンダー・エージェント、ＭＪ。その上、彼女は同じ人造人間という意味で虹の兄弟でもある。このように個性的な登場人物が、臓器をめぐり生と死が複雑にからみあう各話（象徴的な各話のタイトルとのリンク演出も憎い）の事件当事者たちと出会う。そこで起こる化学変化こそが、物語の色を作り出している。

　そして、最近の僕はすっかり職業病で、読書中にいつも無意識下で発動する映像化への妄想が広がったのにもかかわらず、読後は映像化不可能という結論に一変していた。

> 本には著者の考えとは別に、その書いた人間の生きた時代が反映されるものだ。おれは、自分がどのようにして生まれたのか、作られたと言ってもいいだろう、それが知りたくて読むことを始めたのだが、いまでは趣味になっている。実にさまざまな世界の見方があるものだと、読む度に思う。それが面白くてやめられない。

「バトルウッドの心臓」より

ここまで整理してわかったことがある。身に覚えがあるといってもいい。それは、自分自身が脚本として関わった作品群。特に『カウボーイビバップ』『攻殻機動隊S.A.C.』シリーズなどと同種の雰囲気を感じたことである。そして、この部分が自分にとって90年代的な懐かしさを読後に感じた答えだろう。用意されたガジェット群には『ブレードランナー』の影響が感じられる。中でも象徴的なのは、フライカと呼ばれる虹たちの使用する空中移動機がライトジーン市の高層ビル群を突き進んでいくシーン。『ブレードランナー』のスピナーを一度でも見たことのある人ならきっと思い浮かべるだろう。そう。『攻殻機動隊』で素子が見下ろす高層ビル群。『ビバップ』の小惑星にある場末の酒場でサックスを奏でる、戦争に使われた薬物の副作用で両性となった元兵士……。あの頃、近未来を描くときに誰もが、その影響下にあったことを再認識する。

このような同時代的な作品の持つ共通点が存在することで、それ以外の部分を構成する要素を容易に照らし出し、読み解くことができる。それは時代をへて再読するときに発掘される、時代に対する時代を越えた著者の本音である。そして、『ライトジーンの遺産』をこうした過程で読み解くと、そこにのこされた遺産《モノ》は、意外にも熱い作り手へのメッセージだった。ある意味、それは著者自身が当時感じていた苛立ちなのかもしれない。

表現する内容に、感動するんだ。道具が安物であろうと、たいした音でなくても、人を感動させることはできる。表現すべき想い、というのが重要なんだ。

「エグザントスの骨」より

そんな苛立ちは、著者がまだ本というものを愛して信じていることもにじみ出す。

こんな本を知っている人間がいる、というだけでも嬉しい。同じ趣味を持つ同好の士ならば、近づきになりたいと思う。それを裏切られそうで残念な気がしたのだ。ま、おれと趣味が同じなら、軽薄にだれとでも付き合うような人間ではないだろうとは予想できたのだが。

「セシルの眼」より

虹の問いかけはまるで、著者から告げられた読者への心情吐露のようにも聞こえる。

他人の苦労や楽しみに干渉するのは精神的に未熟な者のやることで、でなければこちらを支配したい者だ。

「ダーマキスの皮膚」より

そして、あくまで『ブレードランナー』的な世界観で行われるとは思えない虹の趣味はウィスキーでの深酒と読書。特に読書は、自ら馴染みの古本屋にあししげく通い、希少本を届けたり、売る本をとりに行ったりというバイトまで引き受ける。著者は、その手に入れた本の中身までを記す。実在しない小説や伝記の中身もまた実在しない音楽の歴史だったりという念の入りよう。それとは対照的に近未来を舞台にしているにもかかわらず、著者にとってけっして不得手なフィールドではない電脳空間など技術的なハイテクが登場することもほぼなく。それどころか映話とよばれるテレビ的なメディアに関しても虹の言葉は厳しい。

いろいろな番組が流されている。視聴者参加のバラエティから、ソープオペラ、宗教番組などなど。もちろんニュース専門局もある。おれはニュース以外はほとんど観ない。楽しみは、本棚に並んでいる活字から得る。本はうるさくなくていい。

「ダーマキスの皮膚」より

この最後の一言には涙がにじむほど共感してしまった。「本はうるさくなくていい」なんてシンプルで素晴らしい読書への誘いなのだろうか。いただきます。

こうした面こそが僕にとって、これだけ映像的な舞台と物語の筋を持ち、魅力的な造形の登場人物たちが多いのにもかかわらず映像化不可能だと感じた理由である。

どんな人生だったのだろう。蔵書を、とくに自分の本もこうして売られるというのは、生前の彼は予想していたのだろうか。人生も音楽のようなもので、一度しか演奏できない、ライブだ、と思っていたのだろうか……などと、おれは感傷的な気分になって、それを買って読んでみようという気になった。

「ヤーンの声」より

もちろん、こうした感傷的な語り部は、あくまでハードボイルドな主人公を形成するために必要な設定としてみることもできるだろう。その証拠に著者は、意識的に取材やリサーチはしないとしながらも、本書の前文庫版に掲載された「あとがき」でウィスキーを取材のために購入し深酒を堪能しつつ構想したことを告白しているではないか。

まあ、読書の楽しみというのも、譜面を演奏することに似ているのかもしれない。情報を得るためだけなら、本など読む必要はない。

「ヤーンの声」より

それでも、この部分に著者の本音を感じない読者は少ないのではないだろうか。

人の心が自然と不自然に流れ込んでしまうという主人公たちが持つ特殊能力。その本質的なSF設定が、こうした語り口の面白さを支える存在にすら思えてしまう痛快な告白におもえる。楽しみは本で得る。そして、にじみでるこうした人間的な告白こそが、きっと虹の魅力、すなわち本書の魅力となっていることは間違いない。と同時に、その魅力が、本と読書という、もともとの作品が持っている設定とはミスマッチに思える混在具合が心地よい。ガジェットは時と共に類型化することはままあることである。どんなにエポックメイキングな作品も時を越えれば、多くの模倣作によって類型化の波に飲まれていく。しかし、そんな時代の波に洗われたあと、本当の意味で作品の魅力が現れてくる。

いつも他人を超越した自分の存在というものを信じていた。それこそ自信というものだろう。優越感というのとは違う。優越感というのは自信のなさから生じるものだ。

「ザインの卵」より

こんな虹の言葉は、確かに読書でしか手に入らない至極の楽しみ。最後にひとこと……

「本はうるさくなくていい」

本書は一九九七年一月に朝日ソノラマより刊行され、
一九九九年一月及び二〇〇三年五月に文庫化された作品です。

know

野崎まど

超情報化対策として、人造の脳葉〈電子葉〉の移植が義務化された二〇八一年の日本・京都。情報庁で働く官僚の御野・連レルは、あるコードの中に恩師であり稀代の研究者、道終・常イチが残した暗号を発見する。その啓示に誘われた先で待っていたのは、一人の少女だった。道終の真意もわからぬまま、御野はすべてを知るため彼女と行動をともにする。それは世界が変わる四日間の始まりだった。

ハヤカワ文庫

著者略歴　1953年生，長岡工業高等専門学校卒，作家　著書『戦闘妖精・雪風〈改〉』『猶予の月』『敵は海賊・海賊版』（以上早川書房刊）他多数

HM=Hayakawa Mystery
SF=Science Fiction
JA=Japanese Author
NV=Novel
NF=Nonfiction
FT=Fantasy

ライトジーンの遺産《いさん》

〈JA939〉

二〇〇八年十月二十五日　発行
二〇一四年九月　十五日　二刷
（定価はカバーに表示してあります）

著　者　神《かん》林《ばやし》長《ちょう》平《へい》
発行者　早川　浩
印刷者　入澤誠一郎
発行所　株式会社　早川書房

郵便番号　一〇一 - 〇〇四六
東京都千代田区神田多町二ノ二
電話　〇三 - 三二五二 - 三一一一（大代表）
振替　〇〇一六〇 - 三 - 四七七九九
http://www.hayakawa-online.co.jp

乱丁・落丁本は小社制作部宛お送り下さい。
送料小社負担にてお取りかえいたします。

印刷・星野精版印刷株式会社　製本・株式会社フォーネット社

ISBN978-4-15-030939-8 C0193

本書は活字が大きく読みやすい〈トールサイズ〉です。